女帝

卷五

第一章 君子一諾

會與梁王合作的王爺，白卿言排除了大都城內的幾位！皆因若有鴻志和能力的皇家血脈，早在皇帝初登基之時，便被視為威脅而剷除乾淨！餘下的幾個兄弟，他們只求榮華富貴，全都是無野心之人。

再有一個王爺，便是遠在南都的異姓王……閑王。可是皇帝如今無意削藩，閑王又獨霸一方……若是……他還有更大的野心，想要利用梁王呢？假若梁王是以讓白家家破人亡，盛譽盡毀來同對方合作……白卿言認為除了閑王之外，敵國的王爺也是有可能的！畢竟明面兒上，她如今是晉國最得力的悍將，他國難道不會欲除之而後快？

樑國有可能，西涼自不必說，魏國不無可能，而大燕……也不是全然沒有這個念頭。明槍白卿言不怕，就怕暗箭對著白家人而來，尤其是白錦繡如今有孕在身，又人在大都……她明日回朔陽，若是暗箭向著白錦繡而去，那可不妙。

「你先帶他下去吧！」大長公主對魏忠道。魏忠頷首，將人帶了下去。

白錦繡眉頭緊皺，緊緊攥著手中的帕子：「當年……梁王是養在佟貴妃膝下的！」

「你今日出門，怎麼沒有將銀霜帶在身邊？」白卿言看向白錦繡突然問了這麼一句。

「長姐可是想銀霜了？一會兒回都城我讓銀霜去給長姐請安。」

白卿言搖了搖頭：「梁王不知道是與敵國的王爺合作，還是與閑王合作，但不論如何，梁王滅白家之心如此堅定，你人在大都又身懷有孕，還是需要謹慎些，出門將銀霜帶在身邊，保險！」

「長姐放心，我知道了！」白錦繡點了點頭，視線落在大長公主身上，笑著道，「不論如何，大都城有祖母在，必然會護著我的！」

蔣嬤嬤笑盈盈點了點頭，很是欣慰白錦繡能說出這樣的話來。這話不假，白錦繡是大長公主的孫女，大長公主自然會護著白錦繡。

不多時，同白錦瑟採摘桂花回來的白錦稚悄悄湊到白卿言身邊，說：「長姐，我剛才爬樹摘桂花的時候，看到蕭先生在外面喝茶，是不是在等長姐啊？」

白卿言抬手拍了一下白錦稚的腦袋，便隨蔣嬤嬤去脫了戰甲，換上尋常衣裳，伺候大長公主歇下之後，同白錦繡在清庵之中走了走，交代一些事情。

「如今要查的，有，一……梁王府是否採買過三黃、硝石、松脂等物。二……弄清楚梁王府管事同九曲巷王家到底因何來往！」白卿言說。

「還有……是否查一查閑王，弄清楚梁王欲與哪一位王爺合作？」白錦繡急於想弄清楚同梁王合作之人是誰，否則這樣兩眼一抹黑，只知道梁王難免被動。

「此事，你不必憂心，我來設法查！」白卿言朝著清庵外看了眼，蕭容衍手中的情報來源可要比白家多太多了。「你先回祖母那裡歇息，我去去就回。」白卿言對白錦繡道。蕭容衍人還未走，想必是有要事欲同她說。

白錦繡知道長姐怕是要去見那位蕭先生，雖說男女單獨相見不合禮數，可長姐做事一向有分寸，白錦繡便不再多言，行禮後離開。

皇家清庵四面環山，四面都種著不同花季的花，不論什麼時節都能看得到花開之景。

大約是太久未能等到白卿言出來，蕭容衍隨行的護衛在桂花樹下鋪了一層青色螺紋布單，沉香木的小几上擱著棋盤，擺著套蕭容衍常用的白玉茶具，和幾碟做得極為精緻的點心。點心旁的木質雕梅花的翠玉筷枕上，還擺著兩雙雕花鏤金的細銀筷，沉香木小几旁是個方便攜帶的小爐子，爐裡火苗搖曳，茶水煮的咕嘟嘟直響。他跪坐於桂花樹下，手握竹簡，喝茶下棋，倒是十分愜意。

月拾抱著劍立在蕭容衍身後，耳朵突然動了動側頭朝著清庵門內看去。蕭容衍落子，放下手中竹簡起身，拂落直裰上落下的桂花，笑盈盈朝清庵門內望去。見白卿言已經換了一身素色常服出來，蕭容衍長揖到地：「白大姑娘……」

白卿言視線掃過石桌，語聲平和：「蕭先生，倒是自在。」

「衍知白大姑娘剛從北疆歸來，定然與大長公主有許多話要說，但衍這裡……也有要事要同白大姑娘相談，只能在此處下棋消磨，等白大姑娘出來。」蕭容衍從容自若，深邃的雙眸瞅著白卿言，做了一個請的姿勢，「白大姑娘請！」

沉香木小几對面，還放置了一個金線繡祥雲的藏青色蒲團，上面落了些許桂花，想來是蕭容衍早就料到她會出來。

月拾十分有眼色對白卿言行了禮，然後帶著護衛退出三十步外，不打擾蕭容衍與白卿言說話。

白卿言在蕭容衍對面跪坐下來，只見蕭容衍骨節分明的手指拿起一方帕子，擱於茶壺上，拎著把手給白卿言倒茶。

「不知蕭先生有何要事？」白卿言問。

蕭容衍垂眸將手中的茶壺放回小爐子上，這才朝白卿言看了過去：「白大姑娘……務必要小心梁王！」

白卿言放在雙腿上的手微微收緊，陡然便想起剛才那個太監說曾有黑衣人密會梁王，梁王稱其為王爺之事。白卿言心中豁然開朗，唇角不自覺勾起笑意：「所以，梁王殿下……是找蕭先生合作了？」

蕭容衍似乎有些意外，卻也沒有瞞著，他點了點頭：「確切的說，是找大燕九王爺合作。」

「蕭先生這意思，是大燕九王爺親臨與梁王合作，而蕭先生在梁王那裡還是大魏富商蕭容衍？」若是蕭容衍並未以真面目示於梁王，又將此事告知於她，要麼並非誠心合作，只是單方面利用梁王，要麼不欲合作。白卿言聰慧，不論蕭容衍說什麼都是一點便透。

其實之前梁王在燕沃賑災時曾抓住大燕派去散播流言之人，那時便透過那人明言欲與大燕合作，望能親見大燕九王爺。蕭容衍原本是打算置之不理的，可這梁王卻說如今列國皆懼怕白卿言，將來亦會是大燕的勁敵，他願意和大燕攜手，致白卿言於死地，蕭容衍這才覺得不能放任此事不管。

後來……梁王賑災引發民變，蕭容衍便派了自己的人前往大都，讓他見機行事。若是梁王被押解回大都城後，有能耐讓皇帝不處罰他，便讓他的人以大燕九王爺慕容衍的身分去見梁王，看看梁王有何打算。若是梁王被處置了，置之不理便是了。

誰成想到，梁王竟然真的有這個能耐讓皇帝輕輕放過，甚至還有愈加寵愛之態，蕭容衍的人這才去見了梁王。

「多謝蕭先生提點！」白卿言脊背挺直，鄭重朝蕭容衍頷首，「不知蕭先生可否告知，梁王意圖如何與大燕九王爺合作？」

蕭容衍望著白卿言的眸子帶著極淡的笑意，風淡雲輕道：「借兵於他。但……如今梁王除了許諾之外並無他物可予大燕，即便是親手將其把柄送到大燕的手中，可他的命……在大燕的眼裡並不矜貴，大燕九王爺便讓梁王等到有足夠籌碼時，再談合作。不過……為了顯示大燕願意等待梁王的誠意，梁王若是有事需要效勞，可去上墨書齋，只要是不過分之事大燕都會幫！」

也就是說，蕭容衍如今還很看不上這個裝癡裝傻的梁王。蕭容衍沒有派人在梁王身邊，而是用了以進為退的法子，來掌握梁王動向，也是為了避免梁王伺機再找他國合作。大燕如此做，梁王才會覺得大燕的確誠意。

見白卿言垂眸靜思，蕭容衍抬手將面前放著海棠酥的描金碟子，朝白卿言面前推了推：「特意囑咐了廚子，做得偏淡些，用的也是素油，你嘗嘗。」

白卿言聞聲抬眼，正撞入蕭容衍內斂而沉靜的黑眸之中，沉靜的一如那夜朔陽般深沉。

「北疆之戰，可曾受傷？」蕭容衍醇厚溫潤的聲音響起。

「有勞蕭先生掛懷，不曾。」白卿言垂眸視線落在小几棋盤上，端起茶杯，姿態灑落，舉杯對蕭容衍道，「忘了恭賀蕭先生，如今這天下棋局……應當是蕭先生所期。」

蕭容衍端起面前茶杯，對白卿言說：「衍……也恭賀白大姑娘謀劃布置妥當，幾年後這大晉天下，定是白家說了算。」

蕭容衍也好，白卿言也罷，兩人都是如履薄冰，絕處求生，何其艱難才走到今日這一步，心中除了藏於心底不敢不能明言的情愫之外，還有惺惺相惜之情。

「說起來，衍還需要好好謝一謝白大姑娘，兄長來信說因為洪大夫的關係，兄長身體日漸好了起來！洪大夫已經在回大都的路上，算時間……不出三日，應該就會到大都城了！」蕭容衍放下茶杯輕聲道。

聽到這個消息，白卿言心下一鬆：「此事，若是蕭先生不提，言也要問問了。」畢竟白錦繡如今月份日漸大了，雖說有一個盧寧嬅在，可到底不如洪大夫在讓白卿言安心，只是辛苦洪大夫那麼大年紀了還要來回奔波。

「洪大夫為兄長開了藥，只要按方按時服用，好好將養幾年，雖說身體回不到常人那般康健，但也不用再受毒發之苦。」蕭容衍說到此處是真的很感激白卿言，肯讓自家府上的大夫去救治他的兄長。

坐在古樹綠茵之下，風過便是桂香撲鼻。天朗氣清，風和日麗，白雲過隙，真是難得的悠閒自在。約莫從他決意離開大燕，為國奔波開始，就從未有一日這樣鬆快過。即便是與那些富貴閒人看似閒坐在那裡，腦子也不曾停過。正如白卿言所說，因如今的天下局面已經盡如蕭容衍所期，所以他才能略略鬆一口氣。不過也只是略略鬆口氣，大燕……還需以國弱民貧自警，暗自圖強，大力發展軍農，以備來日。

蕭容衍想起前一陣子聽太子府暗線來報，說白卿言曾在知曉戎狄之亂時，建議太子……出兵助戎狄可盡得戎狄天然牧場，可太子和皇帝都沒有聽白卿言的。

也是白卿言手中實在無人，否則……以她的心智和胸懷遠見，給她人，給她兵！她會將白家的路鋪穩不說，更為來日攬天下入懷鋪路。未到桃李之年，便有這樣的見識和謀略，著實了不得。

風過，枝繁葉茂的古桂花樹，沙沙作響，日光穿隙留下的斑駁光點搖曳，桂花亦紛紛飄落，與白卿言髮絲縈繞糾纏，落在她肩上，讓蕭容衍忍不住想抬手替她拂去。「若有一日天下太平，能與白大姑娘桂花樹下飲茶，倒是自在的很。」蕭容衍道。

「看來，蕭先生對大業胸有成竹了。」白卿言將落了桂花的茶隨手潑了出去。

蕭容衍低笑一聲，再次用為白卿言斟茶：「有白大姑娘相助，衍自是胸有成竹。」

白卿言知道蕭容衍意欲將她拉上一條船，便特意扯出開礦山之事：「談不上相助，不過互惠互利！」

白卿言不接話，蕭容衍便知道還不是時候，就不知白卿言是目下還瞧不上大燕國的實力，還是……有意讓晉國皇權更迭換她白姓，或讓這天下成她白姓？今日難得有機會，蕭容衍便將最不想問的問題問了：「白大姑娘也想攬天下入懷？讓這天下……姓白？」

「這天下，從來都不是誰人一家之姓的，群雄逐鹿，能者問鼎。能造福利數萬民者，千古長存，造殺伐視百姓為螻蟻者，即便攬天下入懷，也只如過眼雲煙。」白卿言深深望著蕭容衍，「天下一統，登極頂之位，建立這樣的不世功業之後，前路將會更艱難更沉重，否則……為何秦一統天下，卻二代而亡。」

蕭容衍正襟危坐，猶如醍醐灌頂，整個人緊繃了起來，就在剛剛……他還想著，天下一統便能過幾天鬆快日子，隨心隨性。可白卿言的話，如同當頭棒喝，讓他心中猛然生出警惕來。

大燕還是如今這樣的局面，他便想過鬆快日子，若是有朝一日真的天下一統，大燕朝堂甚至下至黎民難道不會生出這種懈怠之意？前幾年，大燕舉國上下擰成一股繩，戮力同心，要的是收復南燕。而後，大燕軍隊野心勃勃，要的……是征伐天下。

而天下一統，雖然看似遙遠，可大燕正穩紮穩打一步步往前走，他確實應該提前打算籌謀，一統之後大燕的方向，如此才不會措手不及。

亂世爭雄之後，便是治世……五國一統，對五國百姓可推行姬后新政，百姓必將歡欣鼓舞。

而各國世族勢力盤根錯節，姬后新政必會遭到世族強烈反擊，總不能一一都滅了，如何權衡處置，將會是一統之後的第一難題。蕭容衍心中大撼，又深覺若有朝一日，白卿言能入燕助燕，燕將如虎添翼。

「衍……受教！」蕭容衍誠心道。

「言今日同蕭先生所言，乃是祖父曾經教導父親之語，祖父每每說起秦二世而亡，便深覺惋惜，時時與父親探討，今日湊巧說來與蕭先生聽聽罷了。」

「鎮國王當真無愧為鎮國柱石！」蕭容衍不禁感歎。白家不僅有平定天下之志，更有匡扶萬民之心，當真可敬。

話說到這個地步，白卿言對蕭容衍一拜：「白家先祖曾立誓，食百姓一粟，護百姓一世，若有朝一日，晉國林氏氣數已盡，白家必取而代之。若言有生之年可見此日，屆時……言必與蕭先生各自逐鹿中原，看誰能問鼎江山！」

蕭容衍因白卿言一席話，頓時心潮沸騰，就如……下棋高手，遇到了旗鼓相當的對手，難免技癢難耐。蕭容衍也終於明白白卿言為何會將她祖父教導之語，說與他聽。

白家是真正將匡扶萬民四個字，刻進了風骨之中，白卿言所希望的……是日後天下一統不論是由她白家達成，還是由他大燕達成，一國當權者都要思後路，穩住這來之不易的一統山河，別讓百姓經歷征伐之苦，以為苦盡甘來之後，又陷入更大的戰亂中去。一統……是為了海晏河清天下太平！任何意圖王霸天下之國之人，都不能忘。

蕭容衍望著白卿言很想應下來，可這一應下來，兩人距離似乎便會被拉得更遠，成為對立面。

見蕭容衍半晌不應聲，白卿言先行起身對蕭容衍道：「言送蕭先生。」

蕭容衍頷首，起身。月拾見狀，這才帶人上前來收拾小几茶具。

「衍有從魏國帶回了兩件小玩意，送與白大姑娘與四姑娘，剛才放在馬背上忘了拿來，勞煩白大姑娘挪步，隨衍取一趟。」蕭容衍似乎是怕白卿言拒絕，補充道，「的確是小玩意兒，白四姑娘性子跳脫，定然會喜歡！」就當是謝白四姑娘費心為他同白卿言製造機會，雖然有時也會壞事，可心是好的。

白卿言頷首，隨蕭容衍走到那匹白色駿馬旁。

蕭容衍從搭在馬背的錦袋裡拿出一根長鞭和一個錦盒，那長鞭通體火紅……一看就是給白錦稚的。

「我替小四謝蕭先生！」白卿言接過長鞭。

蕭容衍含笑打開錦盒，裡面躺著一支玉質純粹溫潤的簪子，可雕工似乎不怎麼樣。他拿出簪子道：「在魏國時得了一塊極好的玉石，頭一次做簪子，手有些生，日後熟練了……再雕更好的給你。」說著，蕭容衍自然從容朝白卿言靠近兩步，不給白卿言退後的機會，抬手扶住她的肩膀，將玉簪插入白卿言的墨髮之中。

男人身上沉鬱內斂的氣息逼來，讓白卿言大腦有一瞬間的空白，抬頭視線正落在蕭容衍凸起的喉結之上，只聽蕭容衍的聲音徐徐傳來。

「衍……想與白大姑娘打個賭。」蕭容衍戴好玉簪，垂眸望著白卿言白皙精緻的五官，視線深沉又炙熱，「若是燕國最終得天下，望白大姑娘不棄……能為衍妻！」

白卿言攥著長鞭的手指一顫，不動聲色微微收緊。

蕭容衍見鎮定自若的白卿言耳根攀上紅潮，望著她的目光越發鄭重溫潤，又道：「若是白家得天下，望白大姑娘不棄……能以衍為夫。」

與蕭容衍對視，心跳越來越快，耳根也跟著發燙。

蕭容衍扣著白卿言肩膀的大手順著她的肩膀滑下，一如那晚般，將她的手背包裹在掌心之中，五指穿過她的指縫，緊緊將她的手攥住，他似乎有意引白卿言想起那日的情景，想要完成那晚未曾完成之事。

他低頭緩緩靠近，挺拔的鼻梁，輕輕碰上她的鼻頭，讓她緊繃的全身起了一層雞皮疙瘩，如夢初醒般後退一步，正欲將手抽回來，人卻被蕭容衍手腕使力一拽，趔趄入懷。他扶住她不盈一握的細腰，卻不打算鬆手，就那麼靜靜凝視著她。

白卿言一顆心激烈的彷彿要撞出胸膛，手緊緊攥住蕭容衍胸前的衣裳。

蕭容衍克制著粗重的呼吸，緊緊將人摟在懷裡，低頭慢慢靠近白卿言，視線從白卿言輕顫的眸子上挪開，落在她的唇瓣上，喉結翻滾，低啞著嗓音道：「白卿言，你若敢賭，我慕容衍……此生，必不負你！」

慕容衍，是他的真名。蕭容衍說話時，炙熱的薄唇擦著白卿言的唇瓣，讓她只覺呼吸急促又困難，又似有某種令人意亂情迷的悸動，讓她期待著……蕭容衍即將壓下來的唇。

她前世今生加起來，頭一次和成年男子有如此親密舉動。她並不反感，一直以來……她都知道，內心深處對蕭容衍是藏著一分仰慕的，自知道蕭容衍的心意以來，她亦是壓著自己的感情，因為……對她來說，守護白家，守護白家軍，完成白家數代人的志向……

這些……都遠比男女情愛對她來說，來得要重要太多。可若是，一切大定，天下太平之後呢？至今白卿言從未想過。

聽到月拾一行人收拾完東西，疾步小跑而來的腳步聲，白卿言推開蕭容衍，清了清嗓子整理衣衫，視線不免看了眼蕭容衍胸前被自己拽皺的衣襟，正兒八經朝蕭容衍行禮：「蕭先生慢走。」

蕭容衍見白卿言要走，上前一步攥住白卿言的細腕，將人扯回牆後，骨節分明的大手撐著清庵院外的牆壁，低下頭來問她：「賭嗎？」

白卿言正欲開口，便聽到白錦稚的聲音……「咦？怎麼不見長姐了？不是說來見蕭先生嗎？哎……前面跑的那個月拾，是叫月拾吧！你們蕭先生和我們家長姐呢?!」

白卿言一個激靈，動作敏捷從蕭容衍臂彎下鑽出，攥著手中的鞭子從轉角走了出來。

「小四！」白卿言喚了一聲。

白錦稚聞言，歡快朝白卿言跑了過來，挽住白卿言的手臂：「長姐，蔣嬤嬤做好了桂花山藥，祖母讓蔣嬤嬤喚長姐去嚐嚐，我怕蔣嬤嬤看到長姐和蕭先生在一起，便說長姐在後院乘涼，特地來告訴長姐一聲，長姐可別說漏了。」

一連兩次被攪和，蕭容衍心情不大好，他還是理了理衣衫抬腳走了出來：「四姑娘……」

「蕭先生！」白錦稚忙轉身笑著行禮。

「這是蕭先生從魏國給你帶回來的，還不謝過蕭先生！」白卿言將手中火紅的鞭子遞給白錦稚。

火紅的皮鞭手柄上，鑲嵌著寶石，卻不在手握的位置，白錦稚一見就愛不釋手，接過揮了一下，破空之聲清脆，是好鞭子!白錦稚眉目間全都是笑意，忙行禮：「多謝蕭先生還惦記著小四！」

「應該的！」蕭容衍不曾托大，依舊是那副雍容儒雅的姿態還禮，又看向白卿言的方向一禮，

「賭約之事……蕭某，便當白大姑娘應允了。」

「言不是好賭之徒。」白卿言手心收緊，唇角帶著淺笑。

「無妨，蕭某也不是，全當消遣。」蕭容衍說完，對白卿言同白錦稚一禮，帶著護衛離開。

白錦稚頗為好奇，挽著白卿言的手臂進了清庵，低聲問：「長姐……你和蕭先生打什麼賭了？」

「賭這天下最終花落誰家！」白卿言慢條斯理開口，「不過，我並未打算同蕭先生賭。」

白錦稚餘光瞥見白卿言頭上的玉簪，抬頭看去：「長姐多了根簪子！啊……一定是蕭先生送的?!」白錦稚朝著白卿言擠眉弄眼。

剛才蕭容衍的話來的太突然，白卿言忘了將簪子還給蕭容衍，她抬手將簪子取了下來藏進袖裡：「不過是個謝禮罷了！」

白錦稚笑得意味深長：「哦……謝禮啊！」

白錦稚同白卿言兩人踏入大長公主小院時，大長公主已經醒來，白錦瑟和白錦繡，正坐在院子裡陪大長公主吃桂花山藥。

「蔣嬤嬤這是偏心長姐呢，長姐不喜歡吃甜食……便做的偏淡！」白錦瑟笑咪咪道，「一會兒四姐該嚷嚷了！」

「誰說我要嚷嚷！只要長姐喜歡吃……什麼樣味道對我來說都好！」白錦稚今天得了鞭子心情不知道多好，她已經將鞭子藏在了馬車上，省得祖母看到了問東問西的。

大長公主放下手中銀筷子，對白卿言招了招手：「來阿寶，你來嘗嘗……」蔣嬤嬤笑咪咪立在一旁：「還有還有，這一碟子是給大姐兒的，偏淡！等一會兒出鍋的就甜一些。」

白卿言淨了手，用銀筷子夾了塊桂花山藥嘗了嘗，味道清淡和以前蔣嬤嬤做給她的一般無二。

「蔣嬤嬤手藝還是這麼好。」白卿言笑著說。

「回頭老奴將大姐兒喜歡的一些吃食，整理出來，將方子給佟嬤嬤，大姐兒若是想吃，便讓佟嬤嬤做。」蔣嬤嬤看著白卿言又夾了一筷子，高興極了。

在大長公主那裡用了飯，白錦瑟送白錦繡和白錦稚、白卿言到清庵門外。白錦繡歎氣道：「祖母這裡也太冷清了，伺候的人就只有蔣嬤嬤和盧姑姑，再就是小七！」

「人多了三姐不在的事情就瞞不住，祖母也是為了大局。」白錦瑟笑了笑道，「二姐放心，小七一定會照顧好祖母的！」

白錦繡點頭，上了馬車。知道明日白卿言就要走了，白錦瑟多少有些捨不得，紅著眼眶對白卿言說：「長姐，回朔陽替我問母親好，告訴母親……我一切安好，讓母親不必操心！」

「祖母這裡有什麼事需要告訴長姐的，你便去找你二姐，你二姐自會派人傳信於我！遇到難事也不要怕給你二姐添麻煩自己悶著想辦法，去找你二姐，知道嗎？」白卿言望著早慧的妹妹，柔聲叮囑。

「長姐放心，小七明白……」白錦瑟後退一步，對白卿言鄭重行禮。

從清庵回到大都城時，大都城長街已經亮起了紅燈。大都城還是一如往昔，稚童嬉鬧聲和叫賣聲此起彼伏，熱鬧非凡，與白家離開大都城之前一般無二。白卿言挑開馬車車簾，看著外面燈火通明，亮如白晝，捏糖人兒的老漢身旁圍了一群個頭高低不一的孩子，掛著紅燈的酒樓門前……店小二招呼著客來客往，嘴皮子極為麻利。

偶爾能看到勳貴人家的馬車朝畫舫花街的方向而去，三三兩兩喜歡招貓逗狗的紈褲，在樓上最華貴的雅間兒內飲了幾盅酒便高談闊論……嘴裡說著此次與大樑一戰，晉軍如何威武，如何水淹龍陽城滅樑軍，敵國主帥荀天章又是如何被氣得吐血身亡。大都城少了呂元鵬那群紈褲，熱鬧一絲也未曾減少。大約是因為，大都城不缺清貴，也不缺紈褲，他們走了……總會有人頂上，偌大的大都從不會因為誰走誰留，而改變分毫。只有還留在大都城鎮國郡主府的二夫人劉氏，聽聞白卿言和白錦稚北疆平安歸來，早早便立在門前焦心等著。

白錦稚率先一躍跳下馬車，朝劉氏行禮：「二伯母！」白卿言亦從馬車上下來，扶著白錦繡下車後，才朝劉氏行禮：「二嬸！」

劉氏看到白卿言和白錦稚都平安，眼眶發紅：「就等著你們姐妹三人回來開宴呢！快走吧！」跨過垂花門，劉氏一路走，一路拉著白卿言和白錦稚上下查看她們身上是否有傷。見白錦稚手背猙獰燒傷，劉氏眼淚一下就忍不住，又怕惹孩子白白跟著傷心便偏過頭去用帕子沾了沾眼淚，緊緊握著白錦稚的手：「不論如何，能平安回來就好！」

從白錦稚去北疆開始，劉氏的心就懸著……白家死太多人了，這些孩子一個都不能再出事。後來，聽說張端睿將軍戰死，白錦稚救人下落不明，白卿言又奔赴北疆，天知道那些日子劉氏都是怎麼熬過來的，天天晚上都是噩夢，生怕兩個孩子有什麼好歹。

白錦繡陪著一起簡單用了點東西，就要趕回秦府。她看著親自將她送至鎮國郡主府門前的長姐，滿心都是不捨：「長姐……再停留幾日回朔陽不成嗎？」

「為了不讓皇帝起疑，還是明日一早入宮見過皇帝後，便啟程！」白卿言輕輕握了握白錦繡的手，「來日方長！不急……」

送白錦繡離開，劉氏握住白卿言和白錦稚的手：「好孩子，快去好好睡一覺！」

白卿言頷首。在回清輝院前，白卿言先去探望了沈青竹和紀琅華，見沈青竹在紀琅華照料下一日一日好了起來，白卿言對紀琅華十分感激。「今日去皇家清庵因為不放心青竹，未曾讓你隨行，你若是想念盧姑姑，可在大都城小住幾天……隨後我再派護衛送你回朔陽。」白卿言望著送她出院子的紀琅華道。

紀琅華曾經被皇帝因為那丹藥召見過，久留大都城恐生事端，尤其是紀琅華行走戴著面紗，反倒惹眼。「不用了。」紀琅華對白卿言淺淺笑著，「我們姐妹有幸得大長公主和大姑娘庇護，彼此都放心的很！琅華還是跟著大姑娘，大姑娘去哪兒……琅華就去哪兒！」

白卿言點了點頭。

清輝院還是那個清輝院，但少了佟嬤嬤和春桃便顯得冷清。白卿言坐在琉璃燈下，手裡握著竹簡古籍細閱，婢女給白卿言上了茶，又規規矩矩退至屏風外，轉身出屋替白卿言將隔扇關上。

屋內再無旁人，白卿言放下手中竹簡，將一直藏在袖中的玉簪拿了出來。這支玉簪上雕刻了大雁，雖然沒有那麼栩栩如生，卻也看得出雕刻之人用了心。她輕輕拂過玉簪大雁的眼，抬眸朝半開窗外的那輪皎皎明月望去。

大雁向來是忠貞之鳥。白卿言生在白家這樣鐘鳴鼎食之家，什麼樣的寶貝沒有見過，即便是這玉簪的玉質實屬難見，也絕不至於亂了白卿言的心，真正亂了白卿言心的……是送她玉簪的人。

【白卿言，你若敢賭，我慕容衍……此生，必不負你！】蕭容衍醇厚低啞的嗓音，在她腦中想起，她猛然攥緊了手中玉簪，只覺被蕭容衍炙熱薄唇擦過的唇瓣……微癢。她解開繫在腰間的香囊，將一直擱在香囊裡的玉蟬取了出來。玉蟬在琉璃燈盞下泛著溫潤柔和的光澤，她拇指輕微摩挲著。

【我曾經起誓……若我有一天娶妻，我一定對我的妻子深信不疑，護她一世周全。】這話是蕭容衍那日贈她玉蟬時說的。白卿言心不靜，找了塊巾帕將玉蟬和髮簪包好收了起來，如往常一般在院中練槍。

第二日一早。

白卿言晨練結束正要用膳，白錦稚火急火燎來了清輝院，吩咐婢女給自己添了副碗筷便道：「長姐，昨日宮宴的消息傳出來了！說皇帝在嘉獎劉宏將軍的時候，劉將軍聲稱自己不敢居功，此次北疆能大獲全勝，全靠長姐獻計，懇請皇帝嘉獎長姐。後來皇帝說長姐的確厥功至偉，至於賞什麼，皇帝說要再細想，等長姐今日進宮再賞，想來等早朝一下……便會有內侍前來傳旨請長姐入宮。」

白錦稚端起粥碗，急切的目光望著白卿言：「長姐，你說皇帝此次知道了長姐的能耐，會不會封長姐一個大將軍？」

讓女子為將，白卿言倒覺得皇帝不會有這個度量，且也不會開這個先例。許女子為將，便是要將晉國女子的地位抬高，那麼被困於後宅之中……多少有才情有謀略的女子都會想走到人前來，晉國將會經歷天翻地覆的變化。別說皇帝不答應……就是晉國的男子怕是也不能接受。

就拿大燕來說，即便是當初姬后用了十年時間，修建大都城……遷都大都，實行新政，使百姓得利，將大燕從一個弱國變成強國。可當大燕皇帝從癡傻中清醒過來，第一件事便是要殺姬后，大燕上下……連百姓都拍手稱快，只因男尊女卑作怪。

所以，皇帝此次至多便是賞白卿言些厚重的金銀財寶，再重便是賞她一個公主之位，絕無可能讓她以女子之身涉入朝堂半寸。畢竟要命她為官將，皇帝就需同晉國勳貴世家還有男人較勁，白卿言不認為皇帝會如此捨得為她費力氣。

白卿言早膳用完沒有多久，皇帝便派人來宣白卿言入宮。白卿言換了身衣裳，描眉輕妝，鏡子中女子氣色不佳，嘴唇泛白，比之白卿言從前還要顯得羸弱。皇帝多疑，白卿言身體越是不好，皇帝就越是放心。

白錦稚換了衣衫回清輝院，進門看到氣色不佳的白卿言嚇了一跳：「長姐，是不是哪裡不舒服？要不要傳太醫來看看？」

「長姐身體本就不好，此次征戰北疆，消耗太多……氣色不好是自然的，需要回朔陽好好將養才是。」白卿言捏了捏白錦稚來扶她的手。白錦稚會意點了點頭。

皇帝大約是為了做給天下人看，堵住悠悠眾口，竟然派了聲勢浩大的車駕隊伍前來鎮國郡主府門前，接白卿言和白錦稚。五駕馬車，禁軍護衛，排場何其烜赫，規制甚至已超出她的祖母大長公主。

「陛下特派老奴前來接鎮國郡主同高義縣主進宮！」高德茂抱著拂塵笑盈盈上前，行禮道。

「勞煩高公公了！」白卿言對高德茂頷首。白錦稚緊緊跟在白卿言身後，上了馬車才壓低了聲音同白卿言道：「皇帝竟然派了高公公來接！」

白卿言笑了笑沒有吭聲。她透過被風吹起的馬車簾幔，見護衛將百姓攔在道路兩側，供馬車通行。皇帝面子上的功夫做得越是到家，一會兒賞她和白錦稚實在的東西就越是少。「一會兒見了皇帝，還是多要些實惠的東西！」白卿言叮囑白錦稚，「金銀越多，以後剿匪的兵就越多。」

白錦稚頷首：「我懂！封賞虛名推辭，金銀珠寶收下！我年紀小，稚子無知，撒潑打滾多向皇帝要一些也是應當的！」白卿言眉目間笑意愈濃，頷首。

來接鎮國郡主和高義縣主的車駕一路招搖進了宮，皇帝在太子陪同下，於書房召見了白卿言和白錦稚。皇帝的氣色看起來極好，似年輕了好幾歲般，不知是北疆大捷使皇帝龍心大悅所致，還是……丹藥。

白卿言帶著白錦稚恭恭敬敬對皇帝行了禮，皇帝賜坐，兩人起來時白錦稚快了一步忙上前將白卿言扶起。皇帝這才看清楚，白卿言的臉色極為不好，她本就生得白皙，如今細看之下連嘴唇之上都無血色。太子亦是大驚：「昨日見郡主還覺郡主氣色尚可，怎麼突然病了？要不然傳黃太醫來看看！」

「多謝太子殿下！倒也不是什麼大事！言身體本就不好，此次北疆之戰……拼著一口氣，大勝之後言便覺心力交悴，直到昨日回到大都鬆了一口氣，沒想到下午就發起了高熱！不過殿下放心……已經請盧姑姑看過了，不礙事！」白卿言聲音徐徐，透著幾分無力。

「太子表哥！你可好好說說長姐吧！長姐就聽太子表哥的！盧姑姑說了……長姐舊疾在身，此次更是太過耗費心力，積勞成疾，若是長此下去……」白錦稚一副哽咽到說不下去的模樣。

太子因為白錦稚這句長姐就聽太子表哥的，心情大好，卻不好顯示在臉上，憂心道：「此次，孤也聽劉宏將軍說了，辛苦鎮國郡主了！」

白卿言誠惶誠恐起身，一拜：「言身為晉民，身為晉國的鎮國郡主，為晉國出力乃是本分，不敢當太子殿下這句辛苦！白家世代都為晉國拋頭顱灑熱血，言身為白家子嗣，自當繼承先輩風骨，只是病軀累人，不能為晉國鎮守邊塞，實是慚愧。」

皇帝看著跪地俯首的白卿言，她身體不好，倒是讓皇帝心中安穩不少……「高德茂，扶鎮國郡主起來！」皇帝側頭吩咐道。

高德茂連忙邁著碎步上前，將白卿言扶起：「郡主快坐！」

「多謝陛下……」白卿言行禮後坐下。

此時，皇帝和太子一般，還需要威名能夠震懾列國的白卿言好好活著！「此次北疆，大勝樑國，鎮國郡主厥功至偉！」皇帝目光凝視面色慘白的白卿言，手指摩挲著團枕，慢條斯理開口，「太子進言，請朕冊封鎮國郡主為公主，高義縣主為郡主，朕也深覺十分妥當……」皇帝看得出白卿言對太子似乎是真心臣服，也樂於將人情送給太子。

太子會意，笑道：「父皇知道此前朔陽宗族將白家掏空了，此次還有些東西是私下裡賞給郡主的！」高德茂忙邁著碎步上前，將皇帝私下賞賜的物品單子送到白卿言面前。

白卿言忙起身謝恩，又道：「言與四妹，為國盡忠實屬應當，陛下所賞賜……言必會都用在朔陽剿匪之上，替陛下太子清除匪患，以報陛下太子深恩。」

「皇帝伯伯！」白錦稚突然開口。

皇帝摩挲團枕的手一頓，視線看向睜著圓圓大眼看向他的白錦稚，似乎是有些意外白錦稚這皇帝伯伯的稱呼。但，若是真的算起來，大長公主是她的姑母，白錦稚的父親便是皇帝的表弟，白錦稚的確是要喚他一聲伯伯。

見皇帝朝她看來，白錦稚提起衣裙小跑至中央，跪下叩首：「錦稚有個不情之請，皇帝伯伯還是不要封錦稚當什麼郡主了，郡主縣主對錦稚來說都是一樣的！比起當郡主……錦稚更想平定匪患。如今……我朝剛剛平定南疆和北疆，但西涼與大樑還是野心勃勃，如臥於我晉國榻旁的餓狼，時時窺視，大晉不得不重兵駐防。」

「今歲晉國天災人禍不斷！朝廷騰不出手腳收拾匪患，錦稚與長姐一般，願為皇帝伯伯和太子表哥分憂，錦稚不要郡主的尊位，厚顏請皇帝伯伯多賞賜些金銀等俗物，讓錦稚能有銀錢好好在朔陽多多召集些人手剿匪！不然那些窮苦百姓人家……吃都吃不飽，肯定不願意捨命隨錦稚去剿匪啊！」白錦稚目光清澈乾淨，一團孩子氣的模樣，倒是嬌憨可人。

皇帝輕笑了一聲，看向太子：「倒來了一個朝朕討銀子的！」

「我看這高義縣主，要銀子召集人手去剿匪是假，要銀子召集人手陪她去玩兒是真的！」太子也忍不住笑，「不過有鎮國郡主在，定能……」太子原本是想說定然會很快解決匪患，話到嘴邊見白卿言一臉蒼白柔弱的樣子，又改了話音：「定能盯著高義縣主。」

白錦稚忙叩首一拜：「皇帝伯伯和太子表哥放心，白錦稚定然會將銀錢的每一筆用處都寫的清清楚楚，每個月都快馬讓人送來給皇帝伯伯和太子表哥過目！」

皇帝坐直了身子，似笑非笑問：「看起來，這剿匪之事……鎮國郡主是交給高義縣主了？」

白卿言直起身對皇帝拱手，朝著白錦稚看了一眼，似乎是惱了白錦稚，白錦稚忙縮了縮脖子。

她眉頭緊皺，同皇帝道：「回陛下，昨日盧姑姑在皇家清庵為言診脈之後，叮囑言需靜養不可再耗費心力勞累，否則恐會傷身。錦稚這孩子就想從言手中攬下這剿匪之事，可錦稚年紀小，言不甚放心，未曾應允，不成想這孩子膽大妄為，今日竟在陛下面前賣弄小聰明……想借陛下之口將此事攬下來。」

「長姐欺君！盧姑姑明明說……長姐再耗費心力，恐命不久矣！」白錦稚含淚朝著皇帝和太子叩首，「皇帝伯伯，太子表哥！不是錦稚膽大妄為，祖父、父親和伯叔父，還有白家諸子都戰死沙場，錦稚不想再失去長姐！求皇帝伯伯做主，將剿匪之事交於錦稚！錦稚定然用心辦好！一定不會比長姐辦的差，還請皇帝伯伯給錦稚一個正名的機會！」

盧寧嬅的醫術，皇帝信得過……命不久矣嗎?!皇帝摩挲著團枕，細細思索。

「錦稚，答應朔陽百姓剿匪的是我，你這樣向陛下和太子哭訴，豈不是難為陛下和太子！」白卿言訓斥白錦稚。

「高義縣主也是一片好心！」皇帝徐徐出聲，「鎮國郡主回朔陽之後，還是要好生將養，身體為重才是啊！剿匪之事就交給高義縣主吧！」

「多謝皇帝伯伯！」白錦稚急忙叩首，像是生怕遲則生變。

宣嘉十六年七月，晉國與大樑一戰大獲全勝。鎮國郡主白卿言冊封鎮國公主，成為晉國史上，唯一以武得封公主的女子。高義縣主白錦稚冊封高義郡主。主帥劉宏封冠軍大將軍，其餘參戰將領，皆有封賞。

太子親自送白卿言與白錦稚出宮，笑道：「等今日晚些時候聖旨一下，便要改口鎮國公主和高義郡主了！」

「皇帝伯伯真真兒是太大方了！我原本是想用郡主的位分換銀子的，沒成想……皇帝伯伯竟然又給銀子又給郡主之位！以後朔陽城我還不橫著走……」白錦稚大大咧咧道。

「白錦稚……」白卿言朝白錦稚看過去。

白錦稚連忙乾笑兩聲：「玩笑！玩笑而已！」

太子也被白錦稚逗樂：「今日聖旨未到，郡主和縣主怕是無法啟程回朔陽，若郡主身子還撐得住，不如……去太子府坐坐，孤有事請教郡主！」

白卿言頷首，轉頭對白錦稚道：「你先回府！」白錦稚求救似的看向太子：「太子表哥，你記得一會兒多多在我長姐面前替我說說好話，別讓她罵我了！」

太子眼底笑意更濃，點頭：「縣主放心，一定！」

白錦稚行禮告辭，上了馬車。

一到太子府，太子便吩咐全漁派人去請蕭先生，還特意叮囑讓蕭容衍騎馬來，又讓府上備素宴。

為白卿言和蕭容衍保媒之事，太子還未放棄。蕭容衍每一次來大都，都要給太子帶些奇珍異寶，太子難免會貪心。畢竟那麼大一個錢袋子放在那裡，太子怎麼會不動心？

太子將白卿言請入書房之中，又派人喚了方老、秦尚志和任世傑前來。白卿言上次見到秦尚志時還是離開大都之前，那時秦尚志氣色便不是很好，此次再見……人又瘦了一圈，倒是方老年紀雖大卻春風滿面，老當益壯。

看到白卿言，秦尚志與任世傑忙向白卿言行禮：「見過郡主！」

「兩位先生客氣！」白卿言頷首，視線落在方老身上，對方老淺淺頷首，「方老……」

方老這才不緊不慢對白卿言行禮，喚了一聲：「郡主！」

「都坐吧！」太子率先坐下。全漁帶婢女上了茶，親自端了杯玫瑰花茶放在白卿言面前，低聲道：「郡主體虛，飲用些花茶為宜。」

「多謝全漁公公。」白卿言朝全漁頷首道謝。全漁看著白卿言面色蒼白削瘦的模樣，倒很是擔憂，規規矩矩退到門外候著。

「魏國使臣秘密入晉，面見父皇，呈上國書，稱……大燕卑賤，卻居心叵測，這些年暗自圖強，不露家底，出手便吞併南燕，又助戎狄對抗南戎，意在窺戎狄天然牧場，其狼子野心欲謀天下之意，已昭然若揭。若再縱容燕存於世，恐來日其兵強馬壯，列國危矣！當今之世，能滅燕者除了魏國便是晉國，魏國有意……同我晉國互盟，一同滅燕分燕！諸位怎麼看？」

白卿言不動聲色端起茶杯，大魏……有能人啊，一看便看破了大燕所圖。

秦尚志倒不似以前那般痛痛快快與太子直抒胸臆，竟如同任世傑一般，沉默著坐在那裡喝茶。

「陛下怎麼說？」方老問。「父皇似乎有意歷練孤，叮囑此事讓孤好好想想，三日之內告訴父皇，孤想如何處置……」太子眉頭緊了緊，頗為擔憂，怕自己回頭答的和皇帝想的不同，被皇帝訓斥。

白卿言垂眸看著杯中起伏不定的玫瑰花苞，她倒不覺得皇帝這是在歷練太子，只覺皇帝的心思怕已經不在國政之上了。

方老摸了摸山羊鬚，半瞇著眼故作深沉思索了片刻之後道：「殿下，老朽以為，我晉國剛經歷南疆之戰，又與大樑起戰事北伐，實在是不宜再戰，當休養生息為好！魏國前些日子陳兵大燕邊界，卻遲遲未敢與大燕開戰，如今遣使入晉……不過是想聚眾壯膽。」

太子點了點頭，側頭望著方老認真傾聽。「合力滅燕，分燕！說的好聽，可怎麼個分法？整個大燕……最肥沃之地，盡在南部！南燕與魏相鄰，若是真的滅燕，分燕之時南燕定然是大魏的！而燕北之地，地瘠民貧，逢冬便災，我晉國要這一半燕地做甚？難不成是為了每年撥付銀兩賑災……損我晉國國力嗎？此次若真與大魏合兵滅燕分燕，忙活一場最終也是為他人作嫁衣裳，幫魏國拿到眼饞已久的南燕沃土而已。」

太子恍然，點了點頭又看向白卿言：「郡主以為呢？」

白卿言放下茶杯，徐徐開口：「方老所言有理，不過……格局卻小了些！」

方老眉頭一抬，朝白卿言看去：「願聽郡主賜教。」

「如同方老所言，我晉國與大魏合兵滅燕分燕取地，南燕沃土臨於魏，燕北貧瘠之地臨於晉，確實於我大晉無利！可大魏有句話說對了，這些年大燕暗自圖強，不露家底，國力到底到了什麼地步，列國不知，這難道不讓人怕嗎？想想當年姬后主政之時，推行新法，列國不恥，彼時……大燕也是這般不露家底，十年之後，新軍突然出現，大燕銳士所向披靡無人敢逆其鋒芒，滅小國，吞他國沃土，若非後來大燕皇帝清醒掌權廢新政，以當時大燕的國力，滅其餘諸國，一統……指日可待！」

白卿言看向太子：「太子殿下可曾記得，南疆凱旋之時，言曾建議殿下出兵助戎狄，以奪天然牧場，為來日一統大業奠定基礎，那時殿下和陛下深覺晉國征戰兵力損耗巨大，應當休養生息，便未曾派兵前往戎狄。」

白卿言話裡是對太子和皇帝的恭維，卻說的極為誠懇，太子忙點了點頭：「是！」

「可大燕卻在此時出兵助戎！」白卿言慢條斯理道，「殿下不要忘了，大燕皇帝慕容彧乃是姬后之子，姬后教養長大，他從未忘記過姬后一統天下的宏願！他趁亂收復南燕，重奪肥沃故土，助戎狄對抗南戎，意在窺戎狄天然牧場！這都是在為將來一統打基礎……」

「我晉國所處之地，雖說占據心腹之地，可四面臨敵，呈四國夾裹之勢，若此次能夠滅燕，將來欲奪天下時……西面就能避免被大燕掣肘，晉國不必分兵於西。此一戰雖無近利……但長遠之計，卻能為將來大業奠定基礎。」

秦尚志連連點頭：「殿下，鎮國郡主所言甚是啊！大燕意在窺奪天下，雖說滅燕我晉國無法得利，可以長遠來看，滅燕是為了掃清將來我晉國一統天下的最大絆腳石！」

「秦先生此言未免誇大其詞，小小燕國，如今國弱民貧，竟能成絆腳石？秦先生未免高看燕國了！」方老一臉不屑瞪了秦尚志一眼，朝太子拱手，「即便如鎮國郡主所言，燕國野心勃勃，意在天下！可殿下……燕國國力可跟不上燕國的野心啊！天下一統此事何其艱難，就燕國那破破爛爛的模樣，也敢言一統？」

太子垂眸靜思，不自覺點了點頭。「故而，老朽以為，我晉國應當防著燕國，但如今大可不必出兵替魏國作嫁衣裳！太子殿下可將魏使秘密來晉，意圖與晉合謀滅燕分燕之事，告知質於晉國的大燕皇子慕容瀝，讓其將消息傳回母國，讓燕國同魏國去打吧！我晉國大可作壁上觀，坐收漁翁之利，也可看一看大燕到底是何實力。」方老說完對太子一禮。

「是啊，應當告知大燕皇子，畢竟……大燕質嫡子於晉，可是天大的誠意，我們晉國不能寒了燕國的心啊！」太子似乎很滿意方老這一計謀，眼底全都是滿意的笑意。

秦尚志緊緊抿著唇，藏在袖中的拳頭緊緊攥著。若是晉國不與魏國聯手，魏國定然不會妄動……

如同剛才白卿言所言，大燕未曾露過家底，魏國心中難道不懼嗎？

白卿言垂眸，作為晉民……她應當進言的已經都說了，至於上位者是否採納，那便是太子和皇帝的事情。

太子見白卿言未吭聲，不願冷落白卿言，便道：「郡主以為呢？」

「若殿下用方老之計，言倒是覺得可以加上一些。」白卿言聲音平和，「若是大燕與魏國真的開戰，我晉國作壁上觀，可等兩敗俱傷之後，我晉國再同魏國結盟共伐燕國，那時……什麼地方歸晉國，什麼地方歸魏國，我晉國說了算！」

秦尚志眉頭皺的越發緊，這也算是辦法中的辦法！可前提是，魏國會在不與晉國結盟的情況下，攻打燕國。

「好！」太子心情大好，「晚膳前，孤進宮同父皇覆命。」「全漁！」太子朝門外喚了一聲，「去問問蕭先生到了沒有，若是到了……便開宴，賀鎮國郡主凱旋！」

聽到蕭容衍的名字，白卿言剛端起茶杯的手頓了頓，抿唇。

太子笑著對白卿言說：「昨日，你憂心姑祖母，父皇宮中設宴未曾前去，今日……咱們就在太子府設小宴，為你慶賀！放心無歌舞……不飲酒，皆是素食！你可不許再推辭啊！」

白卿言起身道謝領命。

白卿言一行人隨太子剛從遊廊轉角過來，便遠遠看到月白色廣袖袍，身形修長的蕭容衍正坐於金桂之下賞花，周身透出一股子閒適從容之感。離得太遠，白卿言不甚能看清楚蕭容衍的五官神色，卻能感受到男子穩重又溫文爾雅的氣質。

花隨風落，蕭容衍姿態淡漠，掃落膝上落花。

「容衍！」太子親切喚了蕭容衍一聲。

蕭容衍聞聲起身，慢條斯理朝著太子的方向恭敬一禮：「殿下！」

他又看向白卿言，眉目含笑：「郡主！」

白卿言朝著蕭容衍頷首，視線卻落在蕭容衍頭上的玉簪上……那玉簪，與蕭容衍昨日送她的，一模一樣。

蕭容衍抬起深眸，深邃湛黑的目光落在她臉上，視線平靜而深沉。

太子笑著走至蕭容衍身邊，道：「今日之後，便要改口稱公主了！走吧……裡面說話！」太子親密地拉著蕭容衍的胳膊，同他入正廳內。

「郡主請！」全漁壓住了準備邁步入內的方老，對白卿言做了請的姿勢。方老心裡有些不大高興，卻也知尊卑有別，眼看著白卿言入內之後，這才抬腳。

太子有心撮合，便將蕭容衍的座次安排在白卿言的下首。「因鎮國郡主還有孝在身，今日雖是恭賀郡主凱旋之宴，但也不宜歌舞奏樂，更不宜飲酒，素食宴……太子妃親手釀的桂花露，還望容衍不要嫌棄啊！」太子笑盈盈道。

「怎會，太子殿下思慮周全！」蕭容衍直起身對太子笑著端起面前酒盅，飲盡杯中桂花露：「衍有幸，得嘗太子妃親手所釀的桂花露，榮幸之至。」

白卿言亦是朝向太子的方向頷首淺笑：「太子殿下細心，言……感激不盡。」

「這話就客套了，你我本就是表兄妹！一家人！」太子笑道。因著無歌舞助興，又無酒，素宴結束的倒也快。

「恐父皇會讓人去鎮國郡主府宣旨，孤就不留鎮國郡主了，容衍……你替孤，送鎮國郡主回去。」太子笑道。留白卿言在太子府用膳，為的就是給白卿言和蕭容衍相處的機會。

秦尚志抬眸朝著白卿言看了眼，又朝著蕭容衍看了眼，心中了然太子為何會如此。可秦尚志卻覺得，太子將白卿言一個女兒家的終身大事，作為他圖謀蕭容衍銀錢的利器，難免太過涼薄。以白卿言的心智，秦尚志相信，她早已明白太子的意圖，太子如此作為，恐會令白卿言心寒。

「言告辭！」白卿言朝太子行禮。

蕭容衍此來是騎馬，未曾備馬車……太子也裝糊塗未讓太子府給白卿言備馬車，其心思顯而易見。

蕭容衍對白卿言道：「還好，從太子府回鎮國郡主府這一路綠樹成蔭，走走倒也無妨，衍……也好同白大姑娘說說話。」

白卿言藏在袖中的手收緊，頷首：「蕭先生請！」

「白大姑娘先請！」

抱著劍的月拾帶著護衛牽馬立在不遠處，偷偷笑，在心裡誇了誇晉國這位太子爺。

「言知蕭先生要說什麼。」白卿言負手同蕭容衍並肩而行，沿著林蔭道一路緩慢向前。

「衍，也知白大姑娘要說什麼。」蕭容衍有條不紊道，「衍，對白大姑娘來說，算是他國之人，且所圖所謀……大致相同，若是此時定下情誼，難免會在需決斷時，被情義所累。」蕭容衍心中什麼都明白。

她垂眸開口：「若無情義，各自為各自利，理所應當！若有感情羈絆，便會對彼此抱有過高期望！當年與晉國皇帝一母同胞的安樂公主……為了替還是太子的晉國皇帝穩固地位，嫁入蜀國為妃。滅蜀之戰……是我親自帶兵管控蜀國後宮。安樂公主自信與皇帝乃一母同胞，所以並未帶著兒女逃跑，而是隨凱旋大軍一同回了大都。她以為皇帝會念在他們姐弟自小相依為命，饒過她的一雙兒女，她也能回歸故里。可是皇帝卻選擇了斬草除根！安樂公主也因此恨毒了皇帝，在密謀刺殺晉國皇帝時被亂箭射死。」

「此事，皇帝錯了嗎？作為晉國皇帝斬盡殺絕，他無錯！安樂公主刺殺皇帝錯了嗎？她也沒有錯！錯的是感情！皇帝可以對安樂公主的兒女趕盡殺絕，但無法殺了自己相依為命長大……為了穩固他太子之位嫁入蜀國，屈尊妃位的姐姐！安樂公主自信姐弟情深，隨大軍回晉國，卻落得兒女身首異處的結局，她選擇刺殺皇帝也在情理之中。」

白卿言腳下步子一頓，轉過身，黑白分明的清明瞳仁，鄭重看向蕭容衍：「這世上，萬事都有道理可講，唯獨感情不可以道理衡量，人心皆是如此，誰能例外啊？」感情……的確是這個世上最無道理可講之事。

風過，枝葉婆娑，沙沙作響。涼意掃過白卿言的長袖下擺，她微微屈身對蕭容衍行禮：「蕭先生留步，前路……言獨行。」白卿言起身欲走，蕭容衍便一把將其手腕攥住。跟在蕭容衍和白卿言身後牽著馬的月拾和眾護衛，忙轉過身去不敢看。

「蕭先生！」白卿言四下看了眼，這附近住的都是勳貴人家，平常百姓無事不會前來，此時晌午太熱，正是午憩之時，街上並無人。蕭容衍手指修長削瘦，骨節分明而有力。他將白卿言輕輕朝自己的方向拉了一把，深眸認真凝視白卿言白皙精緻的面龐。

兩人之間距離極近，近到白卿言能看清蕭容衍極長的眼睫。

「你所言，我明白！我母親那樣心智超越男子不知百倍的女子，也是栽在了一個情字上頭，那時我母親和父親尚且屬於同一國，還是落得那樣的下場，你的顧慮我都懂！」蕭容衍神色平靜，說的極為認真，「我不逼你，只做君子協定！何時天下一統，何時你我結為夫妻！」

白卿言欲退，蕭容衍卻更進一步，挺拔的身軀幾乎貼上她，一手緊攥她的細腕，一手攥住削瘦的肩膀，壓低了聲音道：「此協定，非為定情，而是為了……你我之間除彼此不會再有他人！你白卿言若有夫，其人必為慕容衍，我若有妻，其人必為白卿言。」

蕭容衍幽邃的目光認真又深情：「你可敢應？」

白卿言手心收緊。帶著熱氣的風竄入白卿言頸脖，讓她耳根燒了起來。如此強詞奪理，這已經是私定終身了，還不算定情？「我幾年前受傷，子嗣無望。」白卿言亦是壓低了聲音，「你是大燕九王爺，無嫡子……你皇兄怕是不能應允。」

「能誕下子嗣的女人天下皆是，白卿言只有一個，衍求妻……非求子！」蕭容衍靠的很近，聲音又壓得很低，說話時熱氣掃過她的眼睫，讓她睫毛止不住的輕顫。

「我若未想清楚，也不會冒然同你說這些！曾經太子同我說，若我入贅白家，即便白大姑娘子嗣緣淺薄，我身為贅婿想納妾定會受阻！我同太子言……衍擇妻看重的是兩人能否相知一生，求得是知己者，而非為子嗣傳承！」

蕭容衍話說完，才稍稍鬆開了白卿言一些，望著她道：「終此一生，衍心之所向，只求白卿言一人相伴相守！」

蕭容衍這話的分量極重，重到白卿言不敢接話，喉嚨如同被人扼住一般。

他摩挲著白卿言的細腕，語速低緩：「何時天下一統，何時你我結為夫妻！在此之前……你我互惠互利，以利相交，利盡則散，不談情義，如此君子協定，你可敢？」

白卿言抿唇不答，手腕掙扎，反被他摟得腳下趔趄，心跳越發快了起來。

「你心中於我並非無情，正如你所言……你我肩有重擔，前路坎坷未明，如履薄冰，不敢分心不敢動心情理之中，我求的也並非此時，而是來日！」蕭容衍姿態強硬又深情，分明就是以退為進……咄咄逼人意圖定下終身。他靜靜望著白卿言，慢慢低下頭，低啞著嗓音問：「你可敢？」

白卿言喉嚨像被人扼住了一般，發不出聲音來。

對蕭容衍，白卿言心底並非無情，上一世……她與蕭容衍是棋逢對手，生死關頭蕭容衍的人將她從晉軍手中救出，贈她玉蟬讓她自去逃命。此生，她對蕭容衍遺有前世的感激，更有敬佩，敬佩他如同姬后那樣將一個貧瘠的燕國，變成列國懼怕的大燕國，敬佩他與白家世代相傳如出一轍天下一統的抱負，敬佩他的手腕智謀。這樣沉穩內斂且城府深不可測的強大男子，很難讓人不動心。

鼻息間縈繞著蕭容衍身上幽沉的木蘭氣息，白卿言撐在蕭容衍心口的手不自覺攥住他的衣襟，望著蕭容衍湛黑深沉的眸子，開口：「我曾在祖父靈前摔盆立誓，此生不嫁！」

「屆時天下太平，燕國無患，將國事交至兄長手中。」蕭容衍緩緩低頭，兩人臉越靠越近，他試探用鼻梁觸碰她的鼻頭，醇厚低沉的聲音壓得極低，「你不嫁……衍自入贅便是。」從頭到尾，蕭容衍也從未說過一個嫁字，只說以彼此為夫妻。

她攥著蕭容衍衣襟的手頓時汗津津的，耳根也跟著發燙：「若是有朝一日，兩軍交戰……你我之間亦能不容情！」

「絕不容情！」蕭容衍鄭重道。

察覺蕭容衍摟著她腰的結實手臂收緊，按捺不住低頭要吻她，白卿言屏住呼吸，手推住蕭容衍的胸膛：「君子一諾，擊掌為誓。」趁著蕭容衍鬆手的間隙，白卿言後退一步，抬手欲與蕭容衍擊掌。

蕭容衍眉目間是極為內斂克制的淺淡笑意，與白卿言輕輕擊掌：「君子一諾，擊掌為誓！」

「走吧……」白卿言轉身率先邁步，擊掌立誓的那隻手被緊緊攥住，心中還有些不真切的感覺。她從未想過，有一天她會這樣同一個男子定下終身，她甚至從未想過她也會有男女情愛之事。

蕭容衍與白卿言並肩緩行，沉默在兩人之間蔓延。

「衍今早接到消息，洪大夫約莫今日傍晚便會入城。」蕭容衍此時語聲溫潤從容，完全不似剛才那般咄咄逼人，「洪大夫的確是忠於白家，擔憂秦夫人生產有危，馬不停蹄往回趕。」

「洪大夫看著我等自幼長大，在洪大夫眼中……我們姐妹與他孫女無異。」白卿言緩緩鬆開緊攥的拳頭，情緒隨著蕭容衍的溫聲輕語漸漸平復。

蕭容衍想起之前大燕那邊兒來信，說洪大夫除了醫治兄長之外，專程去了一趟寒極之地尋找醫治寒症的一味藥材，想來應當是為了白卿言。

「大魏密使入晉的事情，蕭先生知道嗎？」白卿言問。

蕭容衍原本不想同白卿言提起這件事，以避免給白卿言他所謂傾慕之語……只是為了從她這裡得消息的錯覺。可既然白卿言說了，蕭容衍也不妨同白卿言說說：「大魏密使不但來了晉國，還去了西涼和大樑！」

「蕭先生消息，果然靈通啊……」白卿言低笑道。
「因為魏密使入晉……還是跟隨我的商隊進來的！」蕭容衍哭笑不得道。
白卿言恍然，難怪蕭容衍消息靈通，原來是從根源處掌握消息。
「大樑山高水遠與大燕隔海又隔晉國，若是要遠征伐燕，要麼……走水路，要麼借道晉國，代價太高得不到實惠，大樑不會與大魏聯手！西涼女帝至今才逐漸平內亂，朝堂有了穩定之象，其威全仗雲破行手中兵力，不能冒然調兵攻燕！至於晉國……晉國和大魏想要的都是燕南沃土，只要分利不均……便無法聯合。」蕭容衍細細分析。
「可從長遠講，晉國占據居中之地，南臨西涼，北臨大樑，東臨戎狄，西是大燕，若此次能滅燕，將來晉國劍出天下……可免西面受敵之窘況，西面也會成為晉國可退之地！所以……晉國若欲攬天下，需……先滅西面的大燕，或先滅北面的大樑！」
蕭容衍知，白卿言一言，直擊要害，眼界長遠。「白大姑娘有遠見，可不見得晉國皇帝和太子會採納……」蕭容衍笑了笑道。晉國這位太子，完全揣摩著皇帝的心思來辦事，一心只想著討皇帝歡心，而晉國皇帝……好逸惡戰，並非是一位有雄心壯志的皇帝。
「是啊！」白卿言語音裡透出幾分悵然來，「該說的都說了，端看皇帝和太子如何抉擇。」
蕭容衍點了點頭，送白卿言往鎮國郡主府走。他心中一絲也沒有怪白卿言的意思，兩人本就不是一國，處於對立面，白卿言遲遲不敢與他定終身，便是因為有這方面的顧慮。在大業成就之前，他們二人是對手，不論給對方出了什麼難題，都是理所應當。待到大業成就之後，才是他們論情分之時。
蕭容衍將白卿言送至鎮國郡主府門前，長揖告辭，眼底有幾分留戀不捨。目送白卿言入府，月拾牽著馬上前，低聲問：「主子，你怎麼也不進去坐坐？」今日能與白卿言定下終身之約，蕭容衍已經很滿意了，不能得寸進尺。

第二章 舌燦蓮花

白錦繡就坐在清輝院中等著白卿言，一見白卿言進院子，便起身笑道：「長姐回來了！」

昨日白卿言吩咐白錦繡派人去查梁王府採買的情況，有了消息白錦繡便立刻趕了過來。今日聖旨一下，明日便要啟程回朔陽，秦朗知白錦繡和白卿言姐妹情深，命人給白錦繡套車，叮囑白錦繡安心在白府用晚膳，晚些時候他再親自來鎮國郡主府接白錦繡。

姐妹兩人進了上房屏退左右，在臨窗軟榻上坐下，讓小丫頭將門窗關嚴實。白卿言拿了個繡金雙福的流蘇團枕，墊在白錦繡身後，這才坐下詳閱白錦繡送來的梁王府採買單子。

「梁王府倒是沒有採買三黃、松脂等物，只買了大量的硝石，我派去的管事打聽過了……梁王府的採買說，梁王要自己製冰做冰雕來博皇帝歡心，所以才買了大量硝石！」白錦繡手肘支在小几上，湊近了白卿言一些，「長姐，我懷疑三黃和松脂……梁王府是交給九曲巷王家去置辦的！」

「派人去查了嗎？」白卿言問。

「派人去了，想來用不了多時便會有人回稟！」白錦繡說完，眉頭皺著，「若是梁王……真的在替皇帝煉丹藥，長姐打算如何應對此事，我也好提前做準備。」

「暫時倒不用，如今梁王聖眷正盛，此事這個時候掀出來……皇帝就算明著罰了梁王，暗地裡還是會補償梁王，與我們沒什麼好處。」白卿言說。

很快，王家這幾個月的採買單子也送了上來。白卿言見白錦繡熱的直搖扇子，命人去端盆冰進來。白卿言一向畏寒，夏日裡清輝院從來不用冰，可白錦繡自從懷孕之後就極怕熱，夏日裡甚是煎熬，平日裡在秦府冰也是沒有斷過的。

「不用了長姐！就這麼一會兒我還忍得。」白錦繡怕白卿言身子受不住，笑了笑道，「長姐若是怕我熱，就讓人再給我上一碗冰鎮梅子湯。」

「你已經喝了兩碗了，到底有孕在身克制一些！」白卿言說著拿起王家的採買單子看。

婢女捧了冰進來，將冰放在白錦繡那一側，倒是立時涼快了不少。王家採買單子上倒是有三黃，數量也是正常，最近這一月數量反倒是要比上月更少一些。那王家和梁王府管事來往過密，到底又是為了什麼。

白卿言正垂眸靜思時，清輝院的婢女打簾進門，隔著翠玉屏風朝屋內的白卿言和白錦繡行禮道：「大姑娘、二姑娘，董府的三位表小姐過來探望大姑娘，二夫人遣人來喚大姑娘同二姑娘。」

「知道了！」白卿言應聲，「讓四姑娘先過去，在臨湖涼亭招待三位表姑娘。」

「是！」婢女離開後，白卿言用火點燃手中王家採買的單子，叮囑白錦繡道：「王家和梁王府管事來往的事，還是要細查，但不能打草驚蛇，此事你若是不好再辦……就派人去告訴祖母，祖母身邊那個魏忠，我看他是有幾分本事的！」大長公主如今也在防備梁王，要查清楚梁王府管事和九曲巷王家的關係，大長公主應當會盡力。

白卿言換了身輕便衣裙，同白錦繡到臨湖涼亭時，董葶珍臉紅了一個透澈，見白卿言前來，忙起身行禮：「表姐，你可管管她們吧！」

白錦繡用帕子掩唇笑了笑：「葶珍脾氣一向是最好的，今日氣成這樣肯定是她們不好！」

董葶好笑了笑道：「是是是！都是妹妹的錯，以後再也不拿姐姐的親事說嘴了！」

「哎呀！都是自家姐妹！說說又怎麼啦！」白錦稚朝著董葶珍擠眉弄眼，「葶珍姐姐，你倒是說說你見過陳太傅這孫子嗎？我可是聽說了……這次要不是有這個科舉舞弊案，陳釗鹿就是金科狀元啦！」

董葶珍臉更紅了，故作生氣道：「你們再這樣，我可不要理你們了！」

「你們也真是的，姑娘家的親事也是你們能這樣拿來說嘴的！」白錦繡抬手點了點白錦稚的腦袋。

「陳太傅請媒人提親了？」白卿言笑著問董葶珍。

董葶珍眉目間帶著幾分煩躁，紅著臉在桌邊坐下，點了點頭，扯著帕子說：「今兒個一早，譚老太君便上門來同母親說了此事，母親只說……要同父親商量商量，也還沒有定下！偏這兩個到處說嘴！」

「姐姐息怒，妹妹也沒有到處說嘴啊！這裡都是自家姐妹，才說來好玩兒罷了！姐姐別生氣，妹妹不說就是了！」董葶芳亦是用帕子掩著唇笑。

「可是帝師家的譚老太君？」白卿言又問。帝師譚松雖然已致仕，其在大都城可謂是德高望重，陳太傅若是請了譚老太君來說媒，那當真是誠心實意。

「陳釗鹿此人，我倒是聽秦朗提過，是個端方君子，又是狀元之才，滿大都城多少勳貴人家盯著，若是真與葶珍妹妹成就好事，倒是不錯的姻緣。」

董葶珍眉頭更緊了些，扯著手中的帕子，偏頭看向湖面，心中約莫是不痛快。

「葶珍……你可是心裡有人了？」白卿言問。

董葶珍一驚，脊背挺直，眼神閃了閃，垂眸撫著皓腕上一只寬玉鐲子道：「沒有，表姐多心了！」

「葶珍，婚姻一旦定下就是一輩子，舅舅和舅母一向疼愛你，定不願看著你在終身大事上委屈自己，你若真是心有所屬，當早日同舅舅和舅母明說，若是良緣……舅舅和舅母也必不會因為陳釗鹿是狀元之選，便硬是逆了你的心願，將你嫁於陳釗鹿。」

聽著白卿言輕聲細語的開解，董葶珍細細想了想，抬頭看向白卿言：「表姐放心，我就是心裡有些沒底，若真有了心儀之人，定然是要同父親和母親說的！對了……長元哥哥知道表姐和四表妹要晉封了，讓我們三個帶來了賀禮。」

董葶珍岔開話題，將兩個錦盒分別遞給白卿言和白錦稚，裡面各放著一枚壽山石的印章，是董長元親手雕琢的。

「哎呀！好漂亮的印章啊！替我謝謝長元表哥！」白錦稚愛不釋手，摸著印章頂頭那只活靈活現的小貓，忍不住感慨，「是不是董家的人手都這麼的靈巧，表姐們是……連表哥也是。」

白卿言手中的印章上面雕著梅花，倒也別緻。看著手中雕工精良的印章，白卿言難免想起了蕭容衍親手雕的玉簪子，耳根微熱。她將印章放回錦盒裡。

董葶珍、董葶妤、董葶芳是知道明日白卿言就要啟程回朔陽，這才同宋氏說了說，來鎮國郡主府坐坐，眼看著日頭要西沉了，三人這才依依不捨起身告辭。白卿言親自送董葶珍三人，還未出門，皇帝身邊的高德茂公公便帶著內侍前來宣旨了。

董葶珍三人也忙跪在後面，跟著一同聽旨，三人見皇帝封了白卿言公主，白錦稚郡主後，流水似的賞賜往鎮國郡主府內抬，當真是羨煞了董家那兩個庶女。

白錦稚倒是挺高興，聽著太監唱報那些賞賜，止不住的朝著白卿言擠眉弄眼，表示這些都是她努力要回來的，長姐應該誇她。

白卿言叩首領旨之後，道：「陛下聖恩，白卿言與四妹感激不盡，此次陛下所賞賜財物，白卿言必悉數用於朔陽剿匪之用，絕不私留一絲一毫，以報陛下聖恩！」

二夫人劉氏連忙讓貼身婢女將紅包分送給今日來宣旨的內侍們，又單獨送了高德茂一個荷包，裡面塞著銀票。「辛苦高公公了！」

「二夫人這是哪裡的話，鎮國公主、高義郡主北疆之戰勞苦功高，才得了這個封賞，老奴不過是個跑腿的！」高德茂說著漂亮話，拱手告辭。

「表姐，陛下賞賜了這麼多好東西，你真的全都要用在剿匪上啊？」董葶芳看著那些耀目的矜貴玉器珍寶，實是羨慕。粗粗那麼一掃，一眼便看到了價值不菲的金胎掐絲嵌寶海棠形五福捧壽的粉盒，更別提那一整套花絲鑲嵌編金枝的紅寶石頭面，那寶石如鴿子蛋那般大，華貴奪目。

董葶芳幾乎是下意識開口：「這可都是表姐和錦稚妹妹戰場上用命換回來的，怎麼不留著當嫁……」董葶芳話還沒說完，董葶妤便扯了扯董葶芳的衣袖。

自知失言，董葶芳縮手縮腳往後退了兩步，福身向白卿言告辭。董葶芳倒是好意，可是她忘了……白卿言曾經在鎮國王靈前摔盆立誓，此生不嫁的。

「表姐，葶芳沒有惡意！」董葶妤對白卿言解釋。

「無妨，我知道！」白卿言笑道。送走董家三姐妹，劉氏已經開始忙著張羅讓人去給大長公主報信，又讓家裡備席面，說即便是不慶賀，自家關起門來也該樂一樂。以前府裡有事都是董氏獨當一面，劉氏沒經歷過，難免喜中生亂，好在白錦繡在，吩咐了下去，下面的下人照吩咐辦事也就是了。

羅嬤嬤看到高興壞了的劉氏，忍不住笑著說了一句：「二夫人，您這一高興，可是把灶上的蓮子燉乳鴿給忘了吧！」

「哎喲！」劉氏拍了下腦門，高興的直樂，「快快快，派個人去端下來，差不多了！」蓮子燉乳鴿是劉氏近日親自下廚給白卿言燉的，今兒個白卿言入宮前小臉兒白的，可把劉氏給嚇著了，她記得以前白卿言食慾不好的時候，董氏總是燉了蓮子乳鴿給白卿言用，左右今日無事便親自下了廚。

董府的兩輛馬車緩緩從街角轉出來，董葶珍靠在團枕上，垂眸輕撫著腕間的鐲子，聽著馬蹄聲，和馬車簷角掛著燈籠輕輕磕碰車廂的聲響，她朝外面問了聲：「什麼時辰了？」

跟著馬車隨行的婢女聽到董葶珍問話，應聲道：「回姑娘的話，約莫申時末了……」

申時末了，那他大約不會在那等著了吧？董葶珍咬了咬唇，手用力捂住腕間鐲子。

馬車剛從長街一頭轉出來，董葶珍細白如玉小手還是挑開了馬車小窗上的錦緞簾子，對貼身婢女道：「你去同兩位妹妹說一聲，我要去食芳齋給母親買點心，讓她們先回府！」

「是！」董葶珍的貼身婢女應了一聲，便小跑去後面那輛馬車旁。從長街轉角之後，兩輛馬車分開而行，一輛回董府，一輛朝著長明巷而去。

馬車在食芳齋門前停下，董葶珍身邊的婢女一路小跑進去，不多時又小跑出來，湊近馬車小窗壓低了聲音道：「姑娘……殿下還在等著姑娘呢！」

董葶珍只覺得自己心跳都快了幾分，她咬了咬唇遲遲未動。

「姑娘！殿下可等了姑娘兩個多時辰了！」婢女低聲道。董葶珍狠了狠心，帶好圍帽，扶著婢女的手款步從馬車上下來，被婢女扶著直接上了二樓雅間。董葶珍的貼身婢女看到守在雅間門外的小廝，對其頷首，那小廝立刻將雅間門推開。

立在門外的董葶珍隔著圍帽薄紗，看到那立在窗前的挺拔身姿，眼眶一熱，抬腳進入雅間之內，那婢女便連忙將雅間門關上，同小廝一同守在門外。

梁王就立在窗前，看著取下圍帽的董葶珍立在原地不動，眼眶濕紅：「我聽說……陳太傅為陳釗鹿請譚老太君，去你們府上提親了？」

董葶珍立在門口，手裡緊緊攥著圍帽頷首。

「不行！我不能再等了！我現在……就要去你們府上求親，即便是跪斷了我這雙腿，我也要求董大人將你嫁給我！」梁王神情激動，往前走了兩步，腳撞在桌腿上，身形不穩趔趄向前。

「殿下！」董葶珍嚇得快步上前扶住梁王。

「葶珍……」梁王看著將他扶住的董葶珍，堂堂男兒竟然就那麼哭出聲來，「我知道，我蠢……也笨！我配不上你！以前……為了救信王哥哥，我聽信讒言還差點兒害了鎮國王府滿門！我知道錯了！我也得到懲罰了！我自小到大……他們都欺負我，只有你……只有你是不一樣的！只有你對我好！要是連你都沒有了，我就什麼都沒有了！葶珍……我不能沒有你！」

董葶珍心中大撼，眼眶也紅得一塌糊塗。她沒想到六歲進宮赴宴時……她不過拉了一把被信王欺負的梁王，給了他一方帕子擦臉，他竟然記到如今，竟然說從來沒有人對他那麼好過。她不知道梁王這些年都是怎麼過的，這樣小小的舉手之勞，他竟然記了十幾年，竟說這是對他好……

她聽梁王說，梁王之前之所以求娶表姐白卿言，是因將表姐當成了宮宴上給他帕子的小姑娘。他知道表姐受重傷，無法有子嗣之後，他怕表姐傷心，所以之前才費盡心力求娶。可，見表姐對他如此絕情，他心跟被刀絞一樣，不知道為什麼小時候對他那麼好的姑娘，長大後竟像變了一個人！他還以為，小時候那個笑起來比窩絲糖還甜的姑娘，也嫌棄他是個廢物。

董葶珍就是這麼被梁王打動，她心疼梁王，明明身為皇子，卻過得如此可憐，她想對梁王好，想盡己所能讓梁王開懷。畢竟梁王是那種很容易滿足的人，董葶珍不過是看在他在董府側門等的久了，讓人給他送了一碟子點心，他竟然能藏在懷裡帶去燕沃，又從燕沃帶回來，說帶著她給的點心，就好似她陪在他身邊一樣。這樣一個如此珍視她心意的男子，董葶珍又怎能不心動？

「我是個窩囊廢！我知道我比不上陳釗鹿，陳釗鹿是狀元之才，可我什麼都不是！我膽小懦弱，無知又無能！葶珍你這麼好，我卻……」梁王哭得上氣不接下氣。

「不是的！不是的殿下！」董葶珍被梁王哭得心都化成了水，輕撫著梁王的脊背，柔聲道，「你是皇子……沒有人能和你相比的！」

「那……那我該怎麼做才能娶到你?!」梁王一雙濕漉漉的眸子望著董葶珍，滿眼都是期望，「葶珍……我知道我笨！你教我！你只要告訴我怎麼做……我就是刀山火海也不害怕！」

董葶珍抽出帕子替梁王擦眼淚，她知道梁王懦弱無能之名在外，可是她心疼這個男人，明明該是天之驕子，可大都城內卻人人可欺，她想護住梁王。之前梁王將表姐錯認成了她，知道表姐無法生育還是一心求娶，可見他的真心，董葶珍不想再遲疑了。

「你敢……為了我去求陛下嗎?只要陛下肯賜婚，聖旨一下……就算是我母親和父親也無法再阻止我們在一起！」董葶珍下定決心後道。

梁王攥住董葶珍的手，眸子裡沒有絲毫退卻閃躲：「但是，經過上一次我將鎮國郡主誤認成你，胡鬧到父皇那裡的事，這一次我去求娶你，恐怕……父皇不會應允的！」

董葶珍扶著梁王坐好，將自己脖子上的平安鎖解下來，遞給梁王：「這是我自小貼身佩戴平安鎖，是我外祖母壽山伯夫人在我出生之時打的，我從未離過身！我手上戴著你送的鐲子，就算是到了御前……我們兩情相悅，我也是敢認的！」

「葶珍！」梁王又低下頭，哭得雙肩聳動，他用力摩挲著董葶珍的手，「這麼做會傷你名節！是我對不住你！我沒用，只能用這種方法娶你……我不能沒有你，我但凡有一點辦法，我都不想傷你名節分毫！」

「沒事的！沒事的！」董葶珍輕撫著梁王，「是我自己心甘情願的！不怪你！以後……我們好好過日子就是了！」

梁王用力點頭：「葶珍，我把你看得……比我命還重要，要是沒有你我也不想活了！那個陳釗鹿實在是太出類拔萃，狀元之才，我害怕你被搶去，只能用這種辦法了！我以後會加倍補償你，我也會努力活出一個人樣來，不再讓別人看不起……覺得你嫁給我這麼一個廢物！我發誓我這輩子只要你一個人，絕不納妾！」

董葶珍感動的眼淚流個不停。「我知道，我之前差點兒害了鎮國王府滿門，董大人肯定是厭惡我的！為了你……我可以去鎮國郡主府找白卿言致歉！求她原諒！這樣……你在你父母面前也不會那麼為難。」

董葶珍點了點頭，感激梁王對她的用心。

董葶珍帶好圍帽從雅間兒內出來時，眼眶還是紅的，上了馬車脫下圍帽之後，她垂眸擺弄著自己手中被淚水沾濕的帕子，又忍不住羞澀的低笑出聲。儘管梁王懦弱，可他對自己是真的用了心的，她母親和父親的感情多好……可是父親還是抬了兩房姨娘，她知道每一次父親去姨娘房裡歇一宿，母親房裡的燈就亮一宿。她做夢都想要話本子裡，那一生一世一雙人的恩愛之情。

所以，哪怕梁王是個扶不上牆的爛泥，只要他願意這輩子就守著她一個人，她也甘願滿足了。

董葶珍用帕子擦了擦眼淚，又忍不住笑了一聲，抬手摸了摸心口缺了的平安鎖，滿心都是小女兒家對未來的憧憬。

梁王動作倒也俐落，從食芳齋一出來，手裡握著董葶珍的貼身平安鎖直奔皇宮而去。知道已經不能將白卿言攥在手心裡為己所用，梁王便想到了登州刺史董清嶽，可惜啊……董清嶽沒有嫡女，但董清嶽的哥哥鴻臚寺卿董清平有！

梁王要一步一步來，只要他娶了董清平的嫡女，那麼奪嫡之爭想讓董家站在他這一邊，想來是十分容易的！畢竟……董葶珍是董清嶽的侄女，而白卿言不過是外甥女！

他將來爭那至尊之位，可以許諾會委以董清嶽和董清平重權，重用他們的兒子，若再讓他們以為……他是個易於他們掌控的傀儡皇帝，他們自然願意跟隨他，亦會幫著他說服白卿言為他效命。等他得到那個位置，要收拾白家不是輕而易舉嗎？

他之前是想差了，總在如何覆滅白家之事上費盡心力，忘了最簡單的……其實應當是奪得皇位，等他坐穩皇位，白家……便是君要臣死，臣不得不死。

日頭西移，霞光鋪滿了天際，整個大都城被映成金色。到底是將要日落了，天兒也涼快了下來，不如晌午那般蟬鳴鳥叫熱得人心慌意亂。鎮國郡主府清輝院，西側有高樹林立，到了這個時辰樹影斜長，將院子籠罩在樹蔭裡，倒是涼爽。

白卿言重傷身患寒症，大都城夏日裡極熱……白卿言不能用冰，白威霆便讓人在清輝院南面種植低矮灌木，西面種植參天大樹，如此既不遮擋視線，又能夏季乘涼。

白卿言讓丫頭們都下去休息，在雙臂與腿上纏繞比平日裡更重的鐵沙袋，準備去院子練槍。還未出門，她腳步突然一頓，寒氣肅殺的眸子朝窗外方向望去。

「主子，二姑娘吩咐小人來向主子回稟梁王動向。」

這是上次那個暗衛的聲音，白卿言掀開湘妃竹簾，從屋內出來，那暗衛連忙雙膝跪地叩首不敢抬頭，只能看到白卿言白色的練功鞋被穿過高樹間隙的夕陽映成暖色。

白卿言漫不經心整理著衣袖，垂眸問：「梁王又出了什麼么蛾子？」

「回主子的話，屬下奉命盯住梁王，今日梁王在食芳齋雅間停留兩個多時辰，見了一位姑娘……屬下發現是鴻臚寺卿董府的馬車，屬下特來向主子稟報！」暗衛語速極快。

白卿言整理衣袖的動作一頓，猛然想到了今天涼亭裡董葶珍心不在焉，撫手腕鐲子的動作。陳太傅嫡孫陳釗鹿，如今當算得上是大都城內最炙手可熱的兒郎，陳太傅親自教導，人品方正，又是翩翩公子，多少清貴人家想要將女兒嫁入陳家，若女兒家能得到這樣人家的垂青，即便婚配不成將來議親也能被人高看一眼。

所以，就算是董葶珍不願意嫁給陳釗鹿，能被垂青……女兒家心態也該是有些歡喜，而非厭煩的！除非，她心裡有旁人。

白卿言手心一緊，梁王騙董葶珍……莫非是因為舅舅登州刺史董清嶽？難不成，梁王已經不打算咬著白家不放，想要參與到奪嫡之中來了？梁王別的本事沒有，論起欺騙女人……從來都是一騙一個準！

董家人不論是外祖母還是舅舅，或是各位表弟妹，最重情義。如果梁王以兩情相悅為藉口，騙董葶珍對他死心塌地嫁於他，那麼……奪嫡之爭就算是董家不參與，也站在了梁王的船上。

早前，在皇帝壽宴那次，白卿言還以為梁王已暗中得到南都閑王的支持，將來爭儲必會用南都閑王手中的這一支兵。可目下南都閑王唯一的女兒南都郡主柳若芙已許給了大樑四皇子，沒有姻親的結盟，梁王和閑王之間的同盟關係就無法被牢牢捆綁在一起，以梁王謹慎的個性……便想到了董家如今年紀正合適的嫡女董葶珍。

白卿言拳頭緊了緊，她表妹的情義……絕不能成為梁王算計董家的利器，她的兩位舅舅更不能如同上一世的她一般被梁王利用，為梁王牛馬。

「梁王呢？」白卿言眸色暗芒畢露。

「梁王從食芳齋出來，便直奔皇宮了。」暗衛道。

等了兩個多時辰，見了董葶珍人之後直奔皇宮？白卿言眉頭緊皺，垂眸細思，很快……便將陳釗鹿求親，和梁王直奔皇宮兩件事聯繫在一起。梁王怕是進宮，求賜婚聖旨的！

白卿言拳頭攥住，正欲喊人備馬，又覺此事不能沒有兩手準備，她在心中飛速盤算。

「去告訴二姑娘，將梁王府採買大量硝石製冰，欲做冰雕獻予皇帝，博皇帝歡心之事，大肆宣揚出去！要快！讓人稱讚梁王孝順皇帝之心當是眾皇子表率！」

暗衛應聲之後，便消失在了清輝院中。

守在清輝院外的兩個婆子正準備偷懶，坐在石墩上打算剝花生吃，突然聽到清輝院門開的聲音，連忙將帕子裡的花生塞進懷裡，低眉順眼行禮：「大姑娘有何吩咐！」

「你去讓人備兩匹馬，在北偏門候著！」白卿言看著另一個婆子，「你去喚四姑娘來北偏門見我！」

今日白卿言和白錦稚得以冊封公主和郡主，來送禮的人絡繹不絕，從正門走太過引人注目，只能從北偏門出發。

「是！」兩個婆子手腳麻利領命辦事。

白卿言衣裳都來不及換，在偏門前等到匆匆跑來的白錦稚，壓低了聲音叮囑：「你去一趟太子府，告訴太子，外面正在傳，梁王要親手做冰雕博皇帝歡心，其孝心是眾皇子表率！而剛才梁王入宮，似乎是要向皇帝求賜婚聖旨，娶鴻臚寺卿董清平之女……登州刺史董清嶽的侄女董葶珍。梁王已開始在皇帝面前爭寵，又以姻親為謀劃……意圖拉攏登州刺史手中兵權，奪嫡之意逐漸浮出水面，請太子提防！」

「什麼?!」白錦稚瞪大了眼，「葶珍姐姐不是要和陳太傅家的孫子陳釗鹿說親了嗎？怎麼又扯上梁王了？」

白卿言來不及同白錦稚解釋，只道：「別問那麼多！去吧！馬已經備好在門外。」

「好！」白錦稚走出去兩步，又折返回來，「長姐，我要不要請太子進宮阻止？」

「照長姐的話說，說多了……反倒顯得刻意，自會有人提醒太子入宮！」白卿言說完又補充了一句，「你可以不經意向太子殿下提一提，當初皇帝壽宴之上，梁王送到皇帝身邊的秋貴人，三番四次出言相助閑王和柳若芙，不知道梁王在私底下是否已經拉攏了閑王。」

「我知道了！長姐放心！」白錦稚一溜煙竄了出去。

白卿言快馬趕到董府時，董清平正坐在後院桂花樹下同董長元下棋。聽說白卿言來了，直接去了董葶珍那裡，意外之餘倒是挺高興的：「這姐妹倆不是剛見過？來了也好……讓夫人準備準備，留阿寶用飯，阿寶以武得封公主，她母親不在，咱們得替阿寶好好慶賀慶賀！還好長生和長慶帶著兩個妹妹剛走，應當還未到燕雀樓。」

說著，董清平轉頭吩咐長隨：「你快追上去燕雀樓參加鬥詩會的兩位公子和姑娘，就說鎮國公主來了，讓他們回來！」

今日燕雀樓裡有鬥詩會，大都城裡的公子哥和青年才俊都去湊熱鬧，按照慣例自家有姐妹的也早早定了雅間，讓姑娘家也能去看個新鮮，萬一有看中意的，也可做將來婚嫁之選。

這不，董長生一直等著三位妹妹回來，想帶她們一起去，誰知董葶珍一回來就說今日不去了。

董長元垂眸看著面前的棋盤，卻覺沒什麼好慶賀的，他相信姑母寧願表姐沒有這個公主之位，也不願表姐上戰場捨命冒險。

董長生還以為董葶珍因正與陳釗鹿議親的事羞澀，怕和陳釗鹿碰到，便也沒有勉強她。

董葶珍坐在妝奩前，手裡攥著梁王送她的玉鐲子，癡癡的笑。

「姑娘！姑娘……表姑娘來了！」董葶珍的貼身婢女海棠小跑進門，行禮後道，「表姑娘已經進了院門了！」

「表姐？」董葶珍忙將手中的玉鐲收進紅木盒子裡，起身朝外迎了兩步，就見一身便服身姿颯颯的白卿言進了院子。

「表姐?!」董葶珍人逢喜事精神爽，笑得滿面春風朝白卿言迎去挽住白卿言的手臂，「才剛見過，表姐怎麼來了？」

「讓伺候的人都下去吧，我有話同你說！」白卿言望著董葶珍，柔聲道。

見白卿言神色鄭重，董葶珍頷首讓海棠帶伺候的人都下去，將門窗關緊，同白卿言在臨近的羅漢床上坐下。

「表姐，出了什麼事？」董葶珍柔聲詢問。

「你心儀之人……是梁王？」

董葶珍心頭秘密陡然被挑破，搭在小几上的手收了回來，緊緊攥在小腹前，道：「表姐……既然表姐知道了，我也就不瞞表姐了，我與梁王的確是互有情意，之前梁王還將表姐錯認成了小時候的我，所以才鬧了那麼一齣想求娶表姐。我之前也想過……若是我接受了梁王，會不會讓表姐難堪，可是我……」

「葶珍，我今日來，並非是因為覺得你同梁王在一起會讓我難堪才來的，也並非為了阻止你，我只把事掰開了同你講一講，以你的聰慧定能判斷出……應當如何處置你們這段關係，表姐絕不干涉可好？」白卿言聲音徐徐。

董葶珍一直都是眾多姐妹中最為溫柔聰慧，也最不讓人擔心的一個。更何況，白卿言與董葶珍雖為姐妹，到底不是一同長大的，不能用對待自家姐妹的方法來強硬與董葶珍說梁王。

見白卿言並不強勢，只講道理，董葶珍揪著帕子點頭：「表姐請說。」

「在你的眼裡，梁王大概是一個受人欺負的可憐蟲，你一向心善，起初只是可憐梁王，可梁王卻將你視為此生全部，你從不忍心到動了心，想護住這可憐的梁王，讓旁人再也沒法欺負他，表姐說的可對？」白卿言問。

「表姐，梁王是真的可憐！他……」董葶珍想到梁王過著那樣的日子，眼眶就止不住發紅。

白卿言點了點頭：「我知道，但凡是個心地善良的姑娘家，聽了梁王的遭遇都難免心生同情，而我要同你講的，是梁王誆騙我貼身侍女春妍，將那所謂情信放入我祖父書房之後的事情。」

董葶珍緊緊攥著帕子，咬唇不吭聲。

「梁王說被人蠱惑，欲救信王，這才要攀誣我祖父通敵叛國，通敵叛國抄家滅族的大罪，梁王會不知道嗎？一個能仿他人筆跡之人，會是個廢物？再說梁王身邊的護衛高升……高升在大都城內看管劉煥章，被我乳兄擒獲，高升為避免劉煥章反水轉而殺了劉煥章！我乳兄帶著劉煥章的屍體和高升去敲登聞鼓之事，想必你也還記得！」

「高升其武功高超，即便是我的乳兄加上白府的精銳，也是損兵折將才將高升拿下，這樣的人物甘為梁王效命，梁王會是個草包嗎？」

董葶珍不吭聲，手心起了一層細汗。

「大殿之中，我乳兄呈上一封梁王的親筆信，用詞殺伐果決，稱……劉煥章若不從或意欲以全盤拖出與梁王合作之事要脅，梁王必要劉家全族與劉煥章黃泉相聚！且從梁王府的僕人回去報信，梁王書寫，到那封信送出梁王府，不過半柱香的時間！梁王在大殿之上面對我祖母大長公主的逼問，也沒有能解釋清楚……那封信到底是旁人口述他執筆，還是他親自所書！」

「秦德昭謀劃在南疆糧草上動手腳，以致大軍被困無糧可食，而梁王親筆所書那封信裡，雖無實證，言辭隱約能看出梁王與此事脫不了干係！」

白卿言看著董葶珍逐漸蒼白的面色，低聲道：「人之間情義二字最為可貴，尤其是女兒家的情義，不該成為陰謀的犧牲品！而整個董家……也不該成為梁王奪嫡路上的犧牲品！成親嫁人，說起來是一人之事，可也是關乎全家之事，尤其是沾上奪嫡二字，成……一人為王，跟從者不見得會落得好下場。敗……皆為囚徒，跟從者又有幾個能平安善終？」

董葶珍垂著眸子不抬頭，那句……既如此白卿言又為何要跟隨太子的話，被董葶珍咽了回去。

「表姐的顧慮我都懂，可梁王不見得有奪嫡之心！」董葶珍抬頭望著白卿言，「而且……表姐，動了心，覆水難收！我已經將我貼身的平安鎖給了梁王，梁王入宮便是去求陛下賜婚的！」說著，董葶珍眼淚便掉了下來。

白卿言拳頭一緊，董葶珍怎麼能如此糊塗，將貼身之物給外男?!白卿言閉了閉眼，稍作平復之後道：「你若能想通，其他的我來辦！」

董葶珍搖了搖頭：「表姐，我知道你是為我好！你一向襟懷灑落，品性端直，葶珍知道表姐是怕我所託非人才來勸我，並非是因為梁王曾經愛慕過表姐！可是……梁王是我自己選的，這個世道給女兒家選擇的權力並不多，此次算是我自己為我自己的親事作主，我很高興！」

白卿言唇瓣緊緊抿著。

「我自小便羨慕表姐！」董葶珍目光十分真誠，「表姐生於白家，被大長公主和鎮國王親自教導，可以做自己想做之事，可以練武，可以騎馬，可以同男子比試，可以訓練自己的護衛隊……」

董葶珍喉頭翻滾著：「表姐甚至可以同男子那般上戰場，即便是個女兒身……亦是揚名列國，成為讓列國懼怕的悍將，這是多少男子想做都做不到的事情！我真的很羨慕，表姐可以為自己的人生做決定，左右自己的方向！」

董葶珍小時候，去白府看到白卿言同鎮國王白威霆在院中以竹為劍比試，回來之後也拿那竹子比劃，卻被母親訓斥，想騎馬……卻被母親逼著學刺繡，想練武卻被母親逼著學彈琴。她從來都沒有為自己的人生，做過決定。甚至在梁王出現之前，她以為她的人生便是……精習琴棋書畫，與母親學好如何管理中饋，然後嫁人生子，學會如何在丈夫和公婆之間周旋，學會如何駕馭丈夫的妾室。這……大概就是大多數大晉國女子的一生。

董葶珍笑著用帕子擦了擦眼淚：「我已經選了這條路，那我不走過去……怎知這條路是對是錯呢？或許……梁王是個有野心之人，他圖謀那個高高在上的位置，或許梁王的懦弱無能全都是他想讓旁人看到的，可這些我沒有親自看看，我永遠都不知道！」

董葶珍站起身，對白卿言福身一禮：「梁王娶我，若真的是為了我們之間的情義，我便贏了！若是他娶我是為了以得到二叔這位刺史，和表姐這位晉國悍將的支持，那我也不會讓他如願！董家人……一向是人待我真心一寸，我待人真心一尺！人負我真心一寸，我玉石俱焚！」

「你爹娘如珠似玉將你養大，是為了讓你和那個豬狗不如的東西玉石俱焚的?!」白卿言克制不住心頭怒火，聲音拔高，「葶珍，我今日這些話無法阻止你嫁梁王之心？」

董葶珍緊緊咬著牙：「表姐，便縱我一次吧！求表姐千萬不要將此事告訴我爹娘，否則即便是鬧到御前，我也只會承認我與梁王私定終身，屆時董氏女子的名節都會受影響，我不想走到這一步！」

白卿言拳頭緊握，頓覺有心無力，即便是梁王手中握著董葶珍貼身的長命鎖，只要說通了董葶珍，白卿言也能設法圓回來。可若是董葶珍執意要嫁梁王，她即便是再多手腕也無法施展。只期盼著太子入宮，能夠阻止。

她攥了攥拳頭又鬆開，冷靜下來道：「不至於玉石俱焚！皇帝不會莽撞到看到了你的平安鎖便下旨賜婚，舅舅並非不開明的人，你若真是非梁王不可，可先定親，一兩年之後，若是你仍舊深覺梁王是良人可以託付，便嫁！若你發覺梁王對你並非真心而是利用，也好快刀斬亂麻！葶珍……若是為任性一次，作賤你自己的一生，才是最不值得的！更何況成親之後你若有了孩子，難不成要孩子看著雙親玉石俱焚？」既無法勸動董葶珍打消念頭，那便讓董葶珍去同舅舅坦白，也好讓舅舅有個準備。哪怕是最後還是無法阻止董葶珍嫁梁王，最糟的結果不過是訂親，也有迴旋的餘地。

梁王要那個位置心切，而他現在並未坐於太子之位，皇帝如今又吃著丹藥……一旦出事，登基的便是太子，梁王能不著急？急……最容易出亂。

「一兩年，你都不願意等？」白卿言又問。

董葶珍搖頭，想了片刻，頷首：「我這就去找爹爹和娘親！表姐……能不能陪我同去？」董葶珍絞著手帕，心中有些怕。

「好！」白卿言頷首。

梁王入宮，著急求見皇帝，正在聽秋貴人彈琴的皇帝還以為出了什麼大事。

誰知道梁王往皇帝面前一跪，哭哭啼啼便說起了自己如何將白卿言錯認成了小時候傾心的姑娘，所以才要求娶白卿言，如今找到當年不嫌棄他給他帕子擦臉的姑娘，誰知他還來不及向皇帝秉明……求皇帝賜婚，這姑娘就被陳太傅看中……已請了致仕的帝師夫人譚老太君上門，為陳釗鹿說親。

皇帝一聽，這中間還有這般彎彎繞繞，頓時起了興致：「你這哭了半天，朕還沒聽明白……這是誰家的姑娘？」

「回父皇……是鴻臚寺卿董大人的嫡女，董葶珍！」梁王忙拿出董葶珍的貼身長命鎖高高舉過頭頂，「這是葶珍的長命鎖，葶珍就是怕父皇不相信我們兩情相悅，將此物給了兒臣！求父皇為兒臣賜婚！兒臣這輩子非葶珍不娶！求父皇了！」梁王重重叩首。

立在皇帝身旁的秋貴人，適時抽搭了兩聲，用帕子沾了沾眼角：「陛下，梁王與董姑娘如此情深，倒讓臣妾感懷不已，陛下何不成全這一對有情人呢？」

皇帝看著自己一向懦弱的兒子，竟然能為了一個女人求到自己跟前，他眯著眼靠在盤龍繡錦雲的團枕上，問：「你和這董姑娘……你們有肌膚之親了？」

「沒有沒有！絕對沒有！」梁王誠惶誠恐跪地叩首，「父皇！葶珍是個再知禮不過的好姑娘，這次葶珍之所以將貼身長命鎖給兒臣，是因為之前兒臣錯認而與鎮國郡主鬧了那麼一齣，怕父皇不相信我們兩情相悅，所以才給了我這個！求父皇明鑒！」

「陛下！」秋貴人撒嬌似的拽了拽皇帝的衣袖，「您看您將梁王殿下嚇得！這說明……梁王殿下是真的愛重那董姑娘！陛下何不成全了梁王殿下呢！」

「父皇，兒臣這輩子什麼都怕！什麼都躲！可是……事關父皇和哥哥們，兒臣就好像有天大的膽子，如今兒臣對葶珍也一樣，兒子有幸找到了葶珍，葶珍不嫌棄兒子無能，不嫌棄兒子是個廢物……」

「胡說八道什麼！你是朕的兒子……誰敢嫌棄你是廢物！」皇帝被梁王自稱廢物弄得心煩。梁王是他的兒子，就算是個廢物，他作為皇帝能說，誰不要命了敢嫌棄他的兒子！

「父皇……」梁王抬頭朝著皇帝的方向看去，涕泗橫流，「那些人嘴上不說，心裡都是這麼想的！」

「父皇，兒子雖然蠢，可兒子不傻！他們都明裡暗裡欺負兒子！那些年……童吉在的時候，都是童吉在兒子身邊捨命護著兒子的，兒子知道父皇為國事操勞已經很累了，不想讓父皇因為兒子的事情再憂心，所以就一直忍著！現在童吉走了，再也沒有人會護著兒子了！好不容易兒子找到了葶珍，若葶珍又被搶走了，兒子就真的什麼都沒有了！兒子這才斗膽來煩擾父皇！求父皇成全！」

梁王紮紮實實在光可鑒人的地板上磕了兩個頭，秋貴人又扯了扯皇帝的衣袖：「陛下……您看梁王多真心啊！臣妾這都感動了！您就答應了梁王殿下……成全了這一對有情人吧！」

皇帝看著自己兒子委曲求全可憐巴巴的模樣，頓時想起了自己幼時那些時光……那個時候，他也是這般懦弱無能，什麼都怕，因為沒有疼愛他的父皇，雖然他是皇子，可宮裡面位分高的奴才都能踩他一腳，姐姐為了在他生辰給他爭一口好點兒的吃食，對著膳房的太監低眉順眼，他們……可是皇子皇女啊！

幼時艱難情景在腦中如同走馬燈一般晃過，皇帝拳頭緊緊攥住，又緩緩鬆開……他的兒子不過是想要一個女人，竟然還得這麼可憐巴巴來求他！他是皇子！是皇帝的兒子！怎麼能過得如此委屈！這些年，皇帝過得順風順水，已經很久很久沒有回憶起曾經的卑微，如今再看到自己這兒子可憐懦弱的模樣，皇帝不由自主生出一股子怒火和憐惜來。

「你是皇子！是朕的兒子！不過要一個女人罷了！用得著這麼哭哭啼啼的?!給朕站起來！」皇帝把火發在了高德茂的身上，「愣著幹什麼！還不將梁王扶起來！」高德茂連忙邁著碎步上前，將梁王扶了起來：「殿下您快起來，您可是龍子，您看上的女人誰敢和您搶，就是陳太傅也不敢和天子的兒子搶姑娘啊是不是?!」

梁王眼淚還掛在臉上，抽抽嗒嗒看著皇帝。皇帝一把抽過秋貴人手中的帕子丟在地上：「把眼淚擦擦！像什麼話！」

梁王上前撿起帕子擦了擦眼淚，又委屈了起來：「兒子……兒子在外面都不哭的！在父皇面前，才……才……」

「陛下，梁王這是在自己親爹爹面前，掉掉眼淚不算什麼的！」秋貴人忙幫著打圓場，生怕皇帝為此不高興。

皇帝心裡氣順了不少，感覺梁王這樣子，就如同自己少年時的縮影，不過這孩子比他那個時候，更懦弱更膽怯也更無能一些，也大約正是因為如此，梁王也更為良善，心無城府。最主要的，還是梁王對他這個父親的真心……

「行了！不就是一個女人麼……」歪在軟枕上的皇帝不耐煩撩撥著團枕上的流蘇，道，「派人把董清平喚來吧！那個……平安鎖，留在這裡！」

「父皇……父皇！您千萬別和董大人說葶珍將貼身平安鎖給我的事，葶珍家裡家教嚴格，只是為了讓父皇相信才給我的！我不想連累葶珍被董大人罰！更不想別人說葶珍的閒話！」梁王又忙道。

皇帝頓時又是氣不打一處來，秋貴人忙笑道：「陛下……您看看梁王，這還沒過門呢，就護上了！真好……這讓臣妾也想起每次犯錯，陛下都是這麼在皇后面前護著臣妾的！」

皇帝對著梁王擺手：「平安鎖帶走帶走！高德茂……把梁王給朕請出去！看著他頭疼！」

「謝父皇！謝父皇！」梁王用衣袖抹了把眼淚，嘿嘿直笑著給皇帝叩了首，緊緊攥著自己的平安鎖就出去了。

皇帝看著自己這興高采烈的兒子，眉頭緊皺：「朕怎麼就生了這麼一個傻兒子！」

「可梁王殿下在陛下面前，卻是真心想要當一個好兒子的！這個臣妾看得出來！您看梁王殿下去燕沃為了替陛下將那位煉丹藥的仙人請回來，連差事都耽擱了，被群臣責怪也全都擔了下來！最重要的……是陛下用了那丹藥之後，的確是龍虎精神，這一點臣妾深有體會。」

皇帝聽到這話，笑著摸了摸秋貴人的手。

白錦稚趕至太子府，將白卿言交代的話傳達給太子，太子聽完一愣。他從來未曾想過，那個懦弱無能的廢物弟弟會成為他的競爭對手。「梁王想要孤這太子之位，也太異想天開了吧！」太子冷笑，並未將梁王放在心上。

白錦稚拳頭緊了緊：「我長姐也只是說讓殿下提防，剛才長姐讓我來給太子殿下報信的時候，已經前往董府，應該是未雨綢繆給董家舅舅打招呼。」

方老摸了摸山羊鬚：「殿下，高義郡主所言甚是，到底梁王也是陛下的皇子，不是沒有奪嫡的可能。老朽倒是覺得梁王不論是討好陛下，或者是……娶董家的女兒，分開看倒可以說是無意，可是若將這兩件事湊在一起，便值得殿下警惕和深思了！」

太子神色凝重起來。方老眉頭緊皺，想了想又道：「登州刺史董清嶽大人無嫡女，若真讓梁王娶了鴻臚寺卿董清平大人家的嫡女，登州刺史董清嶽大人會不會偏向梁王？」

「錦稚還想起一事來，也不知道想的對不對！」白錦稚抬眼看向太子，「錦稚記得當初陛下壽宴上，梁王送給陛下的那位秋貴人，三番四次替南都閑王說好話，不知道……是不是因為暗地裡已經在拉攏閑王了？」

方老聽聞這話，瞳仁一顫，朝著太子身邊跨了一步：「殿下！往陛下身邊送美人兒，暗地裡拉攏兵權在握的閑王，又急不可耐的想以姻親關係收買董家，梁王這心思已經是昭然若揭了！」

太子目光朝方老看去，整個人突然緊繃了起來。雖然說白卿言支持他，可是親疏算來，白卿言姓白不姓董。且，若是梁王娶了董家女，將來梁王登位，董家可就是外戚了！董家難保不會動心！

暗地拉攏手握兵權的閑王，又要同董家聯姻，梁王的心是真的大了？太子拳頭緊了緊，若是梁王已經拉攏到了閑王，再有董家相助，手中攥有兵權，必然會成為他的心腹大患，不得不防！

「殿下，您當立即進宮一趟……」方老鄭重道，「若是梁王真的要求娶董家女，殿下絕不可放任，一定要勸住陛下！」

白錦稚原本還想再補幾句，可想起長姐的叮囑，立在一旁也不吭聲。

太子思慮片刻，點頭，吩咐人備車進宮。

白卿言陪著董葶珍去見董清平和舅母宋氏，誰知話還沒說完，宮裡便來人傳董清平入宮。

趁著董清平藉口更衣的空子，董葶珍只得長話短說，誰知董葶珍剛說到將貼身的平安鎖給了梁王，宋氏便氣得讓人將董葶珍的貼身侍婢海棠亂棍打死。

宋氏胸口起伏劇烈，腦子卻無比清楚，她鎮定道：「海棠那賤婢趁姑娘沐浴的時候，偷了姑娘的貼身物件，亂棍打死，通知她爹娘老子來收屍！」

跪在院中的海棠一聽，嚇得面色煞白全身發抖，要膝行上前卻被宋氏身邊最得力的嬤嬤給按住，往嘴裡塞了帕子。

「母親！母親求您饒了海棠吧！您不能這麼做……東西是我給梁王殿下的！女兒是真心想要嫁給梁王殿下！」

胸口起伏劇烈的宋氏一聽這話，揚手給了董葶珍一巴掌，董葶珍捂著臉尖叫一聲，全身顫抖跪在地上。若非白卿言攔住，宋氏還要再打。

「貼身物件兒給男子！你是瘋魔了?!這若是讓旁人知道了……怎麼看我董家家教?!你鐵了心嫁梁王，如此不擇手段！你知不知道你還有妹妹！葶蘭才六歲……旁人要知道她若有你這麼個不知廉恥的姐姐，你讓她以後怎麼說親?!禮義廉恥你全學到狗肚子裡去了?!」宋氏怒極眼淚直掉，瞪著跪地表明非梁王不嫁的董葶珍，「我乾脆勒死你算了，就當我從未生過你這個女兒！」

董葶蘭是宋氏親生的幼女，董葶珍的胞妹。

白卿言扶著宋氏開口：「如今葶珍非梁王不嫁，若是鬧到御前，說不定皇帝見梁王做出可憐之態，便直接賜婚了！畢竟梁王今年已經弱冠！舅舅不妨找個由頭先訂親，只要不是賜婚，就還有迴旋餘地，拖上一兩年！這段時間，也讓葶珍好好想想！」

董清平氣得臉色鐵青，反倒冷靜下來，望著跪在地上直哭的女兒道：「葶珍你一向是最讓為父省心的孩子，梁王並非如同表面看起來那般簡單無害，你若嫁梁王……便是將我們董家拖入奪嫡漩渦之中！為父和你二叔，都會被視為梁王一黨！除非為父與你斷絕父女關係，將事鬧大！如此以來……為父必會被皇帝不喜，你的妹妹們將來說親也會被人質疑品性！為父以為我董清平的女兒葶珍，並非是為一己私慾，便致全家於風口浪尖之人！你若敢說……為了梁王，情願董家全家刀山火海，為父今日進宮，便應了梁王之請！」說完，董清平便去更衣。

立在書房之中的董葶珍面頰瞬間血色褪盡，董清平平日裡和和氣氣，說話卻一針見血，直戳董葶珍心窩，與誅心無異。

董清平就連董葶珍想說絕不連累董家人，與董家斷絕關係的話，都給堵死了！她如何敢說，為了梁王情願董家全家刀山火海?!她若說一個敢字……置父母和兄弟姐妹於何地？

剛才這話白卿言同董葶珍說過，可董葶珍卻覺得白卿言是太子的人，自然要替太子顧慮怕梁王生了奪嫡之心，擔心董家會支持梁王，所以董葶珍不大能聽得進去。董葶珍心中悲痛，忍不住掩面痛哭。

董清平在偏房換好衣服，走至書房門前，未踏入書房之內，問道：「葶珍……你可想好了？為父這就要進宮了……」聞聲，董葶珍哭得越發傷心，卻不答話。

「好，為父這就進宮，為你應下梁王這婚事！全家刀山火海……全一全你的心願，望你餘生良心上能過得去！」董清平說完，抬腳朝院外走去。

「好！好！真真兒是我養出來的好女兒！你一個人作孽，全家都得陪你！」宋氏怒火攻心，一下就哭出聲來，「我這是造了什麼孽，生出你這麼個東西！」

董清平從內院出來，不見董葶珍追上，心中頓感失望至極。董葶珍將貼身的東西給了梁王，已經是有嘴說不清了，事情又鬧到了皇帝那裡，她又鐵了心要嫁梁王，董清平反對又能如何？也幸虧此事外甥女白卿言提前察覺，告知董家，他還不至於被完全打一個措手不及。

白卿言並沒有董清平那麼悲觀，且不說太子此時應當已經進宮，不會坐視梁王娶董家女。從舅舅剛才同董葶珍所言中，她也能聽出舅舅心中清明，深知董家不能攪和在奪嫡之中去。最壞的結果，不過是訂親，只要還未成親便還有轉圜的餘地。

宋氏因為董葶珍將貼身物件兒交給梁王的事情，已經氣哭了好幾次，好不容易被白卿言勸住。

董葶珍向董清平和宋氏陳情時，瞞得一絲不露，如今董府幾個孩子雖不知家裡發生了什麼，可也能察覺府上氣氛不對。

董清平入宮之後，沒想到太子也在。

皇帝同董清平說起梁王和董葶珍的事情，董清平故作不知大驚朝皇帝叩首，聲稱自己女兒不可能同梁王定情，自家女兒同表姐鎮國公主白卿言如同親姐妹，自是同氣連枝……說句不中聽的，梁王曾鬧出那麼大的亂子，險些害了白家滿門，自己的女兒又怎麼可能同梁王發生情義。

太子也在一旁幫腔，問皇帝這其中會不會有誤會。皇帝這才說，董葶珍將貼身平安鎖給了梁王，以作兩情相悅之證。

董清平更是大驚，叩首道：「微臣小女貼身的平安鎖已經不見好幾日，今日拙荊查出是小女貼身侍婢所盜，已經將那貼身侍婢打死！」

皇帝聽完董清平的話，咬了咬牙，面上和煦的笑容消失不見，他的兒子雖然懦弱無能……可絕對不能被一個臣子瞧不起！皇帝的語聲中帶著明顯的怒意：「董卿，你這是不滿意朕的兒子？」

董清平隨即表現出惶惶無措，連忙叩首：「微臣萬不敢欺君，所言句句屬實！還望陛下明察！」

皇帝深覺丟了面子，心中不滿。

太子見皇帝眉頭緊皺的模樣，故作不解道：「父皇，這梁王……以前和鎮國公主是假借情信定情，如今和董家姑娘的是貼身物件兒，是不是又是一廂情願，總得查清楚啊！」

董清平一聽太子這話，心裡咯噔一聲，忙叩首道：「陛下，若是梁王中意小女，那是小女幾生修來的福分！梁王請媒人上門便是，微臣能得龍子為佳婿，自是喜不自勝！還請陛下勸勸梁王，萬不可如此行事，微臣膝下還有一嫡兩庶三女，若是葶珍名譽受損，將來微臣其他女兒該如何說人家？可憐天下父母心，望陛下能可憐可憐微臣那三個女兒，千萬莫要讓梁王殿下以小女貼身飾物來說親！微臣自當在府上恭候梁王殿下遣媒人上門，定然會將這訂親之事辦的妥妥帖帖。」

董清平說的誠懇又實在，又用天下父母心來打動皇帝，皇帝心中雖說舒坦了不少，卻又難免懷疑起梁王來。董清平話已經說到了這一步，皇帝總不能還叫董葶珍前來對質。

皇帝面子上多多少少有些掛不住，明明是他的兒子，大大方方不好嗎？為何求一個女子，非要用這種不是塞情信，就是拿旁人貼身物件兒的猥瑣手段？

「你跪安吧！」皇帝道。

董清平恭恭敬敬叩首之後出了大殿。

「梁王這幹的叫什麼事！」皇帝心中惱火不已，「他這作為也像個皇子?!也算是朕的兒子?!」

太子眼明心亮，上前將茶盞端給皇帝，先給皇帝順氣：「兒臣倒覺得，也有可能是董大人不知道自家女兒和梁王私下定了終身，不過董大人說的也在理，若是梁王拿人家董家女兒的貼身飾物說親，傳出去董家其他姑娘都沒法做人了。」

皇帝接過茶盞，又聽太子道：「不過梁王這事做得的確是不太合適，他是皇子又已經到了弱冠之年，父皇難不成會不關心他的親事？難道會非要逼著他娶一個他不想娶之人？他正兒八經的來同父皇好好說說，父皇難不成不會給他賜婚嗎？難道父皇會棒打鴛鴦？非要拿人家的貼身物件兒來找父皇，沒得敗壞了人家姑娘名聲。若真心疼惜那董姑娘，就不該讓董姑娘無法做人，讓人家姑娘除了他再不能別嫁！」

皇帝皺著眉滿臉不悅。「也幸虧，這董大人是鴻臚寺卿，並非手握兵權的封疆大吏，否則……兒子都要懷疑這梁王不惜敗壞人家姑娘名聲，也要娶人家董家嫡女的目的何在了！」太子聲音裡帶著幾分笑意，如同玩笑一般。

皇帝喝茶的動作卻一頓。董清平是沒有兵權，可是……董清嶽有啊！董清嶽和董清平兄弟關係一向十分要好不說，聽說董清嶽無嫡女，是將兄長董清平家的嫡女兒當成親閨女一般。

太子看著皇帝若有所思的表情，便知道大約已經說到皇帝心坎上了。自從二皇子起兵逼宮謀反之後，皇帝最忌憚的就是皇子與手握兵權的重臣來往，就怕再經歷一次二皇子謀反的事情，哪怕是嫡子信王這些年也從不敢如此。

皇帝放下手中茶盞，可……梁王無能又懦弱，是不是湊巧了？皇帝莫名的再次想到了那個白虎之夢，又想起了梁王讓童吉閉嘴時，那駭人的滔天戾氣。

太子見皇帝深思也沒有打擾，靜靜立在一旁給皇帝做按肩膀這樣奴才做的細活。

皇帝手指有一下沒一下輕撫著團枕刺繡，梁王給他獻金丹，希望他身強體健，難不成是擔心他一死……皇位就會由太子順理成章繼承，他便沒有了機會。

皇帝回頭看著正認真在幫他按肩膀的太子。

太子抬頭見皇帝看他，懷著惴惴不安的心情問：「可是兒臣按太重了？」

皇帝又想到石攀山從燕沃回來之後，曾在他面前為梁王求情，大力誇讚梁王在燕沃賑災時，上下事宜處理的十分得當，最後引發民亂，的確是那些鬧事者太過火。

皇帝靠坐在龍椅上，讓太子退下，自己一個人坐在那裡細細思索。太子是皇帝自己立的，太子純孝且對他甚為畏懼，所以定然不會逼宮謀反，這一點皇帝有信心，所以他沒有另立太子，或是再扶持起另一個皇子與太子相互制衡之意。

不論是哪一國，自古儲位之爭都是流血不斷，究其根本……還是因為皇帝對皇儲心有防備，這才會讓人鑽空子。所以給梁王選梁王妃，可要好好斟酌，不能太高……也不能太低。

「高德茂！」皇帝喚了一聲。

高德茂立刻邁著小碎步上前：「陛下，老奴在呢！」

「你親自去，悄悄的和梁王說，董家和白家是姻親，之前梁王曾意圖攀誣鎮國王叛國，故而董清平不同意這門婚事，讓他不要壞了董姑娘的名節，將董家姑娘的平安鎖交於你，你找個時間悄悄給董清平送回去！」皇帝手指輕輕在几案上敲了一下，「這件事就這麼定了！朕定會給他指一門好親事！」

「是！老奴這就去辦！」高德茂正要走，又被皇帝喚住：「朕好像記得，已致仕的帝師譚松，膝下似乎有兩個孫女兒，是帝師長子前頭那個夫人生的？」

高德茂立刻會意，忙道：「正是呢！帝師家的長媳當時生子便難產去了，如今的夫人是續弦，也是帝師有福氣，這續弦長媳李氏進門沒幾年就給帝師生了兩個孫子！」

「帝師家那兩個孫女可有婚配？」皇帝問。

「長孫女去歲已經成婚，譚二姑娘還沒定下，若是帝師知道孫女兒能嫁於梁王殿下為妃，定是高興！」高德茂笑道。

皇帝頷首，譚帝師一家子都是讀書人，倒是十分合適，帝師的孫女配皇帝的兒子，也算是相得益彰。「你將朕的意思告訴梁王……」皇帝到底顧念著兒子還要給他煉金丹，讓先去問問兒子的意思，皇帝瞇了瞇眼望著高德茂，「你再以你之言勸說梁王，董家一向看重名聲，若梁王強娶，怕董清平就容不下他那個敗壞了門風的女兒了！你幫朕好好看看梁王的反應！回來後……要一個表情不落的告訴朕！」

高德茂心一驚，知道皇帝這是開始懷疑梁王了，連忙稱是。

看著高德茂出去，皇帝這才緩緩靠坐在龍椅之上，抬手摸著龍椅扶手的龍頭。對於梁王這個兒子，皇帝對其疑心從未徹底消散過，攀誣白威霆那次……他說他是為了救信王，秦德昭已死糧草之事已死無對證，皇帝便將梁王圈禁在府中，看著後來那段時間他還算乖順，加上太子求情讓他去主理燕沃賑災之事，皇帝想著到底是自己兒子，也就准了！

後來，燕沃賑災的事情沒辦好，梁王給皇帝帶回來了一個丹師，說是為了找這個煉丹師所以才辦砸了燕沃之事，皇帝又因梁王的一片孝心而感動。皇帝可以縱容梁王有奪嫡的心思，也可以縱容梁王有奪嫡的行為，但是……他絕不能縱容梁王和手握重兵之臣密切來往。當年二皇子謀反逼宮之事，到如今皇帝還心有餘悸，絕對不能讓這件事再發生。

皇帝瞇了瞇眼，梁王若是真心只為那董家女子，應當……是捨不得董家女子沒命。可他若是看重的是董清嶽手中的兵權，打算不擇手段，那……就別怪他這個做父親的無情了。

第三章 情難自禁

白卿言從董家出來時，天已經黑透。白錦稚一看到白卿言出來，忙迎了上去：「長姐！太子已經進宮了，你放心！那個方老叮囑了太子，要是梁王想要娶葶珍姐姐一定不能放任！那……葶珍姐姐會怎麼樣了呢？」

「放心，葶珍不會有事的！」白卿言揉了揉白錦稚的腦袋，隨她一同往已掛著鎮國公主府匾額的白府方向走去。

董葶珍一顆心已全撲在了梁王身上，儘管她因白卿言的話對梁王也有了那麼一絲懷疑，可舅舅董清平將話說到那地步，董葶珍也只是哭不曾鬆口，心裡還存著一絲僥倖。董家人加起來的分量，在董葶珍心中都不如一個梁王重要，可見……梁王多會拿捏人心。

可白卿言並不怪董葶珍，上輩子她也是這樣著了梁王的道。覺得梁王無能懦弱，為了她卻甘願上進去爭那個至尊之位，好給白家……給她的祖父洗刷冤屈。

月光皎皎，為牽馬而行的白卿言蒙上了一層冷冽色澤。從勳貴人家居住，人跡稀少的康安巷一出來，白卿言便看到立於長街燈火闌珊之中一身月白色直裰，腰繫玉帶，禁步華貴的蕭容衍。

他挺拔修長的身姿，氣度尊貴儒雅，如同鶴立雞群，長街之上十分打眼。

白錦稚偷笑看了白卿言一眼，上前接過白卿言手中的韁繩，率先打招呼：「呀！蕭先生！好巧啊！」

蕭容衍眼闊深邃的眸子含笑望向白卿言，對著白卿言和白錦稚的方向長揖一禮。

白卿言淺淺還禮，直起身便見蕭容衍朝著她的方向走來，身後只跟著月拾和兩個護衛。

「還未來得及恭賀白大姑娘得封公主，白四姑娘得封郡主！」蕭容衍眉目間淺笑極淡，「知道明日白大姑娘和白四姑娘便要回朔陽，正準備帶著月拾去鎮國公主府送賀禮，不成想……在這裡巧遇白大姑娘和白四姑娘。」

白卿言負在背後的手悄悄收緊，直到抱著禮物盒子的月拾出聲恭賀，白錦稚忙對月拾擠眉弄眼，示意月拾到她身邊去。月拾這才恍然連忙抱著禮物盒子繞過去，立在白錦稚身後，不妨礙白卿言和蕭容衍說話。

「衍送白大姑娘和白四姑娘回府吧。」蕭容衍對白卿言做了一個請的姿勢。

白卿言頷首：「有勞蕭先生了！」白卿言同蕭容衍並肩而行，看到前方燕雀樓門前車水馬龍，想起今日燕雀樓有鬥詩會，找了這個話題，問：「聽說今日燕雀樓有詩會，大都城內勳貴人家的公子都去參加了，蕭先生才華出眾為何沒有去參加？」

「參加這種詩會，不過是為了揚名！先前得白大姑娘出手相助……衍之名較之從前更盛，倒無謂再去湊這熱鬧。」蕭容衍側頭望著白卿言，「再者，衍還要去給白大姑娘和白四姑娘送賀禮，實在不得空。」

鬥詩會還未開始，清貴人家的姑娘們手握團扇，倚在雅間臨街的倚欄上，用團扇擋著半張臉，說是看看這長街的紅燈夜景，可久居大都城的人誰沒看過這長街紅燈？姑娘們的眼睛都巴巴的瞅著樓下，想瞧瞧陳釗鹿、呂元慶和董長元這三位來沒來。畢竟若是今年沒出這個科舉舞弊案，這三位……可就是狀元、榜眼和探花了！

「哎！那不是……蕭容衍蕭先生嗎?!」有貴女眼尖看到了蕭容衍，「蕭先生身邊那位，是……

鎮國郡主?!」

甄家三姑娘聽到白卿言在，眼睛一亮，拎著裙擺小跑出來朝樓下看去，果然看到英姿颯颯的白卿言與蕭容衍並肩而行，俊男美人，相當養眼。

「該改口稱公主了！」另一個貴女扭頭用團扇遮著臉，回頭朝樓下看去，「蕭先生這樣的人物，可惜是個商人身分！鎮國公主也是……都封了公主了，也該注意言行舉止，兩人也沒訂親便同行，簡直是……」

「這算什麼！人家鎮國公主還和男人一起打仗，同住軍營呢！不知道和多少男人近身過，還怕同行這等小事壞名節嗎？」又有貴女酸不溜秋說了一句，「也就蕭先生是個商人身分，若是尋常白衣……即便入贅，恐怕也不敢選鎮國公主這樣的人物！」

「小聲點兒！讓旁人聽到了，小心挨鞭子！」那用團扇遮臉的貴女笑著用團扇拍了下閨友，忍住笑意，「沒看到人家身邊跟著愛揮鞭子的高義郡主嗎？」

甄則平的女兒甄家三姑娘聽到那群貴女碎嘴便不樂意了：「我爹說了，鎮國公主和高義郡主是當真的巾幗不讓鬚眉，承襲鎮國王風骨，晉國除了當初膠州大疫自請入城的白家嫡女白素秋之外，就數鎮國公主和高義縣主當得起巾幗英雄這四個字！」

那貴女瞅著甄家三姑娘冷笑一聲，倒也不接這話茬兒，只甩了甩帕子注視著白卿言同蕭容衍以及身後跟著的白錦稚同護衛從燕雀樓門前緩緩而過。

「鎮國公主！」大燕四皇子慕容瀝同呂元慶、陳釗鹿一同來參加鬥詩會，看到白卿言高興地喚了一聲，便從馬背上下來，同白卿言行禮。

「燕四皇子，呂公子、陳公子！」蕭容衍笑著行禮。

蕭容衍的才氣，陳釗鹿和呂元慶早已欽佩之至，當初蕭容衍一首《平川夜雪》名揚天下，偶有文章流出皆可稱曠世佳作，他們如何能不折服，於是對蕭容衍十分客氣。「蕭先生！」幾人對蕭容衍還禮。

「今日燕雀樓有詩會，若是鎮國公主、高義郡主與蕭先生不嫌棄，不如一起湊個趣？」陳釗鹿溫文爾雅，淺笑平和道。

慕容瀝可不想讓陳釗鹿打擾了自家九叔和九嬸相處，忙道：「若……鎮國公主、高義郡主和蕭先生有旁的事，也不必勉強。」

樓上貴女們看著頗受歡迎的白卿言，心裡不免犯酸，難免想到被大樑四皇子認錯的南都郡主柳若芙，笑著道：「聽說，今日鬥詩會……南都郡主柳若芙也要來！南都郡主要是看到這大都城的青年才俊都圍著鎮國公主，還不知道要酸成什麼樣子！」

雖然大樑皇子認錯了人，可已經求娶了南都郡主柳若芙，將錯就錯……大樑也得認了。正是因為如此，柳若芙便被外祖家留在了大都城，怕柳若芙將來嫁入大樑後便更少機會能相見，故而閑王回南都時，柳若芙並未隨著走，今日也才能來參加詩會。

「這鎮國公主可真是……魅力無窮啊，就憑那一張俏臉兒，這大都城不知有多少公子甘願成為裙下臣。」戶部尚書楚忠興家的嫡四女，似乎意識到自己這話有些太失分寸，轉而笑著說起大都城那群紈褲來：「幸虧呂元鵬那些人不在，否則聽到鎮國公主四個字，還不得立刻狂奔而去，跟隻哈巴狗似的搖尾巴！」

一聽那貴女說呂元鵬是哈巴狗，甄家三姑娘頓時怒從中來，瞪了那貴女一眼，朝著樓下就喊：「元慶哥哥，戶部尚書的楚四姑娘說你們家呂元鵬是哈巴狗！」

「你！」楚四姑娘握緊了扇柄，滿臉通紅瞪著甄家三姑娘。

甄家三姑娘抬了抬眉，轉身朝樓下走去。

「不愧是武將之家出身的，不懂禮數！」楚四姑娘眼睛都氣紅了，又不敢轉頭去看呂元慶，用團扇擋著臉從倚欄處回了雅間兒內。

那呂元慶可同呂元鵬不一樣，看著一張冷臉什麼都不在意，可但凡得罪過他的人都沒有好下場，不動聲色就把人收拾了，記仇得很。

甄家三姑娘下樓，笑盈盈對白卿言和白錦稚行禮：「恭喜公主，恭喜郡主！」

「多謝三姑娘！」白卿言還禮。

「多謝三姑娘！」白錦稚笑盈盈道。

「公主和郡主也來參加詩會嗎？」甄家三姑娘問。

「明日要回朔陽，還需回府準備，今日便不湊熱鬧了，四皇子、陳公子、呂公子，三姑娘，告辭！」白卿言抱拳。白錦稚有樣學樣，也抱拳告辭。

「衍還有事，便不湊熱鬧了！」蕭容衍亦是告辭離開。

甄家三姑娘望著白卿言離去的颯颯英姿：「好羨慕啊！我也想同鎮國公主和高義郡主一樣，奔赴沙場征戰！」

燕雀樓外燈火耀目，紅綢燈籠透出的光暈將甄家三姑娘的小臉映得紅彤彤的，極為好看。

呂元慶朝樓上倚欄說笑的貴女看了眼，問甄家三姑娘：「你剛說……戶部尚書楚忠興之女，嘲笑我家元鵬？」

甄家三姑娘回神，用力點頭：「楚家四姑娘！」

呂元慶頷首，繃著臉同陳釗鹿和慕容瀝朝燕雀樓裡走去。在呂元慶這裡，呂元鵬怎麼蠢都是他的弟弟，他可以說可以罵！可旁人不能說他弟弟一根汗毛。

蕭容衍將白卿言和白錦稚送回已經高掛鎮國公主府匾額的白府，讓月拾送上禮盒，長揖告辭。雖說，兩人擊掌為誓，天下一統再談情義，可誓言歸誓言，男女相悅之情任誰也不能收放自如。

「不送蕭先生了！」白卿言立在鎮國公主府明燈之下，對蕭容衍道。

「白大姑娘和四姑娘進去後，衍……便走。」蕭容衍笑容溫潤。

白錦稚偷偷捂嘴笑，清了清嗓子道：「那就告辭啦！蕭先生！」

白卿言耳尖微紅，對蕭容衍頷首轉身跨入鎮國公主府內。

「回吧！」蕭容衍笑道。

白卿言剛回清輝院換了身衣裳，董府那邊兒便有了消息。董清平回府之後，告訴董葶珍，他已經同皇帝說了，讓梁王好好的遣媒人來董府，他定會應允，求皇帝千萬不要讓梁王拿董葶珍的貼身飾物宣揚，否則董家其他姑娘就沒法做人了。

董葶珍跪地叩謝董清平之後，信誓旦旦說，梁王絕對不會如此。

董清平還告訴董葶珍，等董葶珍嫁於梁王之後，便不必再回董府……他和宋氏就當沒有生過董葶珍這個女兒。

董葶珍哭得極為傷心，卻也沒有能改變董清平和宋氏的決定。

皎潔的月色，映著廊下光可鑒人青石地板，身著白色練功服的白卿言坐在石凳上擦拭手中銀槍，彷彿從董葶珍身上看到了前世的自己。

對董葶珍有心疼，也有怒其不爭，她害怕董葶珍如今為了梁王不管不顧，舅舅連話都說到了那地步，她都還不改口，執迷不悟想同梁王在一起。將來……她發現是被梁王利用和哄騙，不知道要多麼的後悔痛苦。

上一世，蕭容衍給了她玉蟬讓她自去逃命，可她沒有走，她全身沸騰著恨意的毒血和毒汁，只想同梁王同歸於盡，拼死將他拖入地獄，玉石俱焚！

她那個時候有多恨梁王，便有多悔恨。她不想讓董葶珍經歷同她一般的事，不想她以後如同她當初一般……悔恨的恨不得將自己也碎屍萬段。

隨後又有暗衛來報，說皇帝身邊的太監高德茂去了梁王府，至於說了什麼……因梁王府有皇家暗衛看守他們進不去，便不得而知。

「不過，梁王親自送皇帝身邊太監離開之後，臉色不怎麼好看。」

梁王臉色不怎麼好看？白卿言垂眸鬆了一口氣，如此說來……梁王怕是不能如意娶董葶珍了，想必這中間太子功不可沒。

「知道了，去吧！盯好梁王府！」白卿言道。雖說暫時梁王不能如意娶董葶珍，可若是董葶珍鐵了心要跟梁王，誰又能攔得住？人一旦鑽了牛角尖執拗起來，幾頭牛怕都拉不回來。要是再鬧出什麼不可收拾的事情來，那真就無法挽回了。

明日一早，她便要回朔陽，她怕等她離開之後出了什麼事，她才真是鞭長莫及，得想個法子……

皇帝派了高德茂親自去梁王府的事情，白卿言這裡知道，太子那裡也得到了消息。

太子一進宮，方老便派人去盯著梁王府，皇帝面前的紅人高德茂前去梁王府這麼大的事情，自然要回稟太子。太子在宮內的情況，回府後已經悉數告知方老。

方老摸著山羊鬚問：「殿下是在說了……董大人並非手握兵權的封疆大吏，否則便要懷疑梁王不惜敗壞董姑娘名聲也要娶董姑娘目的何在之後，陛下才出得神嗎？」

「孤是想讓父皇想到登州刺史董清嶽才如此說的，方老可是覺得有什麼不妥？」太子淨了手，接過全漁遞來的帕子擦了擦手後問。

「並無不妥！想來……陛下沒有直接下旨，而是讓身邊的高公公去了趟梁王府，梁王與董家姑娘的親事……至少目前是成不了的！」

太子頷首：「這是自然，父皇一向多疑！」

「老朽的意思，是將太子殿下所說……變為實證，讓陛下認為梁王確實是居心叵測！」方老坐在燈下，一雙略顯混濁的眸子極為認真，「若梁王明知陛下已經不允這樁婚事，卻還是將手中有董家女兒的貼身佩飾之事宣揚出去，以此來逼迫董大人不得不將女兒嫁給他呢？陛下心中已經對梁王意圖存疑，知道此事又會怎麼想？」

太子若有所思接過全漁遞來的茶杯，眉頭緊皺：「孤明白，方老是想要在父皇這裡，堵了梁王與孤爭儲的可能。但若是這麼一鬧，董大人就不得不將女兒嫁於梁王，屆時梁王與董家就是姻親關係，那麼對董清嶽來說……自然是梁王登位，要比孤坐在這個位置上對他更有利，這不是將董家推到梁王那邊嗎？」

「殿下，這第一步先需要陛下對梁王存疑！太子殿下可別忘了，當初梁王意圖仿鎮國王白威霆筆跡攀誣白威霆叛國，又收留了當初逼宮謀反的二皇子一黨餘孽，那個叫高升的護衛，這事當初糊裡糊塗的了結，多半是因為牽扯到信王，陛下不想再查的緣故！可若陛下對梁王生疑，我們藉機再將此事翻出來做文章，便能讓梁王絕無與太子殿下爭位之可能！」

「方老心中已有章程？」太子提起精神，手中的茶都沒有喝，放在一旁拱手請教方老，「還請方老指點。」

「為太子殿下效勞乃是老朽的本分，怎敢當太子請教二字！太子殿下放心，老朽已經派人去查那個高升是否有過從甚密之人，屆時威逼利誘，那麼……被陛下懷疑的梁王，太子想讓他有什麼罪，梁王就是什麼罪！」方老說完笑了笑，「自然了，這個尋人非一朝一夕之事，老朽這裡還有一法，就是怕太子不用。」

「方老說來聽聽。」

「太子殿下可還記得，鎮國公主舉家離開大都之前，左相李茂意圖為自家幼子娶高義郡主，結果被鎮國公主打斷腿的事情？」方老壓低了聲音，眸色閃爍。

太子點頭。

全漁聽聞這話，抬眸朝方老看去。

方老坐在放置著琉璃燈盞的紅木高几之下，側著身子與太子細語：「鎮國公主將高義郡主看得如同眼珠子一般要緊，人盡皆知，若是梁王打高義郡主的主意，鎮國公主定然不會放過梁王，那鎮國公主為了護著妹妹做出什麼對梁王不利的事情，陛下懷疑不到太子殿下頭上不說，也會好好想想……這梁王曾經傾慕鎮國公主求娶不成，便改口要娶董家姑娘，同時……又意圖敗壞高義郡主名節，將高義郡主也收入府中，是什麼意思。」

太子皺眉看向方老，似乎有些不贊同。方老卻沒有住口，只繼續道：「且梁王若是打高義郡主的主意，以鎮國公主的脾氣，怎麼對付梁王……那都是情理之中的事情，陛下定然不會責怪鎮國郡主，還能讓陛下與董家知道……梁王其心可誅！如此，若梁王去董家求親……董家難道不會猶豫？若梁王去求陛下賜婚，也只能加重陛下的疑心！」

太子聽完方老的話緩緩靠在座椅上。求賜婚不成，親自求親也不成，如此才能徹底斷了梁王與董家結親的可能，讓董家即便是不參與奪嫡，也同梁王反目，甚至站在他這一頭來。

自從白卿言入了太子門下，太子對白卿言日漸倚重，甚至幾次三番因為白卿言否決了他，方老又怎麼能放任？長此以往……他在太子這裡還有什麼地位？若是藉此機會讓鎮國郡主和太子殿下之間疏遠，於他來說再好不過。

全漁看著太子的模樣，心頭一緊，垂眸想了想順手給太子換了一杯茶，笑道：「殿下，太子妃殿下派人來說晚膳已準備好了，人已經在外面候了有一會兒了，您看……」

方老聞言笑呵呵站起身，笑道：「老朽所言，太子殿下想想，若是覺得可行，派人來交代老朽……老朽便去安排準備！不過，明日鎮國公主和高義郡主可就要回朔陽了，要是殿下覺得可行，需儘快做決斷。」

「好！」太子頷首。看著方老出去之後，太子側頭看向全漁，端起茶杯眉目帶著幾分笑意：「全漁你現在膽子越來越大了！」

「殿下，奴才這膽子還不都是您給的！太子殿下是全漁見過最有情義的主子，全漁這才敢在殿下面前放肆！」全漁笑盈盈道，「奴才是覺得殿下今日忙碌一天連歇歇喝口茶的時間都沒有，實在是太累了，所以才出了這麼個主意。」

見太子徐徐往茶杯裡吹著熱氣，情緒似有所緩和，全漁這才開口道：「殿下，剛才奴才聽方老那意思，是要利用高義郡主啊！可是……鎮國公主和高義郡主姐妹情深，鎮國公主又對殿下忠心不二！奴才剛才看殿下有所猶豫，是否是怕寒了鎮國公主的心？」

太子點了點頭：「是沒錯，可方老所說的……也有道理，孤還得好好想想。」

全漁聽太子這麼說，便沒有敢再勸，只能點了點頭說去給太子傳膳。

等全漁帶著魚貫而行，手裡拎著黑漆描金食盒的宮婢們回來時，見有人從太子書房內出來，似乎是朝方老院子的方向而去。全漁立在雕梁畫棟的長廊之下，眉頭緊皺，擔心太子要是碰了高義郡主，此事讓鎮國公主知道了，定然會同太子勢不兩立。太子居然連這個都沒想明白！全漁不想看到太子將來失去鎮國公主這樣一個能臣，也不想看到鎮國公主傷懷。

跟在全漁身後彎著腰低眉順眼的宮婢，見全漁立在隨風搖曳的六角宮燈之下半晌未動，邁著碎步上前，低聲喚了一句：「公公?!」

「走吧！」全漁回神，帶著宮婢們朝前走去。

任世傑剛剛按照方老的安排，派人出去散播梁王拿了董家姑娘董葶珍的貼身平安鎖，進宮向皇帝求賜婚之事，沒成想梁王府再次傳來消息，梁王在高公公走後沒有多久，便去了董府。

方老聽聞後，瞇了瞇眼，猜測梁王或許是想要親自上門求大理寺卿董大人。

任世傑低聲道：「這梁王前往董府，不知道是不是陛下……讓梁王去董府歸還董家姑娘的平安鎖，還是梁王想再去求求董大人。」

「不管梁王去董府是什麼意圖，這一次……是我們替太子阻斷梁王奪嫡可能的一次好機會！」方老端起茶杯和任世傑秦尚志道，「你們想想看，上一次……梁王意圖陷害鎮國王白威霆通敵，而且還插手南疆糧草之事，陛下為什麼還是放過了梁王？那是因為梁王是陛下的兒子，且沒有真正觸及到陛下的逆鱗！」

方老抿了一口茶，放下茶杯接著道：「當年二皇子率兵逼宮謀反之事，一直是陛下心中的一道坎，陛下可以念在血脈之情上縱容他的兒子做任何事，但絕對不能縱容他的兒子意圖染指兵權！所以……梁王越是不願意放棄董家女，陛下對梁王的疑心便越重！」

坐在琉璃燈下的秦尚志抬眸朝著方老的方向看去，雖然方老有時候能將人氣得七竅生煙，可不得不說……方老對皇帝還是很瞭解的。對於秦尚志來說，只要能阻止梁王登頂之路，他什麼都願意做，哪怕是……那位董姑娘是鎮國公主白卿言的表妹，哪怕會傷及到那位董姑娘的名聲，他也顧不了了，誰讓那位董姑娘不開眼，選了梁王！

秦尚志垂眸，將心中那一點點不安壓了下去，奪嫡之爭向來都是你死我活，路都是自己選的怨不得別人！

「方老、任先生、秦先生！」小太監朝著太子的三位謀士行禮，「太子殿下讓小的來傳話，關於梁王之事，方老可自行安排，太子府未計入名冊的死士，皆聽從方老調遣！」

秦尚志眉頭一緊，朝著眼睛發亮的方老看去，方老……還要做什麼？

「謝太子殿下信任！」方老摸了摸山羊鬚，派身邊的護衛去將太子府未曾登記在冊的死士喚過來。

「方老，您還要安排什麼事？」任世傑忙起身問。

方老在等死士過來的間隙，大致將意圖設局讓梁王敗壞高義郡主名節，激鎮國公主出手對付梁王的想法說了出來。

「原本白府有護衛軍在，鐵桶一般，可白府眾人遷回朔陽，護衛軍也跟著回去了！白府反倒容易進一些，此事並不難辦！」方老志得意滿，眉目間全都是笑意：「試想一下，以鎮國公主對高義郡主的在意程度，若是能將梁王腿打折……那便是最好的結果，陛下怎麼也不會立一個殘廢的儲君，且此事還與我們太子府扯不上任何關係！以鎮國公主剛毅果決的個性，也定不會讓高義郡主嫁於梁王！董家與白府是姻親關係，若是出了這樣的事情，自然是不會再將女兒嫁於梁王！一舉兩得！」

「不可！」秦尚志一顆心提到了嗓子眼兒，他激動的站起身來。

方老不悅朝著秦尚志的方向看去。秦尚志深知方老喜歡拿架子，咬了咬牙，對方老長揖到地：「方老莫急，容秦某細細說來，太子殿下能收服鎮國公主實在是難得，鎮國郡主智勇無雙，若是讓鎮國公主知道是太子府設計梁王敗壞高義郡主名節，鎮國公主定然會與太子府勢不兩立！」

方老垂著眸子不吭聲，他要的……雖然不是白卿言和太子勢不兩立，也想要白卿言對太子心冷，太子身邊最重要的謀臣必須是他！

可如今被秦尚志挑明，他臉上掛不住，也怕秦尚志鬧到太子那裡去。

秦尚志看了眼方老，態度更加恭敬：「方老一向識人如炬！深知鎮國公主剛毅果決的個性，若是鎮國公主查明此事……倒向梁王，那局面只會對太子不利啊！」

秦尚志見方老若有所思，又補充道：「方老對太子忠心，可做到肝腦塗地在所不惜，但其他人未必能做到如同方老對太子殿下這般！方老細想是不是這個道理！」

任世傑眉頭挑了挑，朝著秦尚志看去，秦尚志品行高潔，一向不屑方老小人做派，今日竟然能說出方老這些好來。

方老被秦尚志這一連番吹捧，弄得心情大悅，抬手摸著山羊鬚：「秦先生所言甚是，屆時若是鎮國公主知曉此事，我方某人自會站出來，承認此事是我方某人一人所為……太子殿下毫不知情！方某為太子殿下赴湯蹈火在所不惜！」

秦尚志咬了咬牙，腦子飛快轉著，拼盡全力想說詞：「可是太子殿下身邊離不開方老啊！」

方老瞇了瞇眼朝著秦尚志看去，也察覺出不對味來，秦尚志似乎是想保高義郡主啊。方老像是突然想通了什麼似的，居高臨下看向秦尚志：「秦先生這般阻止，莫非……心悅高義郡主？」

秦尚志差點兒忍不住啐方老一臉，這個老頭子心裡就只有這些齷齪的東西嗎？秦尚志的年齡差不多都能當白錦稚的爹了，心悅一個孩子?!

「方老誤會！秦某之所以阻止……是因為此事對太子府無利！」

「太子殿下都已經同意了，秦先生就不必這般阻撓了！」方老心意已決，搬出太子來，冷笑道，「秦先生可不要忘了，你是太子府的謀臣，千萬別通風報信，否則……老朽定會稟告太子！」

秦尚志身側拳頭緊緊攥著，突然想到方老最開始說梁王私下已經開始拉攏閑王之事，忙道：「方老，秦某阻止方老牽扯上高義郡主，是因秦某有一個更好的人選！」

方老端起茶杯，漫不經心道：「秦先生說來聽聽！」

「南都郡主柳若芙！」秦尚志上前一步，彎腰立於方老身側，「高義郡主手中並無兵權，可是南都閑王可有啊！且南都閑王只有南都郡主一女，若是梁王意圖敗壞南都郡主柳若芙的名節，又求娶董家女，陛下又會怎麼看？方老曾經說過……陛下的看法，才是最重要的！」
方老一想，倒真是這麼個道理，若是真的與白卿言對上，太子府雖然不懼有個這樣被皇帝不喜的敵人，可是也棘手。
「可若是……南都郡主真的嫁給了梁王，梁王豈不是得到了閑王的支持！閑王手中可是真的有兵權的！」方老其實之前想過柳若芙，只是害怕最後柳若芙真的成了梁王妃，反倒難辦。
「那便，讓梁王意圖敗壞南都郡主名節，但不要讓梁王成事！此事讓陛下和董家知道便是，不必大肆宣揚！畢竟……南都郡主已經與大樑訂親，陛下也不想在與大樑議和之事剛開始，便出這樣的醜聞，所以定然不會讓南都郡主嫁於梁王！」
秦尚志立在方老身邊，一邊想一邊接著說：「再者……南都郡主心高氣傲的，怎麼會看上梁王？這要是讓閑王知道梁王意圖毀他女兒名節，閑王會不會惱了梁王？而且方老您想，高義郡主可是上過戰場武藝高強，在鎮國公主府動手，若是驚動鎮國公主……以鎮國公主的箭術，我們的人怕是有去無回！而南都郡主柳若芙一向被嬌養慣了，可比高義郡主好對付的多了！」
任世傑想了想之後道：「如此來說，選南都郡主柳若芙……可是要比選高義郡主對太子府來說划算的多，方老覺得呢？」
方老拳頭緊了緊，按照秦尚志所言……的確是選南都郡主柳若芙，要比選高義縣主更合適。
可方老這次攛掇太子選高義郡主，除了是真心為太子出謀劃策之外，更重要的是想要白卿言和太子離心以後離太子遠一點，這樣太子才能對他言聽計從！
見方老還有所猶豫，秦尚志又道：「若是方老猶豫不決，怕改了主意太子殿下怪罪，那秦某去找太子，就同太子說是我們三人坐在一起細細思量之後，覺得換成南都郡主柳若芙更為妥當，當然，若是方老願意受累去太子殿下那裡走一趟，自然是最好！」

秦尚志這意思已經很明白了，若是方老害怕擔責任，那他去就說三個人商量出來的結果，若是方老覺得換成柳若芙不錯，那功勞全都是方老的，方老可以自行去太子殿下那裡。

方老看了眼已經很久很久不願意對太子進言的秦尚志，聽到護衛進門說已將死士帶來，方老這才對秦尚志幽幽開口：「我們三人同為太子府謀臣，若是能一直這麼齊心協力為太子辦事，才能真正的成大事！秦先生可明白這個道理了？」

「這是自然！方老年長秦某許多，以前若有得罪的地方，還請方老包涵。」秦尚志將姿態放得極低，端起桌角茶杯遞到方老的手中。

方老笑著頷首：「老朽這就去太子那裡一趟，同太子說說秦先生這法子。」

「是方老先提了這個法子，我和任先生不過是按照方老的法子儘量的往周全裡想而已，怎能稱是秦某一人想出來的……」秦尚志垂著眸子，聲音極低。

方老看著極為上道的秦尚志，也不敢耽擱，起身朝著太子居所疾步走去。

見方老帶著那六名死士走後，任世傑笑著看向秦尚志：「秦先生這就對了，方老此人跟隨太子殿下的時間最久，年紀也最長，難免會高傲一些，我們兩個人來的晚，多敬著方老一些，方老自然會好說話一些。」

秦尚志視線望著方老離去的方向，藏在袖中的拳頭緊緊攥著。這話曾經任世傑勸過他，可秦尚志心裡不屑。今日，他聽從召喚過來議事，原以為不過是走個過場，若非為保住白家四姑娘，秦尚志定然是不願意朝方老低頭的。

他秦尚志，最在意的便是氣節。曾經，他便是不願折節對梁王……和梁王身邊那個姓杜的謀士低頭，所以……全家死於非命！他閉了閉眼，心中因剛才對方老屈膝的姿態，感到恥辱。

很快太子府的六位死士，悄無聲息潛出太子府，分成兩批，一批前往董府，一批前往柳若芙外祖父家。

梁王登門，不論董清平心中有多麼的不痛快，還是讓人將梁王請進了府中。

梁王進門之後，讓董清平屏退左右，竟然對著董清平跪了下來，嚇得董清平跟著一起跪下直叩首，頭都不敢抬。

「董大人，我是真心愛慕葶珍的！」梁王一開口便哽咽不已，險些哭出聲來，他將之前對董葶珍的說詞又同董清平講了一遍，講的極為可憐，彷彿沒有董葶珍便活不下去。

董清平大約猜到……皇帝恐怕因為二弟清嶽的緣故，不允梁王娶葶珍，梁王這才上門來求。

董清平揣著明白裝糊塗：「梁王殿下，今日陛下召微臣入宮，微臣已經轉告陛下，請梁王殿下請媒人上門提親，只要不提小女貼身飾物便是！不知……梁王殿下為何又上門說了這番話？」

梁王唇瓣囁喏，皇帝不同意這樣的話……梁王對董清平說不出口。

若是皇帝不同意，一個臣子強行將女兒嫁給梁王，這不是和皇帝作對嗎？哪個臣子敢如此行事？「殿下您先起來！」董清平膝行上前，將梁王扶起來之後道，「梁王殿下，您看時辰已經不早了，您先回府歇息，殿下傾慕小女是小女幾輩子修來的福氣，微臣又怎麼會不同意這樣的緣分？殿下儘管遣媒人上門，陳太傅那邊微臣明日便讓拙荊登門致歉，婉拒親事，殿下放心！」

「董大人，不瞞董大人，父皇……父皇就是沒有同意，我真沒有辦法這才登門的！」梁王說著眼眶就紅了。

董清平臉上笑意微微一僵，又問：「這是為何啊？今日微臣進宮……陛下不就是為了同微臣說這件事？可是其中有什麼誤會，陛下是怎麼同梁王殿下說的？」

「父皇想為我求娶陳太傅家的孫女兒為正妃，可是……我只想要葶珍一人！我的正妃只能是葶珍啊董大人！我願意向董大人立誓，此生只娶葶珍一人，絕不納妾！」梁王鄭重道。

「您看殿下，微臣只是一個小小的鴻臚寺卿，哪有膽子忤逆陛下啊？」董清平一臉難為道。

梁王還想說什麼，董清平忙又道：「殿下您知道的……臣絕對是十分願意將女兒許配給梁王殿下的，可最重要的還是需要陛下同意，畢竟父母之命媒妁之言才是正理！殿下不如去求求陛下！」

梁王欲言又止，濕紅的眼睛看向董清平。

董清平更難為了，只得小心翼翼道：「殿下總不至於讓微臣親自去求陛下吧？這要是讓陳太傅知道，微臣以後還有何顏面去見陳太傅啊！」

梁王眉頭緊皺，他今日來主要是為了拉攏董清平，讓董葶珍和董清平知道他娶董葶珍的心有多堅定，只要董清平不將董葶珍許配給旁人，他便還有機會。至於譚帝師的孫女，譚帝師門生眾多，倘若最後實在不得已，娶了譚帝師的孫女兒為正妻，梁王也有辦法讓董葶珍自願入梁王府為妾。

梁王一副失魂落魄的模樣愣了片刻，又對董清平長揖到地：「董大人放心，為了葶珍，我是絕對不會放棄的！明日一早我便入宮跪求父皇！至於葶珍送我貼身平安鎖之事，我也不會對外說一個字！想來父皇隨後會讓高公公將葶珍平安鎖還給董大人！」

董清平鬆了一口氣，道謝後將梁王送到門口。看著梁王上了馬車，董清平轉身回府一張臉就垮了下來，還是要儘快將董葶珍的親事定下來才是。

宋氏知道梁王到府上，早早就到了，在正廳後面躲著，梁王一走宋氏便從正廳屏風後出來道：「夫君，既然皇帝不同意這門親事，咱們得儘快將葶珍的親事定下來才是，那陳太傅家的陳釗鹿著實不錯！」

「陳家之所以想要定下葶珍，是因為以為我們董家家教好，加上此次白府蒙難，婉君不離白家，將白家打理的井井有條，突逢大難卻沒有被壓彎脊梁！否則……陳家釗鹿這樣好的兒郎，會說咱們葶珍？」董清平頭腦極為清楚，「梁王若是心有不甘，將手握葶珍貼身配飾的事情，傳揚出去，陳家不但不會要葶珍，還會質疑咱們董家的家教和品格！而且……你看看葶珍那個樣子，就算這事沒有傳揚出去，她鐵了心跟梁王，和陳家的親事，怕也不會成！」

宋氏心頭發悶，眼淚眼看著就要下來，有氣無力扶著座椅扶手坐下：「我怎麼……怎麼就生了這麼一個孽障！」

「明日，你親自去找譚老夫人，就說……葶珍貼身飾物被貼身丫頭海棠給偷了，後來不知道怎麼就到了梁王手中，葶珍知道此事後氣憤又懼怕一病不起，恐怕暫時不能同陳家議親了！」

宋氏緊緊攥著帕子點頭：「夫君放心！」

白卿言敢讓白錦稚給太子府傳話，就知道方老並非是個省油的燈。明日她便要和白錦稚回朔陽，正準備想個法子徹底按死梁王娶董葶珍的可能性，沒想到太子府和梁王府就先後有動靜報來。

白卿言立在清輝院皎皎月色之下，垂眸靜思。梁王去董府的目的並不難猜，皇帝沒有如梁王所願賜婚，梁王定然是去舅舅面前哭求表真心，也是為了做給葶珍那個傻丫頭看。

太子府先前派出去傳梁王手握董葶珍貼身佩飾之人，已經被盧平帶去的人全部解決乾淨。至於太子府後來又派出的六人，三人前往南都郡主柳若芙的外祖家，三人前往董府方向蹲守……

風過，清輝院西牆的參天大樹沙沙作響，她手心一緊抬眸，心中頓時清明。皇帝此人自私又多疑，他的兒子做了什麼傷天害理之事，他都可以包容，唯一……不能容忍的便是他的兒子與手握兵權的重臣過從甚密。究其根本，是當年二皇子逼宮謀反之事在皇帝心中留下了極深的陰影，但凡兒子沾上兵權……皇帝便極易草木皆兵。

今日白卿言突然得知梁王打算騙娶董葶珍，她便故意讓白錦稚在太子跟前點出梁王或許正在拉攏南都閑王之事，太子或許是想製造梁王一邊求娶董葶珍，一邊同已經和大樑四皇子訂親的柳若芙牽扯不清之象，給皇帝看。如此以皇帝多疑且忌憚皇子沾染兵權的個性，必會認為梁王欲以婚事，得到手握重兵的閑王與董清嶽支持。

那……梁王的好日子便到頭了。而此時，正逢大樑要與晉國議和的當口，皇帝即便內心是不願讓柳若芙嫁去敵國大樑，也必不能讓這樣的醜聞傳出來給大樑口實，與晉國討價還價。

讓梁王吃了虧，又不讓梁王得實惠，真是好算計啊！

原本白卿言都打算在梁王違背祖訓煉丹上做文章，沒想到太子府倒是先沉不住氣有了動靜，還一波接著一波的。

白卿言回頭看著跪在院中來報消息的兩個暗衛，吩咐道：「回去讓其他人繼續盯著太子府派出去的六人，每一刻鐘派人來報一次情況，若有特殊情況隨時來報。」

「是！」暗衛很快消失在院中，白卿言琢磨片刻，又派人去喚了盧平過來。

今夜，盧平先是被白卿言派出去收拾了太子府去傳梁王與董葶珍流言之人。回來覆命後一直在等候白卿言吩咐，這邊兒白卿言派人來喚，盧平便立刻趕往清輝院。

「平叔，辛苦你現在就走一趟董府，務必要見到舅舅，告訴舅舅……若是舅舅放心，明日我想帶著葶珍一同回朔陽，就當是讓葶珍去陪陪我母親，也讓葶珍散散心遠離大都城這是非之地！若舅舅和舅母應允，明日我們辰時出發，我們車隊提前去董府接葶珍。」白卿言望著盧平道。

「大姑娘放心，我這就去！」盧平抱拳行禮，二話沒說便往外走。

已經子時，離辰時還有幾個時辰，夠白卿言安排妥善。白卿言在院內石凳上坐下，手指輕撫著石桌邊緣，若是太子府出手想要坐實梁王和柳若芙之事，白卿言便成人之美，力保太子的人不出紕漏的將此事處理妥當。最好的，是能讓葶珍那個傻丫頭看清梁王。

她手指微微屈起，有一下沒一下敲著石桌。梁王打董葶珍的主意，無非就是為了董家手中的兵權，而梁王與閑王不論是否已經達成盟約，都沒有足夠深的約束，將兩人牢牢捆綁在一起。所以，在董家目下婚事無法達成，他和柳若芙又被太子設計湊在一起的情況下，若是讓梁王做選擇，梁王定然會選閑王獨女柳若芙。

至於閑王，比起讓女兒遠嫁樑國，自然是自己能成為晉國國丈對他來說更有吸引力。

但現在……梁王的實力，還沒有辦法同太子較量，若是太子鐵了心將此事瞞死，梁王沒有一點反抗的餘地。

那麼眼下，白卿言對梁王有兩個策略。

其一，是任由太子作為，看著太子藉此次機會將梁王踩死，讓皇帝從此厭棄梁王。

其二，白卿言可以幫梁王一把，讓他娶到柳若芙，如此太子便會死盯上這個意圖同他奪嫡又被皇帝不喜的梁王，與梁王糾纏不休，相互制衡，她回朔陽坐山觀虎鬥，暗自圖強。

只有朝堂有兩方力量相互纏鬥，旁人才不會惦記上朔陽白家，否則太子一人獨大……若是生了什麼不利白家的心思，白家連周旋的餘地都沒有。

等到白家軍和白家的羽翼漸豐之時，便是白卿言了結梁王此人之時。

白卿言恨梁王，恨不能扒了梁王的皮，生啖其肉！可為白家長遠之計，白卿言願意選其二之法。她明日恐怕還要見一見梁王，再幫梁王一把，如此……她出手收拾了那幾個太子府出去傳言之人，太子才能懷疑到梁王的身上。

第二日，天還未亮。梁王抱著自己的衣衫匆忙從王府後門出來，一張臉煞白，躲在樹下正穿衣裳，就聽到有馬蹄聲靠近，他嚇得緊緊攥著自己還未穿好的衣衫，屏息躲到樹後，手中緊緊攥著防身的匕首，心臟怦怦直跳，驚魂未定。

剛才，梁王一睜眼看到躺在身側的柳若芙，嚇得差點兒從床上翻下來，他沉住氣沒敢出聲，心臟砰砰直跳，意識到自己中計了。

昨夜從董府出來，有一個女子隔著馬車車簾，對他說……董葶珍知道他來董府想約他一見，原本去董府梁王就有做戲給董葶珍看的成分在，不疑有他便跟著去了，誰知道後來眼前一黑便失去了意識。若非他心中保持著一分警醒，他這個時辰怕是醒不來。

他看到身邊是柳若芙，只是猶豫了一瞬，便決定抱著衣服逃跑，有人設計他……就定然不會讓他順順利利娶柳若芙，尤其是在大樑正要和晉國議和的當口上，只會惹父皇討厭。

「梁王殿下，不必躲了，出來吧！」

梁王一怔，這是……白卿言的聲音。她怎麼知道他在這裡，難道是……白卿言設計他的？

白卿言視線落在梁王露出的衣角之上，抬起冷戾的眸子，拳頭緊緊攥著克制自己的殺念。

「梁王殿下，我今日要回朔陽，可沒有時間在這裡同你耽擱！」

白卿言的聲音再次傳來，梁王咬了咬牙，直起身穿好外套，繫了腰帶，將防身匕首藏在後腰，從樹後出來。

見白卿言緩緩從馬車上下來，梁王收起如鷹隼般駭人的目光，做出一副可憐兮兮的模樣看向白卿言：「鎮國公主，這事……難不成是你設局害我？」

「若是我設局害你，絕不會讓你從王府出來……便將事情鬧到陛下那裡去！」白卿言說完，盧平便讓人拖出那三個太子府未記入名冊的死士，那三人已經死透了。

梁王臉色慘白，視線從那三名死士的身上挪開，直視似笑非笑的白卿言。

思想還在遲疑，梁王身體便先行做出緊張兮兮的姿態，像是被嚇到了般後退兩步，揪著自己衣角：「鎮國公主這是何意？」

「這是太子府的人！」白卿言語聲冷肅，「梁王意圖求娶我表妹董葶珍，陛下之所以未曾答應，是因為看出梁王窺視我舅舅董清嶽手中兵權的意圖，若是今日，梁王又同手握重兵的閑王……

之女柳若芙有了牽扯，辱柳若芙名節，迫使柳若芙不得不嫁於你，你說陛下會怎麼想？」

梁王身側拳頭收緊，望著白卿言：「鎮國公主出手幫我又是為何？我曾經……可是陷害過白家的！」

「為了不讓我的表妹董葶珍傷心！誰讓我的表妹非你不嫁呢！」白卿言慢條斯理開口，「現在，梁王能選的只有兩條路，若你對葶珍真心，便上馬車……我會安排你與葶珍遠離大都城這是非之地，做一對平常人家夫妻，可這世上便再也沒有梁王！」

梁王脊背挺直，擔心董葶珍就在馬車裡，瞳仁輕顫，委委屈屈道：「可是……我不能，毀了南都郡主的清白就一走了之！」

白卿言看著把心善愚蠢之人演得入木三分的梁王，道：「這件事鬧開之後，太子殿下會入宮承認情難自持與柳若芙一夜春風之人是太子殿下，自然了……太子殿下娶了柳若芙，閑王必會偏向自家女婿，勢必是要扶太子上位的，畢竟……只有太子上位，將來她女兒的孩子，才有機會成為晉國皇帝。」

梁王喉頭翻滾：「可……」

「太子殿下沒有那麼愚蠢，將柳若芙推到你的身邊去！畢竟柳若芙身後的閑王可是有兵權在手的！」

白卿言見梁王猶猶豫豫的樣子，她低笑道：「若是你對葶珍並非真心，此事到此為止……我便撒手不管，你自去與太子鬥上一鬥。自然……我如今已經入太子門下，定然要為太子出謀劃策，還得將你打暈了丟回去，或者讓人將梁王看管起來，直到太子殿下入宮向陛下請罪求親之後，再放了梁王殿下！不過屆時……太子在陛下面前是怎麼說的，陛下又會治梁王一個什麼罪，我可就不敢保證了。」

見梁王視線往馬車的方向瞟，白卿言眉頭挑了挑回頭吩咐盧平：「讓梁王看看……葶珍並不在馬車裡面。」

梁王拳頭收緊，看到盧平將馬車車簾掀開裡面無人，因裝作懦弱而佝僂著的腰身隨即挺直。

白卿言繼續向梁王施壓：「太子進宮後會怎麼說呢？哦……梁王殿下見娶董家之女董葶珍不成，便卑鄙無恥惦記上了閑王手中的兵權，給南都郡主柳若芙下藥意圖生米煮成熟飯！畢竟南都郡主是閑王獨女，娶了南都郡主……就等於得到了閑王的支持！太子為救人也中了招，迫不得已玷汙了柳若芙的清白，願意娶柳若芙。」

梁王一驚，是啊……如此一來，能凸顯太子品性高潔，他反倒是什麼都沒有得到卻惹得一身騷。

「梁王若是考慮清楚了，便上馬車，我會安排你和葶珍遠走高飛，此生梁王殿下雖然無法登至尊之位，可我也能保你們衣食無憂，生活富裕優渥！」

白卿言這話，可以算是逼著梁王同董葶珍遠走高飛了。

可是梁王卻還在猶豫，他的路還沒有走絕，曾經大燕九王爺對他說過，若是有需要可以去上墨書齋。梁王咬了咬牙，問道：「即刻就要走嗎？」

「對！晚了……太子一旦進宮，你就走不了了！還猶豫什麼？」白卿言眉頭挑起。

梁王望著白卿言開口：「我不能走！」

「莫非……你並非真心喜歡葶珍，而是看上了我舅舅董清嶽手中的兵權？如今冒出一個閑王獨女柳若芙，你便覺得……柳若芙比葶珍更具利用價值？」

梁王不吭聲，他咬緊了牙關道：「我不走！鎮國公主不要再強人所難！若是鎮國郡主想要打暈我將我再丟回去，隨鎮國郡主處置！」

「果然啊，在梁王殿下的心裡，我表妹的一腔情意一文不值！值錢的是葶珍姓董，是她為登州刺史董清嶽的侄女！」白卿言似自嘲似的低笑，「可登州刺史侄女這樣的分量，比不上手握重兵的閑王嫡出獨女……理所應當！」

躲在馬車背後的董葶珍用手死死捂著嘴不讓自己哭出聲，眼淚如同斷線一般。

「可梁王，你以為你留下了……就能鬥得過太子？」白卿言抬眸看向梁王，「為了不讓我表妹傷心，我只能強行帶你走了，平叔！」

盧平上前，梁王立刻向後退了兩步，從衣兜裡摸出防身匕首抵在自己的頸脖上：「都別過來！」

白卿言眸子瞇起。

梁王視線又往馬車的方向看了眼，還是未放下戒心，喉頭翻滾著：「鎮國公主今日已經插手到這件事裡，若是我死在這……鎮國公主想想看，我父皇會放過你嗎？你已經害得他的嫡子流放永州，我父皇早就對你恨之入骨！我若死……你得陪葬！」

「表姐！你不用逼他了！」董葶珍終於承受不住，從馬車後一躍而下衝了出來，一把拽住了白卿言，她連看梁王都不敢去看，只覺一顆心碎的稀巴爛。

梁王瞳仁一顫，果然……白卿言的確是帶著董葶珍來的。他沒有退路了！事情到了這一步，若是不能娶到柳若芙，他就什麼都沒有了！

董葶珍哭得全身都在顫抖，這就是她不顧董家全家刀山火海，也要跟隨的人！

父親那些話，她時時想起就跟刀子似的將她心紮得鮮血淋漓，而此時此地……聽到梁王這些話，看到表姐強迫梁王都不願意跟她私奔的情景，父親那些話就又像烙鐵，將她的心反覆煎燙，讓她痛不欲生。

「表姐！我們走！我跟你回朔陽！我們走……我不想……不想再留在這裡了！」董葶珍死死拽著白卿言的手臂，整個人哭得潰不成軍只求快點離開這裡，「我不想再留在這裡了！」

「好！我們走！」白卿言冷冷望著梁王，對盧平道，「留兩個人，抓住梁王……將梁王丟回去，哦……若梁王真的敢死，也不要緊，就說……因為侮辱了南都郡主畏罪自盡！」說完，白卿言扶著整個人都倚在她懷裡的董葶珍上了馬車。

梁王因白卿言稀鬆平常的冷漠語氣，脊背發寒。見狀，梁王二話沒說拔腿就跑。

「追！」盧平一聲令下，兩個侍衛立刻衝了出去。

白卿言回頭看向盧平，盧平會意對白卿言頷首，白卿言這才彎腰進了馬車裡。

梁王瘋了似的一路狂奔逃跑，聽到身後腳步逼近，猛地轉身用匕首胡亂劃，這才逼退了兩個朝他逼近的白家護衛。

梁王頭上全都是汗，他自那日長街被刺險些命喪黃泉之後，元氣大傷，如今這點身手，根本就不是兩個護衛的對手。就在梁王腦子飛快轉著尋找出路時，突然有一高手刀客從高翹的屋簷上一躍而下，劍光寒氣迸閃，一瞬後……那兩個剛還圍捕梁王的白家護衛直挺挺倒地。

那刀客背對梁王，長刀入鞘。

「你是何人?!」

「奉大燕九王爺之命！屬下……護梁王一次不死！我家主子曾有言若梁王需要，我可出手救梁王一命，救下樑王之後，便需轉告梁王，僅此一次，否則我家主子要懷疑梁王能力，可否是合適的同盟物件？」那人依舊背對著梁王，慢條斯理道，「梁王先行一步，這裡我來處理！」

和大燕九王爺合作之事，除了他沒有旁的人知道，梁王看了眼倒地的兩位白家護衛，不疑有他，頷首後轉身朝著巷外跑去。

聽到梁王的腳步聲徹底消失在巷子中，倒地的那兩個護衛立時爬了起來，笑嘻嘻問立在那裡的刀客：「怎麼樣？我們兄弟倆演得像嗎？」

那刀客抬手拍了兩人的腦門，道：「還不快走！」三人飛速離開小巷，騎馬去追白卿言的馬車。

梁王從小巷出來後，便沒命的往梁王府跑，他喘息劇烈，扶著牆壁按住心臟激烈跳動的心口，不免想起剛才白卿言所言，若是讓太子入宮……將髒水潑在他的身上，踩著他娶了柳若芙，那才真的是得不償失！

那他為什麼不能以其人之道還治其人之身？為什麼不能是太子給柳若芙下了藥，想要強占閑王獨女，而他……不知道為什麼醒來之後會和柳若芙躺在一張床上！

他可是個乖兒子，害怕極了，悄悄從柳若芙外祖家出來之後，就趕忙去和他的父皇說一聲，求他的父皇拿主意，他害怕事情鬧大了……被譚老帝師知道，壞了父皇賜給他的姻緣，也害怕董葶珍知道以為他是個無情之人！

梁王拿准主意，便直奔皇宮，就那麼一身狼狽守在宮門口，宮門一開便去見了皇帝。

「父皇要給兒臣做主啊！要是葶珍知道該多傷心？兒臣可以不娶葶珍，可是不能讓葶珍覺得兒子是個無恥之人！兒子昨天去董府求董大人不要難為葶珍，剛從董府出來有人突然就告訴兒子，說是太子哥哥要占了南都郡主的清白，將南都郡主娶回府去！兒子就想著如今咱們晉國和大樑議和在即，要是太子哥哥搶了南都郡主，那必定要落樑國口實，兒子就趕緊往太子府趕，誰知道剛轉身，眼前一黑就什麼都不知道了！兒子醒來時……就看到身邊躺著南都郡主，兒子害怕極了！兒子不知道該怎麼辦，就趕緊進宮來求父皇拿主意！」

看著哭哭啼啼的梁王，皇帝心裡咯噔了一聲，他垂眸看著跪在他腳下，拽著他衣角滿目懼怕的梁王，咬了咬牙：「你醒來之後，可驚動了什麼人？」

他來的路上已經想清楚，若是告訴皇帝他來之前驚動了旁人，皇帝定會懷疑他的用心，懷疑他故意驚動旁人，然後栽贓太子，想要漁翁得利！再則，要是將白卿言扯出來，皇帝必然要追問他是怎麼從白卿言手中逃脫的，難不成他要對皇帝說，他和大燕九王爺合作了嗎?!

梁王莫名想到了白卿言那張似笑非笑的臉，心裡沒由來的一寒！

「沒有沒有！兒子什麼人都沒有敢驚動！直接就進宮來了！兒臣真的不知道怎麼會躺在南都郡主的床上！父皇……求您救救兒子！就連兒子從南都郡主外祖家府上出來……都是偷偷溜出來的，誰都沒敢驚動！」

「偷偷？」皇帝眉頭緊皺，「王府的人都死絕了嗎?能讓你偷偷溜出來?」

「兒子不知道啊！兒子一醒來身邊就一個南都郡主，然後兒子嚇得抱起衣裳就跑……」梁王說著說著，似乎也察覺不對味兒了，仰頭看向皇帝，「房間裡沒有守夜丫頭，兒子……跑出來那一路也沒有碰到人……」

皇帝腦子裡亂成一團，不禁想起昨日太子說起董清嶽手握兵權之事。

梁王手上有幾個可以動用的人皇帝再清楚不過，尤其是梁王開始替他煉丹藥開始，皇帝就將梁王府上的人查了個一清二楚，畢竟煉丹之事……事關重大，不能讓人知道他這個皇帝違背祖訓沾染丹藥。梁王在沒有人可用的情況下，怎麼可能順利的繞過王府眾多守衛，進入王府，又什麼人都沒有碰到就溜出王府？

皇帝低頭看著哭得不能自已的梁王，抬頭對高德茂道：「去，把太子給朕叫過來，朕有話要問！」說完，皇帝又對梁王道：「去，洗把臉！哭哭啼啼的像什麼樣子！」

梁王眼淚吧嗒吧嗒往下掉，道：「父皇，求父皇千萬要阻止這件事傳出去，不能和葶珍在一起兒子已經很痛苦了！兒子不能再讓葶珍聽說這樣的事情！」

皇帝抬手拍了拍梁王的腦袋：「去吧！」

太子正在更衣準備去早朝，宮裡便來人喚太子進宮。

方老頗為疑惑，若是皇帝派人來喚太子是因為梁王和南都郡主之事被抓住，為何他派出去的三人遲遲沒有回來覆命？方老心有不安，卻也不能阻止太子進宮，畢竟皇帝派來的內侍還在等著，不好耽誤太久。

方老只得叮囑太子道：「殿下，若是陛下問此事應當如何處置，殿下一定要切記，在陛下面前演好一個好兄長，就說梁王一時糊塗，建議陛下……在大樑和晉國議和的當口，將此事瞞死！」

「方老放心，孤記住了！」太子理了理衣袖，扶著全漁的手，上了馬車。

看到太子離開，方老立刻派人前往禮部尚書王大人府邸探明情況。

天已經放亮，湊在早點攤子上吃早點的平頭百姓，三兩湊成一團……嘴裡竟都議論著有人看到梁王衣衫不整，被南都郡主柳若芙從禮部尚書王大人府上偏門送出來的事，聽說兩個人還在門口膩膩歪歪。

「真的假的？那南都郡主柳若芙不是已婚配大樑四皇子了嗎？」

「哎唷！大樑都被我們鎮國公主打成什麼樣子了，連主帥荀天章都死了！南都郡主怎麼會嫁去大樑呢?!」

「也是……」

沒過多久，柳若芙轉醒，當她看到鏡子中的自己時，整個人都要崩潰了。柳若芙極為愛惜的如雪肌膚上，全都是痕跡，床榻上也有刺眼的紅，她身子如同被捽打過似的，疼痛難忍。

柳若芙的兩個貼身侍婢是在聽到柳若芙的尖叫聲之後轉醒的，竟發現她們躺在後窗下，兩人慌張失措衝到前院，還沒來得及進屋，就見王老太君和王家的三個兒媳婦兒一同急匆匆趕來。

誰知王老太君一行人剛跨入院門，就聽到了柳若芙接連不斷的慘叫聲。王老太君頓時心驚肉跳，甩開扶著她的長媳，吩咐：「快去請太醫！」

柳若芙的兩個貼身侍婢，慌張跪在門口，伏地不敢抬頭：「見過老太君！」

「寶珍……寶珍！」王老太君拄著拐杖，一邊喊著柳若芙的乳名，一邊快步往上房走。

王老太君身邊的老嬤嬤推開門，疾步繞過屏風上前，便看到柳若芙慌張用被子裹住自己，裸露在外的頸脖上布滿了痕跡，嚇得腿一軟險些跪下來。王老太君見狀，更是直接昏死過去！

王家此時亂成一團，而白卿言一行人已經慢悠悠前往朔陽方向去了。

董葶珍趴在白卿言的腿上一直哭，將白卿言的衣裳都哭濕了。她輕撫著董葶珍的腦袋，柔聲安撫：「好了葶珍，為一個只想利用你的男人哭泣不值得，去陪陪我母親，在朔陽散散心，等回頭……大都城安穩下來，陳家若還有意，你倒是可以考慮考慮和陳家議親，陳釗鹿我見過……是個品格端方的好兒郎！」

白錦稚看了眼還是哭泣不止的董葶珍，輕撫著董葶珍的後背：「哎呀！葶珍姐姐！你這都算幸運的了，幸虧長姐及時察覺，否則你肯定被梁王禍害了，該高興才是！」

董葶珍這才反應過來，連忙起身，含淚望著白卿言，握著白卿言的雙手：「表姐！這次……多虧你，你同我說了那麼多都沒有能將我敲醒，辛苦表姐用這樣的法子讓我看清梁王的真面目！」

「我們是姐妹，不說兩家話！」白卿言笑著握了握董葶珍的手。上一世，因白家之事，連董葶珍也受了連累。此生，她願意盡自己最大的能力護住董葶珍，不讓她重蹈自己上一世的覆轍。

董葶珍又靠在白卿言的懷裡直哭，直到一行人到了驛館休息，董葶珍的情緒才稍有緩和。

白錦稚趁著董葶珍重新梳妝的間隙，同白卿言在附近走了走。「長姐……這梁王真的會入宮，攀誣太子設計他和南都郡主柳若芙嗎？」白錦稚摸了摸腦袋，有些不放心，「要是皇帝不信呢?!如果皇帝真的信了，太子豈不是要倒楣，那梁王不就得勢了！」

「事情的確是太子做的，只要人做過就會留下證據，皇帝一查便能查到！太子一向畏懼皇帝甚深，估摸著不用皇帝去查，太子就會一股腦全說了！」

「不過，太子的初衷……是想讓皇帝看清楚梁王並非如同表現出來的那般懦弱，讓皇帝看清楚梁王意圖透過姻親關係，染指兵權的目的。再說了太子又不傻，真的讓梁王娶了柳若芙對太子無利！所以……皇帝會想不明白這個道理？皇帝不會對太子怎麼樣的！」

白卿言回頭看著滿臉好奇的白錦稚道：「你要是好奇，等大都城送來消息……你在一旁跟著我聽。」

「好嘞！」白錦稚滿臉喜意。

此時，大都城內的事情，也一如白卿言所料。太子稍微被皇帝一嚇，就跪地竹筒倒豆子似的什麼都吐了個一乾二淨。

包括之前幕僚建議他用高義郡主，可他擔心鎮國公主脾氣不好，會將梁王的腿打折了，這才想到了南都郡主。太子稱，他只是想讓皇帝明白梁王意圖染指兵權，讓皇帝小心！他害怕皇帝因為梁王是自己的兒子被感情蒙蔽雙眼，這才出此下策。

皇帝原本的意思是將此事遮掩過去了，可誰知早朝剛下，宮外關於梁王和柳若芙間的風流韻事已傳的沸沸揚揚。

禮部尚書府也亂成一團，僕從進進出出，各個如臨大敵。王府一向是王老太君手握大權，此時王老太君被氣暈了過去，長媳下令讓全府上下閉緊嘴巴，到底威嚴不如王老太君，也還是有一絲絲消息從王府流了出去。

禮部尚書王老大人匆匆進宮，如實告訴皇帝……柳若芙昨夜失貞了，求皇帝召梁王前來問話。皇帝被打了一個措手不及，現在外面兩人間的事已傳的沸沸揚揚了？還沒等他反應過來，大樑派來的議和使臣便前來請見，皇帝氣得差點兒頭疼症又犯了。

王老大人一退下，皇帝就氣得用茶盞砸太子：「你看你幹的好事！」

「父皇！父皇我沒想讓這件事鬧大的！鬧大了……對我們晉國沒有什麼好處啊！」太子跪在皇帝面前，「兒臣只是想讓父皇看清楚梁王的用心，可沒有想著讓梁王真的娶了柳若芙郡主啊！」

「而且……兒子只是將梁王給打暈了，給兩人用的都是使人沉睡的香！」太子也是一臉懵，臉色煞白煞白的，「梁王……他怎麼可能對郡主……不可能啊！」

皇帝太陽穴直突突的跳，太子心裡那彎彎繞繞他還能不明白?!柳若芙是閑王的獨女，閑王手握重兵，太子當然不想讓梁王娶了柳若芙！

皇帝閉著眼，這些年他之所以高看閑王，准許閑王掌握兵權而不懷疑，是因為閑王曾經捨生忘死救過皇帝的命，而因此沒了子孫根，膝下只有柳若芙這一個女兒！皇帝深覺虧欠了閑王，這也就是為什麼皇帝一直寵信閑王，且將柳若芙視如己出的原因。

閑王如今人還在南都，還沒有得到消息，若是得了消息，怕是得氣吐血來。閑王這輩子就得了這麼一個女兒，看得和眼珠子似的，如今名聲受損，他必然受不了。

可這消息怎麼就傳的如此快?難道……是梁王?!

皇帝不免開始有些懷疑自己那個懦弱無能的兒子，此事傳開來……只對梁王有好處。事已至此，大樑肯定不會給他們四皇子娶回去一個名聲受損的郡主，為了安撫閑王，只有讓梁王娶了柳若芙。可皇帝又有那麼幾分不甘心，還是想要試試梁王，看他到底是真被太子坑害，還是順水推舟想娶閑王獨女。

皇帝瞇了瞇眼，對高德茂道：「去喚梁王來！」

洗完臉換了身衣裳的梁王被高德茂帶入大殿，恭恭敬敬對皇帝和太子行禮。

太子正要開口，卻被皇帝攔住了，看著跪在地上的梁王道：「剛才禮部尚書王老大人進宮，說你與南都郡主柳若芙之事已人盡皆知，就連大樑前來議和的使臣也特別前來求見，你覺得……這事應當怎麼處置?」

梁王不敢抬頭，手心忍不住收緊，這是他……求娶閑王之女柳若芙的機會。他一臉震驚抬頭朝著皇帝看去：「怎麼會?!怎麼會人盡皆知了？」

梁王視線落在太子身上：「太子……太子哥哥？難道……」

「太子瘋了才會將此事傳揚出去！」皇帝極力克制著心頭怒火，咬了咬牙道，「說吧，此事當怎麼處置？」

「父皇，我……我……」梁王頹然低下頭，聲音極低道，「葶珍是不是也知道了，葶珍知道了該多恨我……」

太子差點兒忍不住當著皇帝面呵斥梁王裝什麼可憐，卻聽梁王哽咽道：「可……南都郡主也是無辜的，兒臣……兒臣既然敗壞了南都郡主的名節，兒臣願意當起這個責任來！」

梁王話音剛落皇帝的茶杯就狠狠朝梁王砸去：「朕真是沒有看出來啊！朕的兒子竟然還有這等心胸，居然想方設法要娶手握重兵的權臣之女，你是想幹什麼？想逼宮嗎?!」

梁王臉色瞬間血色盡褪：「兒子不敢！兒子不敢啊父皇！兒子絕對沒有這個心思，父皇您是知道兒子的，兒子膽小又懦弱，可是兒子是個男人啊！父皇說已經人盡皆知了，兒子能怎麼辦啊！」

皇帝看著不斷叩首，額頭在青石地板上碰出血的梁王，拳頭緊了緊後，不耐煩道：「好了！別磕了！」

梁王嚇得一哆嗦，差點兒趴在地上，全身發抖一直低聲嗚咽。

「事到如今，也只能讓你娶了柳若芙，但你記住這是朕最後一次容忍你！懂了嗎？」皇帝開口。

梁王只顧著磕頭，連一句完整的話都說不出來。

太子憤懣難忍，回到太子府之後，聽說方老派出去盯著梁王的死士竟然消失的乾乾淨淨多半是已經死了，更是對梁王產生了極為強烈的忌憚之感。

他沒想到，梁王手中竟然還有人可用！不用想，柳若芙和梁王的事情，定然是梁王派人傳出去的。可太子又在擔心，這個時候若再進宮和皇帝提起此事，皇帝細查……那他府上養了死士的事情就瞞不住了。

今日承認派人設計梁王的時候，太子就在擔心皇帝會查這件事，所幸皇帝沒有細查，他才鬆了一口氣，要是再提起來，不是自己找死？以太子對皇帝的瞭解，皇帝喚梁王過來問如何處置柳若芙之事，不過是試探，梁王說要娶柳若芙，皇帝必會對梁王產生戒心！

「派人盯著梁王府！是狐狸總會露出狐狸尾巴！」太子陰沉沉開口，「更何況……南都郡主柳若芙一向心高氣傲，如今被梁王玷汙不得不嫁給梁王，心裡必然是有氣的！對了……把太子妃叫來！孤得叮囑太子妃去好好探望探望柳若芙！」

全漁應聲稱是，邁著小碎步出去派人請太子妃。

第四章　平安回家

白卿言一行，因為帶著不常出遠門的董葶珍，走走停停，到朔陽時已經是七月十八了。

此次白卿言和白錦稚在北疆立戰功，一個得以晉封公主，一個晉封郡主，這在普通百姓和宗族之人看來，便是聖眷正盛。

雖然白卿言回朔陽前有派人去白府通稟何時能回來，可董氏並未告知宗族之人。白岐禾倒還老實，覺得白卿言要是不曾說過，那便不要去打聽，否則只會惹白卿言不快。可白岐禾之妻方氏卻心很大，背著白岐禾派人去打聽白卿言的行蹤，被白岐禾知曉，兩人大吵一架，今兒個一早方氏直接收拾了包袱回娘家去了。

太守和周縣令再次在城門口相遇，兩人見怪不怪，周縣令朝太守拱了拱手笑道：「聽說大人的幼子跟隨鎮國公主，如今在演武場幫著練兵，很得鎮國公主歡心啊！下官在這裡恭喜大人了！」

太守依舊四平八穩坐在油布棚子下，手中端著茶杯喝茶，慢慢悠悠道：「白氏宗族的案子，周大人都審完了？」

「這是自然，這不……聽說今日鎮國公主回朔陽，特來和鎮國公主回稟一聲，該流放流放，該去做苦力做苦力！依法嚴懲！」周縣令笑容滿面。

前些日子，周縣令的請罪摺子送上去，還以為免不了會被降級！誰想到，上面只罰了半年月俸……他猜大約是白卿言在太子面前說了好話的緣故，才沒有被貶職，故而周縣令最近心情十分好。半年月俸對周縣令來說根本不算什麼，鎮國公主肯為他說話，將他當成自己人，這才重要。

遠遠看到騎著高馬護衛的身後跟著一列車隊緩緩而來，太守站起身走出油布棚子，理了理身上的衣裳立在原地恭候。

騎著馬的白錦稚遠遠看到太守和周大人，眉頭抬了抬，彎腰對著馬車內說了一聲：「長姐，太守和周大人兩個人又在城門口相迎了，他們倆還真是……次次都不落啊！」

馬車內白卿言放下手中古竹簡，看了眼已經睡著還未醒來的董葶珍，抬手微微將馬車簾幔挑開一條縫隙，對白錦稚道：「一會兒略微停留打個招呼就是了。」

「知道了！」

「請平叔過來！」白卿言道。

很快白錦稚將盧平叫了過來，盧平騎馬跟在馬車旁，喚道：「大姑娘……」

白卿言視線從還未醒來的董葶珍身上挪開，挑開簾幔對盧平道：「一會兒回去安頓妥當，辛苦平叔去問一問紀庭瑜，他可知道我們回來沿途聽說的匪徒劫走孩子，是怎麼回事兒？」

「是！大姑娘放心，我一定問清楚！」盧平頷首。

朔陽匪患到底是怎麼回事兒，白卿言心裡清楚得很！紀庭瑜怎麼可能下山劫孩子？

這回來的一路上，最開始聽說是孩子莫名其妙就丟了，今兒個快要到朔陽前又聽說是匪徒騎馬下山，光明正大的搶孩子。那些被搶了孩子的父母追上山去，就被山匪一刀了結在了山上。

白卿言思來想去，還是讓盧平去問一趟妥善。

眼看著車隊走到朔陽城門前，周大人忙轉身從僕人手中接過一個錦盒，快步跟在太守身後，朝著馬車的方向走去。

見白錦稚坐於高馬之上未下馬，抬手和周大人先向白錦稚行了禮。

太守道：「還未恭賀郡主！」

「這是下官給鎮國公主和高義郡主準備的賀禮，雖然不值錢，可卻是下官的心意，還請郡主收下！」周縣令笑盈盈上前，舉起手中的錦盒。

「周大人的好意心領了，禮還是拿回去吧！」白卿言的聲音從馬車內傳來。

太守見白卿言挑開馬車簾幔，隱隱露出半張臉來，忙長揖行禮：「見過鎮國公主。」

「在回朔陽沿途經過幾個縣時，聽說最近匪徒猖獗，擄掠了好多人家的孩子，我們朔陽可也曾出過這樣的事？」白卿言問。

周縣令上前一步，忙道：「回鎮國公主，除了山上那些匪徒時常下山燒殺搶掠之外，倒沒有人來府衙上報丟孩子的案情！」

太守看了眼周大人，徐徐同白卿言開口：「朔陽雖然目下還未曾出現丟孩子的情況，可有消息稱……那些丟了的孩子，都是被山匪掠走的！那些匪徒可當真是日漸猖獗了。」

白卿言點了點頭，視線落在周縣令身上：「雖未上報，周大人身為父母官，還是要多留心，好好體察民情才是！」

「公主放心，下官……一會兒就去體察民情！絕對不會讓咱們朔陽有一戶人家丟了孩子！」周縣令打包票。

「如此甚好！」白卿言，道，「多謝兩位大人前來相迎，這一路疲累，便先回白府了，兩位大人自便！」馬車車輪轉動，董葶珍也轉醒，她揉了揉紅腫的眼睛坐起身來問白卿言：「表姐，到朔陽了嗎？」

「嗯，到朔陽了！一會兒回家就能見到母親！」白卿言對董葶珍笑了笑，「一會兒我讓春桃煮幾個雞蛋，給你滾一滾眼睛。」

董葶珍摸了摸發燙腫脹的眼皮，愧疚的鼻頭泛酸：「表姐……」

「好了，你可是答應了我，到了朔陽可不許再哭鼻子了，別讓我母親擔心，嗯？」白卿言從馬車小抽屜內拿出一方帕子遞給董葶珍。

董葶珍緊緊攥著帕子擦了擦還未流出來的眼淚，鄭重對白卿言道：「表姐放心，我一定不會讓姑母擔心的！」

「嗯……」白卿言點頭。董葶珍來朔陽的事情，董氏知道，可董氏不知道董葶珍是因何來朔陽，白卿言更不想同董氏說了讓董氏白白擔心。

娘家侄女要來陪她，董氏自然喜不自勝，命秦嬤嬤將一處雅緻的小院落收拾了出來，又給安排了幾個臨時伺候的丫鬟婆子。

三夫人李氏一得到白卿言一行人進城的消息，匆忙來喚了董氏要出門相迎。

白卿言一行人的馬車在白府門前停下時，董氏、三夫人李氏、四夫人王氏和抱著小八白婉卿的五夫人齊氏，都趕來門前相迎。

「娘！大伯母……四嬸！五嬸！」白錦稚一躍下馬，抱拳跪地行禮，「白錦稚，平安回家！」

春桃早就立在白府臺階下，一見白卿言的馬車停穩，便上前去扶白卿言下馬車，看到緊隨白卿言下馬車的董葶珍，春桃歡歡喜喜行禮喚道：「表姑娘好！」

董葶珍眉目間都是笑意，對春桃頷首，轉頭朝著白府高階之上看去，福身行禮：「姑母、三夫人、四夫人、五夫人！」

「母親……三嬸，四嬸，五嬸！」白卿言跪地行禮道，「白卿言，平安回家！」

董葶珍忙去扶白卿言。

「回來就好！回來就好！」董氏走下高階，摸了摸白卿言的臉，又牽起董葶珍的手，「怎麼眼睛如此紅？」

「母親，路上同葶珍講起軍中之事，葶珍哭的……」白卿言笑道。

「可不是！表姐這可真真兒是水做的！」白錦稚搭腔。

「你這手怎麼了？」董氏抓起白錦稚的手看。

「沒事兒大伯母！」白錦稚忙要將手縮回去，誰知還沒來得及李氏就已經一把抓住了白錦稚的手，眼淚一下就掉了下來。

「沒事兒娘！小傷！」白錦稚被母親凶慣了，突然看到母親這樣掉眼淚，略不習慣。

李氏瞪著白錦稚，用力戳了一下白錦稚的腦門，千言萬語全都咽到肚子裡去，上戰場的哪有不受傷的！家裡這幾個上過戰場的女娃娃，哪個身上沒有傷？能保住命就已經阿彌陀佛了！

「三嬸，不要緊，黃太醫給開了藥，說是回來按時擦，以後疤痕也不會太明顯！」白卿言安撫李氏。

李氏頷首，道：「都別站在門口了，咱們回去說話！」董氏攥著董葶珍的手，用帕子沾了沾眼淚笑著點頭。

一家子人熱熱鬧鬧往裡走，秦嬤嬤聽盧平命人將董葶珍的行李先搬進去，她忙從高階上下來，親自去迎董家陪著董葶珍一同而來的嬤嬤和婢子。沒有瞧見董葶珍的貼身婢女海棠，秦嬤嬤微怔朝著正踏入白府的董葶珍看了眼，也沒有多問，笑盈盈帶著董家的嬤嬤婢子往裡走。

一家子湊做一團，問了戰場上的情況，見白卿言抱著小八白婉卿不撒手，五夫人齊氏笑著讓乳娘將孩子接過來，囑咐白卿言和白錦稚趕快去休息。

李氏找著白錦稚回了自己的院子，又是讓人備水，又是檢查白錦稚身上有沒有其他傷。

如今董葶珍來了，董氏不好冷落她，便陪著董葶珍去看給她準備的小院子，春桃則跟著白卿言往撥雲院走。一路上，春桃那小嘴就沒有停，問完白卿言身上有沒有傷，又將族長白岐禾家的熱鬧說給白卿言聽。

佟嬤嬤帶著撥雲院一眾僕從等在門口，老遠看到白卿言，一路小跑著迎上前，行了禮就拽著白卿言的手，上下打量，問：「大姑娘北疆之行，可還順利，身上可有哪兒受了傷？」這段日子，春桃和佟嬤嬤兩個人提心吊膽的，生怕白卿言出什麼事。畢竟，去北疆戰場不像去南疆，南疆那裡好歹有白家軍在，可去北疆，大姑娘身邊可就只有帶去的那二十名白家護衛。

「沒有嬤嬤！我沒有受傷！一點兒都沒有！」白卿言對佟嬤嬤笑了笑，攥著佟嬤嬤的手往撥雲院走，「我不在這段日子，辛苦嬤嬤和春桃了。」

「大姑娘！」

「大姑娘！」

撥雲院的婢女僕婦們都在門口，笑盈盈朝著白卿言行禮。有小丫頭嘰嘰喳喳同白卿言說，佟嬤嬤一早就起來做大姑娘喜歡的點心，這會兒小廚房裡還冰鎮著給大姑娘的酸梅湯，問白卿言要不要趁還涼涼地偷偷喝上幾口。

白卿言體寒，夏日裡有時會偷偷喝上幾口冰鎮酸梅湯，只要不過分，佟嬤嬤也睜一隻眼閉一隻眼。「好！」白卿言笑著頷首。

「沐浴的水一直溫著，大姑娘是沐浴後再喝酸梅湯，還是喝了酸梅湯再去沐浴？」

「先沐浴吧！」
「好嘞！」
回到有家人，有忠僕的地方，才算是回到了家，白卿言樂的坐在那裡看佟嬤嬤和春桃忙得團團轉。
白卿言沐浴後，換了身衣裳，坐在書桌前看白錦繡剛派人送來的信，春桃立在白卿言背後給白卿言絞頭髮。
白錦繡信中說，梁王同柳若芙的親事定下來了。可奇怪的是，外面流言蜚語稱有人看到柳若芙將梁王從外祖父禮部尚書王老大人家送出來，兩人還在門口卿卿我我，但……白錦繡聽幾位夫人說，柳若芙一開始稱死都不嫁梁王，可她的清白又確實沒了，王老太君被氣得暈死過去好幾次，王家幾位夫人也都背地裡在罵柳若芙，畢竟柳若芙在王家出了事，王家所有女兒家的聲譽都要毀了，結果柳若芙還說她不嫁。
王老太君問柳若芙，不嫁梁王可清白是被誰毀了的？柳若芙一問三不知，根本不知道是誰占了她的清白，在一向疼愛柳若芙的王老太君的勸慰下，柳若芙終於還是點了頭，現在就等閑王從南都來大都城，兩人親事定下，怕是要成親了。
另外，關於梁王府和九曲巷王府的來往，大約是梁王出了事，兩家這段時間都沒有往來，不太好查，還需要再等等。
白卿言看完信，對有流言稱柳若芙送梁王出府倒是沒有什麼意外，畢竟是她派人散布的流言。只是……柳若芙的清白真的沒了？按道理說應當不會……
為穩妥之計，太子的人定然是將柳若芙和梁王弄暈了才是，再則梁王可不是一個能被什麼催情藥物左右之人，只要給他一絲喘息之機，他醒來看到柳若芙必能明白中計，還會在王府留到那個時候被人算計?!

絕對不會的！難不成……是太子授意，故意讓人玷汙了柳若芙清白？

白卿言將信紙點燃，放進面前的筆洗之中……太子絕對不會想讓梁王真的娶了柳若芙，所以太子定然不會真的讓人玷汙柳若芙清白，栽贓到梁王頭上。

可將梁王和柳若芙湊在一起的，的確是太子的人。難不成，是太子的人見色起意？

那膽子也太大了些！這件事要查起來，怕是要費些功夫，白錦繡如今有孕在身，她不想讓白錦繡再勞神，便提筆寫了封信，讓直接送到大長公主那裡，將此事交給魏忠去查。

白卿言剛寫好信，佟嬤嬤打了湘妃竹簾進來，繞過屏風對白卿言行禮道：「大姑娘，白卿平和沈晏從在外求見。」

「咱們大姑娘才剛回來，這還沒喘勻氣兒呢……」春桃心疼白卿言。

「約莫是為了練兵之事，大姑娘這些日子不在，他們兩人應當有一堆事情要同大姑娘稟報呢。」佟嬤嬤倒是能夠理解。

原本佟嬤嬤的兒子曾善如也是一知道大姑娘回來，就想來見大姑娘回稟礦山之事，硬是被佟嬤嬤壓住，讓他明日再來。

白卿言將信封好道：「嬤嬤讓他們在前廳稍候，我就來！」

「是！」佟嬤嬤剛轉身，便聽白卿言又道：「嬤嬤，若是曾善如有空，你派人喚他過來見我，我有事要問。」

「是！」佟嬤嬤應聲。

白卿言換了身衣裳，頭髮簡單束起，便去前院見白卿平同沈晏從。

沈晏從見白卿言進來，忙跪地叩首：「見過鎮國公主！」沈晏從動作太大，嚇得正在喝茶的白卿平忙放下茶杯，慌裡慌張要跟著跪下。

白卿言對白卿平擺手示意不必跪下：「虛名而已，沈公子起來吧！都是自己人，以後見我不必下跪，揖揖手也就是了！」

沈晏從聽到「自己人」三個字，心情尤為激動。

白卿言上前在主位上坐下，問：「你們兩人來，是為了練兵之事？」

「正是！」白卿平頷首。沈晏從坐下後，對白卿言開口道：「那幾個從南疆過來，來歷不明之人，在公主前往北疆之後，幾次三番想要逃走，都被我和平兄想方設法給扣住了！」

白卿言垂眸，這些人是李天馥派來要她命的，她一走這……些人自然也迫不及待要去追。

「你們做的很好！」白卿言朝沈晏從和白卿平看去，「這些人教的怎麼樣？」

「這些人身手都極好，一些搏鬥技巧，也極為實用！很多招數都已經被平兄記錄下來，讓大傢夥都跟著學！」沈晏從這一次沒有搶白卿平的功勞，笑著看了眼白卿平，對白卿言說道。

白卿平忙拱手：「多虧晏從兄指出這些人技巧厲害，否則……我也想不倒要記下來讓大家一起學。」

這也算是物盡其用了，白卿言眼底有笑，若是李天馥知道她送來的殺手在朔陽替她練兵，不知道會氣成什麼樣子。

「還是要盯緊那些人！」白卿言說完又問，「此次我從大都回朔陽的路上，聽說朔陽臨近的幾個縣陸續有孩子丟失，還有人目睹……匪徒下山搶了孩子就跑的。」

白卿平點頭：「是有這個傳聞，所以最近我和晏從兄正在加緊訓練，或許……再過半個月，便可以嘗試第一次剿匪了！」

白卿言頷首：「這次聖上賞了不少金銀，一會兒沈公子去清點一下，全部用作練兵剿匪之用。」

沈晏從一聽讓他去清點聖上賞賜之物，喉頭翻滾，只覺白卿言大概是真不拿他當外人看了，連連稱是。

「佟嬤嬤，你帶沈公子去清點，登記造冊！白卿平你留一下！」白卿言道。

沈晏從有些錯愕的看了眼白卿平，順從行禮退下，同佟嬤嬤去清點。

「阿姐可是要問……我母親之事？」白卿平手心收緊，頗有些難堪。

「聽說你母親回娘家了，走的時候大張旗鼓？」白卿言端起茶杯徐徐吹了一口氣，輕抿一口。

「不瞞阿姐，我母親糊塗，她竟然派人打探阿姐的行蹤，我父親氣得要休妻，我母親……便收拾行裝回娘家去了。」白卿平說起自己的母親，總覺得對不住白卿言，十分不自在。

「打探行蹤也不是什麼大事，你父親大可不必如此苛責，只要你母親不過分，族長之妻的體面還是要給的！」白卿言摩挲著手中茶杯，「你如今在演武場幫著練兵，不可因為這些事情分心。」

白卿平的母親怎麼折騰白卿言不管，她就怕此事會影響到白卿平。

「阿姐放心，卿平知道輕重，不會因私忘公……」白卿平直起身，對白卿言長揖到地，「阿姐才剛從北疆戰場上回來，多多休息，卿平正將軍營之中的事情整理成冊，等整理好了，送來讓阿姐過目。」

「不必，你管練兵之事我很放心。」白卿言對白卿平笑了笑道，「去吧，和沈晏從一起點一點聖上所賜之物，你心裡有底，便知道接下來要招收多少人。」

「是！」白卿平對白卿言鄭重行禮。

當日晚膳前，白卿言見了曾善如，曾善如簡單將礦山之事同白卿言稟報之後，白卿言將假冒大燕九王爺的白家護衛，和那兩個已經在梁王面前「死去」的護衛，叫了過來，讓他們以後跟著曾善如。

曾善如連忙道謝，他想起今日礦山之事，對白卿言道：「對了大姑娘，昨日那個負責礦山的王九州王管事，帶了一個男子去礦上，姿態很是恭敬，卻未曾對我說起那是何人！」

白卿言莫名便想到了蕭容衍，問曾善如：「那人身後是不是跟著個愣頭愣腦的護衛？」

曾善如連連點頭：「對……那個護衛，好像叫什麼十，大姑娘知道此人？」

她頷首，應該是蕭容衍沒有錯，沒成想蕭容衍竟然先她一步來了朔陽。「大姑娘……」佟嬤嬤跨入涼亭看了眼自己的兒子，對白卿言道，「夫人派秦嬤嬤請您過去用膳，今日您和四姑娘回來，董家表小姐也來了，夫人讓一起熱鬧熱鬧，將席面擺在了咱們白府景緻最好的韶華院。」

「好！」白卿言頷首，「曾善如趕著過來怕也還餓著，嬤嬤給他準備點吃的，陪他好好用頓飯，母親那裡春桃陪我去便是了。」

知道白卿言這是在給他們母子相聚的時間，佟嬤嬤笑著應了聲：「是！」

韶華院建在白府東南的位置，在一片茂密的古樹當中，聽說這古樹是原先就有的，白家先祖在這裡造了假山，又引了湖水過來，在此順勢建了三層樓高的韶華亭，頂樓更是四面八根朱漆紅柱，湘妃竹簾半垂著，極為透光的錦光紗簾垂下，既擋住了飛蟲，院內的景也朦朦朧朧若隱若現，好看極了。夕陽餘暉消失在了西方天際，韶華院內卻是燈火明通，栩栩如生的銅鑄鸞鳥燈立於院中鵝卵石子鋪滿的小路兩旁，火光搖曳，映著名貴的花草，景緻極為好看。

董葶珍這是頭一次來朔陽白家祖宅，真真兒是體會到了什麼叫做底蘊深厚，她原以為董家老宅已經算得上是內蘊厚重，不成想看到白家才知道他們董家和白家相比還是差了些。

當初白家蒙難，滿大都城的勳貴都避著白家，只有董家人上門之事白家人不曾忘，故而白卿言的幾個嬸嬸都拿董葶珍當自家侄女兒一般疼愛。

席間董葶珍看到白白嫩嫩的小八白婉卿，欣喜難耐，抱著不撒手，誰知道白婉卿竟然尿了董葶珍一身，弄得董葶珍哭笑不得，只得去洗漱更衣。

董葶珍回來後竟然還想要抱白婉卿，白婉卿吐著泡泡，葡萄似的大眼睛盯著董葶珍頭上的流蘇步搖看，董葶珍當即就拔了下來送了白婉卿玩兒，喜愛之情溢於言表。

約莫是白卿言同白錦稚都回來了，白府上下難得的歡聲笑語，今日董氏高興，讓人溫了一壺玫瑰甜酒，說董葶珍沾沾唇圖個熱鬧。見席面上有葷菜，董葶珍有些不安，畢竟白家還在孝期，可不能因為她來做客就照顧她。

五夫人齊氏拍了拍董葶珍的手道：「大長公主說了，守孝不沾葷腥這都是做給外人看的，真要三年不沾葷腥孩子們的身體都得跟著一起垮了！外人面前做做樣子也就是了，你不是外人……咱們好好吃飯，身體康健，祖宗們才是真的高興！」

董葶珍一聽這話，心才稍稍安了下來。她瞧著白家姐妹圍著坐在一起說北疆戰場之事，心中好生羨慕。雖然大都城裡有不少勳貴人家都說，白家對待庶子庶女太好了！可他們卻不知道白家是這樣熱鬧的。

就拿董葶珍自己來說，雖然和兩個庶妹的關係還算不錯，可她是嫡女，心裡明白自己和庶女是有區別的，多少會自視甚高。可白家，嫡庶打成一片，卻能看得出……她們姐妹都是真心親近，眼裡沒有虛與委蛇的意思。

董葶珍羨慕了片刻，又釋然了，每一家都有每一家過日子的方式，白家是世代將門，需要嫡子庶子關係融洽，才能在戰場上擰成一股繩，同心協力所向披靡。他們家父親從文，自然看重嫡庶尊卑。董葶珍被包圍在白家的歡聲笑語之中，倒是逐漸將梁王拋在了腦後，心情也開懷了不少。

席間五夫人齊氏因著要帶孩子回去休息，先走沒多久，貪杯多喝了幾盅玫瑰甜酒的董葶珍雙頰泛紅，目光都有些迷離。董氏笑了笑起身要送董葶珍回去休息，白卿言也陪著董氏一起離席。

將董葶珍送回院子，董氏盯著丫頭們伺候了董葶珍洗漱躺去床上之後，才起身同白卿言一同離開。

約莫是認床，董葶珍喝了幾杯甜酒剛還睜不開眼，這會兒倒是清醒了起來。

她起身撩開淺縹色織錦帷幔，看著屋內陳設著當初董氏陪嫁的楠木八寶鑲嵌翠玉的珊瑚屏風，鎏金銅花香爐裡……點著她喜歡的沉水香，味道極為馥鬱卻雅緻幽遠，一聞便知是精品。

不止父母視她如珠似寶，就連姑母表姐也待她如此之好，她為何還要為了一個利用她的男人傷懷。

白卿言挽著董氏的手臂，沿著兩側掛著竹簾紗幔的長廊往回走，長廊之中燈火明亮，秦嬤嬤帶著丫鬟婢子隔了好幾步跟著，不打擾白卿言母女倆說話。

「阿娘今日還沒有時間好好問問你，怎麼突然將葶珍帶來朔陽了？可是出了什麼事？」董氏攥著白卿言的手，跨上長廊臺階。

「能出什麼事兒，不就是阿娘的壽辰快到了，阿寶將葶珍接過來為母親賀壽。」白卿言扶著董氏上了臺階。

「你少在這裡糊弄阿娘了！你來信說要帶葶珍回來時，阿娘就覺得有異，若非是臨時決定……依著你大舅母那個性子，定然是早早就寄信過來！更何況此次葶珍來朔陽……連貼身伺候她的海棠都沒有帶過來，你以為你能瞞住阿娘？」董氏瞪著白卿言，「你還不說實話！」

「阿娘，沒什麼大事，就是陳太傅家請人到董家替陳釗鹿說親，葶珍不大樂意，心中不快，我便帶葶珍來朔陽散散心！」白卿言握了握董氏的手笑道，「阿娘知道的，葶珍一向臉皮薄，阿娘可千萬別提也別暗示什麼，這段時間等葶珍自己想通了就好。」

「我記得那陳太傅家的陳釗鹿可是個十分有才氣的兒郎啊！」董氏垂眸想了想，「葶珍這是心裡有傾慕的人了？」

白卿言點了點頭：「阿娘可千萬別問葶珍，不然葶珍還以為阿寶喜歡背後說人呢！」

董氏被白卿言逗得笑了一聲，抬手在白卿言腦門子戳了一下，柔聲細語問：「去北疆可曾吃苦？我聽佟嬤嬤回稟說不曾受傷，是你交代的還是真的？」

「真的不曾受傷！」白卿言不想董氏擔心，便道，「此次北疆之戰，阿寶只負責給劉宏將軍獻策而已，阿寶說過會帶著小四平安回來，絕不會失信於阿娘。」

董氏用力握了握白卿言的手，笑著點頭，女兒的平安對她來說比什麼都重要。

白卿言將董氏送回清和院，剛從清和院出來，撥雲院的春枝急匆匆趕來，朝著白卿言行了禮：「大姑娘……二姑娘派人送信回來，佟嬤嬤吩咐奴婢來喚大姑娘。」

春桃心裡咯噔了一下，今兒個大姑娘剛回來二姑娘的信已經送來一封了，怎麼這會兒又來了一封，難不成是大都城出事了？

白卿言微微一怔，疾步同春枝往撥雲院走，一進撥雲院的門，就見立在廊廡下的佟嬤嬤手裡握著信上前迎了兩步扶住白卿言，對春枝道：「你下去吧，春桃伺候就行了！」

春枝行禮退下。佟嬤嬤將揣在懷裡的信拿出來遞給白卿言：「大姑娘，來送信的人日夜兼程追上來的，盧平不在，老奴身邊跟著春枝一同接到的信，所以沒能瞞著春枝！」

「不打緊，也趁這個機會試試春枝，若是得用，可以放在身邊一用！」白卿言拿了信進屋，坐在燈下將信拆開。

白錦繡信中所書內容，是查清楚了梁王府與九曲巷王家湊在一起的因由，竟然是在交易孩童！白錦繡派出去的暗衛一直緊盯兩家動靜，親眼看著兩方湊在一起，聽梁王府的管事說，以後要十歲以下的童男童女，且下一次還要十男十女，隨後便將王家這次帶來的五個童男和五個童女悄悄弄進梁王府。

白卿言將信紙點燃，見燃燒的差不多了，才放進筆洗裡。

梁王府要孩子幹什麼？皇帝已經派了暗衛將梁王府護住，梁王將十個孩子弄進府中皇帝不會不知道。難不成……與煉丹有關？白卿言手心一緊，坐在椅子上久久抿唇不言。

曾經紀琅華在大都城裡鬧了那麼一齣起死回生丹藥之後，皇帝好似對此事便上了心，梁王更是利用這一點，以丹藥來討好皇帝。

一股血氣沖上白卿言的頭頂，她只覺腦中嗡嗡直響。

若是真如她猜測，梁王真敢做出用孩童煉丹討好皇帝這種畜生不如之事……

若皇帝知情，也敢真的服用，甚至是親自下令……那晉國林家皇權的氣數，便是真的盡了。

「劉叔在府上嗎？」白卿言轉頭問佟嬤嬤。

「應當是在的！」佟嬤嬤道。

「嬤嬤讓人去請劉叔和郝管家，在前廳等我！」白卿言說完，提筆給白錦繡回信。

白卿言讓白錦繡派人繼續盯著王家，不要打草驚蛇，小心派人在梁王府打探一下情況，力所能及之下，保全那十個孩子的安全。

有些事情，現在已經不適合交給身懷有孕的白錦繡去做，太子倒是正合適。

給白錦繡的信寫完封好，她又提筆給太子寫了一封信。

白卿言告知太子，梁王或許正背著皇帝私下煉製丹藥，且罔顧人命用孩童煉丹，若太子能設法揭發梁王，必能為太子除去梁王這心腹大患。

如今梁王即將要娶柳若芙，柳若芙背後可是手握兵權的閑王，太子比任何人都著急。若是再讓太子知道，梁王私下煉製丹藥，他定會將其當做把柄，以此來對付梁王。

即便是太子背後的謀臣猜出梁王煉製丹藥是為了皇帝，可在阻止閑王獨女嫁於梁王，和得罪皇帝之間，太子定然會選擇前者。而且只要阻斷梁王登頂之路，除了那幾個年幼的，皇帝也就僅剩太子這個兒子能當大任，便沒有人能同太子再爭。

利弊權衡方面，太子身邊那個方老……永遠不會讓人失望。

白卿言將兩封信封好，一同帶去前廳。

劉管事和郝管家早已候著白卿言，見白卿言進門屏退左右，兩人便意識到事情嚴重性。

「劉叔，你派兩個可靠之人，將這兩封信日夜兼程送去大都，這封給錦繡！」白卿言將另一封寫著太子親啟的信也遞了過去，「這封送去太子府！」

「是！」劉管事應聲出門。

「郝管家，一會兒辛苦你親自去一趟太守府，和沈晏從說……明日一早我要去演武場巡視！順便打探打探鬧匪患一帶……已上報丟失孩子的有多少人家！」白卿言說。

郝管家雖然不知道白卿言這是何意，卻知道大姑娘做事自有其道理，他頷首稱是：「大姑娘放心。」

回來的路上白卿言聽說了不少丟孩子的事情，偏偏這麼巧……梁王府就從九曲巷王府那裡領回去了十個孩子，白卿言很難不將這兩件事聯繫在一起。郝管家代表著白家，在朔陽是人盡皆知的事情，郝管家去太守府，太守若是想要示好白卿言，自然會將知道的全都告訴郝管家。

見劉管事和郝管家相繼出來，春桃這才抬腳進了正廳。春桃心疼白卿言從回來到現在未曾歇息，碎步上前，低聲問：「大姑娘，忙完了便早些回去歇息吧！奴婢剛才聽說……四姑娘回來就歇了一覺，剛才韶華亭一散，四姑娘睏得眼睛都張不開了，還是被三夫人身邊伺候的嬤嬤背回去的。」只有他們家大姑娘，進門到現在就沐浴的時候閉眼歇了歇，就一直沒停。

白卿言聞聲對春桃頷首，起身隨春桃往撥雲院走，心裡還是不斷盤算匪徒劫孩子之事。

雖然盧平還未從紀庭瑜處回來，可白卿言有一種感覺，說不準這劫孩子的匪徒便是看中朔陽周遭匪患猖獗，連太子和鎮國公主的東西都敢劫，這才將地點選在了朔陽附近。

不論這劫孩子的「匪徒」是王家或是梁王的人，既然他們來了……那就別想全須全尾的離開。畢竟白卿言為民練兵剿匪之事，上至皇帝下至黎庶，人人皆知，正好拿這批所謂匪徒開刀，也算對皇帝有個交代。

明日白卿言便要去校場看看，若是已經練得有些模樣，倒是可以帶出去試一試，也好讓那些帶著混吃混喝混銀兩心思的知道，這些吃食和銀兩不是白給的，將來若有人還想入營，也得掂量掂量分寸。

白卿言回了撥雲院也沒有歇著，讓春桃給她綁上加了重量的鐵沙袋練銀槍，春桃和佟嬤嬤心疼的不行，可她們家姑娘向來說一不二，誰也勸不動，只能是姑娘不睡他們也陪著。直到郝管家從太守府回來，白卿言才將銀槍插回架子上，用帕子擦了擦汗，讓佟嬤嬤請郝管家在院中說話。

「太守說，如今他所轄範圍……加上今日報上來的七個，一共丟了二十一個孩子，這二十一個孩子中，被匪徒劫走的一共十六個。」郝管家立在白卿言身旁，垂眸彎腰道。

白卿言點了點頭：「我知道了，辛苦郝管家了，您去歇著吧！」

「太守還說，若是大姑娘想知道的更詳細些，他改日來同大姑娘詳說。」

「好！」白卿言頷首，「對了，郝管家你派人去和門房說一聲，要是平叔回來了，讓人立刻報來撥雲院。」

「是！」

春桃欲言又止，十分擔心白卿言的身體。

白卿言得到的消息越多，此事的輪廓便越清晰，至此時……白卿言直覺丟孩子的事，同梁王脫不了關係。

白卿言立在廊廡下，用帕子擦了擦脖子和額頭上的汗，垂眸細思，梁王若是還在糾纏白家欲致白家於死地而努力，白卿言倒是願意繼續和他過過招。可他若是為了那個位置，最起碼的人性都丟了，他也便不用再活在這個世上了。

從北疆到回朔陽，白卿言殫精竭慮，的確是已經身心俱疲，她還等著盧平回來，衣裳也未脫，倚在軟榻之上，竟就睡了過去，夢裡都是匪徒劫孩子的事情。

她夢到梁王惱羞成怒，舉刀朝向小八白婉卿。她拼盡全力將射日弓拉滿，可箭矢之速眼看著要趕不上梁王揮刀之快。

「白卿言……」

白卿言猛地睜開眼，胸口起伏劇烈，渾身汗出如漿，頭髮都濕了。

「做噩夢了？」

白卿言喉頭翻滾，驚魂未定看著坐在她軟榻旁的蕭容衍，嚇了一跳，這才發現她正緊緊抓著蕭容衍的手。

她忙鬆手，撐起身子：「你……」

蕭容衍從軟榻上站起身：「抱歉。」

白卿言環顧四周，見這是她的撥雲院，皺眉問道：「可是有什麼緊急的事情？礦山？」

蕭容衍目不轉睛望著白卿言，不是怪他闖了她的閨閣，卻是擔心出了什麼急事，對於白卿言給他的這分信任，蕭容衍十分愉悅。

「是有緊急之事。」蕭容衍剛說完，就見白卿言要起身。

他忙俯身阻止白卿言要起身的動作，含笑望著她，低聲道：「聽說你回朔陽了，思念難耐，原本是想看你一眼就走，不成想白府的暗衛比預料中要厲害，再加上你夢魘了，所以……」

白卿言聞言微怔，隨後耳根一片通紅，想起他們兩人在大都城時……已經定情。

「你以前……」

「第一次！」蕭容衍不等白卿言追問先道，「你放心，我讓月拾將白府的暗衛和你的貼身侍婢都引開了，原本真的只是來給你送樣東西看你一眼就走！」

為了送東西看她一眼，這風險冒得是不是有些大了。「白府暗衛身手極好，且都不是蠢的，從我閨閣裡走出一個外男，蕭先生想我如何同母親交代？」白卿言問。

雖然白卿言早已立誓此生不嫁，白家上下皆以白卿言為主心骨為家主，白卿言雖是個女兒身，做的比任何男兒都要出色，即便是深夜與外男商議要緊之事也說得過去，但前提是蕭容衍正兒八經從正門入，或者是在旁的地方同白卿言見。這在白卿言閨閣相見，算個怎麼回事兒？

蕭容衍知道此次的確是他冒失，他從衣襟裡拿出一瓶大燕宮內密不外傳的療傷之藥：「你向來要強，受傷也從不明言，長此以往難免傷了根本，這藥是大燕的秘藥，半個時辰前剛送到我手中，每三日溫水化服一粒，對你有好處！這藥洪大夫看過，你放心用！」

以前未同白卿言定情之時，蕭容衍動情但尚能克制，可定情之後……他便如那少不經事的毛頭小子，也體會到了一日不見如隔三秋，是何等難捱。今日藥一到，他藉口送藥……也不過是為了來看一看白卿言罷了。

白卿言視線落在蕭容衍修長而有力的大手上，伸手接過，將小玉壺攥在手心裡：「多謝！」

這是蕭容衍第一次踏入女孩子的閨閣，他不知是不是所有姑娘都同白卿言一般，屋內如此簡單俐落，環顧四周，除了床榻、香爐、屏風和小几書卷之外，倒是沒有旁的什麼花花草草。

滿室都是白卿言身上幽沉馥鬱的氣息，蕭容衍負在背後的手收緊，呼吸略略快了些，他刻意放緩了呼吸。

「我送你出去吧！」白卿言倒不曾驚慌，白家不論是護衛還是死士，嘴巴都嚴的很，她並不擔心外傳。

白卿言掀開春桃搭在她身上的薄被，起身對蕭容衍道：「蕭先生稍後！」

不等白卿言繞過屏風，細腕便被蕭容衍攥住。

白卿言回頭，看向高鼻深目的蕭容衍，心跳快了一拍。

「此事是我莽撞。」蕭容衍垂眸望著白卿言被他攥住的手腕，骨節分明的手略略用力攥，拇指摩挲著她的腕骨，「實是情難自禁，很是思念你……」

蕭容衍抬眸靜靜望著白卿言，幽邃又深沉的眸底，藏著讓人淪陷的深情。

他輕輕將白卿言拽到面前，專注凝視她的目光溫情脈脈：「初嘗動情滋味，從不知道……思念竟然如此難捱！」

黑暗中，蕭容衍低沉醇厚的嗓音說著情話，好似格外迷人，讓白卿言呼吸微亂。

蕭容衍大手攥住白卿言削瘦的肩頭，低下頭……輪廓分明的五官緩緩靠近，聲音啞的厲害：

「你可曾……這樣思念過我，阿寶？」

聽到蕭容衍喚她乳名，白卿言呼吸一窒，眼睫因為緊張輕顫。

蕭容衍攥著她肩頭的滾燙大手捧住白卿言側臉，視線落在她的唇角，試探著用拇指摩挲她的下顎，似試探著要吻下來。

她攥住蕭容衍棱骨分明的結實手腕，推拒：「蕭容衍，你……」

蕭容衍動作微頓，認真望著目光閃躲的白卿言，強迫她看著自己，帶著她一隻手環住他的窄腰。

沉默伴隨著某種慾望，在兩人之間悄無聲息蔓延開來。

見白卿言不再抗拒，他低下頭輕輕碰了碰白卿言唇角。

白卿言心中有一瞬失神，鼻息間全都是蕭容衍身上強勢迫人的氣息。

皎皎月光透進未關嚴實的窗，落於兩人腳下。

風過，婆娑樹影搖晃，耳邊盡是沙沙聲，和夏季蟲鳴之聲。

蕭容衍淺嘗輒止，深眸凝視五官精緻無暇的白卿言。他呼吸略顯粗重，動作輕柔將她鬢邊微濕的碎髮攏在耳後，有力的手臂把人攬到跟前，薄唇再次壓了下來。

她屏住呼吸，忽而聽到小廚房的腳步聲，白卿言雙手抵住蕭容衍的胸膛，將他推開，先開口喚道：「春桃！」

喘息粗重的蕭容衍不得不順勢鬆開了她。

他聽力極好，比白卿言先一步聽到小廚房傳來的動靜，不過是捨不得鬆開她罷了。

白卿言理了理衣裳，就聽到端著熱茶從小廚房出來的春桃小跑進來：「大姑娘可是要喝水？」

剛才春桃突然驚醒，察覺水涼了，擔心白卿言半夜起來要喝，便去換了壺熱茶。誰知，春桃剛轉過屏風，就看到了立在屋內的男子，嚇得手中黑漆描金的托盤差點兒砸在地上，幸虧蕭容衍眼疾手快接住了。

「小心！」蕭容衍低聲對春桃說完，將托盤放在圓桌上。

春桃瞪大了眼，手心裡全都是汗，一張臉煞白……她剛出去的時候，這屋內還只有大姑娘，這活生生的男人是從哪裡冒出來的！春桃雖然震驚恐懼，但……大姑娘沒讓她喊人，她屏息看向白卿言。多虧屋內沒有點燈，春桃才未看到自家姑娘面紅耳赤的模樣。

白卿言做出一副正經模樣，吩咐春桃：「去將院內暗衛調開，陪我送蕭先生出府！」

「是！」春桃轉身鼻頭猛地撞在屏風上，嚇得她還沒穩住身形先慌忙去扶屏風，生怕弄出什麼聲響驚動旁人，若是讓人看到外男在她們大姑娘閨閣裡，她們大姑娘還怎麼做人。

「不必親自送了，春桃將暗衛調開，我便能出白府。」蕭容衍看了眼白卿言還攥在手心裡的藥瓶子，道，「記得按時吃藥。」

此藥製作繁雜，其中幾味草藥更是來之不易，蕭容衍知道他無法勸動白卿言莫要太勞累，畢竟如今白家得靠她撐著。他只希望白卿言能好好調養調養身子，亦希望早日一統，讓白卿言也能好好歇一歇。

春桃調開守著撥雲院的暗衛後，進門道：「大姑娘都遣走了！讓他們去盯著前院……」

「多謝！」蕭容衍對春桃道謝後，出門消失在黑夜之中。

「大姑娘！」春桃驚魂未定的模樣上前，「這……這是怎麼回事兒？我剛剛就在屋內，那蕭先生是什麼時候來的？他……」

白卿言推開窗，望著蕭容衍消失的方向，將手中藥瓶子攥緊，低聲道：「蕭先生有極為重要的消息送過來，平叔回來了嗎？」

「回來了！」春桃點頭，「只是大姑娘睡著了，佟嬤嬤沒讓驚動。」

「去喚平叔過來。」白卿言說。

春桃對白卿言深信不疑，真以為蕭容衍是有極為重要的消息送來，才闖了她們大姑娘的閨房。

春桃也知道輕重，關於蕭先生出現在大姑娘閨房之事，即便是佟嬤嬤和盧平也不能提，越少人知道越好。

盧平回來後心裡有事也沒睡，聽說大姑娘喚他，二話沒說就同春桃一起進了內院。

撥雲院的大門敞開著，白卿言就坐在院內樹下石桌前等著。

盧平快步上前同白卿言行禮：「大姑娘，紀庭瑜說出了山匪燒殺搶掠和劫孩子的事後，他親自去查了，發現一共有三夥人，其中一夥子人是仗著朔陽匪徒名聲，假借土匪之名燒殺搶掠，而他們擄去的孩童……最後都送往大都方向！另外兩夥人不過是仗著匪徒的名聲劫道罷了，若是大姑娘沒有派屬下去找紀庭瑜，紀庭瑜也在想辦法要將消息傳回來。」

果然，和白卿言想的一樣。

「紀庭瑜讓屬下給大姑娘帶話，既然是剿匪……那就得有剿匪的樣子！」盧平將揣在懷裡的羊皮地圖交到了白卿言手中，「這是紀庭瑜畫的圖，大約是因為紀庭瑜他們在礦山附近，這三群人倒是沒有靠近。」

三夥人……白卿言垂眸看著地圖上紀庭瑜標出的幾處位置，他還專程將劫孩子的匪徒標出，似乎對這些劫孩子的匪徒也是恨得咬牙切齒。

「紀庭瑜說，這群搶孩子賣孩子的太過分了，還請大姑娘考慮先剿了他們，也算是為民除害！」盧平指著地圖上劫孩子的匪徒所在地，「這裡紀庭瑜已經摸清楚，共有三十三個人！不算來往帶走孩子的那幾個！」

「這裡……有十二個！」盧平點了點紀庭瑜圈出的另一處匪患地點，又挪到了第三處，「這裡有二十六個，但目前還陸續有人去！」

人數都不是很多，收拾起來倒也簡單。白卿言頷首：「辛苦平叔，平叔去休息吧！明日隨我去校場……也看看訓練的如何，是否堪用！」

「是！」盧平見白卿言眼下亦有烏青，輕聲叮嚀，「大姑娘也好好歇歇啊！四姑娘那麼生龍活虎一路回來都受不住，更何況大姑娘本就體弱。」

「平叔放心，我心中有數，平叔去歇息吧！」白卿言對盧平笑了笑。

盧平走後，春桃低聲勸道：「大姑娘，這會兒可以安心歇下了！」

「嗯……」白卿言將手中紀庭瑜交上來的羊皮地圖收了起來，起身回了上房。

春桃替白卿言寬衣後，看著白卿言躺下放下帷幔輕手輕腳退到了屏風外。

白卿言躺在床上閉上眼就想起蕭容衍望著她的深沉目光，想到蕭容衍喚她阿寶的低啞嗓音。

她翻身將半張臉藏在極薄的被子中，輕輕抿住唇瓣，手心和身上都起了一層薄汗。

她沒想到，對於蕭容衍深夜闖她閨閣，親吻她的事情，她意外卻一點都不反感，甚至見到他還有那麼一點點欣喜。

多日不見，白卿言對蕭容衍也有思念，只不過事情太多……她沒有精力為他再分神。

白卿言身體已經極為疲憊，可思緒未停，渾渾噩噩到天快亮才睡著。

佟嬤嬤天還未亮便起來了，在上房門口聽了好幾次都不見大姑娘起來的動靜，忙讓人去吩咐撥雲院的僕婦婢子動作輕點，大姑娘未起之前……院子先不用灑掃。

往日裡大姑娘這個時辰都已經晨練結束，要沐浴叫水了，從來都風雨無阻，今兒個還在睡著，可見北疆之行大姑娘累成了什麼樣子。

僕婦婢子們各個踮著腳尖走路，說話都湊到對方耳朵根兒上，生怕驚醒了大姑娘。

白錦稚好不容易回家，美美睡了一覺，醒來時精神百倍，聽撥雲院的小丫頭來傳話，說今日白卿言要去演武場，讓白錦稚收拾好了就過去。

白錦稚高興的洗漱完早膳都未用，便急匆匆去了撥雲院。

聽到撥雲院院內正在灑掃的婢子僕婦疊聲喚著四姑娘，蹲跪在地上給白卿言穿靴子的春桃笑道：「估摸著四姑娘這肯定是高興的早膳都沒用，就過來找大姑娘了。」

白卿言理了理袖口，站起身道：「讓小廚房多備一副碗筷，上兩碟子她喜歡的小醬菜。」

「長姐！」白錦稚自己撩開湘妃竹簾進來時，見白卿言正從裡間出來，笑道，「今日去演武場，我可以試試那些人的身手嗎？」

「這你得問平叔……」白卿言笑著在圓桌前坐下，示意白錦稚坐下用早膳。

今日鎮國公主要來演武場的事情，沈晏從一早便交代了。

李天馥派來的人蠢蠢欲動，沈晏從視線不著痕跡掃過那幾人，側頭壓低了聲音在白卿平耳邊道：「這幾個人務必盯緊了，千萬不要給他們機會近鎮國公主的身，一會兒公主來之前……我看得把他們安排到離公主最遠的地方！」

白卿平連連點頭：「還是晏從兄考慮的周到。」

白卿平命人將演武場上的弓箭悉數收回兵器庫中，剛將李天馥派來的人安排至離點將台最遠處，白卿言同白錦稚便在盧平和白府護衛隨行下，來了演武場。

見白卿言一身俐落裝束，騎馬從演武場外進來，沈晏從連忙跑下高臺恭恭敬敬前去迎接白卿言同白錦稚。

白錦稚一躍下馬，朝著演武場列隊姿勢有模有樣的新兵看了眼，道：「長姐，看著有點兒樣子了！」

「公主，這些人已經是我和平兄一同挑選過的，公主可以再掌掌眼，若是沒問題，這些人都可以一用！」沈晏從恭恭敬敬道。

白卿言頷首下馬，將手中烏金馬鞭丟給身後護衛，對沈晏從道：「一會兒你陪著平叔一同看一看，將平叔覺得還不成的人留下，其餘的人……就等這幾日派人去摸清山匪情況之後，隨我出城剿匪。」要是連盧平都覺得不成的人，帶去了也是白白送命。

白卿平有些意外，沒想到白卿言這麼著急，摸清情況之後便要派人前去剿匪。

「是！」沈晏從雙手抱拳稱是。

白錦稚見白卿言抬腳往高臺之上走，忙喚了一聲：「長姐！」

腳已經踏上高階的白卿言回頭，被白錦稚故意裝可憐的模樣逗笑：「去吧！跟在平叔身邊，別胡鬧！」

「好嘞！」白錦稚歡快應聲。

白卿言登上點將台，立在台下訓練已有了些日子的新兵，鴉雀無聲，仰頭望著站在將臺上的白卿言。

白卿言雖然是女子之身，可不論是南疆之戰，還是北疆之戰，白卿言皆大獲全勝，這樣的功績，便是讓人信服的威懾力。

「不知諸位是否聽說，現今匪患日益嚴重，有山匪下山燒殺搶掠，殺人奪子之事屢有發生！我從大都城一路回來，更聽聞鄰縣有百姓被山匪搶走孩子，追至山下者，成山匪刀下亡魂！」

此事是有傳聞傳入朔陽城，因此朔陽百姓最近將家裡孩子看得十分緊，天剛擦黑便將孩子喊回家，不讓其在外玩耍。

白卿言負手而立，聲音洪亮堅定：「當初招民為兵，是因匪患猖獗，白卿言有心為民剿匪，諸位投身前來，為的是剿匪安民，如今……諸位晝夜訓練已兩月有餘，不日我親自帶隊，諸位可敢隨我一同登山剿匪？」

「剿匪！」

「剿匪！」

「剿匪！」

演武場士氣極旺。他們是要跟隨，連敵國精銳都無法戰勝的鎮國公主去剿匪，心中自然有底氣。且鎮國公主來前，沈晏從和白卿平說了能隨鎮國公主一同去剿匪的，斬匪徒頭顱者可得十金，這對普通老百姓來說可是極大的誘惑。

即便是他們並非為了剿匪安民，為了金子也要去啊！

自古鳥為食死人為財亡，重金之下必有勇夫。

立於高臺兩側的傳令兵，揮動手中令旗。

戰鼓齊鳴，隨著令旗變幻，台下已經訓練的有模有樣的新兵分為兩隊，呼喝廝殺。

這些新兵不要說和紀律嚴明的白家軍新軍相比，就是同晉軍的新軍比起來也稍有遜色，可這已經比白卿言預料的要好太多。慢慢來，有兵用總比沒有兵用強。

被白卿平安排到了最遠處的幾個人，一聽不日要跟著鎮國公主一同上山剿匪，便想等去了山上神不知鬼不覺的解決了鎮國郡主，如此他們也能順利回去交差。否則，這般光明正大的刺殺鎮國郡主，怕是還沒有近身，便先被鎮國郡主身邊的白家護衛軍給拿下了。

雖然刺殺任務都是九死一生，可若是有生的機會誰不想活著？

白錦稚與沈晏從和盧平巡視到李天馥派來的人時，白錦稚在這幾人面前停下腳步，問沈晏從：

「你說身手極好的，便是他們幾個？」

李天馥派來的人，立刻停下對打，朝白錦稚行禮。

「回郡主正是！」沈晏從恭敬道。

白錦稚瞇了瞇眼，見這幾人行禮姿勢極為統一，像是受過專門訓練的。

白錦稚不是沒有見過普通老百姓行禮，別說是南疆那邊兒遠離皇親貴族的普通百姓，就連大都城的百姓若非經過專門訓練，也絕不可能行禮姿勢如此標準，更何況……這幾人還如此統一，作揖鞠躬的幅度，都幾乎是一模一樣的。她負在背後的手收緊，似笑非笑打量著那幾人。

儘管他們裝束尋常與普通人無異，長相也不顯眼，可這樣的動作約莫是已經深入骨髓，做得極為順暢自然，如同走路奔跑一般，可見這些人絕非是普通的老百姓。

「平叔，我想和他們過過招！」白錦稚一副天真無邪的模樣開口。

「我等是粗人，怎麼敢和郡主過招！」其中一人忙開口道，「萬一傷了郡主的千金玉體，我等萬死難辭其咎！」

白錦稚眉目有笑：「沈晏從你不錯啊，招的人竟然還會成語呢！普通人家會讀書的是少數，既然讀過書……為何不去考科舉呢？」

見白錦稚要和這些人談心的架勢，沈晏從朝盧平看了眼，見盧平沒吭聲，也乖覺立在一旁，笑道：「湊巧！湊巧！」

「讀過幾天書，可是……不是讀書的料！就沒有讀了！」那人又道。

白錦稚側頭朝著盧平看了一眼，盧平會意，出其不意朝著那人出手。

其餘幾人拳頭攥起，整個人都繃緊了，不知道他們是不是被察覺了。

「哎哎哎！平叔！說好了今天我來試新兵身手的……您怎麼動手了！」白錦稚朝著盧平嚷嚷，轉頭又瞅著其他幾個，「你們……誰跟我試試！打贏了我！不日去剿匪正好可以保護我長姐！」

說完，白錦稚也動上手了。

那幾人一聽，保護白卿言……這不是瞌睡送枕頭嗎！格殺白卿言就更方便了，於是和盧平交手的那位，和同白錦稚交手的這位頓時提起精神，招招凶狠，殺氣十足。

盧平那邊打得不可開交，白錦稚過了幾十招，稍有不防便被人鎖住了喉嚨，白錦稚身形一僵，那人連忙撒手，跪地告罪：「草民失手！請郡主降罪！」

白錦稚頸脖上已經被按出了紅印子，她心中不由感歎……好厲害的招數！

再看盧平那裡，與盧平對打之人身手極好，其身法矯健，招招皆是捨命殺路，絲毫不留餘地，這倒像是世族皇家豢養死士所學的招數，其招數目的只為完成任務，不為活人留餘地和生路。

白錦稚輕輕摸了摸自己的頸脖，視線掃過那神情緊張的十餘人，對盧平喊道：「平叔！可以了！這幾個人身手不錯！」

盧平聞言，收了招數，那人也停下來。

「沒看出來啊……你們南疆來的身手都這麼好！」沈晏從笑著道，「竟然還藏私了，這麼好的招數要是讓大傢伙都學一學，沒準將來能保命呢！」

剛與盧平過完招的人似乎是這群人裡的領頭者，他抱拳朝著沈晏從行禮道：「常年在南疆的地界兒上，總是要學一些本事，才能抵抗時不時來劫掠的西涼兵！」

盧平一副認真的模樣點了點頭：「這話倒不假！不過你們這身手……當個普通兵卒可惜了，不如這樣吧，沈公子……若是讓他們各自帶一隊訓練怎麼樣？公主身邊也用不著十幾個人保護，等出發剿匪前……可讓兩隊兩隊交戰，誰帶出的隊伍勝出，誰便護在公主身邊，當然……護在公主身邊保公主安全，也可得十金！」

沈晏從一聽就明白盧平的意思，是想逼著這十幾個人傾囊相授，連連點頭：「我覺得這個法子不錯！他們應當都想在公主跟前保護，畢竟……跟在公主身邊安全，還能得金！你們可要加把勁兒啊！」

說完，沈晏從又同盧平還有白錦稚又去別處巡查。

那十幾人湊在一起，看著白錦稚和盧平他們走遠了，有人道：「頭，我們要不要就這麼殺過去，取了那個鎮國公主的命此事也就了結了，我等已經在這裡耽誤了這麼久，再不回去……怕……」

「是啊！而且這毒月月發作，讓人痛不欲生，半年後就會要了人的命，我怕我們屆時趕不回去！全都要死在晉國！」也有人低聲附和。

「這麼殺過去，我們能活下來的又能有幾個？說不定全都死在這裡，雖然我們是死士，可能活的情況下誰不想活著？毒發那點兒痛苦和死去比起來，不算什麼！」那帶頭之人擦了把頭上的汗，冷靜深沉的眸子凝視白卿言的方向，將手上的布條重新纏繞好，擦去鼻頭汗水，「既然是我帶你們來的，我就想將你們都帶回去！再等幾日……我們在上山之後解決了鎮國公主，就回西涼！若還是不能解決鎮國公主，再行魚死網破之法也來得及！」

那帶頭之人一聲令下，其他人終於還是重新歸隊，跟著一同訓練。

沈晏從速度很快，白卿言一行人離開之後，他便將此次隨同上山剿匪的新兵分為十二隊，讓自己人同那群西涼來的殺手一同訓練新兵，靜待上山剿匪前選出護衛鎮國公主之人。

白錦稚騎著馬跟在白卿言身邊緩慢説著今日演武場上的事情，她道：「那些人的身手我看了，招招都是要人命的殺招！這可是死士的路子！而且……那些人雖然極力掩飾，可行禮時……姿態如出一轍，定然是被人調教過，絕對不會是普通百姓！」

如今，白錦稚越發的穩重，遇事喜歡多思多想，不再同之前那般沉不住氣，隨性而為，白卿言很欣慰。

她抬手摸了摸白錦稚的腦袋：「不錯，那些人是西涼來的殺手，約莫是對著我來的，不過不打緊，如今將他們放在軍營之中，讓他們教那些新兵，也算是物盡其用！」

「可這太危險了長姐！」那些人各個身手不凡，又是對白卿言心懷叵測之人，白錦稚如何能不擔憂白卿言的安危。

「他們若是想要以死相拼，當初便不會入軍營，直接殺入白府就是了！放心吧……此事還在掌握之中，不會有事！」白卿言見白錦稚眉頭緊鎖的模樣，心頭軟了軟，又安撫她道，「且在軍營被沈晏從管的滴水不漏，他們就是想來白府行刺，也出不來啊！」

姐妹倆說著話，就到白府門口。只見白府門口停著一輛青圍馬車，一穿戴齊整的中年男子立在馬車前頭，不住往遠處張望。

看到白卿言和白錦稚在白家帶刀護衛陪同下騎馬回來，那中年男子連忙小跑上前，誰知還未靠近，便被白家門口小跑出來迎接白卿言的護衛攔住，呵斥其不許靠近。

「鎮國公主！我乃是白氏宗族族長的妻兄，今日送妹妹歸家，特來向公主問個安。」

昨日方氏收拾了東西回娘家的事情，滿朔陽城都傳遍了。方氏的兄長弓著腰，笑咪咪對著白卿言的方向作揖，見白卿言下馬又要上前，可白家護衛並未放行。

那白岐禾性子執拗，是真的被方氏這小人做派弄得急了眼，決意休妻。今日方氏這兄長將方氏送回白府，白岐禾一開始倒也沒有那般不留顏面，以為方氏知錯還是讓方氏進了門。

可誰知方氏進了白家門，竟然擺出一副要同白岐禾談條件的架勢，說要讓她回白家也可以，除非白岐禾能設法讓鎮國公主見一見她兄長的嫡次子。

白岐禾一聽當即翻臉，直接掀了桌子，拿出已經寫好的休書丟給方氏，讓方氏回方家去。

方氏從未想過白岐禾會真的休妻，氣不過，便拿自己嫁妝說嘴，可她沒想到白岐禾竟然昨日便已經讓人將她的嫁妝給收拾妥當，方氏當即氣得哭泣不止，稱白岐禾沒良心，她為白岐禾生兒育女，如今白岐禾當上族長了，就這般對待糟糠之妻。

方氏自小被家中的長輩寵壞了，哭得不行，好在方氏的兄長還算拎得清楚，他一看這樣的情況，連忙出來打圓場，說當初在白卿言還是郡主的時候，他就知道他們家高攀不起，更別提現在白卿言已然是公主之尊，他們方家絕對沒有這個心思，方氏這麼說……也只是在氣頭上，又是被他這個兄長送回來，而非是白岐禾去接，面子上過不去，才如此口不擇言，希望白岐禾看在白卿平的分兒上，饒過方氏這一次。

方氏的兄長提到兒子，白岐禾閉了閉眼，覺得若是真的休了方氏……兒子面子上也不好看，畢竟方氏是兒子的生母。可方氏卻流著淚稱要和白岐禾魚死網破，白岐禾氣得說這次非要休妻不可，拂袖離去。

方氏哭哭啼啼的嚷著要哥哥帶她回家，可方氏的兄長轉念一想，想著如今只有鎮國公主出面，或許還能挽回白岐禾休妻的念頭，方氏的兄長忙帶著方氏來找白卿言。

白卿言下馬，並未讓護衛撤開，只將手中的烏金馬鞭丟給盧平，看向方氏的兄長。

方氏的兄長沒想到鎮國公主這般不給面子，好歹兩家算是沾親帶故的。可人家是公主，他只是一個鄉紳，若非這層親戚關係，怕是鎮國公主腳步都不會停留，方氏兄長想通之後態度放得極為低，跪地叩首行禮後道：「公主，昨日白氏族長和其妻室方氏發生齟齬，起因是因為方氏打探了公主的行蹤，這不……方氏也是為了能早早的去迎一迎公主，誰知道族長生了大氣，眼下要休妻！草民為了妹妹只好厚顏來求公主勸一勸族長！」

「你這話說的好生奇怪！人家兩口子吵架，你跑來求我長姐一個未出閣的姑娘，你怎麼好意思開這個口的？」

白錦稚隨手將馬鞭丟給護衛，負手而立，似笑非笑盯著跪在地上的方氏兄長，視線往那青圍馬車的方向瞟了一眼，道：「不是我說族長這妻室，公主的行蹤也是她能打探的?!我長姐這是不較真……若是較起真來，方氏圖謀不軌打探公主行蹤，怕是少不得入牢獄接受盤問。」方氏的兄長伏地稱是：「她已經知道錯了，再也不敢了！還求鎮國公主在族長面前美言兩句！」

「我能立在這裡，聽你說完這許多，是因為你是白氏族長的妻兄。」白卿言聲音不鹹不淡十分平靜，「於禮我是族長的晚輩，不宜過問長輩房中之事！於情……我極不喜有人打探我的行蹤，若非她是族長之妻，白卿平之母，此刻應當在獄中受刑！我的話你可明白？」

方氏兄長脊背微微出汗，叩首稱是。聽到白卿言一行人入府的腳步聲消失之後，方氏的兄長才敢抬起頭來，他二話不說，小跑到青圍馬車旁，對還坐在裡面直哭的方氏道：「妹妹！我看還是好好回去求一求白岐禾吧！這鎮國公主和鎮國王不同，不會如同鎮國王那般尊重白氏宗族族長，和族長之妻的！」

方氏兄長只覺自己也是鬼迷心竅了，之前方氏在白卿言還是鎮國郡主之時，還曾想著鎮國郡主無法生育，自家嫡子入贅倒也不無可能！現在想來，當時簡直是豬油蒙了心癡人說夢，別說如今這白卿言已經是鎮國公主了，這女子身上的氣勢如此之盛，絕對是看不上自己那不成器的兒子。

剛才白卿言的話坐在馬車內的方氏也聽到了，她揪著帕子眼淚吧嗒吧嗒往下掉：「我還怎麼求他！我剛才也說了，只是讓他安排鎮國公主見一面而已，又不是要給他們訂親！他直接就掀了桌子……我不回去了，我要回方家！我不要在白家受這個氣！」

「你糊塗啊！早些年白岐禾在家中不受重視之時，你都陪著他熬過來了，現在日子好了……他還當上了族長，你反倒給旁人挪地兒了？你是不是傻！就白氏族長白岐禾這樣的……你信不信，若是你離開了白家，多的是人家願意將黃花閨女送進去當白岐禾之妻！」方氏兄長低聲勸著。

方氏緊緊咬著牙，可她就是不甘心，以前白岐禾還在她跟前服軟，可是自從當上了這個族長之後，這真是腰杆子挺直了，竟然敢說要休妻！方氏想到這裡又開始嚶嚶哭泣：「白岐禾那個沒良心的！我陪了他這麼多年，因為他這個嫡次子吃了多少苦，受了多少罪！他現在是族長了，就威風起來了！」

方氏的兄長聽到妹妹哭得上氣不接下氣，只得好言相勸：「好了好了！你要是抹不開這個面子……不如去校場找卿平，你到底是卿平的親生母親，孩子總會向著你的！讓卿平替你在白岐禾面前說說好話！」說著，方氏的兄長便讓車夫掉頭，往校場的方向去了。

第五章　燒殺擄掠

進了白府的白錦稚心裡氣不過：「什麼東西！給幾分顏面還真當自己是盤菜了！求人連個求人的樣子都不會，坐在馬車上……難不成還等著我過去給她請安嗎?!」

「那些年，祖父將白氏宗族的族長抬舉慣了，那方氏看的多了……便以為如今族長還能和白家平起平坐，拎不清……也是蠢人一個，不值得你生氣！」

白卿言話音剛落，門房便匆匆追上白卿言行禮：「大姑娘，門外有位蕭先生請見，這是名帖……」

門房僕人將名帖遞上，白錦稚不等盧平伸手率先接過來，笑嘻嘻看了眼白卿言，心中因為方氏上門生的那點兒不快消失的無影無蹤：「哎呀！是蕭先生呀！蕭先生登門……那肯定是有大事！快請！」

白錦稚回頭看自家長姐耳朵晶瑩紅透，抿住唇不讓自己偷笑出聲。「長姐，我剛在演武場轉了一圈，身上灰撲撲的，我去換衣服，長姐和蕭先生慢慢談……」白錦稚說完，一溜煙跑了。她才不要在這裡打擾長姐和蕭先生說話。

白卿言立在正廳門口，見身著直裰腰繫玉帶的蕭容衍抬腳跨入白府，身後跟著月拾和王九州，一眾護衛都被他留在了府外。

立在白卿言身後的盧平眼底也有笑意，吩咐人去同董氏說一聲。不論如何，在大都城時，蕭容衍出手解白家之困，又救下險些撞棺的四夫人，白家上下視蕭容衍為恩人，自是不會輕賤蕭容衍商人的身分。

身姿頎長纖瘦的白卿言立於正廳高階之上，負手而立，身姿挺拔颯爽，氣魄莊重逼人，唯獨那雙耳朵……太陽光下晶瑩紅透。

蕭容衍眉目間帶著讀書人極為溫潤儒雅的淺笑，舉止間盡是沉穩內斂的格調。

「大姑娘……」蕭容衍立在高階下，從容長揖行禮。

跟在蕭容衍身後的王九州與月拾也連忙朝白卿言行禮，兩人對看一眼，問安的話嘴邊囁喏著都沒有能說出口，他們家主子稱呼鎮國公主為大姑娘，他們……也要跟著稱呼大姑娘嗎？

不等王九州和月拾兩人眼神交流明白，白卿言已經先行還禮：「蕭先生，裡面請……」

盧平側身讓開門口位置，朝著蕭容衍打招呼：「蕭先生！」

蕭容衍對盧平頷首，跨入白府正廳。落坐後，婢子給蕭容衍上了茶又規規矩矩退出正廳。

「蕭先生今日登門，可是有事？」白卿言視線從門外收回來，一本正經看向蕭容衍，若是耳朵未紅的話，或許這端莊持重之態更能唬人些。

正廳內只有白卿言和蕭容衍兩人，盧平與月拾和王九州在正廳敞開的雕花隔扇外守著。

蕭容衍手肘搭在小几上，壓低了聲音道：「此次來，是有一事需提前告知大姑娘。」

白卿言看向蕭容衍，頷首：「蕭先生請講。」

「衍得到消息，西涼女帝已經同意與大魏同時陳兵大燕邊界，意圖奪取大燕燕南沃土之地分之。為穩妥之計，衍在派人入魏與西涼遊說同時，大燕遣使入晉獻寶，已說服晉國皇帝調兵前往西涼邊境以作威懾，晉帝似乎有意讓劉宏將軍率剛從北疆得勝而回的大軍，前往南疆。」

蕭容衍之所以來將此事告訴白卿言，是知道白卿言在南疆有所部署，特來告知一聲，給白卿言時間讓她做出相應的調整和安排。

若說有哪一國不想看到西涼再次強盛起來，除了大燕之外，便是晉國……

年初南疆一戰，白卿言斬殺西涼精銳，西涼又生雲京之亂，可謂元氣大傷。若是此次與魏國合兵攻燕，得到燕南的大片沃土，怕是國力會逐漸緩過來。

晉國付出如此大的代價，才使鄰國西涼無法再與晉國並雄，自然是要壓著西涼才行，否則強敵在側……皇帝即便是無開疆拓土之心，也必會時時擔憂，如鯁在喉。

大燕正是抓住了皇帝和太子這樣的心思，才遣使入晉，獻寶請晉國陳兵西涼邊界威懾西涼，使西涼不敢妄動。

原本蕭容衍大可不必前來告知白卿言的，可他來說了，白卿言領這分情：「多謝蕭先生前來告知此事。」

蕭容衍含笑凝視白卿言：「大姑娘盡早做準備！」

蕭容衍話音剛落，秦嬤嬤便扶著董氏來了，蕭容衍連忙起身行禮。

得知白卿言從校場回來的春桃，也從撥雲院趕來，見董氏和秦嬤嬤入內，悄悄拎著裙擺跨入門內，從黑檀柱子後繞至白卿言身後，規規矩矩立著。

「蕭先生乃是我白家恩人，不必多禮。」董氏不掩飾對蕭容衍的欣賞，坐下後見蕭容衍還站著，道，「蕭先生坐，不知蕭先生登門是否有事？」

蕭容衍朝白卿言看了眼，對董氏長揖道：「最近匪患頻發，衍有一批白茶急於運出朔陽，特來問問白大姑娘，此時出城是否妥當。」

白卿言一力攬下剿匪之事，且太子還下令讓地方官全力配合，蕭容衍來找白卿言問此事最正常不過。

董氏頷首，笑著問白卿言：「可是談完了？」

「已經談完了！」白卿言頷首。

董氏點了點頭這才與蕭容衍說了些閒話，談起蕭容衍在朔陽的生意，聽說蕭容衍買下了幾座茶山，意圖將朔陽白茶銷往各國。且如今朔陽白茶在大樑勳貴間已經盛行起來，聽說蕭容衍給白茶還起了個極為雅緻的名字，叫霧雲茶。

蕭容衍對董氏倒是極為坦白，稱要將霧雲茶運往魏國和西涼，做獨門生意。魏國自是不必說，蕭容衍本就與那些皇子關係非同尋常，但凡蕭容衍要做的生意皆會分利於那些皇子勳貴，自然能獨攬市場。

西涼的生意蕭容衍如今才剛剛打開局面，但對於蕭容衍來說也並非難事。更重要的，是如今蕭容衍在晉國遍開商鋪，載貨去他國，回程帶他國特色貨品，一來一往皆有利可圖。

蕭容衍將自家生意詳說於董氏，倒是十分真誠，董氏笑了笑道：「蕭先生生意遍布列國，實是有道理的！」

見已經說的差不多，蕭容衍起身告辭，裝模作樣朝著白卿言方向長揖：「剿匪之事，利在百姓和我等商賈，若大姑娘有什麼需要幫忙的儘管開口，衍必竭力相助。」

白卿言頷首，讓盧平送蕭容衍出門。董氏看著蕭容衍挺拔修長的背影，端起茶杯，心裡不免覺得蕭容衍這商人身分可惜了。

論氣度樣貌，董氏倒覺能比得過蕭容衍的可謂鳳毛麟角，若非是個商人身分，不知多少清貴人家都願意將女兒嫁於這般人物。

董氏有意想試探試探這蕭容衍是否願意入贅白家，可一想到女兒心思不在兒女之事上，且子嗣方面又緣分淺薄，又怕耽誤了蕭容衍。

董氏擱下茶杯見白卿言若有思索，試探問了問：「阿寶，這蕭容衍……你覺得如何？」

「阿娘……我有點事情，晚上陪阿娘用膳。」白卿言說完起身朝董氏行禮後，帶著春桃匆匆出了正廳，喚盧平同她一起走。

董氏看著白卿言匆忙的背影，心底歎了一口氣，自己勸自己打消給白卿言和蕭容衍牽線的念頭，她這女兒哪裡有一點惦記終身大事的模樣。

白卿言交代盧平：「派可靠之人去南疆分別給沈昆陽、谷文昌、衛兆年和程遠志，還有沈良玉送信，就說……皇帝要派兵前往西涼邊界，讓他們小心行事！」

與其說讓他們小心行事，不如說……讓白卿玦小心行事，千萬將兵藏好，不要露出什麼破綻。不過，有沈昆陽他們幾人在，只要提前得到消息，必能相互配合掩護好白卿玦。

「是！」盧平應聲離開。

白卿言立在湖邊，細思皇帝意圖陳兵西涼邊界之事。蕭容衍所言……稱大燕遣使入晉，獻寶說服皇帝陳兵西涼邊界以作威懾，便是說皇帝並沒有同西涼開戰的意圖，只是為了震懾西涼而已。

蕭容衍算得很清楚，大魏陳兵大燕邊境卻遲遲沒有動手，無非是忌憚大燕這些年不露家底，摸不透大燕的國力如何，可若是與西涼合攻大燕便有了底氣。

然此時，若晉國掣肘西涼，西涼必不敢冒然出兵，西涼也怕……晉國會趁他們將主力盡數調往大燕時，奪西涼國土城池。

蕭容衍本就有天下第一富商的名頭，若是此時商隊入西涼境內，散布流言稱晉國陳兵西涼邊境……等的就是西涼主力陷於大燕，而後占西涼城池，西涼即便是有所懷疑，派人入晉打探之後，也必會遲疑。

白卿言身側拳頭緊了緊，若是只做威懾不願開戰，其實原本也有不這麼興師動眾耗費糧草輜重之法，若是能讓她前往晉國與西涼邊境，或能起到更好的震懾作用，白卿言曾殺西涼十萬降俘，在西涼兵士心中必然是懼怕的，她不相信太子和皇帝想不到。

只不過……白家軍就在邊境，所以皇帝和太子寧願費時費力陳兵邊界，也不願意派白卿言前往南疆。

當天下午，白錦繡的消息便送了回來，信中所書……便是皇帝和太子似乎意圖派兵前往南疆之事。白錦繡的消息已經算快，可比起蕭容衍這個當局人，自是要慢了不少。

白卿言倒不怕皇帝派兵前往南疆，她只是在想如何利用此事，將白家軍的利益最大化。

北疆之戰的兵士，皆是曾經與她南疆同戰過的將士，大多都已經跟定了自家將軍，比如那個杜三保……便是王喜平的人。這樣的軍隊去了南疆，不一定會聽沈昆陽程遠志他們的調遣。

可，若派過去的是剛剛招收的新兵，由白家軍來訓練，將來……這些新兵便極有可能為白家軍所用。羈鳥戀舊林，池魚思故淵，就如同當初舅舅董清嶽曾在白家軍中歷練，對白家軍……舅舅心裡便會存一種不一樣的感情。

重要的是，這件事交於誰去勸太子……白錦繡懷有身孕，白卿言不願讓她受累。此事太子沒有遺人送信問她，她便不能提……否則太子便會疑心她時時關注大都情況意欲何為。

她想到了左相李茂，但若是將此事交至李茂，就等於告訴李茂她欲壯大白家軍勢力。

清風拂柳，綠葉婆娑，蟬鳴愈盛。白卿言轉過身，背對碧波微漾的湖水，眸色沉著冷靜。

她需要有極為合理的藉口，讓自己的人回大都城。如今她手上，唯一能成為合理藉口，便是能抓住梁王或是王家派來假扮劫匪……劫孩子的人，作為梁王泯滅人性以孩童煉丹的人證。

可讓誰回大都城最為妥當？

白卿言倒是想親自回一趟大都城，但由她送人證回大都城，太過刻意。

但派親信前往大都城送人，又未必能見到太子的面。思來想去，只有白錦稚一人合適。

白卿言派春桃喚了劉管事過來。她吩咐劉管事派身手極好又可靠的護衛，前往那群劫孩子的「劫匪」處，只需活捉一人，捉到後在崆峒山等候四姑娘的同時，審問清楚他是奉了誰的命假扮劫匪抓那些孩童，等四姑娘白錦稚一到，一同前往大都。

劉管事領命離開後，白卿言親自去了趟白錦稚的院子。

此時，三夫人李氏正在白錦稚的院子裡，壓著白錦稚剛換了身衣裳，正打算讓白錦稚去找董葶珍玩兒，聽說今日董葶珍帶著白錦昭和白錦華在韶華院調香，三夫人李氏也想讓白錦稚跟著去學上一學。

大都城董家嫡女董葶珍，那調香的本事，可是出了名兒的。

至於白錦稚，雖然她不大擅長這些東西，卻知道董葶珍手巧，但凡經董葶珍手調出來的香都極為好聞，她還想討一點。就是一連被李氏按著試了兩套衣裳，白錦稚已經十分不耐煩了。

白卿言扶著春桃的手進院門時，得了信兒的白錦稚已經迎到門口：「長姐怎麼過來了？可是有事吩咐我去做？」

三夫人李氏聞聲，提著裙裾，抬手打簾出來，笑聲爽朗：「阿寶來了！」

「三嬸！」白卿言朝著李氏行禮，後道，「大都城方向送信過來，祖母讓錦稚回大都一趟，我過來喚錦稚去我那裡拿點東西，順便交代她幾句。」

「回大都？」李氏一怔，「大長公主可說是因何讓錦稚回去？」

「祖母信中未曾詳說。」白卿言扯出大長公主的大旗，李氏也不好細問。

李氏有些不放心，緊攥著手裡帕子，表情透露出幾分不安，又問了句：「那讓錦稚何時動身？」

「今日便動身吧！」白卿言眉目帶著淺笑，做出平常的模樣想讓李氏放心，「我讓平叔帶人跟著錦稚，三嬸放心。」

見白卿言表情含笑，又聽白卿言說讓盧平跟著，李氏放心不少，對白卿言笑道：「三嬸知道你一向妥帖，也是白問一句，你先同錦稚說話，我看著人給錦稚收拾行裝。」

李氏知道白卿言有意避開她與白錦稚說話，可她並非是氣量狹小目光短淺之人，如今白家滿門男兒已無，白家如臨深淵，正是需要手足和睦，同心同德之時，白卿言為了白家尚且可以拖著病軀奔赴南疆，她的女兒自然也能為了白家奔波於大都朔陽之間。

「辛苦三嬸了！」白卿言屈膝行禮告辭。

白錦稚跟著白卿言跨出院門，便挽住白卿言的手臂，壓低了聲音問：「長姐，可是有要事吩咐我去做？」白錦稚跟著白卿言也不是一天兩天了，白卿言若是真的要讓她去撥雲院拿什麼東西，派個丫頭過來傳話就是了，既然親自來了必然將東西帶著，沒帶東西又說讓她去拿東西，分明就是為了避開母親，有旁的事吩咐她。

「一會兒你和平叔去崆峒山的方向，帶個人回大都城，此人乃是梁王或是同梁王合謀的九曲巷王家派來裝作匪徒，劫走孩童供梁王煉丹之用的假匪徒！將人審清楚儘快交給太子。」

白錦稚聞言，睜大了眼，用孩子煉丹?!梁王竟敢如此喪盡天良！

白錦稚咬了咬牙，雙手抱拳：「長姐放心，小四定然晝夜不停火速趕往大都城！」

白卿言定定望著強壓怒火的白錦稚，抬手攥住她抱拳的手，道：「此事……乃是給你一個出現在大都太子面前的理由，你此去大都最重要的任務，是要不經意向太子提一提……我原本想要建議太子將新兵送往南疆，辛苦白家軍的將士來為晉國訓練新兵，卻怕會被旁人以為別有用心，便不曾對太子提起，你卻深覺這是一件好事！」

「另外，見了太子身邊那位方老，記得不必刻意討好，且對他親近些，亦可以在這位方老在場時，對這位方老抱怨抱怨長姐太過謹慎！求得這位方老的贊同。」

雖然不清楚白卿言這是何意，白錦稚還是用力點頭：「長姐放心，小四此刻出發，中途換馬人不歇，明晚必能到大都，將此事辦妥！」

白卿言頷首：「此事緊急！你簡單收拾之後就趕往大都，一定要快！」否則，一旦皇帝聖旨一下，就不知道還能不能挽回了。

白錦稚衝動莽撞且無城府的名聲在外，此事由白錦稚說與太子聽最為妥當，太子也不會多想。很快，白錦稚便帶著李氏給收拾好的包袱，在李氏依依不捨中出門。

白卿言立在門外叮嚀盧平一路照顧好白錦稚，目送白錦稚和盧平一行人，踏著夕陽餘暉，快馬離開的背影，白卿言心頭陡然有種欣慰之感。

不知不覺中，小四已然長大，成為白卿言可以託付重任的女兒郎，若是三叔在天有靈看到如今的白錦稚，想必定會十分欣慰。

寶劍鋒從磨礪出，或許……白卿言如今應當試試放手讓白錦稚自己去做，而非她安排好讓白錦稚按令行事，等她從大都回來，便應當讓她自己學會做決斷。群狼環伺……白卿言總不能將她拴在身邊一輩子。只要是在朔陽的地界兒上，即便是白錦稚做錯了也無所謂。

直到白錦稚盧平一行人消失在視線中，春桃這才喚了一聲：「大姑娘，我們回吧！」

白卿言頷首，正欲回府，突然聽到有人高呼：「鎮國公主！」

白家護衛軍拔刀，迅速將白卿言團團護住，春桃忙挺身護在白卿言身前。

只見，從樹後跑出來的中年男子撲跪在白府高階之下重重叩首：「鎮國公主！小人乃是跟在前任白氏宗族族長身邊的烏管事，有要事告知鎮國公主！」

白卿言凝視那個不住叩首，抖如篩糠的男子，擺了擺手，示意護衛退下。

白府帶刀護衛軍退下，烏管事聽到長刀入鞘的聲音這才敢抬起些視線，可目光剛落在白卿言腳下的靴子上，便又重重叩首垂下頭，道：「還……還請鎮國公主，能容小人私下同公主說！此事十分要緊，小人已經在白府門前徘徊了快兩月有餘，今日終於有機會見到公主，還望公主相信小人！」

白卿言曾經聽古老說過，白氏宗族有一個烏管事是個能人，此人跟在白岐雲身邊，如同白岐雲的智囊。在白府白卿言倒不怕這個烏管事有什麼手段，吩咐道：「帶他進來……」

護衛稱是，幾乎是架著這位烏管事進了白府，將人帶進正廳，烏管事小心翼翼跪在正廳光可鑒人的青石地板上，規規矩矩叩首。

半晌沒有聽到白卿言開口，烏管事正要悄悄拿眼神去瞅白卿言，可視線抬高至白卿言的鹿皮靴子處，便聽到白卿言清嗓的聲音，立時嚇得不敢抬，目光盯著地板一動不動。

以前烏管事不是沒有進過這白家祖宅，自是知道這青磚碧瓦，雕梁畫棟的白家祖宅何等排場，可不知是正主回來了還是因為重新翻修拾掇過，如今再踏入這正廳，烏管事手心冒汗，未抬頭便已被正廳這氣派壓得喘不過氣，脊背繃直。

白卿言理了理素青暗紋銀線滾邊的袖口，嗓音一如既往平靜，問道：「烏管事有何要事？」

只淡淡這一句，烏管事便聽出了居高臨下的味道，完全不同於之前鎮國王的和顏悅色。

如今，這烏管事算是明白了，白家這位鎮國公主可不會給宗族……當初鎮國王給宗族的那分體面，鎮國王曾經講的是血脈情分，這位鎮國公主說的卻是上下尊卑，要是惹這位鎮國公主不快，怕是被拖下去打死都有可能。

烏管事忙叩首，態度越發的鄭重恭謹：「回鎮國公主，小的此次前來，是因在鎮國公主舉家回朔陽之前，曾有大都城來的人，在族長……前族長面前打探公主的把柄！那人約莫是聽說了公主您發落了前族長，將不少族人除族，故而各處聯繫……意圖和被除族的白氏族人聯手對付您！」

白卿言半垂著眸子，並未有任何表示，春桃上前接過婢女手中黑漆描金方盤裡的茶杯，遞給白卿言。她端著茶杯，有一搭沒一搭的喝著。

遲遲等不到白卿言追問，烏管事額頭沁出細細密密的汗水，眼睛滴溜一轉，接著道：「最開始那人是去找前族長的長子白岐雲，白岐雲心動不已，帶著那幾人前去與前族長商議此事，被前族長呵斥了一頓，前族長說……如今嫡次子是族長，且白氏一損俱損一榮俱榮。」

白卿言視線望著跪在正廳當中的烏管事，不知這烏管事是前族長派來求和的，還是另有打算，索性只顧喝茶，靜待這位烏管事將話說完。

不見白卿言搭腔，烏管事心裡越發沒底，說話聲音都沒有了底氣：「後來小人留了個心眼，送那幾個來求合作之人出門時，說了一句……既然是來合作的，不自報家門，也太沒有誠意了些！等公主帶著大都白家女眷回朔陽之後，那些人便又來了，自報家門說是左相李府上的！」

聽到白卿言茶杯擱在紅木桌几上，發出的輕微磕碰聲，烏管事被嚇得一個哆嗦，慌忙叩首，扎扎實實頭磕地，撞得頭暈眼花。

「自報家門左相李府，可有實證？」白卿言垂眸望著恨不能將自己縮成一團，一個勁兒抖的烏管事。

「回鎮國公主，那人給族長看了左相府的權杖，還言……公主您打斷了左相幼子的腿，所以讓族長不必懷疑左相府與族長合作的誠意。如今那些人還在朔陽城粉巷裡租了個院子，看起來是要長久留在朔陽城，搜查公主您的把柄。」

烏管事說完又是一叩首，「公主若是不信可派人前去查看！」

白卿言輕輕摩挲著手中甜白釉茶杯，沉默片刻，又問：「烏管事此次來找我說這件事，是想討個什麼賞？」

烏管事將頭垂的極低：「回鎮國公主，小的……祖上也算是白家的老人了，祖父原是一直留在朔陽跟著白家嫡支族長的，後來就一直跟著前族長，若是能為公主效力，小的定會為白家肝腦塗地在所不辭！」

白卿言似笑非笑望著脊背繃緊的烏管事，徐徐往茶杯中吹了一口氣：「即是如此，不知烏管事可願意留在白岐雲的身邊，替我盯著白岐雲，有事隨時來報？」

烏管事一怔，這同他想的有所不同，他以為不論如何白卿言都會將他安排進白府。可，若是錯過這一次機會，以後再想見白卿言就難了。

烏管事下定決心，朝著白卿言叩首：「小的，必定不負公主所托！」

「春桃，讓人送烏管事出去！今日烏管事登門之事……不要外傳！」白卿言話音一落起身朝外走去。

烏管事不敢起身，跪地叩首，餘光看到白卿言被夕陽餘暉拉長的影子挪動，朝白卿言的方向轉了半圈，恭送白卿言離開正廳這才敢抬起頭來。

雖然白卿言話是說不讓將他登門之事外傳，可這白府前面便是朔陽城內頂熱鬧的陽明大街，整日裡來來往往多少人，他剛才在白府門口那一跪，驚動了白家帶刀護衛，定然有不少人看到了白府門前的動靜。

若是真的要回到白岐雲的身邊，烏管事怕是還要為今日之事想一個極為妥當的說詞才行。

眼看著白岐雲這「未來族長」已被除族了，烏管事只能為自己謀劃謀劃前程，來之前他也想到了白卿言不會輕易用他，如今讓他留在白岐雲的身邊，或許這是白卿言對他辦事能力的一種考驗。

白卿言跨出正廳，如漆黑眸沉靜如水，側頭吩咐春桃讓郝管家去查一查昨日在粉巷租了院子的人，是否出自左相府。

若李茂真的將手伸到了朔陽，那便是打斷他兒子的腿也沒有能讓他學乖，白卿言便需要更雷霆的手段，才能讓李茂安分。

瑩瑩火蟲或飛舞於樹間，或棲息於樹腳綠苔，蟬叫蟲鳴，靜謐又溫馨。

白卿言換了身水綠色繡山茶花銀絲蓮紋鑲邊衣裳，藕色羅裙，沿亮燈長廊，來到了清和院。

上房內，董葶珍正坐在臨窗軟榻前擺弄三腳鎏金瑞獸香爐，換上她今日專程為董氏調的安神香，細心同董氏講著她都用了哪些香料。

白卿言立在院中，視線看向半開的窗櫺內，只見董葶珍坐於燈下手中拿著小銅勺子，動作優雅往香爐裡添了香，蓋上香爐蓋子，笑著讓董氏聞一聞。

董氏低頭湊近，一手輕攬著衣袖，用手輕輕往自己的方向扇了扇，笑著誇讚：「嗯，香氣幽沉又清淡，很好聞。」

「姑母要是喜歡，我回頭將方子寫下來，若是姑母不想動手，葶珍也可代勞……」董葶珍將銀勺放在一旁，笑盈盈道。

「大姑娘來了！」秦嬤嬤看到白卿言，忙打簾迎出來，笑道，「夫人正同表小姐論香呢，當初夫人也算是製香高手，遇到咱們表姑娘也只能自歎不如了！」

秦嬤嬤這話裡多有誇讚董葶珍的意思，畢竟……自從白家出事以來，董氏少有笑顏，此次董葶珍來朔陽陪著董氏，倒是讓董氏開懷不少，時時想起還在董家做姑娘時的些許趣事。

母親擅長且喜歡這些雅事，但從開始管家之後，便沒有了時間去做這些。如今回到朔陽，不比在大都城時那麼繁忙，葶珍來陪著母親調調香彈彈琴也是極好的。

秦嬤嬤笑著給白卿言打了簾，進門朝著董氏行禮，董葶珍忙起身，歡快喚了一聲表姐。

董氏心思似乎還在這香上，抬手指了指小几上的點心鮮果：「阿寶要是餓了就先墊墊，秦嬤嬤今日要給咱們嘗些精細的菜式，且得等一會兒呢！」

「正是呢！」秦嬤嬤順手從婢女捧進來的黑漆描金方盤上端起茶水，給白卿言上了茶，「大姑娘暫且等等，老奴也是聽府上婆子說朔陽有這麼幾道菜，雖然作法瑣碎麻煩，卻也覺得新鮮，想給夫人和兩位姑娘嘗嘗鮮兒！」

「三世長者知被服，五世長者知飲食，外祖母就是最精於飲食之道的。」白卿言在杌子上坐下，笑著接過秦嬤嬤遞來的茶水，「秦嬤嬤自幼跟在外祖母身邊，自然也是厲害……」

秦嬤嬤是董氏的陪嫁，是董家的家生子。董氏一族，在登州也是家族底蘊極為深厚的。

「表姐這話不管是誇祖母和董家，還是誇秦嬤嬤！葶珍都與有榮焉……要驕傲起來了呢！」

董葶珍用帕子掩著唇直笑。

剛說到董家，清和院外便有僕婦前來送信，說是登州董家的信。

秦嬤嬤出門接了信，拿回來遞給董氏，她一邊看一邊對白卿言說：「你舅舅寄信說長瀾要來朔陽，你外祖母讓長瀾送些東西過來。」

「還有幾天就是姑母生辰了，祖母和小叔定然是遣長瀾哥哥來看姑母的！」董葶珍立刻就猜到了董家派董長瀾來朔陽的意圖。

今年白家有孝在身，董氏的生辰不打算慶賀，只要女兒能在身邊陪著她吃頓飯也就是了，然董老太君作為母親，自然是惦記著女兒的。

董氏眉目間有笑，將董清嶽的親筆信看了好幾遍，算了算日子確定董長瀾七月二十一到，董氏抬眼看向秦嬤嬤：「長瀾攜妻後日就要到了，秦嬤嬤你明日命人將君子軒規整規整，等長瀾來了，就讓長瀾住在君子軒。」

如今白家都是些女眷，董氏又考慮起誰來陪同董長瀾，白卿言放下茶杯道：「回頭我同白卿平說一聲，讓他提前過來陪長瀾，還是母親想要多叫一些族兄弟過來？」

「長瀾哥哥又不是外人，何必那麼見外還要找人過來陪同。」董葶珍倒是絲毫不介意，畢竟白家的情況董家不是不知道，白氏宗族的做派董家也有耳聞。

董氏一想起白氏宗族的人，就覺得心裡不舒坦，目前也就看一個白卿平還是個好孩子，擺了擺手：「葶珍說的對，長瀾又不是外人，叫卿平過來就成了。」

秦嬤嬤今日給上的，是朔陽本地的五福豆腐，作法頗為繁瑣，用肉汁將嫩滑的豆腐煮一會兒泡入味，瀝乾後晾涼，將豆腐兩面煎至焦黃，用刀子劃上齊整的口子，塗上玫瑰蜜膏，用果木熏烤，蘸著酸梅醬，外焦裡嫩，入口果木清香，抿唇即化，滋味無窮。

朔陽本地的出名菜色不少，可能入秦嬤嬤眼的並不多，這道五福豆腐……秦嬤嬤嘗過不錯，這才敢安排上主子的桌。

在董氏的清和院用完膳出來，董葶珍同白卿言並肩而行，跨出清和院入長廊後，董葶珍這才正兒八經的朝著白卿言屈膝行了一禮。

「葶珍，你這是為何？」白卿言以為董葶珍有事相求，抬手扶起董葶珍，「你若有事，說一聲便是了。」

董葶珍搖了搖頭，抬頭泛紅的眼望著白卿言道：「梁王之事，多虧表姐當頭棒喝！葶珍還以小人之心度表姐之腹。若非表姐，我定泥足深陷而不自知，被人利用還以為他對我是一腔真情。」

「你我是自家姐妹，雖不同姓，可血脈之情乃世上最深的牽絆，我是你表姐……自當護著你！」白卿言對董葶珍笑了笑。

血脈之情乃世上最深的牽絆……董葶珍聽著白卿言這話，想起父親曾言，讓全家刀山火海，全她想同梁王在一起的願望，她當時竟然都不曾去阻父親，她又將血脈之情放在了哪裡？

董葶珍越想心底越愧疚，眼淚忍不住奪眶而出，不知道當時父親和母親該對她有多失望。

「好了！」白卿言將帕子遞給董葶珍，「只要你能回頭，舅舅和舅母不會怪你的！這段日子就在朔陽好好散心，等天氣涼下來，想去哪裡讓小五和小六陪你一起去，她們倆最喜歡和你玩鬧了！」

董葶珍點頭，用帕子擦去淚水，轉了話題：「聽說今日錦稚出門了。」

「嗯！」白卿言抬腳送董葶珍回去，「祖母想念小四，讓小四回大都城一趟。」

董葶珍點了點頭沒再問。那一夜，董葶珍因為白卿言一句血脈之情乃世上最深的牽絆，輾轉反側，徹夜難眠，這麼簡單的道理……她竟然忘記了。董葶珍用纏枝蓮花紋的薄被悄悄擦去眼淚，只覺無顏再回去見父親、母親和兄弟姐妹了。

七月二十日，酉時末，白錦稚騎馬從大都城外入，一路狂奔至太子府。

正值盛夏，太陽落山後，風仍是熱的。太子衣衫敞開，正歪在四角置冰的涼亭內，看自家妾妃跳舞，聽到全漁跪在竹簾外稱高義郡主在太子府門外有要事求見太子，太子忙站起身，將中衣繫好，喚全漁進來給他更衣。

昨兒個夜裡，太子剛接到白卿言的信，她在信中說……梁王府與九曲巷王家合夥，派人假扮劫匪，劫了孩童用於煉丹。

方老當時看過信，便覺……若是白卿言信中所書屬實，梁王真的做出如此喪心病狂之事，此次一擊不但能阻止梁王娶閑王獨女柳若芙，還能讓梁王再無力同太子爭奪儲位。

今兒個白錦稚突然從朔陽趕回大都，太子猜定然是白卿言有極為重要之事讓白錦稚來稟報，他沒敢耽擱。「派個人去讓方老先行迎高義郡主入府！」太子高聲道。

全漁應聲，遣了腿腳麻利的小太監去請方老。方老自打昨夜接到白卿言的信，心裡就惦記著梁王煉丹這件事，一聽白錦稚風塵僕僕出現在太子府門前太子命他前去相迎，便猜到或許白錦稚是為了這事兒從朔陽回來的。

方老撩起直裰下擺，快步從九曲迴廊往正門方向走，還未靠近正廳，方老就看到立於正院壁影前方的白錦稚，她身旁還跪著一個被白家護衛押著身上帶血的男子。

白錦稚手中攥著烏金馬鞭，負手而立，看到方老匆匆而來，揮了揮手道：「方老這裡！」

方老跑的滿頭汗，他走出迴廊用帕子擦了擦汗，理好了直裰，自覺不會失禮這才上前對白錦稚長揖行禮：「郡主……」

「方老客氣了！」白錦稚朝著方老拱了拱手，用馬鞭指著跪在地上直打哆嗦的男子，「這個就是在朔陽假冒匪徒，劫孩子送往大都城給梁王煉丹的匪徒之一！我長姐讓我快馬加鞭給太子殿下和方老送來，看能不能助太子殿下和方老一臂之力！」

說著，白錦稚從袖中拿出審問之後畫押的供詞遞給方老：「是個軟骨頭，沒費什麼力氣，稍微一用刑就什麼都招了！」

白錦稚來之前，白卿言交代了……讓白錦稚對這位方老親近些但不必刻意討好，白錦稚小心翼翼在心裡拿捏著分寸，做出對方老十分信任，在方老面前不拿架子十分隨性無城府的模樣。

方老接過畫押的供詞看了眼，雙眸發亮。

「真是煩死了！方老你說說看……都畫押了，我長姐還讓我把人送來，要不是因為路上帶著這麼個累贅，我早就到了！」白錦稚說著，雙手放於背後，一臉煩躁瞪了眼那匪徒。

方老笑咪咪將畫押過的供詞拿在手中，道：「鎮國公主謹慎，這也是為了穩妥，不讓梁王有口實說咱們誣衊他！辛苦高義郡主了！」

白錦稚頗為不贊同道：「說到謹慎，我就是覺得長姐太過謹慎了！之前……長姐本來是想向太子表哥提議，將招收的新兵派往南疆，讓白家軍幫忙訓練新兵！如此必能為我晉國訓練出一批可用的銳士！而且晉國派兵前往西涼……也能起到震懾西涼不敢妄動的作用，可長姐卻擔心別人說她別有用心，硬是不願意向太子表哥提議！簡直是謹慎過頭了！長姐是什麼人太子表哥能不知道嗎？只要是利國利民之舉……就算是有人質疑長姐，太子表哥也定然會護住長姐的！」

太子匆匆趕來，就聽到白錦稚這一番牢騷，忍不住笑：「你這話可敢在鎮國公主面前說？」

白錦稚聞言轉身，忙對太子長揖到地，笑嘻嘻道：「長姐又不在這裡，我不過同方老發發牢騷罷了！太子表哥可千萬別告訴長姐啊！」

見太子只笑不語，伸手接過方老遞來的供詞，白錦稚又指著那劫匪，氣不過道：「要是不帶這人，只帶畫押的供詞來，我今兒個早上就到了！」

太子凝視跪在地上不敢抬頭的劫匪，開口問道：「是王家派你去劫孩子的？」

那人重重叩首，顫抖著嗓音答道：「正是王家！」

「那你又是怎麼知道那些孩子是送入梁王府的?」太子將供詞疊好詢問。
「小的……小的之前抓過幾個乞兒,和王家管事一同去送孩子!聽王家管事說……來領孩子的便是梁王府的管事!那梁王府的管事後來嫌乞兒又瘦又不乾淨不收,再後來小人和小人的兄弟們便在大都城外的村落附近抓了幾個孩子送入梁王府,王家覺得在都城附近太過顯眼,便將我們安排去朔陽附近的山溝裡,假扮劫匪劫孩子!至於梁王府這管事要孩子幹什麼用,小的是真的不知道!求太子殿下開恩,小的什麼都說,求太子饒小的一命!」那劫匪連連叩首。
太子抬眼,示意太子府的護衛將此人先押下去:「好好看著!」
「方老怎麼看?」太子將證供遞給方老。
「如今人證已經有了,物證……就在梁王府上,梁王若真的用孩童煉丹,不可能將痕跡清理的一乾二淨!」方老垂眸看著手中的證供,笑了笑道,「老朽以為,此事一定要揭發,但不能太子殿下出面!」
太子鄭重看向方老:「方老明言!」
方老視線朝著白錦稚看了眼,見白錦稚正俯身拍自己衣襟上沾的灰,又看向太子。
太子會意,轉頭看了眼白錦稚,吩咐全漁道:「全漁你去命人備水,讓高義郡主梳洗一下!」
「不用麻煩了!」白錦稚對太子和方老抱拳,「人……錦稚已經給太子表哥送到了,出謀劃策之事錦稚反正也不擅長,就不留在太子府了,我先回鎮國公主府,還能和小七玩一會兒!」
「好……」太子頷首,倒是有幾分喜歡白錦稚這灑脫的個性,「去吧!」
目送白錦稚出府,方老一邊隨太子往書房方向走一邊道:「此事揭發,老朽以為……不應當太子殿下經手!」

「願聞其詳。」太子側頭望著方老。

方老摸了摸自己的山羊鬚，壓低了聲音開口：「殿下想想，昨日我們派出去的人想要入梁王府打探，卻發現梁王府有暗衛護著！殿下再想想梁王在燕沃辦砸了差事回來，陛下不但沒有處罰梁王，反倒盛寵日盛，再想想梁王用孩童煉丹之事！」

太子腳下步子一頓，表情震驚：「方老的意思，是……梁王煉丹之事或許父皇知道，或許這丹藥就是給父皇煉的?!」

方老點了點頭：「所以，如果是由太子殿下親自將此事揭開，陛下難免遷怒太子殿下，原本老朽是想……只要能阻斷梁王與殿下奪嫡之路，即便是暫時得罪了陛下也不要緊！可今日高義郡主將人證和供詞全都送了過來，老朽細細琢磨了一下，太子殿下沒有這個必要在這個時候得罪陛下！」

「方老已有章程？」太子認真請教方老。

「既然有這個人證，又有供詞！那……再加上一個苦主，去敲登聞鼓就是了！只要太子不沾手，事情鬧得越大越好……最好人盡皆知！」方老笑道，「此事不論是交到大理寺還是藉御史台之口告上去，都不如敲登聞鼓來的聲勢浩大，能夠讓晉國百姓人盡皆知！只有讓晉國百姓知道梁王是何等殘暴畜生不如，梁王以後才能和至尊之位無緣！就如同信王……」

太子瞇了瞇眼，想到當初信王帶著鎮國王的屍身回大都，假裝重傷卻在馬車內同娼婦苟且，百姓對信王恨到何種咬牙切齒的地步，點了點頭：「方老說的對！」

見太子點頭，方老對著太子長揖一拜：「殿下允准的話，此事老朽立刻派人去辦！」

丟孩子的人家該有多著急，知道自家孩子進了梁王府，就算是敲登聞鼓被打死，也想要儘快將孩子救出來，畢竟梁王用孩童煉丹藥，還不知道怎麼個煉法，誰家不著急。

「那就辛苦方老了！」太子笑道。

方老想了想又道：「太子殿下，還有一事……」

「方老請講！」太子對方老態度越發和煦。

「剛才高義郡主說，鎮國公主原想提議將新招收的新兵送往南疆，讓白家軍來訓練，老朽倒想起燕使入晉，陛下意圖讓劉宏將軍率北疆得勝歸來大軍前往西涼邊界，威懾西涼之事！」

方老朝著太子走近一步，「老朽倒以為，既然太子和陛下只是想要威懾西涼，何苦派精銳前去？」

太子立於長廊紅燈之下，聽著蟬鳴聲，思量片刻，道：「方老的意思是，將近日徵召的新兵派往南疆？」

「正是！」方老笑了笑不忘在太子面前給白卿言上眼藥，「鎮國公主之所以不願意在殿下面前提起此事，不過是因為怕此事由她提出，旁人詆毀她之時，太子殿下不護著她！可她卻忘了當初……國子監學子鬧事，便是殿下力排眾議護著她的！她更不知道……殿下為了護著她，還訓斥過老朽幾次！」

太子眉頭緊了緊，抿唇不語。原本太子是想請皇帝派白卿言前往南疆威懾西涼的，可後來想到那裡駐守的軍隊是白家軍，太子便猶豫了。

「晉國精銳應當留於都城，護陛下和太子殿下周全！新兵缺乏磨練……白家軍訓練新兵極為有一套，讓新兵前往南疆，即可以滿足大燕所請，讓大燕欠我們晉國一個人情，又可以達到訓練新兵的目的，何樂而不為？」

方老那句……晉國精銳應當留於都城，護陛下和太子周全，太子倒是深為贊同。

他點了點頭道：「反正晉國此次前往南疆的糧草輜重都是大燕出，讓新兵去歷練歷練也是對的！明日孤便進宮同父皇說說，父皇必會同意。」

方老笑著點了點頭。

白錦稚突然回鎮國公主府，嚇了二夫人劉氏一跳，她還以為是朔陽發生了什麼事，半晌等不到白錦稚來見她，二夫人劉氏又匆匆去白錦稚的院子。

二夫人劉氏剛跨入院中，就聽婢女說白錦稚一回來一頭倒在床上就睡了，都沒能來得及寬衣。

劉氏素手挑開湘妃竹簾，繞過屏風和天碧色素菱帷幔跨進內室，見盧寧嬅和七姑娘白錦瑟都在。

白錦瑟忙向劉氏行禮：「二嬸！」

「錦稚這是怎麼了？病了嗎？」劉氏滿目擔憂看向趴在床上睡得不省人事的白錦稚。

盧寧嬅聞聲，收了診脈的迎枕，起身行禮道：「回二夫人，四姑娘這是太累睡著了！不打緊！」

明日是盧寧嬅入宮為皇帝施針的日子，故而今日盧寧嬅正巧在白府歇息。

剛才白錦瑟聽說白錦稚一回府倒在床上不省人事，嚇得立刻將盧寧嬅請來，還派人去請了已經回到白家的洪大夫。

「盧姑娘回去休息吧！我來照顧錦稚就是了！」劉氏望著盧寧嬅，「盧姑娘明日一早還要進宮，早些歇息才是！」

盧寧嬅頷首，行禮後告退。

白錦瑟沒留在這裡打擾白錦稚休息，說去告訴洪大夫一聲，免得洪大夫白跑一趟。

劉氏坐在床邊替白錦稚蓋了蓋薄被，又讓人把帕子拿來，給白錦稚擦了擦臉，和髒兮兮的手，好讓白錦稚睡得舒服些。

日夜兼程而來，白錦稚已經乏的很了，隱約察覺到有人給她擦臉，她也累得睜不開眼。

劉氏放下勾在銅鉤上的素色菱花紗帳，起身從上房出來，心裡不免擔憂：「這是出了什麼事了，把小四累成這樣？」

「聽說四姑娘一回大都就直奔太子府，應當是事情都辦完，人鬆了一口氣，否則也不會來不及向您請安，便睡著了！」青書扶著劉氏的手低聲道。

「唉！」劉氏爽朗道，「給我請不請安的都不打緊，我就是怕朔陽有什麼急事！不過你說的對……應當是事情都辦完了！」劉氏跨出院門，又吩咐跟在身側的青蘭：「你去吩咐廚房，燉上鴿子湯，用小火煨著，四姑娘一醒來，就給四姑娘用鴿子湯下碗細麵！」

「是！」青蘭應聲後轉頭朝著廚房的方向去了。

第二日臨近晌午，白錦稚才在渾身痠痛中睜開眼，連著在馬背上顛了一天一夜，白錦稚整個人跟散架了一樣。

「四姐！你醒了！」白錦瑟趴在床邊，看著呲牙咧嘴睜開眼的白錦稚直笑，「盧姑姑說，你這應當是騎了一天一夜的快馬，等你醒來肯定渾身痠痛！盧姑姑讓人給你準備了藥浴……說泡上一泡，就能好一點。」

「四姐想吃什麼？我讓小廚房去準備！」白錦瑟問。

白錦稚想了想，咂巴了下嘴：「瓜子兒！」

白錦稚是讓兩個婢女架著起來的，隔著一道屏風，白錦瑟坐在屏風外給白錦稚講著這些日子大都發生的事兒，白錦稚整個人泡在藥浴中果真舒服不少。

「雖然南都郡主柳若芙不願意嫁梁王，可清白已經被毀了，也只能捏著鼻子認了！」七姑娘白錦瑟一邊同白錦稚說大都城裡的熱鬧，一邊給白錦稚剝瓜子仁兒，「還有那戶部尚書家的楚四姑娘，前兒個去參加花宴，不知怎麼竟然從畫舫上跌進了湖裡，雖說後來被自家親哥哥救了上來，可在場的人都瞧見了，丟了大臉，哭著就回府了。」

戶部尚書家的楚四姑娘，白錦稚想起來那日燕雀樓鬥詩會，這個楚四姑娘好像說人家呂元鵬哈巴狗。呵……這可真是不是不報是時候未到。

白錦瑟剝好了一盤子的瓜子仁兒給白錦稚端了進去：「算時辰盧姑姑差不多要回來了，我去門外迎一迎姑姑。」

白錦稚看著白錦瑟給她剝好的瓜子仁兒，心頭滿是暖意。

白錦瑟立在鎮國公主府門前，見雕刻著白家徽記的榆木青圍馬車緩緩而來，便知道那是盧寧嬅回來了。她如同往日一般在馬車停穩之後，上前去迎盧寧嬅。白錦瑟雖然人小，卻也知道她這個白府七姑娘表現的對盧寧嬅越是尊重，外人才會越覺得大長公主是真的看重盧寧嬅，將盧寧嬅當做姑姑白素秋的替身。所以，越是這種細微處，越是不能馬虎。

她抬手扶著盧寧婥下馬車，竟發現盧寧婥手心裡是一片滑膩的汗漬，她抬頭看向面色如常的盧寧婥，卻見盧寧婥穿得並非走時的素紗衣：「姑姑？」

盧寧婥的手不住抖，她緊緊攥著白錦瑟的小手，裝作風淡雲輕問道：「四姑娘可醒來了？」

白錦瑟餘光看到立在馬車旁的護衛，露出稚子純真無邪的笑容道：「醒來了！一醒來就喊渾身疼，誰讓她騎那麼長時間的馬！」

盧寧婥頷首，轉身對著立在馬車旁的護衛行禮：「多謝這位禁軍大哥護送我回府！」

白錦瑟聞言，朝著那護衛看去。

那護衛長揖行禮：「已經將盧姑娘送到，小人就告辭了！」

見那護衛翻身上馬離開，盧寧婥強撐著攥住白錦瑟的手跨入白府，剛繞過壁影，險些摔倒。

「姑姑！」白錦瑟聲音壓得極低，忙將盧寧婥扶起，抿唇不語往內院走。

盧寧婥的心跳跟悶雷似的沉重，今日她入宮，為皇帝施針後打翻了茶水，宮婢帶著她去換衣裳，竟然碰到皇后與符將軍密會，皇后要符將軍擁護信王回大都城，逼宮奪位，符將軍並未答應。

可這等密事被人碰到，皇后又怎麼能讓知道隱秘之人活命？那婢女被剛才那護衛一劍活劈了，盧寧婥察覺在屋內不由自主的顫抖，只能拼死讓自己鎮定下來換衣裳。

她知道躲是肯定躲不過去的，不如裝作什麼都不知道，高聲喚那婢女讓她將自己舊衣裳上的香囊拿來。

盧寧婥的聲音驚動了護衛和皇后，她聽到開門聲，背對著屏風一邊繫衣裳一邊道：「將我的香囊取來！」

皇后不動聲色拿起盧寧婥放在外間的香囊，繞過屏風遞給盧寧婥。盧寧婥回頭看到一隻柔若無骨的細長手指捧著香囊，抬頭見是皇后，鎮定接過香囊不卑不亢行禮問安。

見是傳聞中的白素秋轉世……盧寧嬅在室內，她又好似並未看到符若兮，也並未聽到他們談話的如常模樣，皇后這才壓下了殺意。盧寧嬅並非普通的宮婢，若是這個所謂白素秋轉世死在宮裡，皇帝發起瘋來誰知道會不會嚴查。

皇后怕揪出符若兮來，便稱那宮婢被她指派去做旁的事情，讓親信親自送盧寧嬅回白家，叮囑親信若是盧寧嬅一切如常就罷了，要是露出異常，寧錯殺不放過。

盧寧嬅在鬼門關前轉了一遭回來，腦子裡第一件事便是要將此消息送到白卿言那裡。

她先去了白錦稚的院中，白錦稚剛從藥浴裡出來，正坐在雕花銅鏡前絞頭髮，盧寧嬅一進門白錦瑟便屏退左右，讓盧寧嬅細說出了什麼事。

盧寧嬅進屋後，什麼也沒有說，提筆便給白卿言寫信，一邊寫一邊道：「四姑娘，這封信勞煩你送回朔陽給大姑娘，但不要著急著現在就走！若是可能……今日出去約見幾個好友，隨後買點兒點心，去皇家清庵看過大長公主之後，再回朔陽！我估摸著白府外此時恐怕有人盯著。」

「盧姑姑，有什麼事不能對我二人明言？」白錦稚問盧寧嬅。

「在大都城，兩位姑娘知道的越少越好！」盧寧嬅奮筆疾書，「四姑娘回朔陽見到大姑娘自會知曉，等明日一早七姑娘隨寧嬅回到清庵，寧嬅必定知無不言。」

不僅白錦稚要如常會友，然後離開大都，就連盧寧嬅也要如常出門去育善堂給那些孤兒看診，去藥材鋪子購置些草藥，再給大長公主買些點心。

白錦稚和白錦瑟並非不知輕重之人，見盧寧嬅還在寫信，白錦稚出門吩咐下人前去約黃太醫的孫女兒黃家阿蓉，一會兒去燕雀樓喝茶。

盧寧婵將寫好了的信交給白錦稚，回去換了身衣裳，穩住心神，帶著白錦瑟出門說說笑笑往育善堂。沒過多久，白錦稚也騎馬去了燕雀樓。她剛到，黃家的馬車也停在了燕雀樓前，黃家阿蓉喚了白錦稚一聲，兩個小姑娘歡歡喜喜牽著手上樓去了。

大都白家，一切如常。消息報到皇后那裡，皇后這才鬆了一口氣，否則……要殺了盧寧婵回頭需要掃尾的事情太多，如今她手上可用的人不多，符若兮又不肯幫她，還勸她收了逼宮奪位這分心思。皇后立在大殿簷下，仰頭望著正午刺目豔陽，恍惚頭頂暈出七彩光圈。

認命？她從來都不認命，否則也不會坐到中宮正位之上！

她的兒子是嫡子，註定了要繼承大統的，否則她捨了心愛之人，不擇手段爬上這個位置，拼了半條命才生下兒子，圖了什麼？難不成就只圖做一個有名無實的皇后嗎？

朔陽白府午後得了消息，登州董家的董長瀾已經進城了。

白卿平知道董長瀾要來，專程在白府候了一天，等著幫忙招待董長瀾。

約莫是這兩天白卿平被方氏折騰的夜不能寐，眼下烏青嚴重，看起來精神有些不濟。

董氏帶著董葶珍和白卿言在門口迎董長瀾夫婦，遠遠看到帶車隊騎白馬在最前的俊秀青年。

「長瀾哥哥！是長瀾哥哥！」董葶珍壓低了聲音對董氏指著遠處。

董長瀾雖比不得弟弟董長元那般眉目清秀，卻也生得挺鼻深眼，極為英雋。

他頭戴玉冠，穿著青竹色滾雲暗紋的左襟長衫，左手攥著韁繩，垂在身側的右手握著烏金馬鞭，穩重又英俊，十分引人注目。

董氏看到侄子，自然是喜不自勝，上一次見還是去歲三月初九長瀾娶親時，一晃一年多過去，白家已是滄海桑田，從大都城子孫滿堂的簪纓世家，到被逼退回朔陽的孤女寡母，天翻地覆。

董長瀾遠遠看到董氏和董葶珍，還有負手而立身形纖瘦頎長的白卿言眉眼露出笑意，扭頭吩咐車隊再快些，便一人快馬先行上前，一躍下馬撩開衣衫下擺，單膝跪地一拜：「長瀾……見過姑母！」

董長瀾與舅舅董清嶽一般，長了兩顆虎牙，笑起來露出虎牙略有些可愛，稍損沉穩氣派。

董氏拎起裙裾，快步走下高階將董長瀾扶起，笑著上下打量董長瀾：「瀾哥兒瞧著比去歲見要高了些，也黑了些！」

「長瀾哥哥！」董葶珍笑著朝董長瀾行禮。

「表姐……」董長瀾朝白卿言長揖行禮。

董長瀾比白卿言小了不過一月，因是長子的緣故，看起來內斂又溫潤。

白卿言笑著頷首，給董長瀾介紹白卿平：「這是我族弟，白卿平……」

白卿平忙朝董長瀾長揖行禮：「表哥！」

白氏宗族做的那些齷齪事，董長瀾有所耳聞，但白卿平既然是白卿言親自引見，想來必定同白氏宗族之人不同。

「表弟！」董長瀾十分給面子的笑著還禮。

載著董長瀾妻室崔氏的馬車緩緩在白府門前停下，董家的婢子推開馬車車門，撩起車簾，穿著霽色繚綾單衫，銀線竹紋滾邊綾裙的崔氏，款款下了馬車，落落大方朝董氏和白卿言、董葶珍行禮：「姑母、表姐、葶珍妹妹。」

這是白卿言頭一次見到崔氏，是個出挑的美人兒，生得白淨修長，在日光之下皮膚似泛著珍珠光澤，又著一身沁涼色的衣衫，如炎炎夏日裡的山澗清泉，讓人看著極為舒心。

「容姐兒越發漂亮了！」董氏牽起崔氏的手，道，「走！咱們進去說話！」

白卿平笑著對董長瀾做了一個請的手勢：「表哥請！」

董長瀾也沒客氣，頷首跟在董氏身後跨入白府門檻。

秦嬤嬤和郝管家在主子們跨進正門後，忙從高階上走下來，安排董家一路風塵僕僕而來的護衛軍，讓白家下人將董長瀾和崔氏的箱籠往裡挪，親親熱熱同跟隨董長瀾和崔氏前來朔陽的董家嬤嬤說話。

董氏拉著崔氏走在前面，崔氏嘴甜，同董氏說著她們臨行時董老太君恨不能把登州搬過來的玩笑話，逗得董氏直笑。

董葶珍在一側時不時迎合湊趣兩句，長廊裡全都是歡聲笑語，氣氛融洽。

董長瀾看著眉目間透著淺笑的白卿言慢條斯理走在後面，與他並肩而行，問起白卿言剿匪之事：「來的路上，我聽說現在這些劫匪膽子越來越大，竟然在光天化日之下，強搶孩童，無法無天。」

「是啊！」白卿言應聲，一邊隨董長瀾沿著長廊往前走，一邊輕聲道，「所以我打算等母親壽辰之後，便帶新兵上山剿匪。」

「長瀾願助表姐一臂之力！」董長瀾抱拳，鄭重開口，「此次護送長瀾來朔陽的六十三人，皆是登州軍精銳。」登州靠近已經分裂出來的南戎地界兒，戎狄民風彪悍，登州將士自是得身手了得才能制住戎狄。

舅舅董清嶽是登州刺史，作為登州刺史的長子，董長瀾身手也不必懷疑。但，此次白卿言所謂上山剿匪，不過是為了抓那些假冒劫匪搶孩童之人，也好讓皇帝和太子知道，她練民為兵是真的為了剿匪，哪裡就需要董長瀾幫忙了。

「大姑娘！」秦嬤嬤快步上前追上白卿言，朝著白卿言和董長瀾、白卿平行禮後道，「蕭先生來了。」

蕭容衍？白卿言藏在背後的手微微收緊，他今日怎麼又來了？

董長瀾看向白卿言：「蕭先生？可是曾在大都城出手相助白家的那位天下第一義商蕭容衍？」

董長瀾曾聽董清嶽提起過這位蕭容衍蕭先生，董清嶽曾言……這位蕭先生絕非池中物，乃人中龍鳳，雖是商人身分，卻氣度非凡，絕不能小覷。

這位蕭先生白卿平也知道，近來他在朔陽接連開商鋪、當鋪，最近似乎還在籌備賭坊，名聲日盛，又因和太子、白家關係非凡，早已成了當地官員巴結的人物，生意做的順風順水。

「卿平，你陪長瀾先進去……」

「我陪表姐一同去見見這位蕭先生吧！曾聽父親提起過這位蕭先生，長瀾十分好奇……機會難得，倒想見一見。」董長瀾幽沉的眉目含笑。

父親說義商蕭容衍非池中物，可越是有能耐的人，心思越是深，城府越是深藏不露。

所以，他更需看看這位蕭先生是否對白家有所圖，刻意接近白家。

大都城時，蕭容衍幾次三番出手相助，董長瀾怕白卿言因心底感激之情，看蕭容衍此人時會有偏頗。

白家如今只剩孤兒寡母，全靠表姐白卿言撐著，不可行差踏錯。

若是蕭容衍有旁的心思，董長瀾便要提醒白卿言一二，以免白卿言著了蕭容衍的道。

董長瀾這麼說，白卿言倒不好拒絕，頷首帶著董長瀾與白卿平一同去見了蕭容衍。

今日，蕭容衍穿了一身俐落的月白色衣衫，靴底有泥，見白卿言身後跟著白卿平還有一個樣貌與董清嶽十分相似的男子而來，蕭容衍立時便知道了董長瀾的身分。

剛剛蕭容衍到白府時，見門前停著車馬隊伍，郝管家便笑著說，董氏娘家的侄子來了。

「白大姑娘……」蕭容衍淺笑朝白卿言行禮。背後背著個竹籠的月拾也朝白卿言行禮，因不知道該喚白卿言什麼，嘴巴抿得緊緊的。

「蕭先生！」白卿言負手而立，淺淺頷首，為蕭容衍引見，「這位是我表弟，董長瀾。」

「董公子……」蕭容衍含笑行禮。

董長瀾見眼前男子挺鼻深目，目光幽邃溫潤，周身都是讀書人的儒雅氣度，倒看不出是個商人，竟像是鴻儒大家那般雍和從容。「蕭先生！」董長瀾還禮，笑盈盈道，「家父提起蕭先生便讚不絕口，今日一見，果然是氣度非凡，乃人中龍鳳。」

「承蒙董大人高看，衍愧不敢當！」蕭容衍深目帶笑，彷彿對這樣的稱讚習以為常，並沒有不敢當的惶惶之態，坦蕩又磊落。

「蕭先生今日前來，有事？」白卿言問。

蕭容衍點了點頭，笑著從月拾手中接過竹籠：「今日去城外垂釣收穫頗豐，便送來給白大姑娘嘗嘗鮮，不曾想白府有貴客到。」

白卿平見白卿言頷首，快步上前，從蕭容衍手中接過竹籠，致謝：「多謝蕭先生。」

白卿平話音剛落，董氏身邊的貼身婢女聽竹便邁著碎步輕輕而來，立在白卿言身後，壓低了聲音同白卿言道：「大姑娘，夫人說……蕭先生來的巧，若蕭先生不忙，倒不妨留下用膳。」

聽竹聲音不大，卻也不小，蕭容衍本就聽力極佳，倒是聽了個清清楚楚。

「蕭先生若是不忙，不妨留下來用膳。」白卿言負在身後的手輕輕收緊。

「今日閒暇，承蒙白大姑娘相邀，衍……自當從命。」蕭容衍笑道。

給董長瀾和崔氏的接風宴董氏依舊讓設在了韶華院，韶華亭三樓寬敞，備了兩桌席面，中間隔著一道楠木雕鏤竹葉的屏風，女眷坐在內間，男子坐於外。

席間，董長瀾原本還對蕭容衍抱有戒心，可一番相談下來，卻發現此人眼界見識皆不一般，且胸懷灑落，對於董長瀾不懂之事，問必詳答，不曾藏私，反倒讓人覺得他是個磊落溫潤的翩翩君子。且不論是董長瀾談論地方風情，或是談論詩詞，亦或是軍務之事，蕭容衍都能切中利弊，語速不急不緩娓娓道來，亦能從旁的角度給與董長瀾啟示。

董長瀾心胸如董清嶽一般，雖還未完全放下對蕭容衍的戒心，卻也難免對蕭容衍心生好感。

白卿平話不多，約莫是因為董長瀾和蕭容衍都是健談之人，但每每開口卻有拋磚引玉之效。如今白卿平還小再歷練幾年可堪大用，白卿言身邊有這樣的人相助，董長瀾倒是放心不少。

裡間崔氏是個性子活潑的，同董氏和白卿言講著登州的趣事，不曾刻意說，只不著痕跡將董老太君身體康健描述的清清楚楚。崔氏是董老太君親自挑的孫媳婦兒，撇開家世不談，人品自是貴重的，且言談間能看出長袖善舞。

此次崔氏前來，不但給董氏和白卿言備了禮，給白家眾姐妹和夫人都備了禮，雖然不甚貴重，卻在細微處能讓人看出定然是用了心挑選準備，絕無敷衍，應當是個能擔當宗婦重任的。

「祖母就是擔心表姐，我看只有將表姐放在眼跟前，祖母才能放心……」崔氏朝白卿言看去，

「表姐若得空了，可來登州小住幾個月，也好讓祖母放心！」

白卿言笑著頷首：「好……」

正午是最熱的時候，可這韶華亭風帶涼氣，庭有古樹高植，草木繁盛，陰遂滿園，又有流水潺潺，韶華亭更是建在層綠疊青之間，偶有光線從層層疊疊的高樹綠葉中投下，金絲帶似的好看，白色垂簾紗帳涼風搖曳，銅鉤鈴鐺作響，遠遠望去，越發顯得韶華亭如夢如幻。

午膳過後，眾人在韶華亭二樓用了些茶點，聽下人來稟，說給董長瀾和崔氏準備的君子軒已經收拾妥當，蕭容衍便起身告辭。

董長瀾與白卿平兩人將蕭容衍送至門外，目送蕭容衍離開後，白卿平折返回來向白卿言辭行。

白卿言見白卿平精神不濟，眼下烏青嚴重，問他：「你父親和母親的事情……影響到你了？」

白卿平身側的手收緊，欲言又止，他實在是沒有臉告訴白卿言他娘在校場門口對他破口大罵，說他忘恩負義不報母恩，就連舅舅也說他不孝。

可他一個做兒子的，難不成要綁著父親去舅舅家接母親回白家嗎？他的母親到現在還沒有弄明白父親為何生氣……為何要休妻，一味只知道埋怨他們父子無情無義。

白卿平昨夜去見過父親了，父親說……母親實在是太拎不清楚，如今鎮國公主還能看在他和父親的分兒上給母親顏面，可若是繼續這樣縱得母親更不知輕重，將來惹下什麼滔天大禍呢？

如今他的母親敢肖想讓母家侄子入贅白家，來日保不齊會用什麼陰私手段，若是母親真的做了，那就算是斷了白家與鎮國公主的情分，屆時白氏宗族無所依靠，那些被逐出族的族人下場，便是他們一家的下場。這些話，白卿平如何不明白？不明白的是白卿平的母親。

白卿平甚至也在想，讓母親回來繼續留在白家是好是壞，若是母親留在母家……沒有依仗也便沒有機會和膽量去做那些不可挽回之事。可作為兒子，他自是希望父母和睦的。

「我看你父親不至於鬧到休妻，頂多讓你母親回母家想想清楚！這對你母親也是有好處的。」白卿言勸了勸白卿平。

他點頭：「我也是這麼想的。」

「回去好好歇息，休息一日，校場那裡還要多辛苦你，沒有白家自己人看著，我多少還是有些不放心。」白卿言說。

白卿平點了點頭之後又道：「阿姐，我覺得宗族裡還是有可用之人，阿姐考慮用一用嗎？」

「此事你自己看著辦，若是覺得族中有誰當用，不必來告知我，你作主便是。」白卿言這是在給白卿平逐漸放權，「沈晏從那邊兒你要如何用此人，便要有相應的說詞，你自己斟酌。」

白卿平深覺自己肩上擔子又重了些，卻也因白卿言的信任而歡心，他長揖行禮：「阿姐放心，卿平曉得輕重。」

白卿平話音剛落，郝管家便已經快步上前，立在白卿平身後，似乎有話要說顧忌著白卿平在，白卿平十分識趣的向白卿言告辭。

「粉巷那幾人的確是從大都方向來的，老奴一直派人盯著，今日有人快馬離開往大都方向去了，老奴讓人小心跟上，定能查出這些人是否出自左相府。」郝管家頗為擔憂，「大姑娘，在大都之時，我們白家將左相府狠狠得罪了，如今這些人勾結被除族的白氏族人，怕是要對我們白府不利啊！」

「先盯著，看他們都與哪些人來往，這是在朔陽地界兒……要收拾他們並不難，若真的確定這些人和左相府有關聯，也就是時候給左相送一份大禮了。」白卿言倒是不懼李茂能聯合被除族的白氏族人，翻出什麼浪花來。

白卿平順著九曲迴廊離開時，回頭看了眼，見郝管家正皺著眉頭站在白卿言的身邊，壓低了聲音同白卿言回稟什麼，眉目間盡是擔憂。

反觀白卿言還是那副波平如鏡的模樣，宛若任何事情在她這裡都不值一提。

白卿平沒敢多看，跟隨著僕從往白府外走去。白卿平是打從心底裡敬佩自己這位族姐，七個月前他雖然人在朔陽，可大都的消息每每傳來都讓他膽戰心驚。

大都白家男兒盡損，她這位族姐卻比兒郎做的更好，向天下借棺激起民情，敲登聞鼓激起民憤，以民心護白家，南疆北疆戰場所向披靡，一力撐起了白家門楣榮耀，好似無堅不摧，放眼晉國哪怕是出類拔萃的兒郎……怕是都做不到他族姐這般頂天立地。

可他，身為男兒，竟然都做不到……齊家。

他敬佩白卿言，也羨慕白卿言的魄力，希望有朝一日他也能成為白卿言這般的人物。

白卿平回頭看了眼白府的黑漆描金匾額，緊了緊拳頭，翻身上馬，朝校場而去。

二十二日一早，盧寧嬅與白錦瑟乘馬車回到皇家清庵，立刻便將宮中撞破皇后和符將軍私會之事告知了大長公主。

大長公主聽聞後，手中撥動的佛珠都沒有停頓，只冷笑道：「看來皇后也是黔驢技窮了。」

盧寧嬅和白錦瑟不解。

「寧嬅你做的很好！」大長公主對盧寧嬅笑了笑，「去歇著吧！」

等盧寧嬅和白錦瑟走後，大長公主讓蔣嬤嬤將魏忠喚了過來，問魏忠：「阿寶讓你去查的事情，你查的怎麼樣了？」

「回大長公主，老奴查到玷汙了南都郡主清白的，乃是太子府的暗衛，不過……這個暗衛也是受人蠱惑，才會見色起意，至於受誰蠱惑老奴正在詳查，因為大姑娘讓暗中查，所以老奴有些束手束腳。」魏忠道。

「此事你可以先放下了！」大長公主撥動著佛珠，神色淡漠開口，「今日起，你親自盯著符若兮，若是符若兮有異動，隨時來報。另外你留在宮中的暗線人手，讓他們盯著皇后，有什麼動靜，隨時回稟，以免皇后做出什麼不可挽回之事。」

「是！」魏忠應聲。

第六章　泯滅人性

七月二十三日一早，太子還未下朝，方老便在太子府前廳候著，臉上帶著喜色。

聽到太子回府的車馬聲，方老連忙迎到門口。

剛跨入正門的太子見方老小跑而來，吩咐全漁：「你親自去和太子妃說一聲，孤這裡有事，晌午過去陪她用午膳。」

「是……」全漁頷首稱是。

太子同方老走至偏僻處，問道：「方老有急事？」

「回太子殿下，丟孩子的苦主今兒個城門一開便進了大都城，過會兒怕是就要去敲登聞鼓了，老朽的意思是太子殿下此時最好進宮，觀察觀察陛下聽聞此事的反應，看這丹藥是為了陛下煉的！還是為了梁王自己煉的！力求隨時掌控此事行進方向，切不可給梁王再翻身的機會！」方老語速又急又快，「昨日殿下入宮後，陛下不是已經准了派新兵前往南疆嗎？殿下正好可以將此次徵兵人數報上去給陛下，請陛下早下決斷！」

方老從衣袖中拿出剛剛送到太子府的徵兵詳報，恭敬遞給太子。

太子點了點頭接過徵兵詳報：「孤身邊多虧有方老替孤盤算！」

「老朽能得遇太子殿下，乃是老朽的福分！這一次……太子殿下切記，不論這丹藥是為陛下煉的，還是為梁王自己煉的，殿下都要咬死了不知道此事！否則陛下便會覺得太子殿下是要用當初白卿言逼陛下處置信王所用之法，逼死梁王！」

「孤知道了！」太子拿著詳報未曾入府，便轉身又上了馬車，前往皇宮。

下了朝，皇帝換了身便服，倚著金線繡了龍飛的團枕，坐在鋪了涼席的臨窗羅漢床上看奏摺。大殿內四角擱著冰，皇帝腳下那頭的青銅器皿裡也盛著冰山，宮婢用扇子將涼風煽往皇帝的方向，十分涼爽。

高德茂輕手輕腳進了殿內，壓低聲音對皇帝道：「陛下……太子殿下來了！」

「嗯！」皇帝心情不錯，應了一聲，「來的正好，讓他也來看看這些奏摺，將來這重擔要交到他身上，提前讓他適應適應。」

皇帝如今看這些奏摺實在是乏味，還不如去後宮，最近這秋貴人的花樣子多，別樣纏人。現在晉國勢強，他這皇帝何苦還要如同以前那般自苦，交給太子就是了。再說，那仙師說了……吃過丹藥後要靜心修養，勞碌不得。

高德茂笑得臉上盡是褶皺：「要不說陛下慈父心腸呢！這可是要手把手的教太子殿下了！」說著，高德茂退出殿外，親自將太子請了進去。

太子進了大殿，恭敬向皇帝行禮後，先將徵兵的詳報放在皇帝几案前，道：「父皇，這是此次徵兵的詳情，如今已經徵集了兩萬新兵，可先派往南疆。若是父皇覺得兵力不夠，可從北疆駐守邊界的新兵中抽調一萬，隨後去南疆也就是了！」

「抽調一萬……」皇帝細細琢磨。

「此次大樑可是被咱們晉國打慘了！就連荀天章也一命嗚呼，就算是抽調一萬新兵前往南疆，大樑也不敢打什麼歪主意！您看這次議和……南都郡主不嫁他們大樑，他們也不是沒敢說什麼！」

太子笑道。

此次議和，大檪使臣之所以沒有揪著南都郡主悔婚不嫁他們四皇子的事不放，是因為來議和之前他們四皇專程叮囑了，死都不娶這南都郡主柳若芙。

沒想到歪打正著，柳若芙同晉國的皇子有了首尾，他們大檪當然是就坡下驢，也不提此事了，他們還怕萬一拿此事說嘴，晉國皇帝說流言無稽，讓柳若芙嫁去檪國，那四皇子還不得扒了他們的皮！大檪議和使臣，也是難啊。

皇帝端起後宮送來的百合甜湯喝了一口，頷首：「你是太子，此事你若是覺得可行，便這麼做！這裡還有這些奏摺……你也來看看，歷練歷練，有什麼無法做決斷的你盡可來找父皇！」

太子一聽這話，嚇得忙跪下：「父皇……父皇這是何意啊？」

太子還以為自己說錯了話，皇帝這是在暗指他手伸太長了，要越俎代庖。

皇帝：「……」皇帝看著太子驚恐的表情，也不知是否因自己以前對太子太嚴厲了些，竟然讓太子如此懼怕他。

「你先起來，朕沒有旁的意思，不過是覺得你如今已經是太子，應當早日熟悉政務幫朕分擔！另外……朕有意請崔石岩老先生教導你，你意下如何？」

聽皇帝這麼說，太子算是鬆了一口氣，又忙慌慌表忠心：「父皇如今還是龍虎精神，千秋萬歲，大可慢慢教導兒臣，何以如此快便要讓兒臣熟悉政務，兒臣……十分惶恐，父皇若是身體有什麼不適一定明言！」

「起來吧！之前交給你的一些政務你辦的很好，父皇對你很放心，起來！記住！你是太子！不必每日如此誠惶誠恐！」皇帝眉頭緊皺，端起手邊的百合甜湯，垂眸正欲喝上一口壓壓火氣，甜湯還沒喝到嘴裡，武德門方向便突然響起了鼓聲。

皇帝手一抖，百合甜湯差點兒撒出來。這不是登聞鼓的聲音，是什麼?!

皇帝氣得差點兒砸了手中的湯盞，他剛準備將奏摺交給太子，自己鬆快鬆快，好吧……登聞鼓又響了！

自從這登聞鼓被白卿言敲過之後，簡直變成了鬧市人人可敲的玩物，是個人都能來敲兩錘。

皇帝重重將手中湯盞放在几案上，高聲喊道：「高德茂！」

太子忙起身立在皇帝一旁，他心中明瞭出了何事，還是略有些緊張，藏在袖中的手緊緊攥著拳頭又舒展開來，方老交代過，這一次……不論如何都不能同父皇說實話！

登聞鼓一響，高德茂心裡都是咯噔一聲，不知道又要出什麼大事，聽到皇帝喊他忙抱著拂塵小跑進來：「老奴在呢！陛下您吩咐！」

「怎麼回事兒?!登聞鼓又響了?!」從皇帝拔高的嗓音中，便能知道皇帝有多生氣。

「陛下息怒！老奴已經遣人去問了，應當很快就會有回音！陛下千萬別急，老奴這就去外面候著，有消息立刻進來稟報陛下！」高德茂跪地連聲安撫皇帝。

看著高德茂一路小跑出去，皇帝咬緊了牙關，面色鐵青，心裡不免又開始暗恨白卿言，若非白卿言開頭，這登聞鼓怎麼會響了又響！

武德門外，早已經聚集了大都城眾多百姓。那婦人和漢子從長街一路哭過來，敲了登聞鼓，說要狀告九曲巷王家和梁王草菅人命，禽獸不如用孩童煉丹，求皇帝做主救他們家被抓入梁王府的孩子！

最近丟孩子的傳聞是越來越多，起先是丟小乞丐，後來有人在亂葬崗看到那些丟失的小乞丐的屍體，再然後就大都城城外丟孩子，約莫是靠近大都城，官府管的嚴了之後，就再沒有發生過此等事情，反倒是靠近朔陽那邊兒出現了山匪劫孩子的事情發生。

眼下這對夫妻，便是大都城外丟了兩個兒子的農戶，這兩人帶著一個被捆的扎扎實實的男子，敲登聞鼓，高聲訴冤，稱人證在此，物證就在梁王府邸，求陛下速派人去查探。

兩人不識字，也沒有狀紙……一個勁兒的哭喊，求皇帝做主，救救他兩個孩子，怕晚了……自家孩子被煉成丹藥。

方老這頭早有安排，且梁王以孩童煉丹之事太過駭人聽聞，在農戶於武德門前狀告九曲巷王家和梁王之時，此事更是以風雷之速傳遍大都城。

下面的人將此事報上來，皇帝一怔，臉色很不好看，因心虛的緣故火氣降下來不少。又聽聞外面敲鼓的那漢子敲了登聞鼓後，挨了一百多仗，已經血肉模糊，皇帝咬了咬牙道：「去傳令，讓他們別打了！」

此事不用查，皇帝心裡跟明鏡似的。梁王煉丹是為皇帝，但……用孩童煉丹皇帝確實不知。

「把梁王叫來！」皇帝唇瓣緊抿著。

「是！」高德茂連忙派人去喚梁王。

結果梁王還未到，御史和大理寺卿呂晉便先行入宮。

呂晉言此事已經街知巷聞，若不儘快處置，怕百姓會疑皇家疑皇權，後果不堪設想。

御史也跪地叩首，求皇帝徹查此事，若屬實必要嚴懲梁王，絕不能輕縱。

皇帝身側的手收緊，道：「朕已經派人去喚梁王了！兩位愛卿不必著急！」

「陛下！」御史上前，道，「陛下應當派謝羽長謝將軍即刻帶兵圍住梁王府，以防梁王府轉移銷毀證據啊！」

皇帝咬了咬牙，若是梁王為他這個皇帝煉丹藥的事情走漏出去，百姓朝臣議論他違背祖訓是小，怕更會覺得是他這個皇帝授意用孩童煉丹，為自己延年益壽的，到時候才是有罪說不清了。

「隨隨便便抓了一個人，說是人證就是人證了？如此輕率派兵圍梁王府，皇家威嚴何在？！」皇帝做出怒極的模樣道，「先將那狀告梁王之人，和所謂人證，一併收監，一切等朕見過梁王之後再說！」

皇帝說完，拂袖離去。大殿內只剩下大理寺卿呂晉和御史面面唏噓看向太子，可太子一向畏懼皇帝，這會兒皇帝正在氣頭上，太子又如何敢去觸霉頭。

坐鎮秦府的白錦繡自然也聽說了這個消息，思索片刻放下手中盛乳酪的小銀盞，將小銀勺擱在一旁，用帕子擦了擦嘴，側身吩咐翠碧派身手非凡的可靠之人盯著梁王府和九曲巷王家，若梁王府和王家意圖轉移證據，或是殺人滅口，不論用何種方法一定要保住那些孩子，力求讓大都城百姓都知道。

吩咐下去後，白錦繡坐在窗櫺下，輕撫著腹部，長姐雖然不讓她插手此事，可推波助瀾她還是可以做一做的。銀霜見碧翠領了任務離開，往白錦繡面前走了兩步，雙眼亮晶晶的躍躍欲試瞅著白錦繡，等白錦繡給她安排任務。

白錦繡望著銀霜，笑了笑道：「銀霜，辛苦你跑一趟鎮國公主府，同我母親討些醬菜來，我不方便時時回府，但著實是想那個味道了。」

銀霜鄭重頷首：「是！」

梁王被請進了宮，九曲巷王家也跟著亂套了。

九曲巷王家只知道梁王要這些孩童，可卻不知道梁王是拿這些孩童來煉丹的啊！而且，王家那獨子王坤實在是不成器，喜歡小清倌兒就不說了，且還喜歡缺胳膊少腿的小清倌兒。

那些送到大都城的孩童，王坤瞞著家裡長輩選了一遍，留下些長相清秀自己喜歡的男童，餘下的才會被送往梁王府。此事要是被捅破了，梁王是皇子不說了……他們王家定然第一個倒楣！

那些男童沒有賣身為奴，可都是良民啊！王鄉紳慌得不行，連忙吩咐人將家裡王坤藏的那些小清倌兒給處理了，王坤不樂意，可一聽自己親爹說此事已經鬧大，也不敢再爭辯，任由自己親爹處理。王鄉紳一不做二不休，下令讓將以前王坤收入家中的小清倌兒和新入府的孩童……全部悶死，丟入後院枯井，將枯井填了。

白卿玄算是王坤如今最喜歡的一個擺件兒，那張小臉兒長得漂亮不說，時時露出那驚恐的表情，王坤喜歡極了。白卿玄雖然啞了但是沒有聾，他被王坤安置在白瓷花瓶內，聽到王鄉紳的話，睜大了眼不住嗚嗚哀求。

王坤回頭看了眼臉色煞白驚恐萬分的白卿玄，一個勁兒的哀求讓王鄉紳給他留一個，可王鄉紳卻說，只要過了這一劫，到時候王坤想要多少都行，王坤這才忍痛點頭，不去看白卿玄。

白卿玄目眥欲裂，他可是鎮國王的孫子！鎮國王唯一的孫子！唯一的血脈！他們怎麼敢?!怎麼敢！

白卿玄張著嘴咿呀咿呀嚷著，聲音如烏鴉一般嘶啞難聽，讓人辯不出他說的是什麼。

王鄉紳最煩的就是兒子這些心頭好，扯著兒子的手臂從屋內出來，吩咐管家道：「快點兒處理了！別留什麼痕跡！」

白卿玄咿呀聲越發高亢，嘶啞銳利的如同貓爪子抓過養魚的瓷缸，讓人聽了極為不舒服。

王家這邊兒正準備將那些孩童勒死丟進枯井裡，突然九曲巷內響起震天的銅鑼聲。

不等院外的喊聲傳來，院子裡的僕人婆子先尖叫喊嚷著。「不好啦！走水啦！走水啦！」

王家後院黑漆漆的濃煙不斷往上竄，九曲巷裡一聲高過一聲的走水聲喊起，如同助長了火勢氣焰一般，火苗蹭的竄起老高，王家後院頓時陷入火光和濃煙之中。

王家的婢子僕婦用濕帕子捂著口鼻，扶著王家的老太太和各自主子從後院一窩蜂似的衝出垂花門，往外跑。

拎著水桶前去救火的僕從，只覺越往裡跑，那熱浪越駭人，撲面而來的熱浪裡帶著濃重的猛火油氣味，這分明就是有人縱火。

火勢隨風直往垂花門的方向撲，張牙舞爪吞噬一個院落又一個院落，雕梁畫棟的九曲長廊不一會兒就被濃煙熏的發黑，王宅裡的草植被熱浪撲得蜷縮在一起，高樹熏得烏黑……

僕從拎著水桶往上一潑……那火苗縮了回去，片刻又「轟」的高高竄起，猛烈的火舌高低亂竄，火苗底部藍色底焰穩紮穩打的蠶食木柱屋簷。

「老爺！有人縱火！全是猛火油的味道！」

眼見王家火勢越發大，鄰里都派出家中護院僕從前來幫忙救火，畢竟王宅大火要是滅不了……可就要燒到他們家中去了。

「救人啊！先救人！後院有人啊……是一群孩子！快啊！」有人高呼。

王鄉紳臉色大變，連個拒絕的不字都說不出口。如今圍在九曲巷的百姓眾多，救人救火的更多，他總不能攔著讓別去救人！可人要是救出來了，事情可就瞞不住了。

「哎喲！孩子！」百姓中有人恍然道，「那去敲登聞鼓的，不就是找孩子的嗎？那夫妻倆狀告的就是九曲巷王家和梁王用孩童煉丹，偷了人家好多孩子！別是那些孩子吧！」

「要是那些孩子就好了！好歹還活著，爹娘還有些盼頭！」

「快救人啊！」百姓高聲對那些救火的護院喊著。

「爹！爹這可怎麼辦啊?!」王坤上前壓低了聲音問自家爹爹。

王宅正門和幾個側門不斷有人捂著帕子衝出來，王鄉紳的幾個愛妾人都被熏黑了，有的頭髮被火燎了，頂著冒煙的頭髮朝王鄉撲來，哭喊著：「老爺……這可怎麼辦啊！我的細軟可都在屋裡呢！還有老爺給我的房契地契，這可怎麼辦啊?!」

「人活著就不錯了！還關心什麼細軟！」王鄉紳的正房太太冷笑一聲，就看不慣那妾室的妖嬈做派，端著正室的架子道，「老爺，這猛火油的味道這麼明顯，顯然是有人縱火！我看趕緊派管事去報官要緊！說不定趁著大火沒有燒完，還能查出些什麼！」

見王鄉紳只是死死盯著門內，不知道在想些什麼，王鄉紳的正房太太側頭吩咐身邊的婆子，派人去報官。

「報什麼官！先救火救人要緊！」王鄉紳嘶啞著聲音說了這麼一句。

王鄉紳的拳頭緊緊攥著，唇抿成一條直線，死死盯著拎著水桶進進出出的護院和僕從。

此時的王鄉紳哪裡還顧得上那麼多，這麼多人的眼皮子下，他只希望那一把火將裡面燒個乾乾淨淨，將那些孩子和兒子那些不入流的玩意兒全都燒的屍骨無存，毫無痕跡才好。

可惜，事與願違，很快巡防營聞訊帶人趕來，命巡防營將士衝進去救人救火。

王鄉紳家裡那些還沒有來得及處理掉的孩子，還有王坤那些愛物，就被救了出來，有的燒傷了哭喊著要爹娘，有的已經嚇傻了，還有機靈的抱著救他出來的將士求救命。

王鄉紳滿腦子都是完了兩個字，想跑已經晚了。

此時，梁王正跪在皇帝面前。

將才皇帝發怒拂袖離開，留下太子、大理寺卿呂晉和御史在殿中，為的就是避開他們單獨見被他招進宮的梁王。

「說吧！孩童煉丹到底是怎麼回事兒?!」皇帝壓制著聲音裡的怒火，一雙如炬的眸子一瞬不瞬看著跪在青石地板上的梁王。

皇帝的聲音並不大，還是嚇得梁王一抖，他低著用極小的聲音說：「兒臣第一次給父皇獻丹藥之後，父皇的頭痛之症還是發作了一次，兒臣擔憂不已便去問仙師，仙師說……普通人家為自家長輩延年益壽，只要童子之身的子嗣獻血就夠了！可父皇是天子，而且兒臣年紀大了不如十歲以下的孩童鮮血純淨，說要十歲以下的童男童女與兒臣之血一同入藥，藥力會更好一些，所以兒子才……」

梁王翻起自己的衣袖，梁王胳膊上深深淺淺的刀痕還在，傷口已經癒合有的呈粉色，有的略深一些，但都是近幾個月的新傷。

皇帝聞言起身繞過几案，垂眸看了眼梁王的胳膊，身側拳頭收緊。

這孩子，怎麼這麼……

梁王抬頭淚眼汪汪朝著皇帝看了眼，又叩首道：「最開始……兒臣是用兒臣的血，可是正如仙師所言，用在父皇身上效用微乎其微。」梁王說著又哭了起來。

「兒子知道，以童男童女煉丹此事做的太殘忍，可兒臣一想到……一想到父皇這些年為國為民操勞宵衣旰食，落得一身頑疾，兒子就夜不能眠，兒子見父皇服用了用童男童女煉製的仙丹竟然如此管用，想著……要是能為父皇強身健體延年益壽，就算是讓兒子刀山火海兒子都願意！兒子怕父皇知道覺得此事殘忍不願意再服用丹藥，所以就瞞著父皇行事，還請父皇降罪！」

梁王以頭搶地，撞得青石地板砰砰直響。

「好了好了！別磕了！」皇帝的聲音柔和了下來。

梁王此事雖然做的不對，可也是一片孝心，皇帝心中難免動容，尤其是看到梁王手臂上深深淺淺的刀痕，想到這個孩子用自己的血為自己煉丹藥，心就柔了下來。

皇帝的兒子不算多也不算少，然能與梁王比孝心的確實是沒有，就連太子也比不上。

「父皇！」梁王膝行兩步抱住皇帝的腿，「父皇……兒子沒想到此事會鬧得這麼大，此事父皇就當做不知道，兒子會全部認下！只是以後兒子不能在父皇跟前盡孝了，父皇一定不要太操勞，千萬保重身體！」

皇帝垂眸看著抱著他的腿直哭，並未向他求情，而是請他保重身體的梁王，皇帝心中難免動容，一時間慈父情腸占據上風，緩緩抬手摸了摸梁王的腦袋，低聲道：「好了！別哭了！」

「陛下……」高德茂在殿外高聲道，「巡防營統領范餘淮范大人求見，說那敲登聞鼓夫婦狀告的九曲巷王家著火了，從王家救出了不少孩童，都是最近丟了的孩子，有的被折斷了手，有的被砍斷了腿，慘不忍睹！大一點的還能說出自己是朔陽郊區農戶，被劫匪劫了，想回去找爹娘。」

皇帝和梁王在殿內密談誰都沒有留，就連高德茂也不敢冒然進去，只能在殿門口回稟。

九曲巷王家……皇帝眉頭抬了抬，垂眸看著正抱著自己痛哭的梁王，心頭一動，開口：「你一片孝心，雖然事情做錯了……可你是朕的兒子，朕還是會護著你的！」

梁王臉上掛著淚水，仰頭看向皇帝：「可……可父皇，都敲登聞鼓了，瞞不住的！」

皇帝看著自己的傻兒子，蹲下身來和梁王平視，叮囑道：「這件事你什麼都不知道，和你無關！一切都是王家做下的！王家不過是看你好欺負，扯著你的大旗辦事！你什麼都不知道！記住了嗎？」

梁王微怔：「可……可兒臣府上煉丹爐還在，還有那些孩子的屍首，有的還沒有來得及運出去，還在梁王府內……」

「朕是天子，朕說了和你無關就和你無關！你記住就好！其他的交給父皇！」皇帝說完起身，看著懦弱又孝順的梁王，拍了拍他的腦袋，道，「去吧！」

梁王裝作一頭霧水的模樣對皇帝叩首之後，退出大殿，同高德茂一同在外面候著。

不過半盞茶的時間，皇帝終於跨出大殿，帶著梁王朝書房的方向走去。

皇帝一到，范餘淮便上前將九曲巷王家著火，找出丟失或被劫走幼童之事稟報於皇帝：「王家一干人等已經抓入獄中。」

「陛下，此事事關重大，牽扯到皇族，請陛下立刻派人前往梁王府搜查！」御史上前同皇帝道，「如此事屬實，應當當機立斷！」當機立斷什麼，在場的人都明白，這話也就只有御史敢說。

梁王抬頭朝皇帝看去，接到皇帝示意的眼神，梁王連忙哭道：「父皇！父皇兒臣什麼都不知道啊父皇！」

太子看到梁王戰戰兢兢跪在殿內，側身低聲同皇帝說道：「父皇，梁王是兒臣的弟弟，兒臣相信梁王心地良善，絕不是那種會罔顧人命用孩童煉丹之人！父皇可以派范餘淮大人前去梁王府搜證，以正梁王清白！」

大理寺卿呂晉見狀也上前道：「是啊陛下！若梁王殿下真的什麼都不知道，不如派人進府查看一番，也別冤枉了梁王殿下。」

梁王又驚又怕看向皇帝，目光中全都是懇求。

皇帝抿著唇看向范餘淮：「那王家的人審過了嗎？」

范餘淮一怔，搖頭：「還未曾。」這審問也不是他們巡防營的職責啊！

「還未審王家的人，就要去搜梁王府……傳出去皇家還有顏面可言?!」皇帝聲音裡帶著怒意，稍稍平復了一下道，「范餘淮你帶人去圍了梁王府，不許任何人出入！」

「微臣領命！」范餘淮領命出了大殿。

皇帝手指輕撫著金線繡飛龍的團枕，眸色陰沉沉喚道：「呂卿……」

大理寺卿呂晉連忙上前：「微臣在！」

「王家的人交給你審，若是真的審出和梁王有關……再搜梁王府也不晚！」皇帝視線又落在梁王身上，「梁王就先回府待著吧！你若是被冤枉的，父皇絕對不會讓人隨意攀誣你！」

「兒臣領命！」

「微臣領命！」呂晉叩首領命朝著殿外退去。呂晉從大殿內出來，看著這豔陽天瞇了瞇眼，皇帝剛才那番話分明就是打定了主意要護著梁王，說給他聽的。

呂晉拳頭緊了緊正要走下高階，就聽太子喚他。

他忙轉身朝太子長揖行禮：「太子殿下！」

「辛苦呂大人了！還望呂大人定要為民主持公道，孤最怕的就是百姓對皇家寒了心，覺得皇家只維護自家利益，將百姓視為草芥！自古多少王朝便是因為盡失民心而亡的！呂大人……父皇可是將皇家託付給你了！」

呂晉眉頭挑了挑，太子這話的意思，他倒是聽不明白了，到底是……希望他審出來和梁王有關呢，還是希望他審出來和皇家無關。

太子左右看了看，這才上前一步扶起呂晉道：「若是梁王真的牽扯其中，呂大人做到公正，皇家能做到不徇私，才能盡得民心。」

呂晉恍然，再次長揖到地：「殿下放心，微臣定會將審訊結果如實上報。」

太子笑著點了點頭：「呂卿快去忙吧！」

呂晉彎著腰退出幾步，這才拎著官服下擺朝臺階走去。

呂晉一出宮，立刻命人去將王家一家子全部提到大理寺來。

百姓又見巡防營聲勢浩大將梁王府圍了起來，都眼巴巴盯著皇帝命人進去搜查，可只見兵士將王府圍了，卻不見人進去，皆議論紛紛。

呂晉還在大理寺中等著下屬將人提來，可半個時辰之後，前去提人的下屬回來稟告呂晉，王家一門悉數自盡於獄中，留下認罪書。

呂晉驚訝的瞪大眼，一把奪過認罪書仔細閱讀。

王鄉紳認罪書中稱，自家獨子王坤喜歡那些小清倌兒小孩童已經到了瘋魔的地步，已經發生了幾次在外傷人之事，他不得已將那些男童都處理了。

如今王坤越來越收不住，王鄉紳怕一旦被官府知道，就要瞞不住了，他的獨子王坤答應說，只要父親能給他弄來足夠多的小孩子供他用，他就不在外惹事生非。

所以王鄉紳才扯著梁王的大旗，好讓那些人死心塌地為他兒子找那些孩子進府。如今事情被揭發，他無顏活在世上，留下認罪書，這就以死謝罪。

呂晉看完認罪書，坐在几案後沉默了片刻。

王鄉紳一家死的似乎太巧了些，偏偏就在這個節骨眼兒良心發現認罪伏法？一門自盡?!

這罪即便是再大，也沒有大到滿門需死的分兒上，王鄉紳何以帶著全家走絕路？

呂晉想了想將認罪書交給屬下：「找人辨一辨這筆跡，是否是這位王鄉紳的！」

消息傳入太子府，正歪在隱囊上吃葡萄看奏摺的太子驚得從坐榻上立起來：「什麼？認罪自盡?!」

「回太子殿下，正是！」來覆命的下屬，嚇得將頭垂下應聲。得了信的方老拎著長衫下擺走近四角置冰的涼亭，擺手示意太子府的護衛下去，對太子長揖行禮：「殿下，此事看來……要麼是陛下要護著梁王殿下，要麼就是梁王手中還有可用之人，將王家處置了！」

太子咬了咬牙：「孤可真是小看梁王了。」

方老細細思量之後道：「若是梁王手中有我們不知道的人，這事便十分棘手，若是陛下出手相助……」

「若是父皇出手，更棘手！」太子心中有氣，「就梁王那麼個東西！父皇這樣護著他！」

「若是陛下出手護著，那就表示……梁王的丹藥的確是為陛下所煉！」方老安撫太子坐下，低聲同太子道，「您看，陛下下令讓巡防營圍了梁王府，卻沒有說搜查！如今梁王府不僅僅有暗衛保護，還有巡防營圍著，要是有人想進梁王府搜證，那是難上加難，即便是有人想故技重施，在梁王府縱火暴露梁王煉丹之事，也是沒處下手！」

這下太子還能不知道?!父皇這是明著監管實則是護著梁王。

方老見太子滿臉煩躁，連忙又道：「其實陛下護著梁王也算是好事，這說明陛下是願意護著自己親生兒子的，您是太子，是陛下最疼愛的兒子……以後若是也犯了錯，陛下肯定也會護著您的！」

太子知道這是方老安撫他的話，可情緒還是稍微平靜了下來，他長長呼出一口氣，看向方老：「方老心中可是有章程了？」

「那敲登聞鼓狀告梁王和九曲巷王家的夫婦，漢子挨棍沒挺過去死了！如今就只剩下一個婦人，那婦人去看了從九曲巷王家救出的孩子，沒有看到自己的兩個兒子，以為自家兒子燒死在了王家院子裡，當場就暈了過去！若是此時有人告訴那婦人……兒子說不定在梁王府，您說……她會不會去梁王府鬧，會不會要去梁王府裡找？畢竟……梁王府可是她最後一線希望了！」

太子聽了方老的話一怔，朝方老看去。

「此事，陛下的意思應該是在九曲巷王家這裡了結，所以才攔著不讓查梁王府！可若是太子殿下正好碰到這婦人在梁王府外跪求進去看一看呢？太子仁德不忍心婦人哭求，更不願意自己的弟弟被懷疑，便帶著這位婦人進梁王府，一是探望自己的弟弟，二是為了證實梁王清白！」

太子脊背略微挺直，眸色一亮似乎覺得可行，可以想到皇帝威嚴的目光，又靠回隱囊上：「可是若是父皇怪罪……」

「殿下！若是陛下怪罪您完全可以裝作不知，您只是看那婦人可憐，也是為了弟弟清白！誰知道梁王真的做下這樣的事情！再者……關於給陛下煉丹這事，梁王可以為陛下煉丹……您為什麼不能為陛下煉丹呢？」

太子手心收緊，可煉丹這事……違背祖訓。

「梁王能因為煉丹博得陛下歡心，太子殿下您本來就是陛下最疼愛的兒子，您若是為了陛下煉丹，陛下不是會更加寵愛您嗎？」方老壓低了聲音，斟酌用詞之後，又道，「殿下不必顧及祖訓這件事，祖訓是皇帝訂的！現在的皇帝是陛下！將來的皇帝是您！您有什麼可怕的？」

太子被方老這麼一股勁兒，點了點頭，信心倍增，下了決心道：「如此，方老著手去安排吧！孤讓全漁來給孤更衣，哦……對了，叫上太子妃，帶上幾樣點心，孤和太子妃要去看看這位應當已經被嚇得手足無措的弟弟！」

白錦繡坐立不安，聽說那位敲登聞鼓的婦人死了丈夫，卻沒有能在九曲巷王府救出來的孩子裡找到自己的兩個兒子，現下已經去梁王府門前鬧了。

可梁王府她的人實在是進不去，外有巡防營的人圍著，內有皇室暗衛護著，如今白錦繡不知道那些孩子怎麼樣了，心裡惶惶不安。

抱了一罐子醬菜回來的銀霜，讓小廚房給白錦繡切了一碟子，小廚房的婆子想著白錦繡今日膳食用的少，又下了碗雞湯細麵讓銀霜端進來，見白錦繡似乎坐立不安，銀霜將黑漆描金的方盤放在圓桌上，喊了聲：「二姑娘，醬菜！還有麵！」

白錦繡心裡焦躁不安，卻也不想在銀霜面前表露出來讓銀霜擔心，便扶著翠碧的手在臨窗軟榻上坐下，笑了笑道：「嗯，聞著挺香的，麵銀霜替我吃吧！我這會兒不餓！那碟子醬菜端過來我吃一口，正想著這個味兒呢。」

翠碧對銀霜笑了笑，端著醬菜過來，擱在小几上，將筷子遞給白錦繡。

銀霜看了眼碗裡的麵，端起來朝著白錦繡的方向走來，將麵碗放在醬菜旁邊，一板一眼認真對白錦繡說：「替不了！」

想了想，銀霜盯著白錦繡的肚子又補充道：「一人吃！兩人補！小公子吃！」

翠碧被銀霜逗笑了，望著白錦繡說：「銀霜這話可不假，二姑娘一人吃兩人補，銀霜可不是替不了二姑娘嘛！」

白錦繡也被銀霜逗笑，輕撫著腹部道：「好，銀霜說得有理，我吃。」

大夏天的，白錦繡這一碗雞湯麵吃完，熱得滿身都是汗，翠碧在白錦繡身邊用扇子輕輕給白錦繡煽著風。銀霜又忙慌慌端了碗梅子湯進來給白錦繡。

白錦繡剛喝了兩碗梅子湯，就聽下面的人來稟報，太子和太子妃去梁王府探望梁王。

「太子和太子妃車駕停在梁王府正門前，正巧碰上了在梁王府門前哭求的那婦人，聽說那婦人的丈夫因為敲登聞鼓被活活打死，婦人的兩個兒子也沒有找到，那婦人傷心欲絕，篤定自家孩子就在梁王府裡，那婦人磕頭求太子和太子妃救她的孩子，頭都磕破了！」

白錦繡手扣緊了小几的邊緣，急急問道：「然後呢？」

「屬下先行回來給二姑娘報信，還未有結果！有消息還會有人回來稟報二姑娘！」那人道。

「知道了！你去吧！盯緊梁王府，有消息隨時來報！」

白錦繡話音剛落，就聽到院子外傳來翠玉喚秦朗的聲音：「大公子回來了！」

「錦繡呢？」秦朗將手裡拎著的黑漆食盒，交給翠碧，「裡面是盛食齋的點心。」

翠玉一聽，笑開來：「今兒個一早，夫人說想吃盛食齋的碧雲糕，沒想到大公子就記在了心上。」

秦朗笑了笑，拎著直裰下擺朝上房走去。

白錦繡看著單膝跪於面前的暗衛，示意暗衛先走，那暗衛從後窗一躍而出，白錦繡扶著翠碧的手起身往外迎了幾步，見秦朗從婢女挑開的湘妃竹簾外進來，她笑道：「回來了！」

秦朗連忙上前兩步扶住白錦繡，大手輕輕撫了撫白錦繡的肚子：「你身子重，迎出來幹什麼？今日有沒有折騰你？」

「幾步路，那就那麼嬌氣了！」白錦繡笑著低頭看了眼高高聳起的腹部，笑道，「挺乖的，倒是沒有折騰我。」

見秦朗扶著白錦繡繞過屏風往內室走去，翠碧和翠玉忙拉住正要往裡跟的銀霜。

「哎呀！快出來吧！小心到時候二姑娘又在大姑娘面前告你一狀！」翠碧笑著拉住銀霜往外走，「走，跟姐姐走！姐姐帶你吃糖！」

梁王府外。

婦人絕望淒厲的哭聲，讓太子妃心裡難受，她看向太子：「殿下……」

因為這個婦人在梁王府外這麼一鬧，已經引來了不少百姓圍觀。

太子道：「今日陛下面前，梁王已經說了什麼都不知道！而且……九曲巷王家已經在獄中畏罪自盡，此事真的不關梁王之事！梁王是孤的弟弟，孤深信孤的弟弟是一個心善之人，絕不會做出此等天理不容之事！孤不忍看你如此難過，也不忍弟弟冤屈……今日孤便帶你進梁王府，讓你看一看，也好證實梁王清白！」

百姓聽太子如此說，紛紛稱讚起太子仁心。

守在梁王府的巡防營副統領心裡有些不安，陛下下旨是不許任何人出入，可太子……說要帶著這個婦人進去，他們是放行還是不放行？

「多謝太子殿下！多謝太子殿下！」那婦人忙磕頭謝恩。

巡防營副統領握了握腰間佩劍，抬腳朝太子和太子妃的方向走去，長揖一禮：「太子、太子妃，陛下有旨……不許任何人出入。」

太子微怔，隨即笑道：「梁王今日受了委屈和驚嚇，孤和太子妃只是來看看梁王，至於這婦人……因尋子喪夫，已經夠可憐了，讓她進去看看也好死心啊！」

巡防營副統領滿臉難為：「殿下……還請您別難為小人，不如太子殿下進宮請旨，若是陛下首肯，小人自當放行！」

太子被巡防營副統領氣笑了：「孤現在進宮請旨，怕是還沒出來宮門就下鑰了！」

「殿下，小人也只是奉命行事而已！」

「所以，你連孤這個太子都要擋在外面？」太子咬了咬牙，眉目間盡是怒火，指著那個滿臉驚慌失措，不知道若是進不去梁王府怎麼辦的婦人，「於公，孤是太子！這是孤的民！孤不能看著她武德門前捨了丈夫尋子，她也得跪死在梁王府門前！於私……孤是梁王的兄長，不能眼看著梁王受屈！」

「如今，王家一門死在獄中，外面多少人議論紛紛說這是梁王為脫罪下殺手，殺了王家滿門！今日你若攔在這裡……便是坐實了梁王的罪行！讓梁王背負汙名你擔待的起嗎?!」太子聲音節節升高，義正言辭道，「孤不為難你，今日你讓進！孤要進！你不讓進！孤還是要進！除非你敢在孤面前拔刀，將孤這個太子斬殺在梁王府門前！」

太子話音一落，太子府的護衛軍紛紛上前拔刀，巡防營的人又怎麼敢對著太子拔劍，只能往後退。太子冷著臉，將那婦人扶起來，上前一步，巡防營就向後退一步，被逼得節節敗退，只能看著太子帶著那婦人由護衛軍護著，進了梁王府。

巡防營副統領咬了咬牙，轉身吩咐身邊的下屬道：「進宮去稟報陛下，太子強闖梁王府！」

太子闖梁王府不要緊，這一闖……便看到了梁王府裡沒有來得及處理的煉丹爐。

梁王約莫是覺得皇帝會護著他，回府之後該幹什麼幹什麼，又繼續和天師搗鼓丹藥，等得到消息說太子闖進梁王府裡來的時候，想阻止已經來不及。

後來，那婦人雖然沒有找到自己的兒子，可太子帶著太子府的護衛軍，卻從梁王府救出了被放過血半死不活的一些幼童。

因著太子在梁王府門前和巡防營的人糾纏了那麼一會兒，來圍觀的百姓聚集了更多，都等著那婦人出來，沒成想竟然就這麼坐實了梁王用孩童煉丹之事。

皇帝得到消息的時候，已經無力回天。梁王府門前有那麼多雙眼睛看著，此事已無轉圜餘地。

聽說，太子發現梁王用孩童煉丹，痛心疾首氣暈了過去，人是被太子府護衛抬著出了梁王府。

那婦人更是哭得昏天黑地，不知去何處找自己的孩子。

當晚，大都城裡因梁王以孩童煉丹之事，熱議沸騰，沒想到既信王之後，皇家竟然又出了這麼一個豬狗不如的皇子。

白錦繡聽說孩子獲救，倒是鬆了一口氣。

而從朔陽粉巷來大都之人，也是在這夜悄悄入大都城，又悄悄進了左相府。

白錦稚懷中帶著盧寧嬅寫給白卿言的信，一路快馬飛馳，依舊是換馬人不歇，終於在二十三日當晚趕回了朔陽白府。

她一跨入白府大門，就匆匆去找白卿言，將信交至白卿言手中。

見風塵僕僕的白錦稚端起涼茶就咕嘟咕嘟往下灌，肚腸裡傳來腸鳴聲，白卿言沒顧得上看信，吩咐春桃道：「讓人打盆水給四姑娘洗把臉！再去給四姑娘端碗羊乳和點心來！讓小廚房趕緊下碗細麵，切些泡菜，臥兩個蛋，再將雲腿給四姑娘蒸上一碟，多撒些蜜。」

「還是長姐疼我！」白錦稚咧開嘴笑。

白卿言坐在琉璃盞下，將信拆開大致流覽了一遍，頗為意外。

她竟沒有想到皇后還有這分兒心胸，竟然意圖聯合符將軍逼宮，擁護信王上位。

白卿言與符將軍一同經歷沙場，可以看出符若兮並非是非不分之人，且盧寧嬅信中也說……符將軍並未答允皇后所請。

符若兮不笨，逼宮奪位，成了便是從龍之功，可敗了……那全族的腦袋可都要丟了！

如今符若兮雖然遠在安平大營，但朝廷上可沒有多少武將得用，此次北疆之戰符若兮又立了戰功，將來只要起戰事，符若兮必會被重用，又不是走投無路，何苦拿全族冒險。

白卿言好奇的是，為何皇后要找符若兮將軍，皇后和符若兮將軍之間……有何交易，或是情誼，皇后竟然敢在符若兮面前直言逼宮之事。

白卿言將信點燃，見燒得差不多了才放進筆洗裡，抬頭就見坐在軟榻上的白錦稚趴在小几已經睡著了。

春桃捧著黑漆方盤繞過屏風進來，正要開口，就見白卿言做了一個「噓」的手勢，她起身走至白錦稚身旁，抬手將她鬢邊碎發攏在耳後，壓低聲音道：「讓佟嬤嬤去和三嬸說一聲，小四快馬趕回來累極了，在我這兒睡了！再吩咐小廚房燉上燕窩粥用小火煨著，等四姑娘醒來吃。」

「哎！」春桃應聲，幫著白卿言挪開了軟榻上的小几，小心翼翼將白錦稚放倒，又給取了枕頭和薄被來。

白卿言脫下白錦稚的鞋子，將白錦稚安頓好，坐在軟榻旁凝視白錦稚的睡顏，替她拉了拉被子。

算時間，小四應當是去也不停歇，回來也沒有停歇，的確辛苦，難怪會累成這個樣子。

這幾日連番折騰，小四人不離馬，大腿已經磨破了，隱隱透出血跡，白卿言坐在燈下給白錦稚清理傷口。琉璃燈盞內傳來燭火火花爆破的細微聲響，火光跟著搖曳了兩下，白卿言淨了手起身，將高几上的琉璃燈盞滅了，好讓白錦稚睡得好些。

崔氏聽說白錦稚回來直奔白卿言這裡，估摸著時間要緊事也說完了，這才帶著婢女和給白錦稚的見面禮來了撥雲院。

誰知，被白卿言迎進了暖閣，一問才知道白錦稚竟在白卿言這裡睡著了，白卿言怕兩人在裡面說話吵到白錦稚。

崔氏聽聞後，竟是沉默了片刻，心底實是羨慕白家這樣的姐妹情深。

直到春桃給崔氏上了茶退下，崔氏才笑著對白卿言開口：「不怕表姐笑話，我很是羨慕白家上下如此齊心，要說……我們崔家也算是和睦了，至少我母親知道，不論是嫡庶……一家子兄弟姐妹應當擰成一股繩，共同光耀門楣！可我爹的那些姨娘和庶兄弟，只知道在後院折騰，蠅營狗苟，爭那針頭線腦三瓜倆棗的！別說讓我那些庶妹睡在我的屋裡，就是多在院子裡待會兒，我都怕有什麼不乾淨的等著我。」

崔氏說這話時有些傷懷，說完了才猛然回神，她回頭朝著白卿言看了眼，掩飾眸底紅潮，低笑一聲：「瞧我，本是豔羨表姐姐妹和睦，怎麼說到這個了！」

坐在琉璃燈盞旁的崔氏穿著一身藕粉色常服，只帶了珍珠頭飾，看起來溫婉又恬靜。

白卿言知道，此次崔氏跟著董長瀾一同來朔陽，除了母親生辰來替外祖母和舅舅送禮之外，也是想來讓洪大夫幫忙看看，為何成親一年多了還未曾有身孕。

崔氏是白卿言二舅母的娘家親侄女，與董長瀾青梅竹馬長大，且二舅母也視崔氏為親生女兒，從未往董長瀾房裡送過女人，到現在也未曾給董長瀾納妾，可她還是沒有身孕。

正是因為如此，崔氏心裡才越發覺得不安，半年前就開始背著家裡長輩偷偷摸摸尋醫問藥，後來她聽聞白家有一位洪大夫是太醫院院判黃太醫的師兄，便想來試試。

不想不巧……因為白家二姑娘白錦繡懷孕的關係，白家將洪大夫留在了大都城照顧白錦繡。

白卿言放下手中的甜瓷茶杯，手肘搭在小几上，也不藏著掖著，坦然直言道：「白府有一位紀姑娘，雖然年輕但醫術了得，你若願意……可以讓她替你診診脈。」

崔氏一怔，她來後聽說洪大夫在大都便未曾提起過此事，連董氏都不曾提過，白卿言是如何知曉的？陡然被戳穿心中所想，崔氏臉上一熱，耳朵都跟著紅了，緊緊地攥著帕子，意外之餘，露出幾分女兒家的羞怯之態，咬了咬唇：「我表現的……這麼明顯嗎？」

白卿言笑了笑道：「倒也沒有，否則母親會問的。不過我倒是覺得你太心急了，你和長瀾成親才不過一年多，想來外祖母和舅母也不會催你……」

原本這些話，崔氏不應該和白卿言一個未出閣的女兒家說，可約莫是因為白卿言年長於她，又是表姐，崔氏也就說了。

「祖母和婆母倒是沒有催促，可我聽說錦繡妹妹剛嫁入秦府就有了身孕，我這就……心焦的不行！」崔氏揪著帕子，沒好意思同白卿言說得更透徹些。

白錦繡嫁入秦府回門當日受了重傷就被抬回白府，就這樣都有孕了，她和董長瀾青梅竹馬夫妻恩愛，董長瀾別說妾室，連個通房都沒有，日日歇在她那裡她都沒有身孕，這讓她如何能不著急。

「春桃，去請紀姑娘過來給小四診診脈。」白卿言吩咐立在門口的春桃。

崔氏知道白卿言這是在借著四姑娘為她遮掩，心中感激不易：「多謝表姐……」

等紀琅華來的間隙，崔氏同白卿言聊起她偶爾聽董長瀾提起登州軍糧餉之事：「我長這麼大還是頭一遭聽說，糧餉還能欠著的，說是南疆北疆之戰國庫損耗嚴重，皇帝又要重修白沃城的行宮，表姐你說說……這到底是修葺行宮重要，還是給將士的糧餉重要？公公為這事在家氣得摔了好幾套茶具了。」

皇帝要修葺白沃城的行宮，白卿言倒是沒有聽說過，不過皇帝拖欠給登州軍的糧餉，白卿言倒不覺得意外。

「皇帝和朝廷大約是覺得南疆北疆已平，而登州軍為的就是震懾戎狄，戎狄如今陷入內亂之中，登州軍便沒有那麼重要了！」白卿言聲音裡帶著幾不可察的微歎。

「對！那個掌管糧餉發放的寧大人就是這麼說的，說戎狄內亂南戎北戎攪成一鍋粥，肯定顧不上來晉國邊界騷擾，所以朝廷的意思是先緊著皇帝修行宮。」崔氏眉頭緊皺。

「戎狄本就是遊牧民族，正是因為今年戎狄大亂，南戎北戎亂成一鍋粥，冬糧儲備肯定要出大問題。」白卿言眉頭緊皺，凝視著琉璃菱花八寶燈，「等今年秋季一到，恐會捨命大肆劫掠，邊民百姓恐要遭殃！」

崔氏沒想到白卿言說的竟然與公公董清嶽說的相差無幾，忙點頭：「正是，公公也是這般說的，所以連上三道摺子請朝廷增派人手，那摺子跟石沉大海似的了無音訊！」

白卿言視線挪向崔氏：「不夠的軍餉，舅舅可是補貼了？」

崔氏頷首：「不過也是杯水車薪而已！」

果然如此……倒不是說朝廷裡缺乏有遠見的官員，只是如今朝廷風氣怪誕，奴顏媚上的奸佞之臣扶搖直上，忠言逆耳的直臣，在朝中逐漸被邊緣化，尤其是祖父白威霆去後，朝中敢直言不諱的諍臣便更少了，畢竟就連烜赫百年的大都城白家都落得個險些滿門被滅的下場，朝中百官誰能不自危？

現下的朝廷……上至太子下至百官，無一不是順著皇帝的心意行事。

源潔則流清，形端則影直。皇帝這個上梁不正，下梁自然好不到哪裡去。

白卿言上一世跟在梁王身邊，也是到最後才明白皇帝為何對白家翻臉，將白家厭之入骨。

皇帝自小卑微慣了，得勢後便喜歡人捧著他崇敬他，而如祖父白威霆這樣千仞無枝，風骨傲岸，兵權在握，又能夠對皇帝針砭時弊的耿直孤臣，皇帝式微時會忍著本性做出禮賢下士，聆聽教誨的姿態。

可一旦皇帝居高位久了，身邊又都是溜鬚拍馬奴顏媚上，會揣摩他心意的奸佞小人，祖父白威霆便會如同皇帝的眼中釘肉中刺。

不多時，蒙著面紗的紀琅華便隨春桃一同來了撥雲院。

紀琅華給白錦稚診過脈後，轉頭笑道：「沒關係，四姑娘這是太累睡著了，並無大礙，還是大姑娘有事……需要將四姑娘喚醒？」

「這幾日小四辛苦，辛苦紀姑娘走一趟不過是為了個心安！」白卿言視線落在有些拘謹攥著帕子立在一旁的崔氏，又對紀琅華道，「這位是我的表弟妹，勞煩紀姑娘也給她診診脈，看看是是否因體寒不易有孕。」

紀琅華也是個通透人兒，聽白卿言這麼說，又見上房裡沒有婢女伺候，連春桃都被遣了出去，立時就明白給白錦稚請脈不過是個幌子，大姑娘請她過來是專程給大姑娘這位表弟妹診脈的。

「琅華或可一試。」紀琅華朝著崔氏的方向行禮。

崔氏耳尖微紅，在屏風外的圓桌前坐下，靜靜望著給她診脈的紀琅華，緊張的手心都冒汗。

見紀琅華皺起眉頭，崔氏心都提到了嗓子眼兒：「紀姑娘，可是有什麼不妥當？」

「董少夫人曾經長時間用過含有麝香的香料？」紀琅華柔聲問。

只見崔氏臉色一白，點了點頭。

紀琅華看崔氏這樣子，也不像是不知道久聞麝香不易有孕的模樣，便知道這大概是後宅陰私一類之事，她也不便問。

「紀姑娘……我可是，這輩子都有不了身孕了？」崔氏聲音哽咽，淚水就在眼眶裡打轉。

「董少夫人言重了，還不至於！」紀琅華收了脈枕，開始給崔氏寫方子，「現在還未有身孕對董少夫人來說是好事，否則身體沒有調理好，反倒對胎兒不好！我給董少夫人開幾副溫補清毒的藥，再擬幾個藥膳，董少夫人只要好好調理幾個月，定能如願以償。」

崔氏聽到這話，終於面露喜意，卻又一副快哭的模樣：「真的嗎?!我就說肯定有影響……可那些大夫卻都說我身體康健！」

年幼時發生的事情，在崔氏心裡是個疙瘩，成親一年多無孕，大夫又診斷不出個什麼，這才是崔氏最揪心的！剛才她還什麼都沒說，紀琅華就診斷出她年幼時長時間用過含麝香的香料，就憑這個就足以讓崔氏對紀琅華的醫術深信不疑。

「多謝紀姑娘！」崔氏轉頭看向白卿言，漂亮的眼仁濕漉漉的，「多謝表姐！」

崔氏拿了藥方和膳食方子起身告辭，白卿言對紀琅華說了一聲：「我送表弟妹回去，辛苦紀姑娘在這裡照顧照顧小四。」

「大姑娘放心！」紀琅華點頭。

白卿言送崔氏回君子軒的路上，崔氏非常隱晦的將幼時，娘家庶妹送給母親……卻被她拿去用的香料有問題之事，告訴了白卿言。

臨到君子軒門口，崔氏對白卿言道：「表姐要是不介意，就叫容姐兒吧！祖母和姑母也都是這樣喚我的！」

「好！以後叫你容姐兒……」白卿言笑著點頭。

董長瀾聽說白卿言將崔氏送回來了，笑著迎了出來，長揖行禮：「表姐……」

「長瀾在正好，我有事要同你說。」白卿言送崔氏回來，便是為了來找董長瀾的。

崔氏現在滿心都是自己懷裡揣著的藥方子，自然是笑著行禮告退，先回了君子軒。

「我陪表姐走走……」董長瀾伸手接過挑燈婢子手中的羊皮燈籠。

知道這姐弟倆有話要說，春桃帶著婢女婆子跟在身後十來步的位置。

「我聽容姐兒說，此次登州軍的糧餉不夠？」

董長瀾垂眸看著腳下的鵝卵石幽徑，點了點頭：「雖朝廷說等行宮修葺好再給登州軍補上，可這馬上就要到秋季了，戎狄今年必定會大肆劫掠。」

白卿言點了點頭，慢條斯理開口：「戎狄因內亂，今年過冬的糧食儲備必然不足，戎狄人的作風一向是沒有了便搶！所以，今年秋季來襲的戎狄軍，必定會比往年更加猛烈，尤其是登州方向面對的是南戎。」

董長瀾手心收緊：「父親已經有所安排，若戎狄來襲，便向安平大營求援！」

「等母親壽辰過後，你便回登州，告訴舅舅……皇帝沒有失地，是絕不會肉痛的！」白卿言腳下步子一頓，清明平靜的眸子望著董長瀾，「等秋收之後，不要耽擱立刻讓百姓撤離，若戎狄來犯，不必死守，退就是了！向朝廷報……戎狄因內亂冬季糧食不足，大肆劫掠，登州糧餉不足，將士食不果腹，難以抵擋。」

白卿言話都說到這一步了，董長瀾還有什麼不明白的，他心中大駭……

為將者，他所思所想皆是保家衛國誓死不退，他從未往這方面想過。

可表姐所言，倒是讓董長瀾覺得……稍有些痛快！

皇帝和朝廷剋扣將士糧餉，將士吃不飽了，自然守不住城。

「戎狄，向來是搶了就跑，若是沒有搶到，怕是要繼續禍害鄰縣百姓的！」董長瀾立在白卿言對面，凝視手中火光搖曳的燈盞，想到哪兒說到哪兒。

「駐守戎狄的不是還有安平大營！戎狄來犯時，就派人去通知安平大營來馳援，但安平大營不一定會動。」白卿言話音中有幾分笑意，「等皇帝丟了城池，肉疼了，自然會派人送去糧餉，屆時……讓舅舅多要一些，再同皇帝訴訴苦，抱怨抱怨兵力不夠，請朝廷援兵！若朝廷不肯，讓舅舅再上奏摺……讓朝廷給登州百姓些便利，就如同朔陽一般，以民為兵，趁勢壯大登州軍。」

董長瀾攥著燈籠挑杆的手一緊，敏銳的察覺到白卿言話中有話：「趁勢壯大登州軍，表姐……此話何意？」

「天下格局要變了長瀾……」白卿言直言不諱，「我等應當早做準備。」

高樹之上知了聲，和潺潺流水之聲，越發大了起來。鵝卵石幽道一側的長廊燈火，從竹簾內透出來，忽明忽暗映著白卿言精緻白皙的五官。白卿言沒有敢將話同董長瀾說的更深，若是白卿言此次面對的是舅舅董清嶽，她定會建議舅舅逐步蠶食南戎。

如今大燕以幫助戎狄恢復正統之名，掌控住北戎，得天然馬場。若為將來大業打基礎，舅舅應緩緩占據南戎，否則不出三年……大燕會因南燕豐沃之地國力大增，吞下南戎，晉國就會被大燕兩面夾擊。那個時候，西涼被晉國壓制不能發展強盛起來，大燕躋身強國，兩面進攻……那亡國的速度可就快了。

一步一步來，先等舅舅能夠接受詐敗逼朝廷撥付糧餉，再勸說舅舅以晉國軍餉……養自家私兵。雖然如此會阻燕國大計，可她與蕭容衍有言在先，為各自之利不論情誼。

董長瀾看著將這話說的波瀾不驚的白卿言，心中已然是滔天駭浪。

白卿言抬腳款步向前，董長瀾遲疑不過片刻，便抬腳跟上。

「在這亂世……沒有兵力是不行的！我等無法護住天下萬民，總要護住眼前的百姓！」白卿言話音還是如常平和。

「表姐的話，長瀾記住了！長瀾一會兒回去便給父親去信一封，讓父親及早準備！」

「寫信中途容易被劫，不用那麼急，等母親生辰過後，由你親口告知舅舅此事，讓舅舅做準備都來得及。」

董長瀾此刻也算是明白了白卿言練兵剿匪是為了什麼。剿匪不重要，重要的……是練民為兵。

紀琅華等到白卿言回來，從上房內迎了出來：「大姑娘……」

「剛才你說我那表弟妹曾經用過含麝香的香料，不影響有孕可是真的？」白卿言是怕紀琅華擔心給崔氏壓力所以才這麼說，總得問清楚了才能對症下藥。

「回大姑娘，是不影響的，甚至……都不用再吃藥調理，不過琅華猜……董少夫人之所以一直未有身孕，應當是因為心中總惦記著曾經用過麝香之事，心裡壓力過大，所以琅華給董少夫人開了些溫補清熱解毒的方子，夏季用來無傷大雅，那些藥膳也只是調理而已。」

醫者醫人，可心病……還是要心藥醫。

之前崔氏遇到的大夫並非都是庸醫，只是體會不到崔氏心中之苦，便照實說崔氏身體無恙，崔氏心裡有疙瘩，又遲遲未有孕，自然成了心疾。

紀琅華如此一說白卿言才放心了下來。

「辛苦你跑這一趟，青竹也是因為有你照顧才能恢復的這麼好！」白卿言對紀琅華笑道。

「大姑娘說這話就折煞琅華了！琅華的命……白將軍救過一次，大姑娘又救過一次！能在白家為大姑娘效力，琅華高興得很。」紀琅華情真意切，眼眶有些濕紅。

「我讓春桃送你回去休息……」

「不用了大姑娘！」紀琅華背起小藥箱，「白府的路我還是識得的，讓春桃姑娘伺候大姑娘趕緊歇著吧！」

白卿言將紀琅華送出門，目送她離開，轉身正要回上房時，餘光看到春枝坐在垂著紗簾的廊廡角落燈下，一手拿著本書在看。

春桃見白卿言瞅著春枝的方向，笑著道：「這幾天春枝不知怎麼竟然開始讀書了，倒是比以往用功，有不認識的字還懂得請教。」

白卿言點了點頭：「多識字是有好處的。」看到春枝讀書，她不免想到軍營裡的新兵，那些新兵多是目不識丁，尋常村落裡有一兩戶人家有人識字已經算是不錯。

雖說兵卒目不識丁也可，可這第一批招收進來的新兵……不論是白卿平和沈晏從負責的校場，還是紀庭瑜負責的「山匪」，將來至少應當能成伍夫長、十夫長，若是大字不識可不妙。

「你去和春枝說，讓她去同郝管家說一聲，在府上尋幾個上了年紀能識字的忠僕，去校場給那些新兵教識字。」白卿言說完挑開簾子跨進上房。

「是！」春桃應了一聲，忙小跑去找春枝。

白卿言坐在燈下拿起書，又覺得能去校場報名剿匪的，大多數都是勇夫，讓他們如孩童一般去學字怕是不用心，恐怕還要施行獎罰措施，比如每日識字表現良好的前三，如同每日訓練前三一般，都可帶肉回到家中。如此或可挑選出可文可武之人，著重培養將來可委以重任。

紀庭瑜那邊便交給平叔去辦才更穩妥些。

蕭宅。蕭容衍坐在兩盞三十六頭的纏枝銅燈下，倚著隱囊，正看從大燕送來的信件。

秋季將至，大燕駐守戎狄的大軍在冬季會面臨糧草短缺的危急，如今大燕收回南燕沃土，糧食倒是不愁，難的是運至北戎，畢竟戎狄和大燕之間隔了一個晉國，所以此事還需蕭容衍來辦。

如今蕭容衍的商隊已經進入西涼，在西涼大肆宣揚，晉國要陳兵西涼邊界，只等西涼和大燕纏鬥在一起，順勢再奪西涼城池。

等晉國這邊大軍出發，消息必能以最快的速度傳入西涼和大魏，西涼使臣想必也要入晉了，可晉國絕對不會坐視西涼奪得南燕之地，使其國力增強。

所以這件事蕭容衍可以暫時放一放，開始盤算起往戎狄運送糧草之事，此事還需要找晉國太子，光明正大的將糧草運過去，分些利給太子也就是了。

且戎狄有了糧食，不會同往年一般搶晉國的，太子定然是樂意的。

蕭容衍此行，去帶著糧食，回來可帶著馬匹，半數高價賣至晉國，半數帶回燕國。

看完信件，蕭容衍燒毀之後，又打開了從大都城送來的密信。

密信上說，皇帝已經准了將此次招收的新兵派往西涼邊界，再從駐守大樑邊界的新兵中抽出一萬兵力，也派往西涼邊界，並未讓此次北疆得勝歸來的晉軍前往南疆。

新兵？蕭容衍拿著信看了片刻，眉頭緊皺。

半晌，蕭容衍突然想明白，低笑一聲……應該是白卿言的手筆。

晉國皇帝派到南疆邊界的這幾萬新兵，想來白卿言會毫不客氣的笑納。

白卿言總是能抓住時機，將事情走向把控到對她有力的方向，蕭容衍傾心敬佩之餘……心中亦是與有榮焉。

想起那日韶華院宴席上，董長瀾說此次來朔陽，是為了給白卿言的母親董氏生辰送賀禮，蕭容衍覺得自己也該準備起來。

雖說，白家此次不設宴，可自家總要湊在一起為白卿言的母親慶賀慶賀。

七月二十六日是董氏生辰，天氣極好。白家因在孝中並未舉辦宴會，按照董氏吩咐的給下人們發些賞錢，一家子湊在一起吃頓飯也就是了。

董氏剛醒，秦嬤嬤便笑著上前用銅鉤將幔帳勾至兩側：「夫人醒了。」

「外面怎麼了？」董氏昨夜想起丈夫和兒子，在床上默默垂淚，睡的不是很好，看起來精神有些不濟，用手指按著脹痛的太陽穴。

秦嬤嬤見董氏雙眼腫脹，也沒拆穿董氏，只笑著道：「大姑娘和四姑娘正帶著五姑娘、六姑娘在小廚房裡搗鼓呢，說是她們要親手給夫人做碗熱呼呼的長壽麵，後來表少夫人也去了，好似搗鼓出來味道不好，大姑娘又將紀姑娘給請了過來，這會兒都湊在小廚房呢。」

秦嬤嬤知道白卿言是害怕今日這樣的日子，董氏想起阿瑜傷心，這才一大早就帶著妹妹們湊過來烘托熱鬧，不想讓董氏想起傷心事，秦嬤嬤也就縱著那群孩子在廚房胡鬧。

董氏意外之餘心頭有些暖，她透過窗櫺往外看了眼，起身坐在雕花銅鏡前拿起碧玉梳子梳頭髮：「給我擺個冷帕子，敷敷眼睛。」

董氏這裡剛收拾妥當，白卿言就帶著崔氏和三個妹妹在外間擺早膳。

白錦稚一見董氏從十二抬的楠木屏風後出來，笑著朝董氏行禮：「大伯母，小四祝您福如東海壽比南山。」

「大伯母，小五祝您日月昌明，松鶴長春。」

「大伯母，小六祝您身體康健，平平安安！」

崔氏也笑著上前，福身行禮道：「那我就祝姑母，吉祥如意，春輝永耀！」

「母親，吃碗長壽麵吧！」白卿言立在紅木圓桌旁，手執筷子遞給董氏，「麵是我們姐妹齊心搓的，長長一根……」

「都有心了！」董氏笑著讓秦嬤嬤給孩子們一人封了一個紅包，坐下吃長壽麵，「都坐吧，還未用早膳吧！一起用。」雖然清貴人家用膳時，講究一個食不言寢不語，可今日是董氏的生辰，又都是自家人在，白錦稚又是個活潑的，那頓飯吃的極為熱鬧。

崔氏看著這說說笑笑的場景，好不羨慕。白家堪稱是世家表率，底蘊深厚，這樣的人家……站出去便是表率，哪怕是在食時言，誰又能說……白家無禮？

反倒讓人覺得白家，家常的讓人心生豔羨。坐在這裡的白家女兒郎，用餐禮儀各個都讓人挑不出錯來，舉勺無磕碰碟碗之聲，喝湯無一絲窸窣響動，就是崔氏都做不到如此。

崔氏回想到在娘家時，祖母用膳，母親得在一旁伺候著，母親用膳，姨娘要在一旁伺候著，冷冷清清的只有筷子夾菜的聲音，哪有白家這樣熱鬧。

早膳剛用過沒多久，三夫人李氏和四夫人王氏，還有五夫人齊氏抱著八姑娘白婉卿，不約而同聚到了董氏的清和院裡。

妯娌幾人說說笑笑，姑娘們坐在一起也玩玩鬧鬧。

白卿言看著如今生機勃勃的白家，心中感懷頗深，她感激上天給了她再來一次的機會，她才能看到白家如今的局面。等將來……白卿玦和白卿雲歸家，她相信白家又是另一番景象。

屋內正熱鬧，春桃邁著碎步打簾進來，在白卿言耳邊道：「大姑娘，郝管家說，粉巷那邊兒有消息了！」白卿言頷首，將手中的青釉花口的茶杯擱在小几旁，起身不動聲色從上房內出來，跨出清和院的院門，朝長廊方向而去。

郝管家在長廊處候著，一見白卿言過來，上前行禮：「大姑娘，粉巷和大都城都有消息傳回來了。」

「您說……」白卿言定定望著郝管家。

「前些日子離開粉巷回大都城的，我們的人看著進了左相府，隨後被左相府的一個青衣謀士親自送到了側門口，那人回來之後……便同被逐出族的白氏族人白岐雲湊在了一起。」

白卿言聽郝管家說著這些倒是也不驚訝，她凝視紗帳外……被陽光招搖的潺潺流水和地衣，道：「李茂還是不安分啊！」

「老奴已經派人嚴密看著被除族的白氏族人，絕不允許他們生事！」

「不必如此麻煩。」白卿言幽沉的眸底盡是不動聲色的凌厲殺氣，「左相府派來的人，頭顱全都送回去就是了。」

郝管家毫無猶疑，應聲稱是。

「再派個人和二姑娘說一聲，左相李茂的手伸到了朔陽，想來是威懾不夠，讓她不要正面和李茂對上，挑一封李茂曾經寫給二皇子的親筆信，派人抄寫下來滿大都城撒出去，要讓大都城內……都議一議當年二皇子逼宮之事。」

「是！」郝管家應聲，正準備去安排，就見若有所思的白卿言抬手制止他離開的動作，又補充道：「再告訴二姑娘，看梁王府使用的是什麼紙和墨，散播出去的信……便用一樣的，能留些梁王府的痕跡更好。」

白卿言慢條斯理說完，又轉身看向郝管家：「記得讓二姑娘好好找人將信臨摹出來一封，將李茂那封親筆信，派人以大燕九王爺之名設法交到梁王手中！梁王拿到信若是按兵不動……也就罷了！若是有所行動，便讓二姑娘將臨摹李茂筆跡的那封信……交到御史大夫裴老大人手中，打李茂一個措手不及！」

「是！」郝管家應聲離開，去吩咐白家下人做事。

比起當初在大都城的舉步維艱，如今退回朔陽對白家來說，反倒是好事，她做起事情來不必那麼束手束腳。

李茂本來就有把柄在白家手裡，白家人都不需要去警告李茂，將李茂派來朔陽之人的人頭送回大都去，想必李茂就明白他們左相府禍從何來。

白卿言之所以要將梁王拉入局中，自然是希望在皇帝、梁王和李茂心中都埋下對彼此懷疑的種子。

當有跡象表明散播這封信的風，是從梁王府吹出來的，李茂即便懷疑這是她的手筆，即便知道梁王沒有如此做的動機，也自當對梁王也存一分疑心。

梁王要是將這封信藏妥善，以備他日不時之需，時過境遷，當梁王將這封信拿出來用之日……李茂會如何想？還會想當初梁王做這件事的動機嗎？自是不會的……只會認定當初梁王害他。

若是梁王此時便將這封信拿出來，收買李茂或是讓李茂為他做旁的事情，轉頭御史大夫卻將臨摹之信呈上去，李茂還能心中毫無芥蒂的和梁王聯手嗎？

梁王擅長臨摹他人筆跡，且還是個中翹楚，此事……李茂不會不知。

而皇帝拿到的信件哪怕是仿寫贗品，以他多疑的性子，也會對李茂存疑，懷疑李茂當年是不是真的投誠於二皇子，但眼見二皇子逼宮不成，這才臨陣倒戈護駕的。

大都城朝堂這渾水攪得越渾，於白家……和遠在南疆的白家軍來說就越安穩。

前一陣子李茂的兒子封了戶部侍郎，約莫心裡高興，加上閒了下來，所以才敢將手伸到朔陽來。這倒是給白卿言提了一個醒，得讓那些對白家和白家軍虎視眈眈的人忙起來，他們才無暇來找麻煩。

長廊一頭，白家門房的婆子匆匆而來，朝白卿言行禮後道：「大姑娘，蕭先生來了。」

蕭容衍？他今日……怎麼又來了？是不是來得太勤快了些。

白卿言手心微微收緊，頷首：「去看看！」

蕭容衍已被請入正廳，正坐在正廳喝茶，餘光看到頎長清瘦的白卿言跨入正廳，蕭容衍起身，深目含笑，朝白卿言的方向長揖一禮：「白大姑娘……」

身著水綠色菱紗衣裙的白卿言頷首還禮，見蕭容衍頭上戴著那支與她一模一樣的雁簪，面頰微熱：「不知今日蕭先生登門，所為何事？」

婢女進門給白卿言上了茶，又退出了正廳。見正廳只剩下他們兩人，婢子都在廳外守著，蕭容衍這才壓低聲音道：「聽說今日是夫人的壽辰，衍……特來給夫人送壽禮。」

「母親並未打算設宴，連白氏宗族的人都不知，蕭先生竟知是今日。」白卿言端起茶杯，清亮的茶湯映著白卿言含笑的眉目。

正廳內無旁人，蕭容衍的膽子也大了起來，壓低了聲音道：「日後總要成為一家人，總得打探清楚，多多示好，來日……方能不被為難。」

白卿言抬眼便撞入蕭容衍的深目中，輕輕握緊了手中的白釉描金茶杯。

那人目光帶著極淡的笑意，波瀾不驚，彷彿未曾說什麼出人意料的驚人之語。

白卿言垂眸，眼底笑意更深了些，耳根也跟著泛紅，穩住心神做出一副一本正經的模樣，頷首道：「蕭先生有心了。」

「聽說，皇帝要派新招收的兵士前往南疆，衍……在此恭喜大姑娘得償所願。」

白卿言放下手中茶杯，亦是對蕭容衍道：「也恭喜蕭先生，得償所願。」

晉國皇帝派去的新兵由白家軍訓練，將來便有可能為白家軍所用！而只要晉國在西涼邊界陳兵，便自會解了大燕之危。此次，不論是白卿言還是蕭容衍，都能在此事上得利，可謂同喜。

蕭容衍坐在白卿言下手，望著白卿言精緻白皙的五官，心頭發熱，一日未見如隔三秋的滋味並不好受。

這些日子有大燕的事情絆著蕭容衍，且他日日來白府上也不合適，夜闖白卿言的閨房……更怕白卿言無法與她的母親交代，硬生生忍了這麼些日子，假借著給白卿言母親生辰送禮才上門來見她。他只覺即便是就這樣坐在一起喝茶，對他來說也覺得愜意安寧。

蕭容衍剛喝了一口茶，就見春桃款步從正廳外進來，從黑檀描金的柱子後繞行至白卿言的身側，用手掩著唇低聲在白卿言耳邊道：「二姑娘讓人送信回來了，人剛到。」

白卿言點了點頭，看向蕭容衍的方向：「蕭先生稍坐，我去去就來。」

「不急……」蕭容衍低聲說道。

白卿言扶著春桃的手從正廳跨出來，走至長廊入口處，立在那裡的黑衣護衛忙單膝跪地，雙手奉上信：「大姑娘！」

白卿言接過信：「辛苦了，下去歇著吧！」

黑衣護衛退下後，白卿言將信拆開。

信中，白錦繡同白卿言說了梁王煉丹之事的進度。

當日太子和太子妃前往梁王府探望梁王，誰知道竟然發現梁王真的在府上煉丹藥，且是以孩童鮮血入丹，太子當場就氣得暈了過去，被太子府護衛軍抬了出去。

太子府護衛軍更是將那些奄奄一息的孩童從梁王府救了出來，當著大都城眾多百姓的面直奔醫館，事情鬧得極大，連皇帝也無法再護住梁王。

梁王被收入獄中，在獄中對煉丹之事供認不諱，並且稱自己受到了那仙師的蠱惑才用童男童女的鮮血煉丹，但梁王還算聰明，稱這童男童女是他從人牙子那裡買來的，呂晉還在梁王府裡搜到了這些孩子的賣身契。

後來還有人牙子去作證孩子是他賣給梁王的，他也是從旁人手中買回來這些孩子的。

此案以摧枯拉朽之勢迅速結案，梁王手中有那些孩子的身契，也幸而這些孩子都還活著，只是失血過多。

梁王違背祖訓私下煉丹，被皇帝訓斥，下令讓其禁足府中自行反省。

呂大人應御史要求，幾乎將梁王府翻過來，也沒有找到那些還未找到的孩童屍身，反倒是在九曲巷王家搜出了不少，當那婦人看到自己兒子殘破不全的屍首，人都瘋了。

王鄉紳留下認罪書帶全家畏罪自盡，死無對證，更無從辯白，所以最後結案。梁王沒有受多大牽連，王家背了黑鍋，且全家一個不留。

九曲巷王家找出來還活著的孩子，都被送回了各自家中，王家被抄家。

還有王家公子王坤被救出來的「玩物」，也統一都送到善堂去了。

皇帝原本要追究是誰在九曲巷王家放了一把火，可後來王家燒得太乾淨什麼也沒有能查出來，據被救出來大一點的孩子說，當時那些人要殺了他們，後來就起火了。

百姓都在背後議論紛紛，說這放火之人是在替天行道，否則那些孩子恐怕一個都活不成。

白錦繡心中不安，她當初認為九曲巷王家被燒，王家諸人也都入獄了，便撤了盯在王家的人手，沒想到就讓旁人鑽了空子，將那些孩童的屍體送到了九曲巷王家。

她信中順便還提了一嘴被送到九曲巷王家的白卿玄，白卿玄也被救了出來，大約是因為被裝在瓶中移動不得，一邊臉已經被燒毀，高燒一直不退，去善堂救治的大夫說活不活得成全看天意。

白卿言看完信立在廊下細細琢磨，深覺此事……是皇帝的手筆，皇帝這是要護著梁王啊……梁王府由皇帝派暗衛把守，他們的人不太好靠近，怕被發現打草驚蛇，梁王在皇帝監控之下……自然要做出無權無勢蠢笨無能，無人可用的模樣。

能在白錦繡派出去監視梁王府的人，和太子府派去盯著梁王府的人眼皮子底下，將那些孩童的屍體送到九曲巷王家，也就只有皇帝……有這個能力和動機。

又或者，梁王去了上墨書齋，找蕭容衍的人幫忙了？

畢竟，晉國朝廷越亂，對大燕來說越有利，對蕭容衍來說讓梁王活著比死了的用處大。

很快白卿言就將自己這想法否定了，蕭容衍的人再厲……也不可能在皇帝暗衛包圍的梁王府帶著那些孩童的屍身出入。

白卿言聽著越來越令人煩躁的蟬鳴聲，對晉國這個朝廷越來越失望。

如此說來，皇帝應當是知道梁王用孩童煉丹的，可這些孩童的命對皇家人來說如同草芥，不值一錢，就如同白家人……對皇帝來說，在用不上的時候也是不值一錢，甚至……欲除之而後快。

風過，鎏金銅鉤與銅鈴發出極為細微磕碰聲，長廊裡的紗帳搖曳，茂盛古樹，繁枝茂葉沙沙作響。白卿言只覺眼眶酸脹。

民為國之根基，皇帝登高之後怕是忘了。孩童，便是國之未來！

大都城能看出此事蹊蹺的人，定不在少數，動貴人家一向是望著皇室的風向而動。

如今皇帝袒護煉丹的梁王，不知多少動貴人家會跟風開始煉丹服用丹藥，屆時……大都城動貴煉丹成風，皇帝也就能名正言順安排梁王繼續替他煉丹。

此次，雖然棋差一招，沒有將梁王置於死地，好歹救出了一部分孩童。

剿匪之事也不能再耽擱，要在被王家安排來朔陽的假匪徒逃離之前，聲勢浩大的出城剿匪，也算是給皇帝和太子交了一次差。

「春桃，你去告訴郝管家，派人去同白卿平和沈晏從說一聲，明日一早出發剿匪，叮囑沈晏從……山上高樹林立，羽箭無用武之地，新兵佩刀即可。」白卿言開口道。

「好，奴婢這就去。」

白卿言將白錦繡的信疊好放進衣袖裡，這才轉身回到正廳。

正廳之內，月拾正彎腰同蕭容衍說著什麼，見白卿言進來，月拾忙直起身朝著白卿言的方向長揖一拜：「大姑娘……」

昨日，月拾已經問清楚了，主子說……暫時喚白大姑娘「大姑娘」就是了，月拾沒明白暫時是個什麼意思，可既然主子說了就先這麼喚著，等什麼時候主子讓改口喚別的稱呼時，他再喚別的也成。

白卿言頷首，一邊朝著主位走，一邊問：「不知道，蕭先生對南都郡主柳若芙和梁王之事，可知道內情？」

蕭容衍倒也沒有瞞著白卿言，點頭：「知道……」不止知道，蕭容衍還在其中起到了推波助瀾的作用，太子自然是想要梁王「玷汙」了南都郡主被皇帝懷疑意圖染指兵權，卻又不想梁王真得實惠娶了南都郡主。

可蕭容衍想要的，是晉國兩個皇子因奪嫡糾纏起來，晉國朝廷鬥得越厲害，越亂對大燕越有利，所以蕭容衍的人便順水推舟推波助瀾，讓太子的人成全梁王和南都郡主做一對真正的夫妻，替梁王和南都郡主有了夫妻之實。

如此白卿言便明白了，她點了點頭坐下：「後來我命人假冒大燕九王爺救了梁王一命，如此算來梁王應當對大燕九王爺感恩戴德才是。」

蕭容衍只笑不語。

「今日夫人壽辰，不知道衍可有幸親手送上賀禮，向夫人祝壽？」蕭容衍望著白卿言低聲問。

白卿言將守在門外的婢子喚進來，讓她去清和院問一問母親，蕭先生前來賀壽看母親見是不見。

「多謝大姑娘。」蕭容衍笑道。

不多時，董氏身邊的秦嬤嬤親自過來，笑著朝白卿言和蕭容衍行禮後，雙手交疊放在小腹前，和藹道：「夫人讓我來傳話，有勞蕭先生惦記，白家有孝夫人生辰並不打算設宴。蕭先生來者是客，若是不嫌家常便飯粗陋，請隨老奴一同前往韶華院。」

蕭容衍從容起身朝秦嬤嬤一禮：「承蒙夫人相邀，衍不勝榮幸。」

董氏也是想著今日家宴，白家無男子可與董長瀾一席，正巧蕭容衍來了，蕭容衍又是對白家有恩之人，正好請蕭容衍隨董長瀾一席。

「蕭先生請……」秦嬤嬤側身對蕭容衍做了一個請的姿勢。

蕭容衍頷首，轉而看向白卿言：「白大姑娘請……」

秦嬤嬤走在最前方帶路，白卿言和蕭容衍保持著距離並肩而行，一路說著話，沿著九曲迴廊很快就到了韶華院。

蕭容衍已經來過一次韶華院，可跨入門檻還是忍不住再次讚了聲韶華院的景緻，難怪那已經被除族的白家五老爺之前想要霸占白家祖宅。

曲徑清涼，花香似錦，綠雲如蓋，陰逐滿園，蟬鳴鳥叫，流水潺潺，魚躍歡騰。這樣的景緻真是再難尋得。

董氏一行人早已經到了韶華院，正坐在二樓說笑。

董長瀾喝著茶偶爾說起在登州的趣事兒，引得幾個孩子讚歎連連，紛紛嚷著有機會想去登州看看。

見白卿言和蕭容衍進門，白錦稚眼睛一亮，放下手中茶杯起身喚道：「長姐！蕭先生……」

董長瀾回頭，也忙起身笑道：「表姐，蕭先生。」

蕭容衍上前兩步，恭敬向董氏和白家其他人問安。

四夫人王氏見到蕭容衍，心中感激，撥動檀木佛珠的手一頓，起身笑著對蕭容衍頷首。

蕭容衍讓月拾將給董氏準備的生辰禮錦盒拿了過來，月拾打開，裡面是一尊雕工極為精緻的瑞獸玉雕，玉質通透一看便知不是凡品，更讓人驚訝的是瑞獸眼睛裡鑲嵌的兩顆夜明珠，爪嵌寶石，都不知道是怎麼嵌進去的，做工極為精妙。

「衍曾聽聞，在龍陽城時，有傳……說蕭某的宅子在龍陽城內，有一座一人高的金雕瑞獸，全身鑲嵌滿了寶石，衍想著約莫說的就是這尊雕像，可外面傳的太過誇張了些。」蕭容衍笑著朝白卿言看去。

白卿言垂眸凝視茶杯之中清亮的茶湯，若無其事。

白錦稚轉頭朝自家長姐看去，這消息是怎麼傳出去的旁人不知道，北疆一戰的將領可都知道啊！那不過是長姐誆騙樑軍的。

「蕭先生此物太過貴重，還請收回！」董氏笑盈盈開口。

「還請夫人千萬不要推辭！」蕭容衍起身朝著董氏長揖一禮，「此物在衍手中，也是懷璧其罪，不如獻於夫人，願夫人健康安泰。」

蕭容衍語氣誠懇，董氏反倒不好推辭，想著將來也重禮還回去就是了。

只是一來一往，長此下去便有了交情，然蕭容衍雖是商人身分，可人品貴重，董氏倒是不介意，來往也無妨。

笑了笑便道：「如此，便謝過蕭先生了！秦嬤嬤收起來吧！」

蕭容衍這才笑著坐下。

「蕭先生以前去過登州嗎？」白錦稚笑著問。

「倒不曾……」蕭容衍轉頭看向董長瀾，又道，「不過，衍倒是聽說登州往前的幾個縣，因為靠近戎狄，所以幾乎年年秋季都會遭到戎狄的劫掠。」

董長瀾點了點頭：「戎狄多是遊牧為生，冬季糧食不夠，自然要出來劫掠。」

蕭容衍想了想放下手中茶杯，笑著對董長瀾道：「衍是個商人，在商而言商，總思索為何登州不開放互市？如同大燕蒙城……每年開放互市，西涼部分牧民可在互市之中換取糧食，蒙城百姓可換得皮貨馬匹，如此以來各取所需。登州若如此，不是能最大程度上避免戎狄劫掠嗎？」

董長瀾看向蕭容衍很是驚訝蕭容衍會想到互市，他笑著搖了搖頭，道：「蕭先生所言，早些年家父曾經也向朝廷上過奏摺，可是……陛下認為若是晉國率先提出互市，就是向戎狄低頭，有損晉國大國威儀，再者也怕戎狄細作混進來。」

後來董清嶽曾想秘密派人去戎狄，與戎狄商議讓戎狄低頭先求互市，可被董清平給勸住了，生怕弟弟派人前去戎狄一片好心，卻落個通敵叛國之罪。

白錦稚聽到這話，忍不住翻了個白眼，還大國威儀……難不成邊民受苦年年被劫掠就不損大國威儀了？

大國威儀，難道不是不使百姓受戰亂之苦，不使百姓被他國劫掠，不使百姓食不果腹？要讓白錦稚說，就應該讓皇帝也去登州生活幾年，體驗一下邊民之苦，他便明白什麼才是大國威儀！

蕭容衍點了點頭，不再多言。

白府傳膳的婢子魚貫而入，拎著黑漆描金的食盒上了三樓擺膳，又從另一處樓梯而下。等樓上午膳備好，秦嬤嬤才下來，請一行人上了三樓。

今兒個午膳有一道菜是董葶珍親自下廚做的，登州風味的烤餅，雖說比登州時的味道差了些，可能讓董氏吃到故鄉有名的登州烤餅，董葶珍還是很有心的。

「這個烤餅，我們家小姐天還不亮就起來折騰了，折騰了好幾鍋，也就這鍋味道最像！」董葶珍的貼身侍婢笑道。

「葶珍有心了！」董氏握了握董葶珍的小手。

男女席間依舊是隔了一道屏風，約莫是今日蕭容衍將互市起了一個頭，董長瀾席間都是在同蕭容衍談論此事，十分虛心請教蕭容衍蒙城互市是個什麼樣的場景。

蕭容衍是到過蒙城，正巧蒙城互市那幾日人正在蒙城，毫不藏私，將自己所見所聞全都告知於董長瀾。

董長瀾聽得極為認真，似乎對這個互市十分感興趣。

兩人席上談論到了席下，直到暮色四合，白府燈盞逐一亮起，蕭容衍起身告辭之際，董長瀾還有些意猶未盡，隨白卿言一同將蕭容衍送到門外。

董長瀾在門外鄭重向蕭容衍發出邀請：「蕭先生，若他日得閒，定要來登州看看！長瀾對蕭先生所言十分有興趣，想來家父也是一樣！」

蕭容衍朝董長瀾拱手：「登州，衍是一定要去的！屆時必會登門打擾。」

目送蕭容衍離開隨白卿言往回走時，他道：「表姐，我覺得這位蕭先生，似乎……對表姐有意。」

董長瀾猶豫了片刻，還是忍不住出聲提醒了白卿言一句。董長瀾也是個男子，十分明白一個男子望著女子的眼神代表著什麼，這位蕭先生雖然掩藏的極好，可每次只要表姐開口，這位蕭先生目光必定望著表姐，其欣喜和笑意，是藏不住也裝不出來的。

白卿言手心一緊，看了眼董長瀾：「長瀾何出此言啊？」

董長瀾以為白卿言對蕭容衍無意，抿了抿唇低聲說道：「表姐，原本祖母和我父親的意思，是想讓表姐嫁於長元，如此便也不怕表姐受婆母磋磨，可表姐對長元無意，且白家也需要表姐撐著，祖母和父親也就不再勉強，可他們嘴上不說，心底還是擔憂表姐的終身大事。」

董長瀾偷偷瞅了眼同他一起沿著長廊往回走的白卿言，見白卿言沒有惱火的跡象，這才接著道：「若是不嫌棄這位蕭先生的出身，倒是可以考慮讓其入贅白家，這位蕭先生胸襟廣闊，格局眼光獨到，若是真心對表姐，倒不失為良配。」

白卿言抿唇未語，負在背後的手微微收緊，半垂著眸子，半晌才道：「等……這亂世結束之後吧！」

亂世結束那要等到什麼時候啊……該說的話已經說了，董長瀾也不再勸，見已經快要到君子軒門口，董長瀾對白卿言長揖一禮：「明日一早，我們就要啟程回登州了，表姐所言長瀾一定會一字不差帶給父親！」

白卿言頷首：「明日我要出城剿匪，定然是趕不及送你們，路上小心，到了記得派人送信來報個平安。」

「表姐放心！」董長瀾此時已經是歸心似箭，想儘快將表姐所言帶給父親，早日為戎狄秋季突襲做準備。

入夜，白卿言悄悄去了董氏的清和院，並未讓丫頭們通報。

秦嬤嬤在上房門口守著，眼眶發紅，對著白卿言指了指上房內，示意董氏這會兒正難過。

往年，母親生辰時，就數阿瑜點子多，記得前年，阿瑜還帶著兄弟們一早在院內舞獅為母親慶賀。十七個樣貌英俊的少年郎，穿著舞獅服，懷裡抱著獅頭單膝跪地賀董氏身體康健的畫面猶在眼前。

阿瑜立在最前，是那樣的意氣風發，傲岸不群，單手抱著一個獅頭，笑起來眼裡盛滿了豔陽的細碎華光。可今年……白家十七兒郎，一個都不在。

今兒個一早，她是想起父親還在時，每年母親過生辰，父親都要早起親手給母親搓根長壽麵，所以才帶著妹妹們來了清和院小廚房鬧。

白卿言立在上房門口，隱隱聽到屋內傳來母親極為壓抑的哭聲，她眼眶泛紅，眼淚來的悄無聲息，她偏頭皺眉不著痕跡抹去淚水。
其實對母親來說，最好的生辰禮物，應當是……父親和阿瑜的那聲，平安回家吧！
她緊緊咬著牙，她不能怨上天不公，上天給了她回來的機會，給了她護住母親和諸位嬸嬸妹妹的機會，她心存感激。
她恨的是自己，是自己荒廢後嬌養自己，荒廢的那些年。
「秦嬤嬤，我還是不進去了……」白卿言的聲音十分悶沉，「勞煩你照顧好母親。」
秦嬤嬤跟了董氏這麼多年，自是知道董氏這個時候定然也是不想讓大姑娘看到，她頷首道：
「大姑娘放心，老奴會照顧好夫人的。」

第七章　出發剿匪

第二日天還未亮，朔陽上空繁星閃耀，明月皎皎。

校場四周高高架起的火盆，將這裡映的恍如白晝。

白卿平和沈晏從已經安排妥當，一會兒要護著白卿言的，除了這幾日卯足了勁兒教授新兵本領的西涼殺手之外，還有沈晏從和太守府的高手，務必要將白卿言的周全放在第一位。

沈晏從昨夜接到消息，今日一早白卿言便要帶人上山剿匪，便專程回家了一趟，他父親叮囑沈晏從，此次若是沈晏從能護住鎮國公主安危，便能讓鎮國公主刮目相看，因此還將沈府身手最好的十個護衛給了沈晏從。

白卿平看得出沈晏從躍躍欲試，希望能在白卿言面前大展身手，被白卿言另眼相看，也不搶風頭，今日選擇留在營中。

西涼來的殺手，昨晚也已經商量過今日山上斬殺白卿言之後的退路，摩拳擦掌等白卿言前來。

很快有人快馬衝進校場，勒馬高呼道：「鎮國公主有令，沈晏從率軍於北城門與鎮國公主匯合，上山剿匪！」

沈晏從緊緊握著腰間佩劍，一躍從點將臺上而下，抱拳高呼道：「沈晏從領命！」

語罷，沈晏從朝著白卿平拱手：「卿平兄，校場就交給你了！」

白卿平忙還禮：「晏從兄放心！一定要多加小心，護好鎮國公主！」

沈晏從頷首，一躍上馬，視線掃過校場內打起精神全身緊繃的新兵，高聲喊道：「出發！」

新兵頭一次上陣就沒有不怕的，有人還未出發便已經雙腿打顫，甚至生出些退意，但一想到斬山匪頭顱便可得十金，咬咬牙又強撐著跟在隊伍之中朝北門行進。

白卿言與白錦稚和白家護衛早早就在城北候著，遠遠看到舉著火把的新兵朝這個方向而來，白錦稚胯下駿馬噴出粗重的鼻息，馬蹄踢踏。

按照道理說，新兵頭一次上戰場，將領要在點將臺上激發士氣才是。

可是，那是對如同白家軍和晉軍那樣的正規軍隊。

正規軍隊，所言應當震耳發聵，慷慨激昂，方能鼓舞士氣！

而面對這些因錢而聚，訓練不過幾月的民兵，對付山匪……講國之大義，並不能鼓舞士氣。

所以，白卿言選在城外，給他們時間讓他們自己消化害怕的情緒。

沈晏從看到騎在駿馬之上的白卿言和白錦稚，扭頭和身邊人說了一聲，一夾馬肚先行衝向白卿言，一躍下馬行禮：「鎮國公主，高義郡主！」

白卿言頷首：「可有中途退縮的？」

沈晏從笑了笑道：「倒是有猶豫的，但最後都跟上了……」

白卿言點了點頭，看著高舉火把的新兵集合在北門口，白卿言輕輕一夾馬肚上前，目光掃過新兵或害怕或緊張的表情，問：「都怕嗎？」

新兵幾乎想也不想，高聲三呼……

「不怕！」

「不怕！」

「不怕！」

白卿言眉目間染了一層極淡的笑意，開口道：「我記得，我第一次上戰場的時候，身邊有一支女子護衛隊保護，可我還是怕的！」

在這些新兵的眼裡，白卿言雖是女子，可她可是南疆北疆之戰都戰無不勝的鎮國公主，威嚴十足，他們還以為白卿言是那種無懼生死的將軍，可她卻說她第一次上戰場的時候也害怕。

「怕，沒有什麼可恥的！」白卿言扯著駿馬的韁繩，立於手中舉著搖曳火把的新軍之前，「邊疆銳士，哪個上戰場不是用命換命？哪一個活下來的不是從屍山血海裡爬出來的？他們難不成就不怕死嗎？不是的……是人都會怕死！我也會怕！」

「可我們不能因為怕，便放任那些山匪不管，今日他們劫的是別人家的孩子，再放縱下去他日劫的就是我們自家的孩子！」白卿言神情逐漸肅穆，「我們面對的並非他國訓練有素的敵國精銳，而是心腸歹毒對本國百姓的暴徒，我們訓練數月……你們又都是優中選優戰鬥能力極強的翹楚，難道還比不過從未經過訓練野路子出身的山匪?!」

火光搖曳之中，那些頭一次要實戰的新兵們，目光逐漸堅定了下來。

是啊，他們可都是被挑選出來的，平日裡對戰訓練，他們可都是勝者！

「所以，此次該怕的……是那些山匪！那些山匪，他們知道我們正在練兵意圖剿匪，還敢下山光明正大擄掠孩童挑釁！那我們就讓他們看看，我們練兵數月，練的不是花架子，腰間的刀更不是過家家，刀出鞘，必飲血！」

新兵們此刻已然是摩拳擦掌，意圖與那些山匪一較高下。

白卿言調轉馬頭，對沈晏從道：「出發！」

沈晏從視線從白錦稚背後背著的箭筒上收回來，納悶也沒見鎮國公主和高義郡主帶弓，背一筒箭要做什麼？昨日，鎮國公主不是還交代了，山上高樹林立，羽箭無用武之地，帶刀即可嗎？

他騎馬上前，高呼：「出發！」

西涼殺手們見白卿言未帶射日弓，心放了下來，早就知道白卿言射日弓箭無虛發，若是白卿言帶弓箭他們生機就小一些。

天際將將露出一絲亮光，新兵已經將山下包圍。沈晏從下令讓人各自帶隊，滅了火把，從不同方位，悄悄向山上逼近，力求以最快的速度，最少的損耗，拿下山匪。

臨行之前，沈晏從又給新兵們鼓了勁兒，他按照白卿言的思路，將這些山匪形容成野路子出身的菜瓜，說誰先到營地搶到山匪的腦袋，誰便能得到十金。

見白卿言和白錦稚下馬吩咐白家護衛留在山下，她們二人要與新軍同行，沈晏從又笑著對新軍們喊道：「鎮國公主和高義郡主雖然將護衛軍留在山下，但她們可是武藝高強啊，咱們可千萬別被公主和郡主搶了先，丟了十金啊！」

新兵們一看鎮國公主連護衛軍都不帶，更不將那些山匪放在眼裡，頓時卯足了勁兒，跟競賽似的往山上衝。

沈晏從選了六個西涼殺手跟在白卿言身邊，他們手握長刀見新兵已經都急吼吼衝上山去抓山匪，對視一眼，猛然拔刀轉身朝著白卿言的方向襲來。

全身除去鐵沙袋的白卿言，周身輕盈如燕，她一把推開白錦稚，眸色深沉，竟不避突如其來的寒刃，手中長劍出鞘，寒光迸現急速上前的一瞬，血霧飛散，那人頭顱朝山坡之下滾去，帶血的頭顱面容猙獰，目眥欲裂。

沈晏從雖早有防備，卻沒有料到西涼殺手的動作會這麼快，那西涼殺手一動手，沈家護衛立刻拔刀相對。

「長姐後退！」白錦稚迅速拔劍護在白卿言身前。

血腥氣彌漫在深林月色之中，一片輕薄的青雲緩緩將明月遮住，四周光線和聲音亦跟著逐漸消失，萬籟俱靜，鴉雀無聲。

殺手頭領看著身被白錦稚和護衛迅速護在身後，眸色鎮定殺意十足的白卿言，饒是再遲鈍也察覺出白卿言對他們有所防備，今日白卿言暴露在他們面前，不過是以身為餌給他們下套罷了！

殺手頭領心中大駭，直呼不好，可已經被發現，且走到了這一步，不完成任務逃走是死，完成任務其他活著回去的人，還能活！

心一定，西涼殺手領頭人，吹了個哨聲，便與沈家護衛糾纏在一起。

處處皆是刀鋒碰撞之聲，處處皆是劍影撲朔之影。

很快混在上山捉拿山匪隊伍裡的殺手全部折返，與白家護衛軍拚殺起來。

白錦稚手握長劍護著白卿言不住向後退，白卿言抬手扣住白錦稚的肩膀，冷靜平穩的嗓音在白錦稚耳邊響起：「沒事，別怕！你能護住長姐！」

對，白錦稚是怕，不是怕受傷也不是怕送命……是怕自己護不住長姐。

此刻再與長姐並肩而立，面對廝殺，她不由想起在秋山關救九哥白卿雲那夜，若不是肖若江將她護住，她早已人頭落地。

又想起火神山，若非長姐及時趕到，她怕已經葬身火海。

「大姑娘！」白家護衛高呼一聲，將白卿言的射日弓丟給白卿言。

白卿言一把接住，從白錦稚背後的箭筒摸出羽箭，搭箭拉弓。

正與西涼殺手纏鬥的沈晏從只覺帶著寒氣的箭矢，夾裹風雷之勢，擦著他的耳朵嗡鳴而過，他只看到一道虛影，霎時滾燙的血霧噴射他一臉，面前對他舉刀的西涼殺手，頸脖洞穿，那羽箭險些穿樹而過，箭羽顫抖聲彷彿就在人耳邊。

知道白卿言射日弓的厲害是一回事，親眼見又是另一回事，沈晏從難掩震驚。

不等沈晏從反應過來，箭矢呼嘯之聲從背後接踵而來，箭無虛發，箭羽離弓必取人性命。

殺手頭領看準了白卿言的位置，以胸膛迎了白家護衛一刀，揚手將暗器朝白卿言的方向射去，高呼：「撤！」

是他帶著兄弟們來的，只要他能用命換來將鎮國公主一擊即中的機會，兄弟們回去就都能活命了！否則今日都得死在這裡！

白卿言對危險的敏銳程度極高，憑藉本能一把扯住白錦稚的衣領，將她腦袋按下的同時，旋身繞樹，有極為細微的呼嘯聲擦著白卿言的髮絲帶風而過……

十幾枚泛著幽綠光澤的細針牢牢定在樹上，若是白卿言和白錦稚稍稍晚一剎那，如今怕是已經成這毒針下的亡魂。

被白家護衛軍利刃穿透胸膛的殺手頭領，見白卿言旋身繞樹躲過他身上唯一的暗器，抽箭拉弓，竟又奪一人性命，自覺無力回天，噴出一口猩紅的鮮血，狼狽倒地。

遮月雲翳緩緩而去，明月皎皎清暉遍地，樹影幢幢。

山上喊殺之聲陡然高昂響起，深林之中飛鳥驚起，山匪據點猶如熱鍋般嘈雜。

而山腰中央，已是屍首一片，鮮血蜿蜒。

白家護衛軍和沈家護衛，各活捉一人，押了回來，將渾身是血的兩人按跪在白卿言面前。

「大姑娘，舌後藏毒已經被取出來了！可帶回府審問。」白家護衛軍上前，抱拳對白卿言道。

氣喘吁吁的沈家護衛也上前，對白卿言和沈晏從道：「鎮國公主，公子……此人齒後的毒也取出來了。」

「鎮國公主若放心，可將這兩人交於我審問，我定當審個水落石出！」沈晏從急於在白卿言面前立功，上前請命。

「不用審了。」白卿言接過白錦稚遞來的帕子，擦了擦臉上沾染的鮮血，「西涼公主李天馥派你們來的，是嗎？」

那兩人跪地垂頭，咬死了不吭聲。

「西涼除了那個什麼陽公主李天馥，沒人會做這種蠢事！」白錦稚眸色涼薄，她沒有忘記在太子娶側妃的婚宴上，那什麼狗屁西涼公主要殺她長姐的事情，也虧得她是個公主，要是別人……白錦稚一定宰了她。

沈晏從看了眼跪在地上的兩人：「既然公主已經知道他們的來歷，留著也沒用，不如殺了了事。」

「我給你們一次選擇的機會，要麼今日人頭落地，要麼我派人送你們去大都城……你們與太子坦白李天馥派你們來殺我之事，自然了你們西涼死士服用的那個每月發作一次，半年喪命的毒……我也可以讓人幫你們解。」

白卿言話音一落，那兩人似有心動，掙扎不過片刻，其中一人抬頭道：「要殺就殺，哪來那麼多廢話！」

那人話音一落，白卿言即對沈晏從頷首，沈晏從手起刀落，人頭落地，鮮血噴濺。

「你呢？也如此硬氣嗎？」白卿言看向另一人。

「但求速死！」那人道。

「是條漢子，放心去吧，我會將你們葬在一起。」白卿言說完轉身率先向山下走去。

沈晏從毫無猶疑，一刀結果了那人，徹底將李天馥派來的死士殺盡。

山上也熱鬧非凡，九曲巷王家本就不入流，派來的也並非絕世高手，不過是借著悍匪之名，加上有幾分身手，對付普通百姓還成，面對這些經過訓練……且人數眾多的新兵，必然潰不成軍。

白卿言和白錦稚帶著白家護衛軍在山下候著，在朝陽從山頭躍出，照亮這山巒大地之時，山上傳來了歡呼聲。

白錦稚眉目間露出笑意：「長姐，看來能給太子還有皇帝交差了。」

「這麼大的喜訊，自然是要去給太子稟報的……」報給太子之後，怕是還要讓紀庭瑜一行人再劫一場，以此來向太子表明，匪患未清，朔陽還得加緊練兵。

朔陽城內，百姓早起之後都聽聞了今日一早鎮國公主便帶兵上山剿匪之事，有人遠遠看到鎮國公主帶新兵從朔陽城北而來，紛紛奔走高呼。「鎮國公主回來了！鎮國公主剿匪回來了！」

靠近北城門的百姓放下手中的活計，圍在城門往外看，果然看到遠遠一隊人馬緩慢朝朔陽城的方向走來。

百姓奔相走告。「快看啊！是鎮國公主剿匪回來啦！」

一時間，朔陽城的百姓紛紛走至長街，擠在北城門伸長脖子往外望。

眼見騎在高馬之上，一身俐落裝束的白卿言和白錦稚走在最前，不知是誰高呼：「真的是鎮國公主，鎮國公主和高義郡主肯定是剿匪得勝回來了！」

隨白卿言、白錦稚與沈晏從一同回來的新兵，老遠看到朔陽城的百姓在北門口歡呼，心中陡然生出一種自豪愉悅之感。

受了傷被攙扶著回來的新兵抬頭朝城門口的方向看去，壓低聲問：「是在迎接我們嗎？」

「自然是迎接你們的啊！你們可是為民剿匪，榮耀而歸的！」沈晏從轉過頭笑著道。

新兵們大多都是家中種田的農戶，聽到沈晏從如此說，面色漲紅，忍不住挺直脊背，保持著最佳儀態朝著城門的方向走去。

看著剿匪新兵進城，百姓們夾道歡迎，議論紛紛，臉上全都是笑容和崇敬。

新兵們頭一次實戰歸來，就被百姓夾道熱情相迎，極大滿足了他們的自豪感。

茶樓之上月拾聽到樓下喊聲，推開隔扇出來往外看，可城樓擋住了視線，直到看到白卿言入城，月拾忙轉頭對蕭容衍道：「主子，白大姑娘回來了。」

今日一早，得知白大姑娘帶兵出城，他們家主子就來了茶樓。

雖然說對付幾個小毛賊根本難不倒白大姑娘，可他們家主子還是掛心的。

蕭容衍放下手中茶杯，起身立在二樓倚欄處看向快要從茶樓下經過的白卿言。

晨光漸盛，耀目金光映著騎於高馬之上，身姿挺拔的清瘦的纖細身影，明豔驚鴻，從容堅韌，如有秋霜夏震之威，通身威勢深入骨髓，無法遮掩，讓人不敢逼視。

蕭容衍不禁想起白家七公子白卿玦，眼底含笑，白家子孫，各個傲岸不群，風骨清雋。

約莫是感覺到茶樓之上的視線，白卿言抬眸，正正撞入蕭容衍的深眸之中。

白衣公子矜貴溫潤，淺淺朝白卿言頷首，炙熱藏在極為沉靜克制的漆黑眸色下，隱隱透出讓人驚心動魄之感。

白卿言攥緊了韁繩，收回視線，唇角幾不可察勾起淡淡的弧度。

有小姑娘看到白卿言身上的血跡，高聲問道：「公主受傷了嗎？」

「不是！這是賊人的血！」白錦稚笑著對那小姑娘道。

小姑娘沒有料到會得到郡主的回應，一張臉通紅，怯生生點了點頭，張了張嘴竟然緊張的一個字都說不出來。

白卿言低頭看著自己身上的血跡，對小姑娘笑了笑，突然側頭向後喚了一聲：「沈晏從……」

沈晏從連忙一夾馬肚上前走至白卿言身側：「鎮國公主吩咐。」

「我一身血就不回校場了，你將新兵帶回校場，此次立功的除了十金的獎賞之外，可以升十夫長，給兩天假回家去看看！」白卿言道。

沈晏從頷首：「鎮國公主放心，小人一定辦妥！」

「走吧。」白卿言同白錦稚說了一聲，一夾馬肚率先朝白府方向而去。

白錦稚與白家護衛緊隨其後，快馬離去。

「鎮國公主可真好看啊……」剛才那小姑娘呆呆道。

「可不是！都說這鎮國公主是殺神，可殺神護我晉國百姓，護我朔陽百姓呢！這鎮國公主就是史上最美的殺神！」有之前被白氏宗族坑害，因白卿言才得以公道的朔陽百姓高聲道。

立在長街兩側的百姓中，有老者在新軍隊伍裡看到相熟的年輕人，高聲笑道：「二娃！你出息啦！打架都能打出名堂，打了勝仗，可以光宗耀祖啦！」

「是呀！打贏了！斬了一顆山匪頭顱，有十金能回去蓋房子娶媳婦，給我爹娘養老啦！」年輕人身上小傷已經處理，眉目間全都是喜意。

「出息！回頭我讓我家山根也去報名，你要多照顧著點兒啊！」老者高聲喊道。

「放心吧德叔！你讓山根儘管來！新軍營裡頓頓吃肉，每天訓練拿了前三還能給家掙肉吃嘞！現在新軍營裡還來了幾個先生教我們識字，腦子好的字認得好寫得好，前三名也能給家裡掙肉嘞！」年輕的新兵二娃扭頭扯著嗓子對那老者喊道，「山根腦子好，打架不行，識字肯定行的！他來了我鐵定照顧他！我倆可是穿一條褲子長大的！」

以前聽聞新軍營裡頓頓吃肉，朔陽百姓有的大多都還不太相信。如今，這新兵當著長街兩頭百姓的面說出來，不少百姓心動不已，更何況去軍營還可以識字……這簡直是天大的好處。

普通人家為何不識字，還不是上不起私塾。

有人已經蠢蠢欲動，想要讓自己娃兒也去，就算是不為吃肉……好歹學幾個字，全家也不至於一看字就成了瞎子。心思活絡的已經挑起扁擔匆匆往家裡方向跑，打算回去和自家婆娘商量商量，讓兒子也去當新兵。

白卿言到白府門口時，正遇到董長瀾帶著崔氏一行人要出發回登州。

見白卿言一身血跡回來，正在白府門前送董長瀾的董氏，嚇得臉上血色一瞬退了個乾乾淨淨。

「表姐你這是……」董葶珍睜大眼盯著白卿言身上的血跡。

「表姐?!」董長瀾也愣住，神色緊張，「表姐你受傷了！」

白卿言一躍下馬，身形俐落，她垂眸看了眼衣衫，笑道：「旁人的血，我無事。」

崔氏也被嚇了個小臉發白，聽白卿言這麼說用帕子按住心口，只覺胃裡翻湧，她忙拍了拍心口強壓下這種感覺，她自小就見不得血。

「長瀾，容姐兒……一路平安！」白卿言笑道。

董長瀾朝著白卿言長揖行禮，扶著崔氏上了馬車，崔氏素手撩開馬車簾幔對白卿言道：「表姐，得空要來登州，祖母很是想念你。」

「知道了！」白卿言頷首。

「葶珍，你真的不去登州？」崔氏又問董葶珍。

原本董長瀾和崔氏的意思，是帶著董葶珍一同回登州的，等到年節大都董家回登州……董葶珍便可隨大都董家人一同回大都，可董葶珍十分喜歡朔陽，又覺得董氏寂寞，不願意走。

董葶珍搖了搖頭：「我想留下多陪陪姑母！還想隨錦稚妹妹去見識見識校場練兵呢！」

這是白錦稚私下答應董葶珍的，剛下馬的白錦稚聽到這話，忙朝著大伯母董氏看去，見董氏沒有不高興，這才道：「小事情！」

董葶珍不願意走，崔氏也未曾勉強，只叮囑了她幾句，讓她不要給表姐添麻煩。

「姑母，表姐……長瀾走了！請姑母和表姐一定要照顧好身子！時常給登州來信，好讓祖母放心！」

「長瀾哥哥，你代我問祖母和二叔二嬸安！」董葶珍上前一步，朝董長瀾行禮。

董長瀾頷首，對董氏和白卿言一拜，這才上馬，帶著董家護衛緩緩離開。

董氏目送董長瀾一走，就扯著白卿言和白錦稚的手腕兒往撥雲院走，吩咐婢女即刻備水為兩位姑娘沐浴。

董葶珍用帕子掩唇低笑，扭頭對自己的貼身侍婢道：「我們去給表姐和表妹準備一點吃食，今兒個一早就出發剿匪，想必此時已經餓了。」

「大伯母，我是真的沒有受傷，要不……您拖著長姐去沐浴就行了，我回我自己院裡行不行？」白錦稚陪著笑臉道，生怕董氏要讓她脫了衣裳檢查。

「母親，我也沒有受傷。」白卿言也道。

董氏一語不發，拖著兩人回了撥雲院，果然親自檢查了白卿言和白錦稚身上有無傷口。確認兩人無恙，董氏這才鬆了一口氣，讓人去白錦稚的院裡給白錦稚取一身衣裳過來。

隔著一道屏風，白錦稚和白卿言兩人各自沐浴，白錦稚低聲對白卿言道：「嚇死我了，我還以為大伯母要同我母親那般，跟老虎似的惡狠狠直接剝了我的衣裳檢查，要是我敢不從就用巴掌往我胳膊上抽！沒想到大伯母這般溫柔，平日裡大伯母那麼端莊持重，我還當大伯母比我母親還凶呢。」

白卿言眉眼裡有笑：「回頭這話我同三嬸兒說說。」

「哎哎哎！長姐……這姐妹私房話可不興向長輩告狀的！」白錦稚忙喊道。

兩人沐浴出來後，白錦稚同白卿言坐在臨窗軟榻下，一邊由婢子絞頭髮，一邊喝著董氏讓秦嬤嬤端來的鴿子湯，和董葶珍送來的點心。

白錦稚抬頭看了眼專心喝湯的白卿言，開口道：「長姐，一會兒我就帶著被活捉的那兩人去大都給太子送個信吧！第一次剿匪的成果總得讓太子殿下知道。」

「大都你不用去了，我自會安排旁人去，有一件更重要的事情交給你去辦。」白卿言說著抬手示意正在絞頭髮的婢子出去。

白卿言將湯勺放在一旁，用帕子擦了擦唇角才道：「長姐想讓你去料理被除族的白氏族人……白岐雲。」

白錦稚一怔，一臉不解望著白卿言。

「白岐雲與左相府的人勾結，想要對付我們白家，左相那邊你不必操心，想想如何了結了這個白岐雲，且還不會讓前族長……與白氏被除族之人，同我白家死拼。」白卿言挑重點叮囑白錦稚，「白岐雲身邊那個烏管事倒是可用，但此人說話不可全信。該怎麼做你自己來想，不許莽莽撞撞用鞭子刀子解決，做錯了也不要緊，全當練手。」

她一向是聽從長姐命令行事，讓她去做這些事情，她都不知道該從何處下手，有些慌。

白錦稚張了張嘴想問，卻見白卿言只望著她沒有絲毫提點之意，又將唇瓣抿住，心更亂了。

「小四，沒關係……做不好無妨，收拾不收拾白岐雲都是無傷大雅之事，只是為了讓你練手而已。」

「那……我試試！」白錦稚手心裡全都是汗，這比在大都城先生上課，背不出昨日所學就挨板子還讓白錦稚緊張。

白卿言笑著點頭：「另外，還有小五和小六，從明日起你帶著她們練習騎射。」

這個白錦稚喜歡，白錦稚笑著點頭：「長姐放心！這件事，一定辦好！」

白卿言一行人剿匪當日下午，白卿平便被他的祖父喚了過去。

白卿平打簾一進上房，見已經被逐出族的大伯白岐雲也在，朝著祖父和大伯行禮。

「阿平不必多禮，你坐……祖父有幾句話問你！」白卿平的祖父拄著漆黑油亮的烏木拐杖，滿臉都是慈祥和煦的淺笑。

白岐雲亦是堆著笑，難得對白卿平露出如此和煦的表情。

「聽說這些日子，你用了不少族內的族兄弟替鎮國公主辦事，他們做的還都挺不錯的？」白卿平的祖父聲音徐徐，慢條斯理問道。

婢女挑簾進來，上了茶，又退出了出去。「正是，祖父若是對此事感興趣，不妨喚父親前來，父親對此事知道的比我更清楚。」白卿平恭恭敬敬道。

白岐雲朝父親看去，急切示意父親趕緊問正經事兒，那架勢大有父親要是不問，他可就要端著大伯的架子問了。

白卿平的祖父端起茶杯喝了一口，一副無意的模樣，問了句：「聽說今日一早，鎮國公主帶著新兵上山剿匪去了，可曾……將劫匪從你大伯身上劫走的那些銀票找到了？」

白卿平垂著眸子，還是那副規規矩矩的模樣坐在椅子上，拳頭卻悄然攥緊，他波瀾不驚道：「剿匪的時候我並未跟去，個中詳情不甚知道。」

「你不知道，可那個整日裡和你混在一起的太守之子沈晏從肯定知道啊！」白岐雲對白卿平這一問三不知的態度頗有微詞，「你也不知道問問！那可是四十多萬兩銀子啊！」

「若是找到這四十多萬兩銀票，鎮國公主要麼會將這筆銀子用在練兵剿匪之上，要麼就是按照之前所言，用在修宗族祠堂、置辦族田……等等事宜上！如今大伯已經被除族，不知道問這筆銀兩是何意啊？」

白卿平心中對白岐雲這種行為厭惡到了極致，卻還不能表露出來，言語上難免凌厲了些。

白岐雲被堵的有片刻說不出話來：「你怎麼和大伯說話呢？」

白卿平的祖父忙擺手示意白岐雲穩住，對白卿平道：「這筆銀子原本是給族裡的，可銀子在你大伯這裡被劫走了，你大伯總惦記著這件事，覺得愧對族裡……所以問問，這又有什麼不妥當，值得你這樣同你大伯說話？」

「我看就是跟在白卿言屁股後面，為白卿言辦了幾件事……就覺得自己能耐了！」白岐雲剜了眼白卿平。

白卿平也不惱，起身對祖父長揖一禮道：「族姐以命在沙場上博得鎮國公主的尊位，寬宏大度，不計較宗族曾對大都白家孤兒寡母如何苦苦相逼，允許孫兒跟著她辦事，庇護提攜白氏族人，祖父應當知足，有羞惡之心，不應該再惦記本就不屬於自己的東西！」

「放肆！」白卿平的祖父臉色霎時被氣得鐵青，「無羞惡之心，非人也，你這是在罵祖父不是人嗎?!」

「孫兒不敢！孫兒只是覺得祖父已經年老……如今大伯被除族，可是我父親還是族長！希望祖父能為父親留些顏面，不要讓旁人覺得咱們白氏朔陽族長一家子，都是見利忘義之人罷了！」

說完，白卿平朝著祖父一拜，轉身朝門外走去。

白岐雲氣得胸口起伏劇烈：「父親！你看白卿平這個樣子！連您都不放在眼裡了……」

剛跨出門檻打簾準備出去的白卿平腳下步子一頓，側頭對著屋內的白岐雲說了一句：「我奉勸大伯不要有不該有的貪念，否則如今鎮國公主能夠顧念著我父親還是族長，饒過大伯，可若是大伯做的過了，鎮國公主可絕不是心軟容情之人。」說完，白卿平大步朝院子外走去。

「爹！你看看這白卿平都成什麼樣子了！」白岐雲從椅子上彈了起來，指著白卿平的方向對自己親爹嚷嚷。

白卿平的祖父沉默著，用力攥緊手中的拐杖，一直以來自己這個孫子就是白氏宗族裡最清醒，比他這個前任族長要更清醒。

白岐雲原本惦記著那四十多萬兩，也是覺得那四十多萬兩本就是白氏宗族的，既然弟弟白岐禾如今是族長，如果找回來了自然要交到族長的手裡，到時候讓白岐禾分他一點，也算是不枉費他辛苦從大都白家要回來。

可如今看白卿平這個架勢，就算是銀子要回來了……怕是也要巴巴兒的親自送到白卿言那裡，讓白卿言練兵用。

「行了！回去吧……」白卿平的祖父拄著拐杖撐起身子，對白岐雲道，「以後別再惦記著那些銀子了。」

「爹！爹你也要不管兒子了嗎？」白岐雲有一瞬的慌張。

從弟弟白岐禾成為族長之後，白岐雲就擔心自己會被父親放棄，畢竟……白岐禾也是父親的兒子。沒有得到父親的回答，白岐雲面無人色凝視著父親的背影，內心惶惶不安。

七月二十八日戌時，左相李府偏門被敲響，守門婆子一開門，看到擺在石階上整整齊齊的七顆頭顱，嚇得尖叫一聲暈了過去。

門房裡聽到動靜的另一個婆子衝出來，嚇得跌倒在地，手腳並用向後退爬起來就往內院衝。

左相李茂正在書房裡練字，府上青衫謀士和白衣謀士匆匆而來，在李茂書房門前請見。

李茂寫完最後一筆，擱下手中紫毫筆，用濕帕子一邊擦手上沾染的墨跡，一邊欣賞自己的這副字：「請二位先生進來！」

兩人一進門，青衫謀士便道：「左相出事了！我們派去朔陽之人的頭顱，被送了回來！」

李茂一怔，抬頭看向自己的兩位謀士，臉色大變，陡然想起自己兒子雙腿被打斷那次。

「定然是白卿言發現了。」李茂咬了咬後槽牙，將帕子丟在桌上，眉頭緊皺，「千叮嚀萬囑咐小心一點小心點！怎麼還是被發現了！都是幹什麼吃的！」

所幸，白卿言只是將人頭送回來給他警告，而不是直接將信送到太子府去……想到這裡，李茂喉頭滾動，忙道：「快！派人去太子府門前盯著，看太子府有沒有什麼異常！」

若是此次真的激怒白卿言，她不願意被人抓住把柄，乾脆直接除掉他呢?!

這次是李茂冒失了，他不是一個習慣讓人握著把柄的人，他習慣了掌控，超出他掌控的任何事情都會讓他如芒刺在背，坐立不安，徹夜難眠。所以他才會派人去朔陽，讓自己的人與朔陽宗族之人接觸，試圖找到……甚至是製造白卿言的把柄。

「會不會是被除族的白氏族人，告訴了鎮國公主？」白衣謀士若有所思。

「白家的人心若真有這麼齊，當初哪裡會有強占祖宅的事情發生？」青衫謀士搖頭道。

「派人去朔陽，向鎮國公主俯首認錯吧！」白衣謀士當機立斷，想到之前白卿言打斷左相幼子李明堂腿的事情，陡然脊背生寒。白衣謀士有種極強的感覺，白卿言絕非善類，惹毛了白卿言，即便此次白卿言不會要了左相的命，也會讓左相脫一層皮。

經過上一次高義郡主的事，他們也算是看明白了，這白府的人便是鎮國公主的逆鱗！

左相李茂思索良久，半晌才下定決心抬眼看向青衫謀士：「有勞子源親自走一趟朔陽！即刻出發不要耽擱！到了朔陽見機行事，若是鎮國公主……只是將這幾個人的頭顱送回來，便再無動作，子源便斟酌行事。」

李茂的意思很明白，要是白卿言只是把人頭送回來警告一下，便讓這位被稱作子源的青衫謀士，斟酌著在朔陽和白家宗族之人聯繫聯繫，不管怎麼樣能抓住白卿言的把柄最好。

而青衫謀士蔡子源也清楚，李茂之所以讓他去，是因為這主意是他出的！

讓他去，是讓他替李茂請罪，也是讓他去任由鎮國公主處罰的意思在。

青衣謀士蔡子源稍有錯愕之後，便點了點頭，主意是他出的，他收拾殘局也是理所應當。

隨即，蔡子源朝著李茂長揖一拜：「必不負左相重托！」說完，當即轉身離開，讓人備馬……連行裝都來不及收拾，騎馬帶了兩名護衛直奔朔陽城。

左相心有餘悸，眼皮一直在跳。

白衣謀士安慰道：「相爺也不必太過擔憂了，畢竟我們還未來得及做什麼。鎮國公主將人頭送回大都，有震懾之意，應當只是警告一下，子源去認了錯，想必也就無事了。」

李茂抬手按了按自己直跳的眼皮，端起茶杯喝了一口：「你也坐……」

白衣謀士坐下後徐徐道：「相爺，容某說一句不該說的！此次相爺和子源計畫同白氏被逐出族的族人聯手便有些失誤！某知道，相爺因著鎮國公主手握相爺把柄而坐立不安！可是……換一個思路來想！如今，梁王以為相爺曾經跟隨二皇子，暗中是他的人！將來若是梁王登基，相爺白然是一人之下萬人之上！」

李茂朝著白衣謀士看過去，做出靜靜聆聽的姿態。「而相爺雖有把柄在鎮國公主手中，可只要不觸碰鎮國公主逆鱗，甚至……明著協助她，將來太子登基，不論如何左相也算是太子一黨，總不至於遭貶斥！鎮國公主身為女子遠離朝堂，若朝中有您這麼一個位高權重又有把柄被她握在手裡的朝臣，她能不想方設法讓登基後的太子重用您，從而達到操控您的目的嗎？」

李茂一聽似乎是這個道理。這大概也就是白卿言為什麼不曾將那些信交上去的緣由。她自以為握著那些信，便能掌控他這個朝廷重臣，比起將那些信交上去要了他的命，對白卿言來說不交上去於她更有利。若他是白卿言，在無法觸及朝堂之時，也會做出如此選擇。

「況且此次我們還沒有對白家的人造成什麼實質性的傷害，鎮國公主未必是真的有心要對付相爺您，且以鎮國公主的性子，必定是……不動手則已，一動手定會驚天動地，哪裡會這麼輕飄飄的將人頭送來了事！」

李茂心裡略略鬆了一口氣：「先生說的有理，那……我們便向鎮國公主示好就是了！」

「某正是這個意思，如此……相爺也算是在梁王和太子之間，左右逢源，立於不敗之地。」

李茂頷首，心更寬了些：「希望子源此次去朔陽，能將此事辦妥當。」

白衣謀士笑開來。

此時左相李茂並不知道，白錦繡已命人將李茂當年與二皇子的其中一封來往書信謄抄了幾百份，送往煙花場所，酒肆與酒樓等最熱鬧的地方。又臨摹一封，將書信正本送到了梁王手中。

當天晚上正在花樓喝花酒的清貴公子哥看到那封信，再看到信件的落款是左相李茂，議論紛紛，幾乎是人手一份，都在細細研讀。這信可是李茂寫給因謀逆被處死的二皇子，信中李茂極盡阿諛奉承之詞，甚至還稱此生效忠，讓二皇子放心。

這封信是白錦繡精挑細選過，不涉及任何政事，卻足以讓人看出李茂曾經是二皇子一黨。因白錦繡知曉長姐沒打算對李茂下死手，留著他還有他用，所以只為震懾李茂讓他安分。

當夜，李茂被侍妾伺候著剛剛安置，就聽管家急匆匆在門外喚他。

李茂心裡有事本就睡得不踏實，起身掀開幔帳朝門口問道：「什麼事？」

「出大事了相爺！」管家道。

李茂心裡咯噔一聲起身披了衣裳就走，美妾素手挑起床幔喊了一聲：「相爺！」

李茂顧不上嬌妾的呼喚，裹著外衣匆匆出門，眸色沉沉看向管家：「出了什麼事？」

「您與二皇子當年的書信，不知怎得……在大都城裡流傳開了！」管家將揣在懷中的信遞給李茂，「相爺您看！」

李茂一把拿過信，一邊往書房走一邊看，吩咐管家去將大公子李明瑞和白衣謀士請來。

李茂這才明白，不論是他有沒有對白家的人做出什麼實質性的傷害，他只要敢動這樣的心思，白卿言便不會輕輕放過他。送人頭回來是警告，這封信也是警告。

畢竟白卿言手握他的把柄，是真正有恃無恐的那個，自然可肆無忌憚。

這一次，李茂的確是冒失了，他不該想盡辦法要去掌握甚至是製造出白卿言的把柄，以此來和白卿言相互牽制。他與白卿言交手本就處於劣勢，只能被動受其脅迫。

但，正如他的謀士所言，他有把柄和軟肋被白卿言掌控，恰恰是他可以左右逢源的時機。

左相府的白衣謀士被叫了起來，披了件外衣便去了書房。

李茂已將這封信讀了好幾遍，的確是他寫給二皇子，但並非是他的筆跡，這是有人謄抄的。

管家說，現在外面煙花柳巷、酒樓、酒肆，到處議論的都是這封信，照這個速度，明日大都城最熱鬧的談資，怕就是左相李茂的這封信了。

當初李茂為了取得二皇子的信任，將自己放得極低，甚至在信中直言，二皇子乃是皇帝諸子之中最出類拔萃，將來必登大寶，他願意肝腦塗地跟隨二皇子。

李茂現在看著這信中所書內容，恨得搧自己老臉幾巴掌。

看到白衣謀士進門一拜，李茂忙道：「先生不必多禮，想必來的路上已經聽說了，現在這封信已經在大都城流傳開來，明日早朝或許會有人提出讓陛下嚴查此事！」

白衣謀士接過李茂手中的信，在李茂對面坐下，細細流覽之餘聽著李茂的話。

「此次向朔陽出手，的確是冒失了！」李茂咬了咬牙。

李茂話音剛落，李明瑞就撩開衣擺進門朝著李茂行禮：「父親！」

坐於燈下的李茂，陰沉神色帶著幾分疲憊：「可知道了？」

「知道了！」李明瑞亦在李茂對面坐下，又從白衣謀士手中接過信，細看了信的內容，手指摩挲著紙張，又嗅了嗅上面墨的味道。

白衣謀士抬頭看向李茂：「這應當也是鎮國公主的警告，相爺……鎮國公主這是在告訴我們，她手中的確是握著信，讓我們安分些，不要逼急了她！不然……鎮國公主也不會挑選一封這樣留有餘地的信！」

李茂眉頭緊皺：「現下……該如何處置！」

「今日早朝必會有人攻訐左相，左相不如……提前去找陛下坦白！畢竟當年二皇子謀逆，左相可是護駕有功之臣！」白衣謀士道。

「父親，如今這封信傳得沸沸揚揚，明日大都城必定是熱議沸騰，誰能看不出這是有人刻意為之！」李明瑞抬頭，漆黑深沉的眸子裡映著搖曳火光，認真對李茂道，「兒子倒覺得，父親應當否認……不承認此信是出自父親之手！求陛下嚴查栽贓陷害父親之人……」

「這事明擺著是鎮國公主做的，為父要是喊冤叫屈，請皇帝徹查……萬一查到鎮國公主頭上，鎮國公主將所有的信交了出去……」李茂心裡煩躁，出言打斷兒子的話，卻說到一半聲音猛然一頓，看向自己兒子。

皇帝本就對白家忌憚頗深，白卿言是先將信直接交給皇帝還好說，可若白卿言等到皇帝查到她再將信交出去，皇帝也會懷疑白家別有用心，李茂觀白卿言的行事作風，她不會這麼蠢。

此乃傷敵一萬自損八千的法子，又不是非常時期，她不會用。

白卿言的目的在於警告他安分，真想對付他，將信交給太子便是了，還不用惹一身騷。

「父親忘記了，當初您和陛下曾說過，察覺二皇子有異便投入二皇子門下，想要替陛下探知二皇子到底要做什麼，不成想二皇子是要逼宮造反。只是父親當時在二皇子門下時間尚短，知道此事時已經來不及通知陛下做準備！」

「為父自然記得，為父怕的不是這封信……而是其他的信！這封信的確是只能表明為父曾投入二皇子門下，可當初二皇子謀逆……」李茂咬了咬牙，沒有說下去。當年二皇子謀逆，可是李茂推著二皇子走了這一步，那些來往信件裡寫得清清楚楚，他怕的是白卿言手中的其他信件。

李明瑞將手中的信紙放在木桌上，推至李茂面前：「鎮國公主選了這封信，也就是……不想致父親於死地，否則大都城傳的紛紛揚揚的就不該是這封！父親您這是因為上次弟弟斷腿之事，太過緊張了……」李明瑞明白，父親這是對鎮國公主產生了懼意，有些沉不住氣了。

「父親想想，紙張多矜貴？普通清貴人家紙張多是用在傳信之上，也只有底蘊深厚的世家才多用紙張。」李明瑞手指在紙張上點了點，「所以這紙張的來源和墨都比較好查，鎮國公主不會犯如此錯誤！或許此事是鎮國公主想要藉由我們左相府的手，除去誰也說不定。」

李茂瞇著眼若有所思，良久之後道：「明瑞你再派一人，追上子源……讓子源同鎮國公主致歉結好，也告知鎮國公主我們李府會盡力化解信件之事。若是化解不了，只能在朝堂之上否認自保，求鎮國公主諒解一二，來日鎮國公主若有所吩咐，我們左相府定全力以赴。」

這樣左相府，也算是上了太子的船。

「明瑞明白！」李明瑞起身立刻去辦。

李明瑞雖然建議李茂於早朝之上喊冤，可李茂仍覺不妥當，他明日一早應在早朝之前就面見皇帝，將這封信解釋清楚，順便提醒皇帝有人拿此信大做文章，似乎另有所圖。

若是皇帝讓他喊冤他便喊冤，若是皇帝讓他認下，他便認下。

李茂冷靜下來想明白了，什麼都不要緊，只是千萬不能讓皇帝對他產生疑心。

梁王煉丹之事被揭開，皇帝命其禁足在府中之後，便撤了巡防營和暗衛，梁王府的下人也能自由出入。

梁王聽說李茂與二皇兄來往的信件被人謄抄散播，在大都城弄得人盡皆知，心中隱隱替李茂捏了把冷汗。

畢竟，梁王能用之人，全都是當初二皇兄留下的人，李茂算是其中最位高權重之人。

且此次在燕沃賑災，若非李茂之子李明瑞明裡暗裡相助，揣摩出父皇當初將那位稱有起死回生丹藥的女子喚去宮中詢問，是對長生不老和延年益壽產生了興趣，他也無法及時找到那位煉丹的仙師，以此來博得父皇歡心。

如今的梁王，非常看重李明瑞，雖然比不上杜知微在他心中的分量，可如今梁王身邊沒有得用的謀士，即使心底對太過聰明的李明瑞有那麼一點防備，也只能依靠他。

所以，當白錦繡的人順利以大燕九王爺之名將信送到了梁王手中，稱送梁王一個人情，讓梁王收服左相李茂時，梁王實實在在鬆了一口氣。

他猜測，或許散播這封信便是大燕九王爺所為，為的就是將大都朝堂攪亂，讓他以這封信收服左相李茂，得到可以和太子纏鬥的資本。

可大燕九王爺不知道，左相李茂本是二皇兄的人，雖然未明著表態，可暗中就是他的人。

即便如此，梁王還是十分誠懇的向大燕九王爺致謝。

梁王坐在臨窗軟榻上，拿著那封信反覆的看，不免又想起當初二皇兄曾經與杜知微說過，李茂此人口蜜腹劍心口不一且十分圓滑，要想用此人……便要恩威並施牢牢攥住李茂的把柄才行。

以前，梁王一直不知道二皇兄是如何攥住李茂把柄的，看來……應當是李茂的親筆信件。

他相信李茂給二皇兄的親筆信肯定不止這一封，定然有更致命的，可這些信都在哪裡？

梁王又想起杜知微來，要是杜知微在就好了，他也不至於這般舉步維艱。梁王凝視琉璃盞內搖曳的燭火，垂眸凝視手中的信件，拇指摩挲了片刻，突然揚聲喚道：「紅翹！」

紅翹應聲進來，隔著屏風朝梁王行禮：「殿下！」

「你過來……」梁王下定決心後，凝視繞過屏風進來行禮的紅翹，道，「紅翹，如今本王身邊能信得過的，便只有你了！」

紅翹聽聞這話，抬頭，雙目通紅，慌忙跪下對梁王道：「殿下若有命，紅翹就是死無葬身之地，也必會盡力完成！」

「我只是想起了杜知微和童吉，感慨罷了！紅翹……本王沒有了他們，你可不能再出事了啊！」梁王開口道。

紅翹忙叩首，喉頭酸脹哽咽的一個字都說不出來。

梁王將信遞給紅翹：「我來仿寫，你可有信心，將新信做舊成這般模樣？」

紅翹摸了摸信紙，又嗅了嗅氣味，點頭：「不敢稱能十足十的相似，也必會做到八分！」

「八分就夠了！你去找相同的紙來，本王寫……你來做。」梁王又問，「需要多久？」

紅翹垂眸細細看了手中信紙之後，道：「至少三個時辰。」

「好！去辦吧！」

左相李茂一夜未睡，穿戴好官服一早便帶著昨晚管家交上來的信去了宮裡，在早朝之前求見了皇帝，戰戰兢兢將信呈上。

「陛下知道的！臣當初發覺二皇子行事不對，手上又沒有實證，這才迫不得已投入二皇子門下，想替陛下探一探，誰知等臣知道二皇子要謀反的時候已經晚了，也多虧臣反應過來才能及時救駕！可這信……不知道落在了誰的手中，竟然大肆抄寫在大都城派發，臣……真的是惶恐極了。」李茂跪地朝皇帝一拜。

皇帝抬眸看了眼李茂，陰沉沉的視線又落回信紙上，信上只能看出李茂對二皇子阿諛奉承，稱二皇子將來必登大寶，比嫡子信王更出類拔萃，甚至賢明會超過皇帝之語，除此之外，也的確沒有什麼不妥當的地方。

李茂平日裡對皇帝也是阿諛奉承，這信的確像出自李茂的手筆不說，李茂也認的坦坦蕩蕩。

若李茂當初真的只是為了取信二皇子，倒也情有可原。

「二皇子……會比朕更賢明？」皇帝聲音冷沉。

李茂連忙叩首：「陛下！那都是微臣為了取信二皇子才胡言亂語的啊！陛下乃一代聖君，二皇子雖為龍子，可有謀逆之心，不忠不孝如何能與陛下相提並論啊！」

皇帝手指摩挲著信紙，凝視李茂，當初為了取信二皇子如此阿諛奉承，如今又何嘗不是為了取信於他這個皇帝，在阿諛奉承呢？

皇帝瞇著眼凝視跪在大殿中的李茂，甚至有些懷疑……李茂是不是就等著二皇子謀逆，二皇子贏了他是從龍之功，二皇子沒有贏他是救駕之功，不論如何他都能立於不敗之地。

後來，李茂是眼看著二皇子起事要敗，這才倒戈救駕的！

不過這些年李茂的確是忠心耿耿，皇帝才打消了這個想法。

如今看到這封信，想起李茂當初口稱發現二皇子似乎意圖謀反，接近二皇子，又檢舉二皇子，這中間……李茂可是瞞得一絲風聲都沒有向他這個皇帝透露。

若是他早說了，他這個皇帝有所防備，也不至於被逼到險些被砍了腦袋的境地。

皇帝眸色越發陰沉，卻絲毫不顯：「朕知道了，你去吧！」

「是！」李茂不敢抬頭，規規矩矩退出大殿，只覺涼意像細蛇順著腳踝爬上來。

他知道今日來找皇帝坦白，或許會讓這位多疑的皇帝懷疑他，可若是不來陳情……皇帝會更懷疑他。和皇帝已經打過招呼，可皇帝並沒有吩咐他此事應當如何處置，若是一會兒有御史參奏，他該認下……還是不認？

還沒等李茂想明白，皇帝頭疼又犯了，高德茂匆匆派人去請盧姑娘入宮，皇帝也未臨朝，李茂鬆了一口氣的同時，也得知御史的參奏摺子送了上去。

李茂的兒子李明瑞與父親同坐一輛馬車回府，路上壓低了聲音告知李茂：「父親，今日兒子來早朝的路上，梁王身邊的那個紅翹來來找兒子，告知兒子讓父親放心……父親的那些信梁王已經悉數取得。」

李茂心裡咯噔了一聲：「梁王悉數取得？」

那信可都在鎮國公主那裡啊！梁王又是怎麼取得的？

李茂眉頭緊皺，只覺一個頭兩個大，一個兩個的都說手上有自己的把柄信件。

鎮國公主那裡，到現在也未曾見她真將信件拿出來過。

可梁王是二皇子曾經最親近的弟弟，若是在他那裡倒是……也有那麼幾分可能。

「此事是真是假？」

「還不確定，兒子等一會兒會親自去趟梁王府證實此事！若信件真的悉數被梁王拿到，兒子必會設法將其毀去！不讓父親有後顧之憂。」李明瑞朝著李茂長揖一拜。

雖然李茂不甚相信梁王能夠從鎮國公主那裡得到那些信件，可凡事都有萬一，還是讓李明瑞走一趟確定清楚了，他才能放心。

「你辦事，父親放心！切記……一定要看清楚，那是否是出自咱們李家的信！」李茂用力捏了捏兒子的手，暗中示意，「此信……關乎我李家滿門的人頭，是留在肩上，還是見血落地啊！」

「父親放心，兒子知道輕重！」李明瑞鄭重道。

在李明瑞以探望梁王為名，帶著酒和點心登梁王府後，親眼看著梁王從一個裝滿信件的錦盒裡拿出了一封交給李明瑞。

李明瑞看後認出父親筆跡，心頭驚駭，又在梁王垂眸喝茶的間隙，裝作看不清楚的模樣將紙張移至於菱花窗櫺透進來的日光之下細看，光線中浮塵飄動，映著紙張上極為清淺，且在非強光之下才能堪堪看到一個隱約的李字，李明瑞心沉了下來。

信，果真是出自李家。

他視線看了眼梁王身旁的錦盒，為表示恭敬，起身將信放在梁王几案之上：「不知殿下從何處得到這些信的？這些信一直沒有找到，是父親的心病，倒不是旁的……就怕有人用這些信藉機生事，梁王殿下朝中便無人可用了。」

「本王如何得到的，目下還不能對明瑞直言，還請明瑞海涵。」梁王彬彬有禮說完，將那封信又放回錦盒之中。

「殿下這說的是哪裡話！」李明瑞對梁王態度越發恭敬，「微臣是殿下的屬下，哪裡能過問主子的事情！」

「明瑞這話便是見外了！本王一直視明瑞如兄弟，從未將明瑞外看過！」梁王說到這裡頓了頓，突然從錦盒裡將那封信重新拿了出來，展開讓李明瑞看了眼，直接點燃。

「殿下！」李明瑞頗為意外，目光死死望著被火苗逐漸吞噬的信紙，喉頭翻滾。

「左相親筆已毀，朝堂之上，左相大可否認此事！」梁王將快要燒完的信放進筆洗裡，手拍了拍錦盒道，「明瑞，不瞞你說……信是本王昨夜剛剛得到的！這些信在本王這裡請明瑞和左相放心，絕不會見天日！左相曾是皇兄身邊的肱骨之臣，本王絕不能眼看著左相被旁人威脅。本王……希望左相能如當初輔佐二皇兄一般，同本王戮力同心，共謀大業！」

梁王的話，說的既明白，卻又有著含蓄。

李明瑞餘光落在那錦盒上，眉心挑了挑，不知道梁王這話是以信威脅父親聽命於他，還是並未將那些信全都得到？若是梁王真的看過那些信，必然能看出當初二皇子造反是父親一力鼓動，且也是父親答應二皇子在外策應，最後發覺二皇子不能成事……才棄了二皇子立刻救駕的。

李明瑞猜測，後者的可能性更大一些。畢竟在燕沃之時，李明瑞聽從父親吩咐，已經先一步對梁王示好，以表忠誠。可李明瑞也只是猜測，不敢確定。

從梁王府出來上了馬車後，李明瑞眸色沉沉，想起梁王剛才燒信的動作，只有燒了……讓信從世界上消失才是最穩妥的。

如今不能確定梁王手上有多少封信，也不能確定白卿言手上到底有多少。

朔陽白府他們的人打探過，暗衛守得如鐵桶一般，而梁王府……皇帝剛撤去了暗衛和巡防營的人，趁著梁王還未曾得勢，現在是下手最好的時機。

從文振康之妻上門以信威脅父親開始，這事便沒完沒了，他們李家，絕對不能因為這些信，被更多的人掣肘！李明瑞比李茂更果決，當晚便派人火燒梁王府，皇帝半夜被叫醒，聽說梁王府走水，嚇了一跳，忙問梁王如何，得知梁王平安，這才放心下來。

次日早朝，御史大夫裴老大人上奏，參左相李茂與曾經謀逆的二皇子過從甚密，直言二皇子能登大寶，必定是比當今聖上更為賢明之君！裴老大人求陛下徹查李茂是否參與謀逆，並送上了左相李茂寫給二皇子的親筆書信。

左相李茂被暫時革職，收入大牢，其長子李明瑞閱信之後直言那封信是有人仿冒，求陛下請來書法造詣極高的譚帝師和壽山公前來辨別，兩位大人似乎也認為這信有仿冒嫌疑，為穩妥之計……需要更多時日來研究。

大都城一日比一日熱鬧，大都城百姓談資不斷。與此同時，左相府被稱作子源的青衣謀士也到了朔陽，至白府門前送上左相府的名帖求見鎮國公主。

白卿言得信的時候，正在研究歷年來戎狄搶奪登州的時間約莫在什麼時候，聽佟嬤嬤來稟，白卿言應了一聲，讓把人請到正廳，她隨後過去。

左相府的青衣謀士在正廳坐立不安，他一跨入白家正門，便被白家深厚的底蘊震懾，再想到之前他為李茂出謀劃策，派人來朔陽抓住或者製造白卿言把柄之事，他深覺自己當初如井底之蛙。

他未來朔陽之前，以為白卿言回朔陽之後也是舉步維艱，沒想到朔陽才是白家真正的根基，怪不得……白家要退回朔陽自保。更讓青衣謀士不安的，是白卿言正在練兵！這幾乎算是白卿言的把柄，可……她練兵卻在皇帝和太子那裡報備過了，甚至皇帝還賞下金銀供白卿言練兵用。

青衣謀士心頭震撼，白卿言在朔陽練民為兵，等將來練成那日，白卿言便完全能夠成為這裡的土皇帝，一呼百應。青衣謀士心頭焦躁，緊緊攥了攥拳頭。

不多時，見白卿言款款而來，青衣謀士連忙跪地行禮：「小人見過公主。」

「你是左相府上的……幕僚？」白卿言視線睨了那青衣謀士一眼，慢條斯理走至主位上坐下。

那謀士膝行轉身，朝著白卿言叩首：「回公主，正是！左相此次派小人來……是向公主請罪。

小人不敢欺瞞公主，左相是因其把柄攥在公主手中，日夜不安，所以小人才派人來朔陽，伺機能同公主換回把柄，並未存其他心思。此次惹得公主雷霆之怒，左相已經知錯，特派小人前來向公主認錯，任由公主處罰，求公主寬恕一二。」

青衣謀士未聽到白卿言應聲，不敢抬頭。

春桃端著茶杯，繞過黑漆描金的檀柱，給白卿言上了茶。她端起茶杯道：「我以為上次打斷了李明堂的腿，李茂已經得到教訓，知道什麼能做什麼不能做了！」

青衣謀士叩首：「此事，都是小人所為，還請公主息怒。」

「李茂就這麼把你推出來，就不怕我殺了你？」白卿言手指摩挲著茶杯邊緣，似笑非笑凝視著跪在地上的青衣謀士。

「小人出的主意，小人自當來領罰！就算是公主殺了小人也是應當應分的！」青衣謀士回答的極為誠懇。

「說說吧，原本和被除族的白氏族人……準備如何抓我的把柄？」白卿言慢條斯理往杯子之中，吹著熱氣。

「我們的人對朔陽並不相熟，所以……本只是想看被除族的白氏族人有什麼辦法，可白氏族人出的主意，只能說……小打小鬧，無非就是在女子名節上做文章，齷齪的不值一提。」青衣謀士照實回答。

白卿言點了點頭：「既然李茂把你送來了，那你就留下吧！」

青衣謀士一怔，沒弄明白……白卿言這是要留下他的命，還是旁的意思。

「你叫什麼？」白卿言問。

「回公主，小人……叫蔡子源。」蔡子源低聲回答。

「你既然是李茂的幕僚，想來學問應當不錯，就留在軍營裡，給那些新兵……教授學問吧！」白卿言說完，吩咐春桃，「跟著蔡先生的兩個護衛也不用走了，就留下陪著蔡先生，省得蔡先生人生地不熟的，寂寞。」

蔡子源閉了閉眼，他明白了。他身為謀士，進了朔陽城，看到朔陽白家的狀況，聽到朔陽百姓熱情高漲讓自家男人孩子去新兵營，略略一想便明白了白卿言日後所圖，他回去見了左相……難免會為左相出謀劃策，在這方面抓白卿言的把柄，白卿言自是不會讓他走了。

「蔡先生……如此安排可好？」白卿言笑著問。

「謹遵公主吩咐！」蔡子源叩首。

「如此，我便派人去左相府說一聲，也多謝左相送來蔡先生的好意！」白卿言放下茶杯，不緊不慢從正廳走了出來。

郝管家見白卿言視線看過來，連忙上前：「大姑娘……」

「派人寸步不離的照顧好這位蔡先生。還有左相府那兩個護衛，放去新兵營吧，讓沈晏從好好照顧照顧！」白卿言說完，回頭朝伏地不動的蔡子源看了眼，「派個人去左相府說一聲，蔡先生以後就留在朔陽了，多謝左相的好意，我心領了。」

「謹遵大姑娘吩咐！」郝管家道。

白卿言軍營裡如今正缺能教人識字的先生，也缺能訓練新兵的好手，李茂把人都送到朔陽來了，她不用豈不是對不起李茂的心意了。

現在白卿言的腦子裡，還全都是歷年戎狄劫掠之事，戎狄劫掠一般在九月左右，此時晉國百姓秋收結束，而戎狄人要為過冬做準備，當然是趁著戰馬膘肥體壯之時前來劫掠。

如今已經七月末，用不了兩個月登州軍怕是要面對一場硬戰，就是不知道舅舅會不會按照她所說，疏散百姓，棄城而逃。

白卿言從前院回到撥雲院時，白錦稚正惴惴不安坐在院子裡的樹下等著白卿言。一見白卿言回來，白錦稚匆忙放下手中盛著酸梅湯的甜白瓷湯盞，朝白卿言跑去：「長姐！」

「專程在這裡等著我？」白卿言隨白錦稚一同往上房走。

白錦稚點了點頭，乖巧將湘妃竹簾撩起來，等白卿言進去後，才跟著跨入上房。「上次長姐不是讓我收拾白岐雲，還不讓和宗族之人對上嘛！」見白卿言在臨窗軟榻前坐下，白錦稚也跟過去坐在白卿言對面，沒個正形趴在黑漆方几上，道：「這幾天我絞盡腦汁，終於想到了個好辦法！我想讓劉叔設個局，讓白岐雲出城……讓人假冒劫匪，一刀了結白岐雲就是了！如此白岐雲死於山匪刀下，可不就與我們無關了！」

白卿言倒也沒有打擊白錦稚，又問：「白岐雲此前被山匪劫過，願不願意出城？你打算讓劉叔設個什麼局？怎麼設？你可有想過？」

白錦稚被白卿言問得稍微有些懵，想了想之後，對白卿言道：「這個烏管事說，白岐雲似乎很想知道我們上一次去剿匪的時候，是否找到了在大都城時從我們白家坑來的銀票！長姐覺得我用這件事設局怎麼樣？」

白卿言頷首：「當然可以，你可以好好想想如何設局，不必這麼著急，郝管家、劉叔你都可以用，長姐信你。」

白錦稚聽到白卿言「信你」這二字，不自覺挺直脊梁。長姐眼中溫潤的笑意，並非是哄孩子那般，長姐一如既往相信她，她便一定要辦好給長姐看！

「哎呀！差點兒把正事忘了！」白錦稚忙從袖口掏出一封信遞給白卿言，「我今兒一早去校場看了一圈，回來的路上遇到急急忙忙的月拾，月拾說是蕭先生命他來白府給長姐送信，我見他著急，就自告奮勇領了這個差事，將信給長姐送來了。」

白卿言接過信，大約是和蕭容衍已經定了終身的緣故，怕蕭容衍在信中寫些什麼被白錦稚看到，她對白錦稚道：「沒事了便回去吧，多陪陪三嬸兒！」

「長姐要偷偷看信呀！好……我走了！」白錦稚偷偷笑著給白卿言行了禮，歡快從撥雲院出來，朝自家娘親的院子小跑去了。

白卿言隔著透光的菱花窗櫺，見白錦稚跨出院門，這才將手中的信拆開來。

蕭容衍鐵畫銀鉤似的筆跡入目，白卿言眉目間就染了笑意。

蕭容衍在信中告訴白卿言，這幾日絞盡腦汁也未曾想到登門的藉口，不能夜闖白府，又不能來的太過頻繁，對白卿言甚是思念。

他說，明日一早便要出發去戎狄，今日事忙恐無法親自前來同白卿言告別，希望白卿言能愛惜身子不要太過操勞，等他回朔陽。

白卿言將蕭容衍的信點燃燒毀，大致能猜到蕭容衍去戎狄，可能是給駐守在戎狄的大燕守軍送糧食。畢竟冬季馬上就要到了，雖說或許北戎會為大燕將士送糧食，可蕭容衍謹慎，定然會做萬全準備，不會讓大燕軍隊被糧食掣肘。

看著逐漸將信紙吞噬的幽藍火苗，她不免又想起登州，不知道是否應該親自走一趟登州，與舅舅促膝長談一次，以舅舅的胸懷，若是知道皇室有多昏聵，甚至已顯亡國之象，定然會提前籌謀，於亂世之中設法護登州百姓。

那日和董長瀾並未將話說透，是因為隔著個人傳話，容易詞不達意。況且她是不能輕易出朔陽，她只要離開，便有人立即將她的行蹤送往大都城。

白卿言看著已經燒成灰燼的信紙，細細琢磨。下個月就是中秋了，或可與母親商議，假借著給登州外祖母和舅舅送中秋節禮，或者是去接外祖母前來朔陽小住，去登州一趟。

出發去登州之前，可以派人給太子送個信，就對太子說……為了防止太子有什麼急事送信來朔陽而她卻不在，再趕往登州浪費時間，如此倒也合情合理。

當晚白卿言陪董氏用晚膳時，同董氏說了想去登州送中秋節禮，接外祖母董老太君來小住的事情。

董葶珍頗為意外：「長瀾哥哥走的時候姑母不是已經讓將中秋禮帶回去了，表姐去登州可是擔心戎狄秋季劫掠之事？」

董葶珍聰慧，經梁王一事更是將白卿言視作自己的親姐姐，在董氏和白卿言面前說話便沒有避忌什麼。

白卿言點了點頭，對董氏道：「那日我同長瀾說的不夠深，中間傳信又怕出事，最好的便是親自走一趟。」

「北疆剛回來幾天，你這又琢磨著要走……」董氏眉頭緊皺頗為不滿意。

「北疆是戰場，登州是外祖家怎麼能一樣。」白卿言笑著給董氏夾了一片筍片。

董葶珍攥著筷子的手一緊：「那日長瀾哥哥走時，多少人看到了車隊是載滿的，表姐不如就說……我鬧脾氣，要去登州，表姐送我過去！或者……說我和小四鬧脾氣拌嘴也是可以的！」

「姐妹拌嘴？這要是傳出去你名聲還要不要了！」董氏不贊同。

董葶珍細思了片刻，抬眸：「那便稱表姐送我去登州，就說我夢到祖母，想念祖母了……」

「葶珍就不要去了，我快馬去，這一路顛簸怕你受不了。」白卿言打定了主意，「你就在朔陽好好陪著母親，我接了外祖母快回就是了。」

「這次還是帶著小四嗎？」董氏知道女兒的性子，一旦下了決心誰都攔不住，「將盧平和劉管事也帶上吧！」

「這次就不帶小四了，帶上平叔和青竹吧！」白卿言想了想還是將劉管事留下給白錦稚用。

董氏心口悶的厲害，點了點頭：「去吧！」

「阿娘……」白卿言攥住董氏的手，對董氏笑了笑，「今歲戎狄定然會來劫掠，登州難免不安穩，我是真的打算將外祖母接來在朔陽住上一段日子，您覺得怎麼樣？」

「你到了登州，問問你外祖母的意思，看看你外祖母願不願意來吧！」董氏道。

事情定下，白卿言就往外放出風聲，白卿言要代替母親前往登州接董老太君來朔陽小住，並派人前往大都送信給太子，讓太子若是有急事，直接將信送往登州方向，以免從大都到朔陽，再從朔陽到登州耽誤時間。

去程的路上，白卿言還想和紀庭瑜見一面，想具體問問按照她曾經訓練女子護衛隊的方法來訓練新兵，是否有見成效。

第二日一早，天還未亮，濛濛細雨如霧籠罩朔陽城，空氣裡帶著微涼的氤氳冷氣。

白卿言如尋常晨練結束，沐浴後讓春桃給換了身俐落衣裳。

「大姑娘要出門？」春桃蹲跪下身子，為白卿言繫好鐵沙袋，「外面下著雨，雖然不大，可晨起涼氣兒還是很足的。」

「取件披風來就是了，我騎馬出城轉一圈，順便去校場看看，一會兒就回來。」白卿言理了理腕間衣袖，垂眸想了片刻，從匣子裡取出那支雕雁的玉簪子，插在束起的髮髻裡，這才出了撥雲院。

白卿言從白府正門出來時，盧平正牽著馬立在高階之下，見白卿言出來行禮。

白卿言手中握著僕從遞來的烏金馬鞭，披著披風走下高階，問：「平叔在這裡候著，可是有事要說？」

「紀庭瑜派人送信……」盧平聲音壓得極低，「約莫是大姑娘前去剿匪驚動了那些趁火打劫的匪徒，那些人竟然前去投奔紀庭瑜了，紀庭瑜的意思是會將這些人都收了，大姑娘若是要再剿匪恐得另尋機會。」

白卿言頷首，翻身上馬：「知道了。」說罷，白卿言一夾馬肚，朝著長街外快馬而去。

她剛騎馬走出巷子沒多久，便聽到迎面而來急促的銅鈴聲和馬蹄聲，白卿言看到從雨霧中而來的身影，連忙勒馬，動作太過急促……激得坐下駿馬在原地轉了一圈。

從稀薄雨霧中馳馬而來的蕭容衍看到白卿言亦是一臉意外，拉住轠繩勒馬。

四目相對，蕭容衍看到白卿言這身裝扮，便知白卿言這是要出城去送他，極為幽邃的眸底有了無法克制的笑意，他輕輕夾了下馬肚，騎著馬緩慢走至白卿言面前。

一黑一白兩匹馬面對面，或是好奇互相瞅著，馬蹄踢踏著小步向前，將濕漉漉的鼻子湊近對方，又都突如其來噴了對方一臉白氣，甩著頭往一旁躲了躲。白卿言和蕭容衍忙扯住轠繩，等兩匹馬穩住，兩人已經離得極近，相對而立肩膀幾乎都要挨在一起。

許是一夜未睡的緣故，蕭容衍本就幽邃的雙眸，更深沉了些，眼底可見疲憊的紅血絲。

這段日子，大燕有些不安穩。北戎新王遣使入燕，稱為了穩固兩國關係，請大燕賜嫁公主為后，為此願意向駐紮在北戎的大燕軍隊獻牛羊和糧食過冬，並且獻上他們戎狄治療傷寒的方子。

如今大燕駐紮在戎狄的軍隊，才是大燕能夠控制北戎，讓北戎懼怕臣服的……最強有力籌碼，可大燕軍中如今突發傷寒，已然是外強中乾，如今北戎需要大燕軍隊，所以才會提出和親換方子，求一個彼此安心。

但若冬季來臨，南戎北戎因糧食不足無法再繼續纏鬥，日子久了……即便是有南戎在側，也難免會讓北戎對大燕生出戒備之心。

燕帝無女，郡主不知九王爺慕容衍早已不在燕國，為國奔波。為解大燕駐軍困境，郡主在大殿之上當著戎狄使臣的面自請和親，戎狄使臣欣喜不已，燕帝眼見無法再勸，便將郡主封為公主下嫁，蕭容衍昨日得到消息的時候，大燕的郡主已經在和親路上。

蕭容衍從來都不贊成和親之事，且大夫和草藥……蕭容衍已經送去了一批，北戎駐軍糧草輜重蕭容衍也已在籌措，又何以需要他們大燕女子前往和親！

再者，郡主可是他們大燕如今最勇猛的戰將……謝荀的心上人，不論如何蕭容衍也要趕在和親隊伍入戎狄之前，設法將郡主攔下，為謝荀留住心上人。

細雨濛濛，沾濕了蕭容衍的髮絲，白卿言肩上的披風也被蒙上了一層水氣。

「原本想趁著還有半個時辰出發，先去白府向你辭行……」蕭容衍含笑的墨深眼仁裡，映著朔陽城陽明大街上徹夜不息的明燈。

黃澄澄的燈光映著蕭容衍棱角鮮明的面部輪廓，讓他五官越發挺拔，少了平素裡視人的儒雅，倒顯出幾分說一不二的威嚴氣魄。

白卿言輕輕點了點頭，攥緊了韁繩：「我原也是想著，出城送一送你。」

聽到這句話，蕭容衍抬手輕輕攥住白卿言纖細的手腕，拇指摩挲著她的腕骨，眼底笑意更深，喉頭輕微翻滾，竭盡全力才壓制住自己想將白卿言擄到自己馬背上的衝動。

「我送你出城吧。」白卿言話音剛落，風過吹落了白卿言罩在頭上的黑色披風帽兜，蕭容衍親手雕琢的大雁玉簪此時正插在白卿言如墨的髮絲之中。

他大手一拽，帶得毫無防備的白卿言往他的方向趔趄，肩膀撞在蕭容衍的胸膛。

看到白卿言頭上的雁簪，他到底還是沒有忍住，將白卿言擄到了他的馬背上。

白卿言整個人被蕭容衍擁在懷中，男人身上熟悉的氣息讓她呼吸錯亂。

兩人離得極近……近到白卿言抬眼便能看到蕭容衍極長的睫毛，近到……蕭容衍低頭便能吻住白卿言的唇。白卿言手心收緊，還死死扯著韁繩沒有鬆手。

他視線停在白卿言的唇角，喉頭翻滾，略顯粗重的呼吸緩緩靠近，帶著試探。

初晨帶著細雨的空氣濕涼，可當蕭容衍的挺鼻碰到她鼻尖時，她的臉還是不可遏制的滾燙了起來。她緊緊攥住蕭容衍結實的手臂，忍著心跳，偏頭避開道：「這是在街上！」

蕭容衍點了點頭，將懷裡的白卿言摟的更近，啞著嗓音道：「下雨……你身體本就不好，回去歇著吧，我送你回府。」

說著，蕭容衍下馬，又將白卿言扶了下來，兩人牽馬往回走。

「王九州還是暫留朔陽，除了礦山之事以外，若你有什麼事不方便白府的人出手，可以使喚王九州，他辦事能力還是不錯的。」蕭容衍對白卿言說。

「這是在朔陽，還不至於有人手不方便的時候，倒是你……前往戎狄一路難行，要珍重才是。」

蕭容衍側頭笑著看了眼一本正經道別的白卿言，眉目間笑意更深，頷首：「嗯，不必擔心我，常年在外行走，我能照顧好自己，倒是你……藥有沒有按時吃？」

白卿言想起那日蕭容衍闖入她閨閣送藥之事，這一陣子忙她倒是將藥的事情拋到腦後了。

見白卿言不答話蕭容衍便知白卿言約莫是忘了：「若是開始用的話，便晚間用……能睡得好些。」

「記住了。」白卿言在即將要轉入白府那條街時停下：「到這裡便好，別送了！路上小心，切莫心急，安危要緊。」

蕭容衍朝白卿言靠近一步，將她被風吹落的帽兜帶上，大手自然而然落在她削薄的肩膀上，聲音壓得極低：「早日一統，方能圓衍以阿寶為妻之願，衍……怎能不心急啊？」

白卿言手心微癢，仰頭望著目光平靜又深邃的蕭容衍，心跳越來越快。

從和蕭容衍定情開始，每每都是蕭容衍努力朝她靠近，白卿言心中很難沒有觸動。肩上的擔子再沉重，理智也無法約束感情，動情之後便是覆水難收。見四下無人，她腳下步子朝著蕭容衍靠近了一些，攥住蕭容衍的手臂，踮起腳尖，眼睫因為緊張而顫動。

蕭容衍見白卿言靠近，意外之餘，忍不住摟住了白卿言的纖腰，微微低下頭來迎合她。

當白卿言的唇瓣碰到蕭容衍炙熱的薄唇時，打更的梆子聲從明陽大街傳來，白卿言忙放下腳尖，垂著紅透的臉要把人推開。

蕭容衍頭一次遇到白卿言主動，哪肯就此讓開，他攬著白卿言細腰的結實手臂收緊，將人又摟回懷裡，低頭將白卿言重新吻住，一手扯了把韁繩，兩匹馬馬蹄踢踏，將兩人圍在當中。

白卿言戴在頭上的帽兜再次滑落，抵在蕭容衍胸膛的手收緊，緊緊攥住他的衣裳，甚至能感覺到蕭容衍堅實有力的心跳，和他燙人的體溫。

鼻息間男人幽沉如木蘭的氣息強勢入侵心肺，白卿言不知是因為這還未放亮的細雨初晨太涼，還是因為旁的，身上戰慄，頸脖上也跟著起了一層雞皮疙瘩。

梆子聲越來越近，白卿言生怕打更人過來，緊張地推拒男人，雙臂綿軟無力，她越是推拒，男人環繞在她腰脊上的手臂就收得越緊，吻得越發用力。

白卿言招架不住，不住向後退，蕭容衍這才鬆開喘息劇烈的白卿言與她額頭相抵，呼吸極重，聲音也啞的厲害：「別怕，打更人不是往這個方向來的，我聽得出。」

說著，蕭容衍又輕啄白卿言嫣紅的唇，努力克制調整呼吸，騰出一隻手又幫白卿言將帽兜帶好，見她已是滿臉通紅，炙熱的眸色越發深了些。

良久，梆子聲從巷子口而過，越走越遠，蕭容衍這才鬆開白卿言，柔聲道：「回去吧，我走了……」白卿言還難以平復，呼吸極為急促，只抿著唇點了點頭。

蕭容衍一躍翻身上馬，又深深看了白卿言一眼，這才馳馬離開。

白卿言咬著有些紅腫刺痛的唇瓣，目送蕭容衍離開，遲疑片刻上馬，又調轉馬頭去校場看了眼，直到天完全亮了起來，才回到白府，雨也跟著大了起來。

撥雲院內，雨打古樹密密層層的綠葉，從窗欞外傳來極細的沙沙聲。

白卿言剛換了一身茶白色菱花衣裙，就見春桃打簾進來，黑漆描金的托盤裡是盅熱湯。

剛才白卿言回來，身上的披風都已經濕透了，身上也是涼的，春桃便將佟嬤嬤早早燉在爐子上的蘿蔔薑湯端了進來，給白卿言驅寒。

冒冒失失的白錦稚連傘都沒有撐，匆匆跨進撥雲院，立在廊廡之下拍了拍衣裳：「這雨怎麼突然大了起來。」

坐在臨窗軟榻上皺眉喝薑湯的白卿言側頭，見春枝上前行禮，又請白錦稚去暖閣清理收拾。

「春桃，你去請四姑娘進來收拾不必去暖閣了，再將薑湯盛一盅過來給四姑娘驅寒。」白卿言說完，皺眉將湯盅裡熱呼呼的薑湯飲盡。

春桃應聲出門，笑著同白錦稚行了禮，將白錦稚請入上房，又吩咐春枝讓丫頭端了熱水帕子進去給四姑娘清理，自己去小廚房給白錦稚端薑湯。

白錦稚隔著屏風將自己濕嗒嗒的外衣脫下，收拾利索從屏風後出來，坐在白卿言對面：「長姐，我們要去登州接董老太君了嗎？」

婢女們又端著盥櫛用具，邁著碎步魚貫而出。

「四姑娘，喝口薑湯吧……」春桃上前將湯盅放在白錦稚的面前，柔聲提醒。

白錦稚對春桃笑了笑，只目光急切望著手裡握著古籍竹簡翻看的白卿言：「咱們什麼時候走？上次聽長瀾表哥說登州的風情，我早就想去看看了，尤其是雲境山脈，聽說壯闊非凡！」

「你便不去了，留在朔陽，照顧妹妹們……」白卿言掀了掀眼皮看了眼興致勃勃的白錦稚，壓下唇角的笑意道，「更何況，你忘了長姐交給你的事情了，事情都沒有處理好，你怎麼去登州？」

白錦稚一愣，這一次長姐竟然不帶她。可是想想也是……長姐讓她收拾白岐雲，但她到現在也沒有辦好，一來是白錦稚對這件事兒的確沒怎麼上心，她更喜歡給兩個妹妹教騎射。

二來，也是白卿言沒有給期限，白錦稚便覺得能拖便拖，那畢竟也不是自己擅長的。

春桃又用銀盞端了酪漿和點心進來，放在白卿言和白錦稚面前，擺了擺手將杵在屏風處的春枝一起喚出了上房，讓姐妹倆好好說說話。

「那我在長姐出發前要是處理好了白岐雲的事，長姐就讓我跟著起去嗎？」白錦稚焦急問道。

白卿言抖了抖手中竹簡，將其合起放在一旁，用小銀勺舀了一勺酪漿小口喝著：「就是辦好了，這一次長姐也不能帶你，長姐不在……朔陽需要有人看顧。小四……你已經不是個孩子了，你是小五和小六的姐姐，要好好的照顧她們，替長姐守住朔陽。」

白錦稚咬了咬唇，自小到大她前面都有長姐和二姐、三姐，照顧妹妹這樣的事情從來不用她，可她得承認長姐說的對，她是姐姐……得照顧妹妹，就像長姐照顧她們一樣。

「小四，長姐將朔陽交給你，可能放心？」白卿言抬眸望著白錦稚問。

白錦稚手心收緊，鄭重點頭：「長姐放心，小四一定將朔陽看牢了！」

八月初一，太子得到消息，初次剿匪小有成果，倒是很高興。

白卿言派去報信的人說，不過此次剿匪匪徒數目與他們知道的少了不少，猜測狡兔三窟，怕那些匪徒或是還有旁的據點。

太子一看此次剿匪斬獲匪徒頭顱數目也覺得不對，若是這麼一點兒人，怎麼敢劫他這個太子和鎮國公主的車隊。太子略略叮囑了前來報信的白府護衛，又讓人開庫房備了些珍奇玩意兒，和白卿言補身子用的人參鹿茸讓白家護衛帶回去，以示對白卿言的親近。

白家護衛道謝後，帶著太子的賞賜，又直奔出城回朔陽。

這幾日，太子心裡其實很不痛快，因為他強闖梁王府，鬧出梁王煉丹一事……皇帝這段日子都很不待見他，幾次求見，皇帝都沒有見太子。而說是讓梁王在府內禁足修身養性，梁王未曾出府……父皇的賞賜卻不少，前去梁王府拜會的官員更是不少。

大都城內更有人家已經望風，光明正大將煉丹師請入府中，煉好了丹藥送到梁王府，御史參奏此事，皇帝卻絲毫沒有管束梁王的意思。

這下，眼看著煉丹就要成大都城清貴人家盛行之事，城內連硝石的價格都漲了不少。

太子甚至覺得這一次挑破梁王煉丹的事情得不償失，失了聖心……又沒有能給梁王造成什麼實質性的打擊，反倒是讓百官看到了皇帝對梁王的維護，有人已經開始前往梁王府巴結起梁王了。

方老聽說朔陽方面送來了關於剿匪的消息，覺得這是太子進宮向皇帝示好的好機會，讓太子進宮呈朔陽剿匪得勝的消息，然後再趁機同皇帝告罪，哭著求情也就是了。

太子害怕皇帝的雷霆之怒，遲疑著不敢去。

「殿下去了之後，就說聽梁王說是在為陛下煉丹，殿下不能容忍梁王誣衊陛下，才怒不可遏讓太子府護衛將那些孩子送出梁王府的。殿下！難不成父子間要永遠這麼生分下去嗎？」在方老苦口婆心的再三勸說下，太子這才不情不願換了衣裳，帶著朔陽剿匪的詳情，進宮去見皇帝。

如方老所言，太子進宮之後，將奏報呈上，就開始哭著求情。

皇帝這才發火，指著太子，一臉痛心疾首道：「你說說你……已經是太子了！你還有什麼不滿足！還要去害你的弟弟！」

「父皇你冤枉兒臣了！兒臣沒有想害弟弟！兒臣那日真的只是想進去看望弟弟！可是……當

兒臣看到弟弟真的在煉丹藥，弟弟口出狂言說是給父皇煉的，兒臣哪裡能容忍他這般誣衊父皇！命令護衛將孩童送出府救治，就氣暈了過去！」

太子仰頭望著憤怒至極的皇帝，腦子轉的極快，哽咽開口：「兒臣後來……後來見梁王沒事，這才知道，梁王真的是在替父皇煉丹，兒子是真的生氣也難過！」

「怎麼?!」皇帝提高了音量，已經在暴怒邊緣，「你這是對我這父皇生氣了?!父皇讓你失望了！」

「是！父皇是讓兒臣失望了！兒臣是太子……本應該是父皇最信任的人！」太子淚流滿面，眼神中帶著憤怒和不甘，「給父皇煉丹……關乎父皇龍體的事情，父皇應當交給兒臣來做才是！兒臣才應該是父皇最信任的兒子！而不是梁王！」

皇帝已經竄上頭的怒火，陡然像被人澆了一盆水，不但壓下去了……心頭還有些暖意。

鬧了半天，這是太子在這裡爭寵呢。

皇帝慢條斯理在椅子上坐下，看著嗚嗚哭泣的太子，將一方明黃的帕子丟在地上：「哭什麼哭！這麼大的人了！和弟弟爭寵……你也不嫌臊的慌！還好意思和朕說！」

太子膝行上前撿起地上的帕子擦了擦眼淚，還在哭。

「朕為什麼不將此事交給你做！還不是因為你是太子！就如同現在……梁王煉丹已經被圈禁在府中，這御史台的摺子還跟雪花一樣的往朕的案桌上飄呢！你身為太子……若是煉丹，你這太子的位置還要不要?!」

太子仰頭看著皇帝，錯愕之後又道：「父皇……可是您是兒臣的父皇，兒臣最親近敬愛之人，兒臣為父皇做什麼都是願意的！還請父皇將此事交由兒臣來做！兒臣一定會比梁王做得更好！」

雖然說……太子這次針對梁王，攪和了他丹藥的事情讓皇帝不高興，但太子此舉是為了爭寵，將他當成最敬愛之人，倒是讓皇帝氣消了不少。

「好了！起來吧！」皇帝歪在團枕上，「此事你還是不要沾手，好好當你的太子，將來……朕這個位置是要你來接手的！不要為了旁的事情分心，你要記得……父皇最寵愛的兒子，一定是你！正因為是你……所以才不願意讓你沾手違背祖訓之事。」

「父皇……」太子還要再爭一爭，就見皇帝抬手制止。

「此事不必再議！你要是真得閒……就幫父皇多處理處理奏摺！朕書房裡堆了半屋的奏摺！」

太子見狀，叩首稱是，乖乖退出了大殿。

立在一旁的高德茂見皇帝眉目間似有笑意，給皇帝換了一杯茶，笑著逢迎拍馬：「雖說太子殿下攪和了煉丹的事情，可真是實打實的對陛下一片真心！這倒是讓老奴想起曾經聽說，尋常百姓家幼子爭寵的事情，無傷大雅且很是有趣兒，沒成想今日就見到了。」

皇帝接過茶杯笑道：「是啊……太子是個有孝心的！」

喝了茶，皇帝問高德茂：「上次梁王送進來的丹藥還有多少？」

「回陛下，還有十顆左右。」高德茂忙道。皇帝點了點頭，吩咐道：「取一顆丹藥來！再將書房裡的奏摺都送到太子府去，以後除了極為要緊的奏摺，不要往朕這裡送了！」

高德茂應聲稱是。皇帝就著水服下丹藥之後，在軟榻上躺下休息。

自從皇帝開始服用丹藥之後，對政事是越來越不上心，那書房裡堆積的奏摺可不都已經堆了半屋子了！就這樣……這些奏摺還是每日都經過大臣塞選過後才送進來的。

可皇帝卻覺得，如今這日子才是皇帝應該過的日子。曾經登上皇位，他是高興，高興終於成為萬萬人之上的那個人，再也沒有人可以欺負他了。可暢快過後，就是無盡的負擔，要做一個好君王，要比父皇做得更好，還要時時刻刻擔心做的事情是否合乎白威霆的心意，生怕白威霆因為小事便與他說長道短，口口聲聲匡正君王，可讓他無比煩躁。如今，白威霆死了，晉國再也沒有白家，皇帝鬆快了不少，卻又擔心史書記載，將來被口誅筆伐。

幼時，是因為怕被欺負，所以每天過得惶惶不安。

登基後，又因為害怕做不好，所以每天過得戰戰兢兢。

可若是打從心底真的放下了，好似一切也都不那麼重要。

太子如釋重負回到太子府，緊接著被送入太子府的便是堆積如山的奏摺，太子為了讓皇帝對他刮目相看，鑽進書房裡處理奏摺不敢懈怠。

太子夙夜不懈，等看完這些堆積如山的奏摺之後，還未從書房出來，新的奏摺又送進了太子府。以至於聽到白卿言派人來送信，說是要替母親董氏去一趟登州接董老太君回朔陽，讓太子有什麼急事，派人往那個方向送信，太子也並沒有放在心上。

第八章　前往登州

八月初三，董氏正張羅著讓人將帶給登州董家的節禮往馬車上裝。

白卿平馳馬而來，打算送白卿言出城。

白錦稚湊到撥雲院來，她不放心扭扭捏捏了半晌，見白卿言正坐在軟榻上看白錦繡的來信，便將想同白卿言一同去登州之事咽了回去，沒敢說出口。

白錦繡在信中說，她將李茂那封信散播出去的第二天，李茂在宮門還未開便進了宮，想來以李茂狡猾的個性，定然是先去見了皇帝，承認了那封信。

後來梁王府走水，御史裴老大人參奏左相李茂，譚老帝師和壽山公細細比對之後，發現這封信是造假，信被大理寺卿呂晉收著，左相李茂沉冤得雪可如今卻還在府上修養，倒是兒子李明瑞似乎不怎麼往梁王府鑽了。

看起來，李茂這一家子應當是同梁王生了嫌隙，而皇帝也對李茂有了疑心。

皇室林家當真是從來不讓白卿言失望，就是不知道梁王拿到那封信後到底對李茂做了什麼，竟然讓李家對梁王生了芥蒂。

或許李茂會想著退下來，早些為兒子李明瑞鋪路，可不論是李家誰在朝堂，只要白家握著李茂和二皇子的來往書信，那便是滅族的大罪，李家應當是再不敢得罪白家了。

白錦繡還在信中說起八月十五的日子。八月十五本該是一家團圓的日子，大長公主在皇家清庵清修為國祈福，不知白卿言作何打算，是派人去送節禮還是派白錦稚親自回大都城一趟給大長公主請安，也好提前派個人回大都城傳信，白錦繡好做準備。

「大姑娘！」佟嬤嬤進門對白卿言行禮後道，「車馬已經準備妥當，可以出發了。」

春桃眼眶發酸欲言又止，最終還是上前：「大姑娘，您就讓奴婢跟著吧！不然這一路都沒有人伺候您！」

「這不是有青竹在嘛！」白卿言目光含笑看著一臉不放心的春桃，「你和佟嬤嬤，一個身子弱，一個年紀大，帶上你們……這一路車馬勞累，若是病了反倒拖慢隊伍行進的速度！」

「要說身子弱，大姑娘才是……身邊沒人伺候怎麼行？」春桃跪在白卿言面前，「姑娘好歹帶上我啊！我連小包袱都收拾好了！這一路春桃一定好好兒的，絕對不會病了拖累隊伍，求大姑娘允准！」

「是啊長姐！就帶上春桃吧！不然的話……一會兒說不準大伯母得讓你帶上秦嬤嬤了！」白錦稚也替春桃說話。白卿言看著跪在地上一臉急切的春桃，半晌還是點了點頭。

「謝大姑娘！謝大姑娘！奴婢這就去拿小包袱！」春桃用衣袖擦了把眼淚，忙慌慌起身行禮，退出上房去拿自己的小包袱。

白卿言將白錦繡寫的信點燃焚盡，這才對白錦稚道：「長姐不在，你好好在家照顧妹妹和嬸嬸們！」

白錦稚點了點頭：「長姐放心，長姐也要早去早回！」沒有長姐，白錦稚便覺沒有主心骨。

白卿言此行除了臨時加上的一個春桃之外，只帶了三十多個護衛和剛剛痊癒的沈青竹，還有盧平，董氏難免不放心。

白卿言沒讓嬸嬸和妹妹們送，只挽了董氏的手臂，一路往正門走，一邊道：「有平叔和青竹……還有春桃在，阿娘又有什麼不放心的，倒是阿娘……八月十五便是舉家團圓的日子，祖母還在皇家清庵，八月十五該派誰去給祖母請安，母親還要提早安排，讓人給大都城二嬸送個信，也好讓二嬸提早準備。」

「此事我已經同你三嬸商議過了，小八年紀太小，旅途顛簸，你五嬸自然是走不了的！你四嬸本就身子不好，就讓你三嬸帶著小四和小五、小六回一趟大都城！去探望你祖母，有孩子們在也能讓你祖母熱鬧熱鬧，再來也給各位夫人母家送節禮。」董氏低聲和女兒說著。

三夫人李氏一向長袖善舞，回大都城，人情來往上三夫人李氏很是在行。

「母親倒是可以考慮將小四留在朔陽，我不在……練兵之事若有白卿平和沈晏從拿不了主意的，還需有人作主。」白卿言說。

跟在白卿言身側的白錦稚聽到這話，只覺自己肩上的擔子更重了些。

「這倒也沒錯！」董氏點了點頭，隨白卿言一同跨出門檻。

白卿平聞聲，轉身看向白府門內，對董氏和白卿言白錦稚長揖到地：「夫人、公主、郡主！」在外面，白卿平一向稱呼白卿言公主，從無踰矩。

「這段日子我不在，練兵的事情就交給你了，有什麼拿不準的可以過來和四姑娘商量。」白卿言望著白卿平叮囑交代，「那個送去教新兵識字的蔡子源，和一同入了新兵營的李家護衛，讓沈晏從看牢了……別出什麼亂子！若是他們有什麼異動，便不用留了。」

「是！」白卿平恭敬應聲，「卿平送公主出城。」

白卿言頷首，轉身朝著董氏一拜：「母親，女兒出發了。」

「好！」董氏喉頭翻滾，即便知道女兒只是前往她的母家，還是難免擔憂她路上折騰，「路上小心，到了記得派人回來傳信！」

白卿言點頭，視線落在白錦稚的身上：「家裡交給你了！」

「長姐放心！」白錦稚對白卿言抱拳，「小四拼盡全力！」

白卿言抬手摸了摸白錦稚的腦袋，轉身上了馬車，沈青竹也對著董氏和白錦稚長揖到地，快步走下高階一躍上馬，跟隨盧平在最前方帶隊。

「夫人放心，奴婢一定會照顧好大姑娘的！」春桃朝著董氏行禮，信誓旦旦道。

董氏點了點頭：「我知道你是個好的，去吧！」

春桃這才拎著衣裙下擺，匆匆上了馬車。

白卿平對董氏和白錦稚長揖到地，跟著上了馬，一路護送白卿言出城。

路上，白卿平騎馬跟在馬車旁，低聲與單手挑開馬車簾幔的白卿言說話。

「以前白家宗族子嗣不堪大用，不過是因為有樣學樣，都想著吃喝玩樂，躺在族內等著宗族養活。如今慢慢啟用了一些族人子弟，父親借鑒了咱們新兵營的管理法子，做的好的有賞，做的不好的有罰，如今族人掙著將事情做好，想著能在阿姐面前露個臉，好博個好前程，倒是用心了很多！」白卿平說起族內如今的情況，眉目間終於有了笑意。

「等用心調教幾年，想來也就能為阿姐效力了。」白卿平信心十足。

一個宗族能否長盛不衰，得看族長如何帶領。若身為族長都立身不端，那宗族自然是要衰敗的。如今白岐禾頂上族長位子管理宗族，將心思從那些古籍中收了回來，全部用在重振白氏宗族之上，眼下看來是頗具成效的。

「如此，宗族的人倒是可以都用起來，但……一定要防微杜漸！」

畢竟宗族之人，之前可是從根子上都爛了，江山易改本性難移，白卿言要用也要防。

春桃跪坐車廂內，忙碌著點香，給白卿言泡茶，又往白卿言的腰後塞了個繡合歡花的薑黃色緞面隱囊。

對於白卿言和白卿平所說之事聽不懂也不操心，只想怎麼才能伺候的白卿言更舒坦些。

白卿平頷首：「阿姐放心，這個父親已經特別叮囑，暫時我留了三個族兄在身邊，等一兩年後，這三位族兄倘若能夠始終如一，且能為宗族和阿姐所用，我便帶來見阿姐，若是不可用，便派去做些無關緊要的活計也就是了。」

「你辦事一向穩妥，我很放心。」白卿言望著騎在馬背上的白卿平又道，「這段日子你同沈晏從關係處的不錯，要是有機會，不要漏了痕跡……打探打探沈家的來歷。」

白卿平一怔，太守一家的來歷要查對於白卿言而言應當並不難，可白卿言突然說要白卿平從沈晏從處打探，他便知白卿言這是對太守一家子有了什麼懷疑。

「我明白了，阿姐放心！」白卿平點頭。

「好了別送了，回新兵營去吧。」白卿言含笑對白卿平道，「辛苦了！」

白卿平點了點頭沒有再堅持，一夾馬肚走至一旁，對白卿言抱拳行禮，目送白卿言的車隊離開，白卿平這才調轉馬頭回校場，並將白卿言叮囑打探沈家來歷之事放在了心上。

盧平沈青竹帶隊，一行人出了城進入山道沒多久，在最前帶隊的盧平便抬手示意隊伍停下。背上背著小包袱的沈青竹和盧平調轉馬頭，騎行回到白卿言馬車旁，就見白卿言已經下了馬車，一躍上馬接過護衛遞來的韁繩。

白卿言扯住韁繩，將一封信交給盧平後，又對盧平道：「平叔，派人將這封信給南疆的程遠志將軍他們送去，你帶著隊伍先往前走，我隨後跟上。」

「是！」立在馬車旁的春桃仰頭望著白卿言，不放心又叮囑了一句：「大姑娘小心啊！」

白卿言頷首。

目送白卿言和沈青竹快馬沿小路而去，春桃這才惴惴不安上了馬車，盧平亦是派了個人前去送信，自己打馬上前帶隊緩緩往前行進。

白卿言信中所寫，無非是讓程遠志有什麼難處可直接找太子要，畢竟如今在太子眼中，白家軍就是太子手中的私兵，他定然會多多照顧。

紀庭瑜已經在約定地點久侯多時，聽到馬蹄聲，這才從土坡上方的高樹冒頭，見是白卿言和已經換了男裝的沈青竹，紀庭瑜忙帶著人從高樹上一躍而下，迎上前來。

白卿言看到紀庭瑜勒馬，只見紀庭瑜匆匆上前，單膝跪地：「大姑娘！」

「起來吧！」白卿言下馬，看著跟著紀庭瑜在這山裡窩了這麼些月，黑瘦卻更加精神了的白家護衛軍，笑道，「看著都精神了不少！」

紀庭瑜視線落在沈青竹的身上，笑著頷首打招呼：「沈姑娘！」

沈青竹點了點頭從白卿言的手中接過了韁繩，白卿言一邊同紀庭瑜往山上走一邊道：「今日我將青竹帶了過來，讓她女扮男裝助你訓練新兵！你如今可還遇到什麼難處？」

沈青竹身分特殊，在一切還未準備萬全之前，決計不能讓紀庭瑜訓練的新兵知道沈青竹……

便是鎮國公主白卿言身邊的護衛。

「按照大姑娘的吩咐，不參考虎鷹營訓練方式，這些月集中速訓下來，大致已經摸清楚兵士所長，如今難在徵兵，晉國南疆北疆接連兩次大戰，舉國徵兵，我們所能招攬的人數有限。」紀庭瑜皺眉道。

白卿言看著紀庭瑜笑了笑：「舉國徵兵，難道不是我們徵兵的好時候嗎？朝廷下令徵兵，府兵首當其衝，府兵之所以願意成為府兵，是因朝廷給了地……且免賦稅，可如今豪紳大族強占土地的事情屢見不鮮，府兵無地難以過活，朝廷接二連三徵兵，府兵逃散……設法接引過來便是！」

紀庭瑜所訓練的這支隊伍在精不在多，白卿言讓紀庭瑜在訓練中摸清兵士所長，取十人一隊，各有所長，相輔相成，協作互助，那麼這支小隊便不僅僅只是能山地戰，奪城戰，只要利用得當，任何戰事，都可成為插入敵軍重盾之中的羽箭！

此法雖然沒有朝廷徵兵的便利，卻也不失為如今召集人手的一個好方法。

而且，白卿言有一個極為冒險的想法，既然紀庭瑜帶人連太子和鎮國公主的車隊都敢劫，為什麼不能劫一支剛剛招募的軍隊回來。

晉廷徵兵，一般都是朝廷下徵兵令，指派武官攜徵兵令前往地方，招募完畢，又親自送新兵前往各大軍營進行訓練編排。

紀庭瑜顯然也想到了這個方法，他試探著詢問白卿言：「大姑娘，小的想……劫個徵兵令，把兵帶回自己家地盤。」

白卿言腳下步子一頓側頭看向紀庭瑜，沒想到紀庭瑜竟與她想到了一起：「紀庭瑜你膽子很大啊！」

紀庭瑜看白卿言眸底帶笑的模樣，便知她是同意了。他們大姑娘膽子可要比他想的大得多。

「朔陽因為練兵剿匪的緣故，所以不曾徵兵，可……從別的地方劫了新兵，怎麼悄無聲息帶回來，還有沿途補給，新兵入山之後如何將他們按在山中不得出入，你可有想過？」白卿言問。

紀庭瑜點了點頭，心中已有了極為完善的策略：「不過，這都需要大姑娘派人協助。」

「你若覺得可行，同劉叔商議便是，練兵之事交給你，萬事自是你來作主。」白卿言對紀庭瑜沒有什麼不放心的。

紀庭瑜對白卿言長揖到地，鄭重道：「大姑娘放心，等來日大姑娘需用兵之時，紀庭瑜絕對會給大姑娘一支可用之軍。」

當初大姑娘將他安排出來在這裡扮山匪的時候，紀庭瑜便知道大姑娘未曾明言……但說出來卻足以令人驚心動魄的目的。紀庭瑜願為白家還有大姑娘的志向，窮此生之心力，嘔心瀝血，只求能看到海晏河清天下太平的一天。

因為紀庭瑜知道，皇室傾頹之勢已顯，居高位整日裡卻只算計些蠅營狗苟，而晉國只有胸懷大志白家人，才能擔得起平定亂世的擔子。紀庭瑜，願意跟著白卿言……反了這林氏皇權！

白卿言離開之前將沈青竹留在了紀庭瑜這裡，等回程的時候再提前送信讓沈青竹匯合。

當年白卿言訓練女子護衛隊，沈青竹跟著白卿言一同訓練，深知其中乾坤，此次留在紀庭瑜身邊，是為了替紀庭瑜參詳一二。

白卿言剛追上盧平所帶前往登州的隊伍，盧平便從懷裡抽出一封信遞給白卿言：「四姑娘派人將大都方向的來信，快馬加鞭送來了！」白卿言頷首接過信下馬，彎腰上了馬車。

「大姑娘回來了！」春桃忙擺了個帕子遞給白卿言擦手。

信還是白錦繡送來的，信裡說，南都閑王到了大都城，見過皇帝之後去了梁王府，不知道和梁王都商談了些什麼，出來後第二日去了皇宮，又將南都郡主柳若芙接回了大都城的宅子，隨即……皇帝便下旨，將梁王和南都郡主柳若芙的婚期定在明年開春。

還有當初太子帶回來在皇帝生辰之日，獻給皇帝的那頭晉國聖獸白鹿夜裡突然死了，皇帝雷霆大怒，杖斃了照顧白鹿的一干奴才七十三人。

再有便是大燕要送公主遠嫁北戎，成為戎狄王的新后，要從大晉國內借道，故而燕派使入晉。

白鹿是晉國的神獸，神獸突然暴斃，這是不祥的徵兆，皇帝自然是雷霆之怒，看來……晉國林姓皇權的氣數，真的是要盡了。

白卿言看完信，將放在案桌上的三腳鎏金香爐蓋子打開，點了火將信放進去，又將香爐的蓋子蓋上……梁王和閑王如果已經是一條船上的人，以梁王那個口才和騙人的能力，說服閑王將獨女柳若芙嫁給他，並非難事。

而閑王獨女柳若芙嫁給梁王，便自然而然的成為了梁王的人，可閑王是先見了皇帝……然後才見了梁王，這其中意味倒是值得深思。

只是燕帝怎麼會在這節骨眼兒上，讓公主去和親？是因為糧食？還是因為駐守在北戎的大燕軍隊出了問題？前往登州的車隊還在緩緩前行，白卿言倚著團枕，閉目靜思。

如今天下局勢在變，不論大燕是軍隊出了問題還是糧食出了問題，將南戎掌控在自己人手中比什麼都重要。否則，來日大燕勢強，必會對晉國形成兩面夾攻之勢。

盧平所率的車隊一路快馬加鞭，在進入雲境山脈之後，速度慢了下來。

雲境山脈，山路險且陡，山間溝壑縱橫，崖下波濤奔騰，氣吞山河。

一隊三十人的馬隊護衛著馬車，緩慢行於雲境山脈起伏連綿不絕的山巒綠翠，和懸崖峭壁之間。

峰有積雪，隱有雲海翻騰，日耀山巒，雄奇壯麗，氣勢磅礴。

偶有雲翳蔽日，不過須臾，又是金光大盛，將層綠疊翠與前行馬隊勾勒出金色輪廓。

馬隊從雲境山脈走出之後，便是一路平川，白卿言一行於八月十七日終於抵達登州。

董老太君和董清嶽早早得了信，一早便讓董長瀾帶董家家僕去城門口迎接白卿言。

董長瀾老遠看到車隊踏著漸盛的耀目晨光緩緩而來，眼底露出笑意，一躍翻身上馬，一夾馬肚衝了出去。

盧平看到董長瀾，連忙調轉馬頭小跑至白卿言馬車旁，壓低了聲音道：「大姑娘，董家大表少爺來了！」

白卿言應了一聲，放下手中古籍擱在一旁。

董長瀾打馬快速上前，朝盧平頷首之後，亦在馬車旁停下，喚了一聲：「表姐……」

春桃忙抬手挑開馬車簾幔。白卿言見穿著蟹殼青色左襟祥雲暗紋長衫的董長瀾騎於馬上，清秀兒郎英姿勃發，露出笑容：「長瀾。」

「祖母和父親讓我來迎一迎表姐。」董長瀾調轉馬頭，不緊不慢跟在馬車車旁，低聲道，「算表姐來的時間，應當是和我派人送去朔陽報平安的信錯過了。」

信裡，還有董長瀾和董清嶽詳談之後的結果，不過因為是送信而非親自傳達，董長瀾信中說的很隱晦，旁人怕也看不懂。

白卿言頷首：「一會兒再說。」

董長瀾點了點頭：「我去前面領路。」

「好！」白卿言應聲讓春桃放下簾幔。

董長瀾打馬上前，親自在前領路，帶著朔陽城來的白家馬隊進城。

春桃忙活著收拾馬車車廂內的案桌，將茶具和點心都收進車廂內的小匣子裡，又簡單給白卿言攏了攏頭髮，理了理衣裳。

董老太君和董清嶽、崔氏，小崔氏還有家中一個庶子和兩個庶女都陪同董老太君在門外立著，等候白卿言的到來。

老遠看到董長瀾的身影，崔氏扶著董老太君笑道：「母親，來了……」

董老太君手纏檀木佛珠，穿著件金線滾邊的紫檀如意對襟外衫，銀髮梳的一絲不苟，頭上嵌著鴿子血寶石的壽紋抹額繃得緊緊的，顯得十分精神。

一聽說外孫女來了，董老太君拎著裙擺，扶住兒子和兒媳的手朝臺階下走了一步，眼底笑意越發濃了起來。「阿寶這一路應當也辛苦了，到家就好啊！」董老太君不免感歎。

從知道白卿言出發來登州，董老太君就沒一日睡安穩過，總操心著路上遇到什麼意外，畢竟如今匪患猖獗，世道亂象已顯。

直到馬車停穩，春桃扶著白卿言彎腰從榆木精緻的馬車車廂內出來，董老太君忍不住喜色，匆匆往高階之下走，極為高興喚了一聲：「阿寶……」

「母親您慢點兒！」崔氏也是滿面笑意，和董清嶽一左一右忙小心護著董老太君走下高階。

自打知道白卿言並不願意嫁給董長元之後，崔氏這心就稍稍鬆快了一些，不做婆母只做舅母……崔氏還是很喜歡白卿言的。

加上後來崔氏和董清嶽鬧得厲害，影響了董長元心情連帶著也沒考好，還是白卿言出面開解，董長元才能在殿試得了皇帝青眼。

再後來，董長元、董氏相繼寄信回來，這才免於董清嶽和崔氏和離或休妻的結果。崔氏對明事理識大體的白卿言，更多了幾分喜愛。

「外祖母！」白卿言一看到身體康健，精神狀態也不錯的董老太君，便跟個孩子似的直笑，下了馬車便被董老太君攥住了手。

「怎麼連個嬤嬤都沒有帶，那佟嬤嬤不是很頂用的嗎？」董老太君皺眉問道。

「佟嬤嬤年紀大了，原本我的意思是讓春桃也留在家裡，幫忙調教剛送到院子裡的丫頭。我一個人出門慣了，車馬速度都快，帶上春桃和佟嬤嬤怕她們倆身子受不住，反倒拖累行進速度，可春桃執意要跟，這才將她帶上！」

白卿言回了董老太君的問題，這才屈膝行禮，挨個喚人：「舅舅，舅母！」

董老太君笑著看向春桃，眼神都喜悅了幾分：「這丫頭是個好的！」

春桃被董老太君誇的臉紅，忙行禮：「老太君安！」

「表姐！」董清嶽膝下與董長瀾相差半歲的庶子董長茂上前，恭恭敬敬向白卿言長揖一拜。

董長茂眉目遠不如董長元和董長瀾那麼清秀，但也算是不可多得的俊美少年，一身墨灰色繡竹紋的直裰，是沉穩，卻也顯得有幾分老氣。兩個庶女董葶芸和董葶枝也忙上前行禮。

董葶枝穿著一身杏色衣裙，梳著圓髻，頭上只簪了根碧玉簪子，有些怯生生的。

倒是一直養在董老太君身邊的董葶芸，今日拾掇的倒是很隆重，水紅色輕綃衣裡是件鵝黃色金雲滾邊的中衣，下著金線繡蝶的水紅色羅裙，頭上簪著炸金纏枝嵌紅寶石的步搖，行禮後，她直起身笑著同白卿言道：「表姐可算是來了，祖母她老人家這些日子日日念叨！」

小崔氏容姐兒也上前，笑著問白卿言：「表姐來的路上可還穩妥？怎得不多帶些護衛？」

「都別站在外面說話了！」董老太君滿眼喜意，臉上的皺紋笑得更深了些，只顧拽著白卿言的手上下打量，「走！咱們進屋說話！」

董老太君幾乎是摟著白卿言不撒手，一路往垂花門的方向走，一邊又是吩咐人趕緊將給白卿言準備好的吃食往桌上端。董清嶽跟在一旁直笑，又見白卿言的氣色比之前在大都城要好太多，便知道姐姐來信說白卿言身子一日好過一日不是安慰之語。

董葶芸膽子大，跟在小崔氏身旁，一個勁兒的問白卿言南疆北疆的戰事，董老太君攥著白卿言的手，扭頭嗔道：「你表姐這才剛進門，氣兒都沒喘勻呢，你哪兒來那麼多話？」

董葶芸笑著用帕子掩著唇，和董老太君插科打諢：「表姐才剛到祖母就嫌芸姐兒話多了！表姐你來評評理……平日裡祖母可是說我話多熱鬧呢！祖母這莫不是看表姐比芸姐兒長得漂亮，就將芸姐兒丟到一邊兒去了。」

白卿言眉目間帶著淺笑，並不言語。

小崔氏笑著抬手戳了下董葶芸的腦門，卻也明白這話只有養在董老太君身邊的董葶芸敢說。

登州董家亦是樹大根深的世族大家，亭臺樓閣，雕廊畫棟，陳列的格局章法頗有古風，清雅又顯內斂矜貴。

董老太君嫌棄董葶芸話多，這一路才是真真兒問了白卿言一路，直到穿過廊廡，踏進董老太君的院子，白卿言才去了董老太君命人給她拾掇出來的暖閣更衣梳洗。

董老太君愛重白卿言，崔氏和小崔氏的意思原本是給白卿言拾掇出來一個院子，可董老太君捨不得將白卿言放在旁處，就想擱在眼皮子底下，便讓在自己這安頓下來。

白卿言洗去一身的風塵僕僕，換了件霜色單衫衣裙，扶著春桃的手來了董老太君的正房，正正好聽到屋裡正熱鬧，不知道是誰端來了涼的酸梅湯，董老太君趕忙讓人將酸梅湯撤了，讓人用銀盞盛了酪漿端來，還吩咐兒媳、兩個孫女和孫媳，若是白卿言去她們那裡，一定要將冰撤了不可再用。白卿言寒疾不碰冰涼之物，董老太君時時記在心上，白卿言心頭一暖。

「表姑娘！」董老太君身邊的王嬤嬤忙迎出來打簾請白卿言進來，王嬤嬤穿戴齊整，又生得個圓臉，看起來十分和氣。

竹簾發出響動，屋內的人齊齊朝門口的方向看來，見白卿言繞過屏風，穿過珠簾，朝內室走來。

小崔氏忙起身相迎：「表姐，快來祖母身邊坐……」

白卿言笑著頷首，走至董老太君身邊，被拉著手說了好些話，又讓董老太君遣來伺候她的女婢將給董家諸人帶來的禮物奉上，等用過飯人都散了，白卿言倒是沒有能正經和舅舅董清嶽說幾句話。

董老太君留白卿言在屋內說話，王嬤嬤藉口春桃身上衣裳的繡花好看，想請春桃給描個花樣子，將春桃也帶出了上房。

擺在上房正中央的鎏金瑞獸香爐，香煙嫋嫋，雲霧般消散在室內。

直到晃動的珍珠珠簾擺動聲停了下來，白卿言這才說起想將董老太君接到朔陽的意圖。

董老太君坐在紫檀軟榻上，手肘搭著黑漆描金的檀木小方桌，放下手中的茶杯，笑道：「外祖母老了，經不起這長途折騰了，等什麼時候……我們阿寶成親，祖母再去朔陽吧！此次阿寶來了……就多陪外祖母些日子，外祖母還不知道有多少日子能活。」

「外祖母……」白卿言抬手輕輕攥著外祖母的手，「外祖母身體康健，定然能看到長瀾、長元娶妻生子。舅母是個好性子的，可太和順了，說到教養孩子……還得外祖母才能鎮得住。」

董老太君聽到這話輕笑著拍了拍白卿言的手，又將白卿言布滿老繭的手輕輕攥在手心裡，眼眶都紅了：「長瀾和長元，外祖母不擔心，外祖母就是放心不下你……」老太君的語聲裡帶著幾分哽咽。自古女子便活得艱難，尤其是自己這外孫女兒又子嗣艱難，將來這婚姻大事還不知道要怎麼辦！真若是此生不嫁，指望白氏宗族那些人？

呵……不是董老太君瞧不上白氏宗族的人，那些人也就是見著如今她這外孫女兒勢強才俯首的，若是當初白家出事時，她這外孫女沒有立起來，指不定她們大都白家的孤兒寡母要被欺負成什麼樣子。指望白氏宗族，還不如指望他們董家！

「阿寶，外祖母也有私心，外祖母啊……就想將你放在外祖母身邊，才好護著你不讓人欺負了你，你當真……瞧不上長元？」董老太君眼眶子紅得厲害。

按照道理說，這話董老太君不該和白卿言這未出閣的女兒家說，可自己這個外孫女性子堅韌要強不說，主意也大，白卿言這兒不鬆口，就是自己的女兒也無可奈何。

「外祖母，阿寶不是瞧不上長元表弟！」白卿言搖了搖頭，「我所求的，並非後院這一畝三分田，祖父、父親、叔父和弟弟們，他們都已經不在了，可白家數代人戮力同心，世代相傳的志向，總得有人去繼承。」

從白卿言不肯嫁董長元，以民情民心逼迫皇帝還白家公道，又在南疆大勝，平安帶白家女眷回朔陽開始，董老太君心底就已知道……白卿言心中自有鯤鵬之志，並非是後宅能困住的女子。

可這條路太難，世道本就對女子不公，她想做出一番事業，定然會比男子更為艱辛。做長輩的，奔波勞碌一輩子，不就是想將子孫後輩的路鋪平坦些，讓他們將來的路走得穩些，偏偏她這外孫女兒選的是最難的一條路。

董老太君用帕子沾了沾眼淚：「罷了罷了！外祖母不過白說一句。」

「外祖母，阿寶這次想接您去朔陽，是因為今年戎狄來襲或許會是最猛烈的一年，外祖母隨阿寶去朔陽，才能過幾天安生日子。」白卿言柔聲勸董老太君。

董老太君一愣，扭頭望著白卿言，容色鄭重：「你倒是和你舅舅想到一起了。」

這些年在董家，董老太君雖說內宅之事已經逐漸放權給崔氏，只想著頤養天年，可到底是董家的主心骨，大事還是要董老太君首肯，舅舅董清嶽有什麼拿不准的事情或煩悶的事情，也還是喜歡來同董老太君商議。

董老太君年輕時跟隨董老爺子左右，就連董老太爺對董老太君的意見也是十分看重的，更遑論做兒子的董清嶽。

「登州不安全，外祖母還是隨我去朔陽，就當是陪陪母親，等登州安穩了再回來。」白卿言見董老太君還要說什麼，便道，「外祖母也不必急著拒絕，所幸阿寶還要在登州停留上一段日子，回頭與舅舅再商議商議。」

董老太君擔心白卿言風塵僕僕一路勞累，催促著白卿言去歇一歇，白卿言反倒是伺候著董老太君午歇了才小心翼翼從內室退了出來。

母親遠在朔陽無法時常陪伴外祖母，白卿言既到了登州，便想替母親在外祖母面前盡盡孝。

王嬤嬤給白卿言挑開珠簾，送白卿言出來，低聲同白卿言道：「前一陣子，表姑娘不是在南疆就是在北疆，老太君這心就無一日放下的，成日跪在佛龕前祈福，如今姑娘只剩下表小姐了，表小姐可千萬要珍重自己啊！」

王嬤嬤口中的姑娘便是白卿言的母親董氏。白卿言點了點頭，又對王嬤嬤道謝：「母親不在外祖母身邊，多虧王嬤嬤還能陪同外祖母說說話。」

「表小姐這是哪裡的話！老奴跟了老太君一輩子，老太君是主……老奴是僕，伺候老太君這不是應當應分的嘛！」王嬤嬤說到這裡又笑了笑，「表小姐一來，我看老太君整個人都精神了，面色紅潤，真真兒是這幾年少見的氣色好！」

白卿言笑著讓王嬤嬤止步：「外祖母身邊不能離人，嬤嬤回去照顧外祖母吧。您派到我身邊的這幾個嬤嬤和婢子必都是精明能幹的，若是有什麼不妥帖的地方，我再同您說！」

「哎！好！」王嬤嬤點了點頭，目光落在穿著婢女衣裳的自家侄女秋環身上，警告似的瞪了一眼，「她們有什麼伺候不妥當的地方，大姑娘儘管讓春桃姑娘和這幾位嬤嬤打罵教訓，千萬可別心軟反倒慣出她們德性來。」

白卿言的身分不同，是公主之尊，能在白卿言身邊伺候的丫頭婢子，將來身分定然是要往上提一提的，就是將來嫁人，伺候過公主的婢子也要比府上普通婢子嫁的更好些。

王嬤嬤知道自家侄女兒不是個省油的燈，丫鬟的命卻是個小姐的身子，這也嫌累，那也嫌髒。原本，王嬤嬤是不打算指派這個小丫頭片子來伺候白卿言的，可誰知這小丫頭片子打著她的招牌，走了夫人崔氏身邊嬤嬤的門路，硬生生擠到了表姑娘的身邊。

董氏原想著白卿言身邊不帶佟嬤嬤，好歹有個沈青竹也還好，誰成想白卿言竟將沈青竹留在了紀庭瑜處，因而王嬤嬤的侄女也就被提到白卿言身邊，和春桃一起貼身伺候。

所幸，老太君心疼表姑娘，吩咐讓將表姑娘安置在自己的院子裡，王嬤嬤自覺有她盯著，她這個侄女想來是鬧不出什麼么蛾子的。

「嬤嬤放心。」白卿言依舊淺淺笑著。

「好好伺候表姑娘，」王嬤嬤板著圓臉，冷聲叮囑。董府的丫鬟婆子齊聲應是。

剛才白卿言還沒有好好和舅舅說上幾句話，她也不知此時舅舅在不在書房，也不好莽莽撞撞擅自去找舅舅，正要指了一個婆子去問一問此時舅舅是否得空，就見在院門外久候多時的小崔氏笑盈盈朝著白卿言行禮。

白卿言扶著春桃的手跨出院門，望著神色清爽的小崔氏，笑著喚她：「容姐兒……」

「是長瀾讓我在這裡候著表姐的，父親和長瀾在書房等著表姐，怕表姐不識路，特讓我來接表姐過去。」小崔氏說著順勢挽住白卿言的手臂。

春桃連忙雙手交疊於小腹前，向後退了兩步，跟在白卿言身後。

倒是王嬤嬤的侄女秋環見春桃退到後面來，忙見縫插針越過春桃，上前扶住白卿言的手臂。

白卿言餘光見身邊突然多了一個身影，回頭看了眼，道：「我還未曾老到七老八十，不必攙扶。」

秋環臉一紅，低聲稱是又退了回去，卻未退回原位，而是和春桃並肩而行，彷彿如此做便能將自己身分提到和白卿言貼身婢女春桃一般的位置。

小崔氏一路與白卿言說著話，沿垂著湘妃竹簾的九曲迴廊緩緩而行，路程倒像是也短了許多。

約莫是董長瀾有吩咐，所以小崔氏和白卿言跨進書房院門，並未被守在院門外的護衛攔住，小崔氏回頭吩咐自己的貼身嬤嬤不必跟進來在院子外面守著就是了。

白卿言也回頭吩咐春桃也在外面候著。

董長瀾聽到院外的動靜，從書房內迎了出來，笑著長揖一拜：「表姐……」

白卿言還禮。

「那表姐和父親、長瀾先說正事，我去給表姐做幾樣拿手點心，之前和表姐說過的……可是在朔陽的時候，因為配料不足，沒能親手做給表姐嘗嘗，這次表姐來了正好！」小崔氏笑著找了個藉口，不過是不想杵在那裡，妨礙白卿言還有自家公公、丈夫說正事。

雖說，女人家一般都不會參與到男人院外的正事之中去。可在朔陽之時，小崔氏也算是看明白了，她這位表姐絕非與她們一般婦道人家那般，甘居於後院的。

小崔氏行了禮後，笑著退下，命人將院子守好了不許旁人進去，自己去了小廚房準備點心。

董長瀾親自替白卿言挑開湘妃竹簾，將白卿言引入書房內：「上次表姐託我帶給父親的話，我已經帶到了……可是眾將士都擔心若是冒然將百姓疏散，恐會讓登州城人心惶惶。」

白卿言進門之時，董清嶽正坐在案前，手裡握著被太子批閱後送回來的摺子，聽著府上幕僚言語，神情略有些疲憊，日光從窗櫺外透射進來，隱隱可見董清嶽鬢間幾根銀絲。

見白卿言進來，董清嶽抬頭唇角露出笑意，並未打斷自家幕僚之言，示意白卿言在一旁落坐。

那謀士聲音頓了頓，見董清嶽沒有打斷他的意思，這才繼續道：「大人派人送去的銀兩也只是杯水車薪，只能先照顧因歷年為戍守登州傷殘無法勞作的兵士，但此次皇帝修建行宮而短登州軍糧草之事，已然讓軍中不滿了。」

董清嶽眉頭緊皺點了點頭：「我知道了……你先下去吧！」

那謀士這才起身朝著董清嶽一拜，又朝著董長瀾和白卿言的方向一拜，心中對白卿言的身分隱約能猜到幾分。雖然謀士沒有見過董家後宅女眷，可董清嶽能讓踏入這書房重地的女眷，除了董老太君和妻室之外，怕就只剩下那個外甥女……鎮國公主白卿言。

董長瀾親自給白卿言倒了茶，在白卿言身邊坐下，就聽白卿言單刀直入問：「舅舅，上次我讓長瀾帶話所言，不知道舅舅還有何遲疑？舅舅可是……還對朝廷抱了一線希望？」

董清嶽輕輕歎了口氣，點頭，隨手將手中的摺子遞給白卿言：「你看看吧！這是剛剛收到的……太子的批覆。」

從董長瀾去登州前到現在，董清嶽已經連上了十幾道摺子……都石沉大海，誰知道晌午便有人將太子批覆送了過來。

白卿言打開看了眼，太子的意思很簡單，說董清嶽小題大做，如今戎狄內亂，南戎北戎打成一團，大燕已經擺明要助北戎恢復正統之治，南戎巴結晉國都來不及，又哪有這個膽量敢來大晉頭上動土，難不成不怕晉國跟大燕一同合力打他一個小小南戎。

至於拖欠糧餉，太子倒是一字未提。

這個結果白卿言並不意外，這的確是太子能做出來的事情。

白卿言將手中的批覆放在一旁，看向董清嶽：「如今朝內皆是曲意逢迎之輩，全都學著揣摩皇帝和太子的心思做事！否則……也不會發生這剋扣軍餉來給皇帝修葺行宮之事發生！更不會有舅舅連上十幾道摺子石沉大海之事！」

「只要下面官員看出皇帝對舅舅這摺子不滿，便自會替皇帝想到藉口，不論是什麼南戎北戎內亂……不敢挑釁我晉國！又或是懼怕晉國同大燕一同攻打南戎，這些大多應當都是朝臣揣摩著皇帝的意思，給皇帝找的藉口。甚至不會將舅舅後面的摺子呈到御前。」

董清嶽的摺子如白卿言所說，第一次遞上去，高德茂見皇帝粗略掃過一眼便丟在一旁，且沒有做批示，便示意了下去，後來董清嶽的摺子就再也沒有到過皇帝的御案前。

再後來，還是皇帝讓太子開始處理奏摺，呂相這才不動聲色偷偷摸摸又將摺子送到了太子面前，指望著太子能出這個頭，好好勸一勸皇帝。

好吧，誰知道太子和官員一商量，給董清嶽了這麼一個回覆。

董長瀾眉頭緊皺，點了點頭很是贊同：「父親已經派出了探子去探南戎動向，若是南戎真有動靜，立時來報。」

「舅舅還是要提早準備，就算是不為旁的，只為了登州城的百姓，也該在秋收之後，便疏散百姓，以免戎狄來襲無辜百姓喪命。」

白卿言想了想，也沒有瞞著董清嶽，直言相告：「舅舅，想必長瀾應當已經告訴你，我朔陽練兵另有所圖之事。」

董清嶽看著外甥女暗藏鋒芒的幽邃黑眸，點了點頭。

只聽她不緊不慢道：「不知道舅舅有沒有聽說，大都城九曲巷王家的案子？」

董清嶽頷首，略調整了坐姿：「略有耳聞，聽說此案民間議論紛紛，都說那王鄉紳所犯之罪不至於一家子都走上絕路，為何會在獄中全家畏罪自盡。」

白卿言望著董清嶽開口道：「皇室昏聵，梁王為滿足皇帝為求長生不老丹藥之願，以孩童性命煉製丹藥，為了包庇梁王，皇帝將王鄉紳一家悉數了結在獄中，又將梁王府孩童的屍首送進王府，哪怕如此簡單粗暴處理會讓此案有種種不合理，可皇帝還是做了！且此案還是以摧枯拉朽之勢結案，舅舅……這樣的皇室，這樣的朝廷，氣數盡了。」

董清嶽瞳仁一顫，脊背挺直看著白卿言，眼底帶著幾分不贊同：「可太子似乎還是……」

「舅舅，太子是一樣的！」白卿言定定望著董清嶽，「當年皇帝未登基之前，何嘗不是如今太子這般模樣，登基之後有祖父在，皇帝還算壓得住本性，如今祖父不在了，皇帝本性便逐漸顯露，剛愎自用，滿腹猜忌，胸無為君者的氣魄和格局，不思開疆拓土，強民富國，只安於眼前，貪圖享樂，視百姓為草芥。如今朝中上行下效，朝臣各個奴顏媚上，弄權逐利，朝中再不見崢嶸之象，這樣的朝廷……已經從骨子裡爛了……焉能不亡？」

董清嶽眉頭緊皺，垂下眸子，拇指和食指相互摩挲著，細細思索。

見董清嶽動搖，白卿言起身對董清嶽一拜：「要救晉國，需江山換血，皇權更迭至能人之手，方能救這潰爛糜臭的大晉國，舅舅曾在白家軍之中歷練，當知白家軍建立之初衷乃是為民……平定內亂外戰！護民安民這四個字……是白家軍建立的軍魂！既然皇家如今視百姓為草芥，為一己私慾追求長生，肆意殺戮懵懂幼童！民為國之本，幼童才是一國將來！」

四目相對，白卿言黑白分明的眸子，眸色堅韌：「昏君誤國害民，我等食晉國百姓賦稅供養之人，難不成要置身事外嗎？即便是舅舅以為太子尚可，但也當早點準備才是！如今……大燕借著北戎求助順勢出兵駐紮在北戎，盡得北戎天然牧場！舅舅也應當趁勢……蠶食南戎，否則他日大燕一旦成事，我晉國將被大燕兩面夾擊，危矣！」

董長瀾聽了白卿言一番話，知道他這位表姐今日這是實實在在給他們家交了底，又因白卿言目光長遠而驚駭，視線看向神色鎮定從容的白卿言。

「所以，朔陽的匪患……實則是你的人，你在朔陽練民為兵，就是為了有朝一日有兵可用？」

董清嶽看向自己的外甥女，不安的調整了坐姿，長長歎了一口氣，道，「可是阿寶啊，推翻這林家皇權，晉國大亂……又有誰能坐上那個位置！造反容易……難得是長治久安，你又何敢保證，當你舉事之後，沒有對那至尊之位心存妄念之人渾水摸魚，屆時遭殃的還不是百姓？」

「舅舅……阿寶所求，並非僅定晉國一國安寧，阿寶無一日敢忘白家先輩宏願，是還天下百姓萬世太平，阿寶求得……是天下一統，求得是海晏河清，至死不渝！」

白卿言一番話陡然讓董清嶽想到了鎮國王白威霆……想到了鎮國公白岐山，眼眶陡然濕紅。

鎮國王白威霆的字是不渝。

願……還百姓以太平，建清平於人間，矢志不渝，至死方休。

這是鎮國王白威霆取字的由來。

白家的胸襟和抱負，董清嶽曾在白家軍中又如何能不懂？

董清嶽抬眸朝著白卿言望去：「所以，白家軍留在南疆，是為了以備來日，朔陽練兵也是為了來日準備，如今……你想讓舅舅做的，是把控南戎？為將來能和大燕抗衡。」

白卿言頷首：「長瀾回登州應當同舅舅說過了，舅舅也知道今年南戎來勢……必會比往年更加凶猛！為百姓安危，何不提前將百姓疏散，丟了城池便向皇帝求援就是了，阿寶倒覺得，舅舅不妨獅子大開口，用向皇帝討來的銀子……在南疆的天然馬場上，訓練自家騎兵。」

董長瀾用手指用力扣了一下几案，抬眸望著董清嶽：「父親，兒子覺得……表姐此計可行。」

「舅舅，即便是不為平定天下，為了能護住在你眼前的登州百姓，舅舅也當在秋收之後先讓百姓撤離，否則一味聽從皇命，等戎狄人進城，遭殃的只能是百姓，皇帝遠在千里之外不會受牽連不說，恐怕還會將罪責怪在舅舅頭上，如同當初誣衊我祖父剛愎用軍一般。」白卿言對董清嶽鄭重道。

董清嶽一想到當初信王扣給鎮國王白威霆剛愎用軍的汙名，心頭就有按捺不住的憤慨，點了點頭：「阿寶說的疏散百姓之事，舅舅都知道了。」

董清嶽垂眸說完，抬起如炬雙眸望著白卿言，又問：「說說……你是打算如何蠶食南戎的。」

舅舅這意思，便是同意了白卿言的說法。

「此次等南戎來襲，舅舅便退……上奏告知皇帝糧餉不夠，將士無心賣命節節敗退，向皇帝求糧草求銀子，皇帝不給……就再退一城！丟城失地皇帝必會肉痛，等糧餉銀子到位，舅舅便直撲打回去，派忠誠可靠之人，比如……長瀾表弟，打入南戎腹地，於此同時舅舅可以向朝廷請奏，派兵駐紮南戎，訓練騎兵，若是皇帝准……那便讓長瀾表弟長留南戎腹地，盡可能在朝廷派遣之人來前，掌控全域，糧草補給只管向朝廷要就是了！」

董長瀾聽明白了白卿言的話，喉頭翻滾著朝父親董清嶽望去。

白卿言手指在几案上敲了敲：「若是皇帝不准，長瀾表弟就帶兵留在南戎腹地自行練兵，時時與舅舅通信，以演練為名……軍演，舅舅敗退，接著再向朝廷要銀兩糧草就是了。」

董長瀾眉頭緊皺：「表姐，可打入南戎腹地，後面糧草來不及補送來怎麼辦？」

「戎狄人會劫掠我晉國百姓，難道我們就不能劫掠他們了嗎？」白卿言這話說的理所應當，「登州軍可以俘虜南戎人，將他們變成可用之軍，教他們如何耕種，私下開放互市，將南戎人……逐漸變成晉人！不論是戎狄也好……還是晉國也罷，百姓所求的不過是吃飽穿暖四個字！當年大燕姬后主政，之所以能快速滅小國收服其民，而無人反，其原因首要的便是讓百姓吃飽穿暖了！這才是百姓甘願俯首的因由！」

「普通百姓活於世，最主要的便是食能果腹，使人不死，衣能蔽體，不受凍苦，而後才是識字、計較吃食好壞，計較衣衫布料毛皮是否上乘。這一點上，戎狄百姓……和我們晉國百姓是一樣的！」白卿言目光落在董長瀾的身上，「這條路或許不好走，但卻能得到戎狄百姓的擁護，若是我們如同大燕一般，我們也駐軍在南戎，百姓必然會抵抗，因為……大燕是被北戎請去的，而我們……是打過去的！」

董清嶽長長呼出一口氣，靠在背後隱囊之上，端起几案前的茶杯，輕輕撥著茶葉，深覺自己這外甥女，有經天緯地之才。

「舅舅，民心向背浩瀚之力，不可估量，地……要取！人心……也要！如此才能最大程度的避免征伐殺戮。」白卿言道。

「長瀾你怎麼看？」董清嶽抬眸看向長子，眸中亦是熠熠暗芒。

董長瀾是董清嶽的嫡長子，自小便是董清嶽抱在懷裡一點一點教養著長大的，董清嶽很想聽聽董長瀾對此事的看法。

「父親，兒子以為……表姐所言十分在理！兒子率登州軍前往南戎，後面一應事宜，可交給長茂來負責！兒子定會將此事辦妥當！」董長瀾朝著董清嶽抱拳行禮，心中依然是熱血澎湃，想要做出一番事業來。

以前，在董長瀾的心裡，戎狄和晉國勢不兩立，可今日……聽了白卿言一席話，他茅塞頓開。

這天下本不應分什麼晉國、戎狄，若是戎狄百姓吃得飽……有誰願意捨命來晉國搶奪。

若是不只顧眼前利益，目光放長遠，格局落在平定天下之上，教習戎狄人學會耕種，學會織布，學會識晉國文字……進而一統，戎狄便不會生亂。

出身武將之家，誰人沒有一顆隨英明君主達成一統天下這樣曠世偉業之雄心？只不過是晉國皇廷昏聵，武將如今也只能顧著明哲保身而已了。

而白卿言一番話，讓人看到將來一統之希望，董長瀾如何能不心潮澎湃？

董長瀾不免在心中感慨，此次幸虧是表姐來了，否則他怕是想不了這麼多，也無法說服父親，這讓董長瀾對他這位白家表姐更是敬佩不已。

董清嶽點了點頭，將茶杯擱在案桌上，認真道：「此事還需要更詳細的計畫和部署，便交由你和長茂兄弟二人去做，秋收之後，登州百姓撤離之事，為父來安排！」

一錘定音。白卿言唇角勾起笑意，她一直都知道……舅舅的壯志雄心從來沒有滅過，不過是主上不夠英明，舅舅即便是有天大的抱負也無法施展。

以前，祖父在……舅舅還能看到希望，後來祖父不在了，舅舅那樣一顆熱血之心想必也就跟著冷了下來。

「待到登州疏散百姓之時，怕會生亂，舅舅……我這一路是打著來接外祖母前往朔陽小住的旗號來的，不如就讓我接外祖母和董家女眷回朔陽暫避，等登州安穩下來，再送外祖母回來。」

董清嶽搖了搖頭：「接走你外祖母就是了，若是董家女眷都離開登州，百姓們眼睛盯著……怕會以為我們董家是提前得到了消息，先送走女眷，心生不滿，容易引發亂事。」

董清嶽的顧慮白卿言也明白，也在理……

「二少爺，羅姨娘請留步，老爺和大少爺正在書房內議事。」

董長茂和生母羅姨娘帶著董長茂的親舅舅前來拜見董清嶽，被董清嶽身邊的親信護衛攔在了院門外。

秋環一看到董長茂那四五不著調的舅舅，嚇得臉都白了，原本和春桃並肩而立，這會兒倒是悄悄往後挪，藏在了春桃身後。

春桃頗為詫異回頭看了眼秋環，一回頭正對上董長茂舅舅羅富貴輕佻打量的目光，心底沒來由的不舒服，眉頭緊皺，垂著眸子本本分分立在那裡。

羅富貴今年已經三十有一，以前說過一門親事，可羅富貴好賭又沉溺於煙花柳巷，好好的親事讓他自己給攪黃了。

後來，羅姨娘沒辦法這才求了董清嶽，說讓羅富貴去軍中歷練歷練，不指望著羅富貴能當什麼五夫長十夫長，只要羅富貴能改掉好賭，和總往煙花柳巷跑的毛病就知足了。

登州軍軍紀也算是嚴明，董清嶽讓羅姨娘把人帶過來看看，若是形散神散，是個懶骨頭就算是羅姨娘加上董長茂一同跪地哭求……他也絕不收。

羅姨娘知道董清嶽一向說一不二，一直拖著沒有敢讓羅富貴來見董清嶽。

這不，今兒個董清嶽最疼愛的外甥女鎮國公主來了登州，羅姨娘便想著趁這機會讓董清嶽見一見自家哥哥，說不定董清嶽心情好……也就收了她哥哥呢。

「是老爺讓我和長茂帶著兄長前來拜見的！放心吧……老爺知道！」羅姨娘笑盈盈說著，就抬腳準備進門，卻被董長茂一把拉住。

「姨娘，父親正在和兄長談正事，我們等會兒再來就是了！」董長茂皺眉道。

羅姨娘還想開口，可看到兒子對她搖頭，想了想點頭：「行吧，一會兒再過來也好……」

說著，羅姨娘轉身看向自己的哥哥，正欲同羅富貴說一會兒再來，就見自己哥哥盯著一個婢女看，羅姨娘咬牙切齒上前，朝著自家哥哥胳膊上擰了一下。

羅富貴吃痛回神，皺眉揉著自己的胳膊道：「你擰我幹什麼！」

「走！一會兒再來拜見老爺。」羅姨娘說著狠瞪著不成器的兄長一眼，甩了帕子朝前走。

羅富貴視線又朝著春桃望去，見春桃視線正從長相極為清秀漂亮的羅姨娘身上轉落回他身上，立時對春桃露出極為猥瑣的笑容，嚇得春桃忙垂下頭去。

春桃被嚇得不輕，不知道那麼漂亮的羅姨娘，怎麼有那麼猥瑣的一位兄長。那種猥瑣之感，彷彿是從骨子裡透出來的，令人心生噁心。

秋環見羅富貴跟著羅姨娘一行人走遠，這才輕輕拍著胸口從春桃身後走出來，並排與春桃立在一起，低聲同春桃道：「春桃姐姐，你不知道那羅姨娘的兄長有多可怕，前年這羅姨娘的兄長看上了羅姨娘身邊伺候的丫頭，後來羅姨娘說是將那丫頭放了出去，我悄悄打聽了，人放出去之後就被羅姨娘這兄長活活磋磨死了，羅姨娘將此事壓得密不透風，知道的人沒幾個！」

春桃眉目一挑，側頭看向秋環：「所以……你便躲到我身後去了？」

秋環原本看著春桃木木呆呆的，想藉機說給她一個秘密聽好拉近兩人關係，沒想到春桃竟然沒有領會她的好意，還直接將她剛才的心思挑破。

秋環臉一紅，忙道：「我們是不一樣的呀春桃姐姐，姐姐是鎮國公主身邊的貼身侍婢，生殺大權不在董府，可我們卻不一樣啊！」

春桃深深看了秋環一眼，垂眸立在自己的位置一語不發，打定了主意在董府這段日子要離這位秋環遠一點，哪怕這丫頭是董老太君身邊王嬤嬤的侄女。

羅富貴跟著外甥和妹妹剛走出不遠，羅富貴便小跑著上前扯住妹妹的衣袖問：「妹妹，剛才那個穿著一身嫩碧色衣裙，不同於你們董府婢女打扮的小婢女，是誰的丫頭？」

董長茂聽到這話心裡一個激靈，忙道：「姨娘，那可是鎮國公主的貼身婢女，別的婢女……舅舅若是腦子發熱見色起意也就罷了，要是對鎮國公主的婢女也沒輕沒重心裡沒有一個數，屆時……父親發落了你，你可別怨我這個親子不為你說情！」說完，董長茂拂袖離去。

董長茂本就不同意羅姨娘將那個不成器的親舅舅弄進登州軍裡去，後來親娘朝父親開了口，他生怕自己這個娘帶著親舅舅來見父親鬧出什麼笑話，讓他以後無法在董府抬頭見人，這才跟了過來。

羅富貴見董長茂走遠了，這才壓低了聲音同羅姨娘抱怨：「你看看！你看看！你生的這個是個什麼東西！眼裡還有沒有你這個親娘！對我這個親舅舅鼻子不是鼻子眼睛不是眼睛也就罷了！他自己還鬧不清楚是從誰肚子裡爬出來的嗎？」

羅姨娘最見不得誰說董長茂不好，氣得一巴掌拍在羅富貴的胳膊上：「不許你這麼說長茂！你再說長茂一個字……你這事兒，我就不管了！」

「哎呀！好妹妹！好妹妹！我這不是為你打抱不平！」羅富貴連忙對羅姨娘賠笑臉，「妹妹……我同你好好說呢！那個鎮國公主身邊的那個婢女好像對你哥哥有意思！」

羅姨娘上下打量了自己親哥哥一眼，她倒是沒有留意那婢子長什麼模樣，可就人家鎮國公主身邊的人，能看上她這個哥哥？

「你作什麼春秋大夢！人家能看上你?!」羅姨娘一甩帕子，冷聲道。

「怎麼就不能看上我！我好賴也算是董大人的小舅子，她不過是鎮國公主身邊一個可隨意打殺的婢子！」羅富貴一想到春桃那張清秀嬌俏的小臉兒，便心癢難耐，壓低了聲音同羅姨娘說，「你不行和董大人吹吹枕頭風，讓把那個婢子許給我做小妾你看怎麼樣？這樣一來……你和那鎮國公主也算是攀上了點兒關係！那可是公主啊！」

「你瘋了不成！」羅姨娘瞪著自家親哥哥，冷笑一聲自徑往前走去，「人家鎮國公主的婢女，什麼時候能輪到我們家老爺作主，你想得美！還給你當小妾……你也不看看你自己什麼德行！」

羅富貴連忙追上羅姨娘，一邊小跑一邊道：「你這話就不對了！當不了小妾……那當正妻也成啊！董大人是鎮國公主的親舅舅，親舅舅幫她身邊的婢女作媒，她怎麼也不好為了一個婢女，拂了親舅舅的面子，妹妹你說是吧！」

見羅姨娘不為所動自顧自往前走，羅富貴又道：「你想想看，你在這個董府地位不高，是因為什麼……還不是因為娘家沒人給你撐腰？我要是成了鎮國公主貼身女婢的夫君，將來跟著鎮國公主一同去朔陽，那不比去軍中有前途？屆時我吹吹枕頭風，讓那婢女在鎮國公主面前多說說你的好話，那鎮國公主的母親給登州來信時能不提你？提起了你……你的地位自然就高了啊！」

羅姨娘腳下步子一頓，她一向知道鎮國公主的母親董婉君在董老太君心中位置極高，董老太君愛屋及烏連帶著疼愛鎮國公主這個外孫女。董老太君一直都是董家後宅主事之人，若是董婉君肯替她說好話，想來她在董家的日子會過得更舒坦些。

見羅姨娘似乎有所動搖，羅富貴連忙加了把勁兒：「你之前不是說，總給哥哥補貼，哥哥都快把你掏空了嗎！你想想……哥哥要是娶了這鎮國公主身邊的貼身婢女，回頭鎮國公主賞她個什麼，那東西不就成了哥哥的，哥哥到時候都給你……也算是償還你以前接濟哥哥！也讓你在董府過過好日子！」

羅姨娘眉頭緊皺，甩了甩帕子，轉過身認真看著今日將自己拾掇的十分俐落的兄長。

看著兄長這副模樣，似乎也有可能被小婢女傾心，羅姨娘又問：「你能十拿九穩……那鎮國公主的貼身婢女對你有意思？」

「那當然了！你哥哥我可是閱女無數的！那小姑娘眼睛就跟長在了你哥哥身上一樣！」羅富貴誇大其詞，一副志得意滿的模樣，「她定然是心悅於我！」

羅姨娘雖然有些不相信，可試一試也不會掉塊肉，說不準那小婢女真的喜歡他們家哥哥呢？

「我試試吧！」羅姨娘抬眸朝著自家兄長望去，「你這段日子也別給我生事，今日鎮國公主剛到……想來老爺也沒有空見你，你先回去吧……等我消息！」

「好嘞！哥哥就知道，咱們家啊……就你最疼哥哥了！要是事成了，哥哥一定好好報答妹妹！」羅富貴拍著胸脯道。

當晚，董清嶽親自去見了董老太君，意思讓董老太君同白卿言去朔陽，也當是陪一陪董氏。

董老太君稍作猶疑之後，便道：「娘不能走，娘要是走了……等戎狄來襲，百姓會怎麼想你這個登州刺史？娘在登州待了一輩子……也還算是有些威望，等你疏散百姓之時，娘雖然幫不上大忙……可號召百姓在戎狄來之前隨娘走，還是有幾分把握的！否則你空口無憑要百姓們離家，那老一輩人……怕是不肯啊！」

登州的年輕人倒也還好，或許見董家女眷都開始撤離，也會跟著撤離，可那些年邁……走不動的老人家，定會抱著僥倖心理不願意挪窩。

「畢竟都是住了一輩子的地方，老人家……就怕死了都回不來！」董老太君歎了一口氣。

老人家都講究一個落葉歸根，這仗打起來誰知道什麼時候會消停，董清嶽又不能將計畫和盤對百姓托出。

屋內燭火搖曳，越發顯得董老太君臉上溝壑縱橫，她轉頭望著自己的次子，笑道：「娘在，好歹……還能為你鎮鎮場子，娘這歲數一年大過一年，能幫你一次少一次！不願意看著兒子孫子在前線拼命，我這個老不死的反倒去朔陽躲著。」

「娘……」董清嶽最不喜歡聽母親說這些死呀活呀的。

「好了好了！不說了！娘知道你不愛聽……你阿姐也不愛聽這話，你兄長也是！那娘就好好活著……」董老太君笑起來眉目慈祥和善，「等看到阿寶終身有了依託，我也便能瞑目了。」

說來說去，董老太君最放心不下的還是白卿言。

董清嶽抬手攥住董老太君的手：「娘，阿寶承襲鎮國王風骨，其謀略格局更是青出於藍勝於藍，她的志向不在後宅……但娘可以看著阿寶以女子之身功成名就的那一天，或許……那一天到來之後，會有更多如同母親……如同阿寶這樣，才智超塵拔俗勝出男子不知幾籌的女子，能夠有更廣闊的天地！母親想想……那將是怎樣一番景象！」

當初西涼女帝登基的消息傳來，董老太君就感慨頗深，直言西涼女帝登基會讓西涼有才智的女子走到朝堂為國出力，若是西涼沒有內亂，定會越發強盛。

「你是說……」董老太君心頭一跳，抬眸朝百鳥朝凰的楠木屏風外看了眼，見外間亮堂無人，這才壓低了聲音問，「你是說……阿寶有仿效西涼女帝之心？」

「且先不說阿寶有沒有仿效西涼女帝之心，阿寶卻有平定天下之心！亦有匡救萬民之智，兒子……願助阿寶一臂之力，若阿寶所圖真是這不世功業，兒子不願置身事外，能成……也算是沒有白在世上活這一遭。」

董清嶽自幼在母親身邊長大，知道自己的母親有著何等的智謀，父親拿不定主意的都要去問詢母親的意思。

他在母親的教導之下，從不輕看任何女子，也從不認為女子就應當拘於後宅相夫教子，這世上如同母親和姐姐還有阿寶這樣的女子不在少數，可她們大多都被世俗禮教束縛，只能一生困於後宅。就如同他的母親，母親雖然有能，卻不能如同男子一般走到人前來，董清嶽心中更多的是可惜和心疼。

董老太君咬了咬牙，用力攥著兒子的手：「這話，你心裡知道即可，千萬不要宣之於口，阿寶信你這個舅舅，說與你聽，可你要時刻將此事藏心，以免給阿寶招來禍端！」

「母親說的兒子都懂！」董清嶽應聲，「阿寶此次來登州便是為了同我見一面，將該說的話都說了，打算接了母親便回朔陽，如今母親不走……怕是阿寶也留不了幾天了。」

董老太君點了點頭：「朔陽還有事情等著她，她自是不能在這裡多住的！」

白卿言坐在臨窗軟榻上看兵書古籍，春桃在給白卿言絞頭髮。

高几上，從琉璃燈盞透出的五色光闌，映著如白玉精雕的美人兒，畫面十分好看。

用香熏完床榻的秋環見狀，放下手中的香，忙湊上前伸手就要代替春桃給白卿言絞頭髮：「春桃姐姐我來！」

見春桃眉頭一緊，秋環生怕春桃說出什麼拒絕的話來，忙用雙手攥住帕子絞緊……

「嘶……」白卿言頭髮被一扯，輕輕吸了一口涼氣。

秋環見狀惶恐失措跪了下來：「公主饒命啊！奴婢只是想著春桃姐姐伺候公主沐浴辛苦了，想替公主絞頭髮而已，不成想春桃姐姐大約是計較今日在老爺書房外……」

白卿言不等秋環說完，將手中古籍重重往小几上一擱，垂眸看著跪在地上裝作惶恐不安的秋環，十分膩味這小丫頭的小伎倆。

「春桃，去將王嬤嬤請過來！」白卿言道。

秋環嚇得一個激靈，仰頭看了眼面色平靜淡漠的白卿言，忙叩首：「公主饒命啊！」

春桃跟在白卿言身邊久了，又經歷過春妍和春杏那兩個吃裡爬外的，又怎麼會看不出秋環這耍的是什麼心眼子。春桃應聲看了眼跪在地上的秋環，繞過屏風去喚董老太君房裡的王嬤嬤。

所幸，白卿言被董老太君安置在一個院子裡，費不了春桃幾步路。

春桃打從心底裡也十分看不上這秋環，心裡不住慶幸……幸虧她是跟著大姑娘來了登州，否則這在大姑娘身邊伺候的到底是個什麼牛鬼蛇神。

「公主！」秋環眼見春桃離開，忙朝白卿言叩首，「真的不是奴婢！奴婢只想好好伺候公主沒有旁的心思，那春桃姐姐是怕秋環奪了您的寵愛，這才給奴婢使絆子，奴婢……奴婢……」

秋環看著白卿言冷肅淡漠的目光，越說聲音越小，直至最後頭都抬不起來，一聲不吭跪在那裡直打哆嗦。

王嬤嬤聽說白卿言喚她，又見春桃臉色不是很好看，心裡咯噔一聲，猜測是不是自己侄女兒惹了什麼麻煩。她放下手中活計，忙朝白卿言屋內走去，結果一打簾進了門，便隔著還在搖晃的珍珠簾，和喜鵲楠木屏風，看到跪在地上的秋環。

王嬤嬤心裡頓時感到無力，連忙挑開珍珠簾子，繞過屏風進去。

聽到簾子響動聲，秋環身子一抖，見來的是王嬤嬤，忙用目光朝王嬤嬤求救。

王嬤嬤深深瞪了眼秋環，朝著白卿言行禮：「表姑娘！」

「王嬤嬤，這婢女王嬤嬤還是帶回去吧！」白卿言倒也沒有說什麼因由，表情極淡。

「是！」王嬤嬤也不敢多問，只道，「明日一早，老奴帶幾個聰明伶俐的過來給表姑娘挑一挑。」

「聰明伶俐是次要的，我喜歡老實心眼兒正，且不會口舌挑撥搬弄是非的！」白卿言拿起手中的古籍繼續翻閱，「這次是看在嬤嬤的分兒上，我便饒過這個婢子，嬤嬤以後可千萬別讓這婢子在外祖母跟前伺候，外祖母年紀大了受不起如此折騰。」

王嬤嬤立時明白，白卿言這是已經知道了秋環和她的關係，忙叩首行禮：「多謝表姑娘，表姑娘放心，老奴是絕不會讓這丫頭在老太君面前伺候的，此次是老奴失誤，讓這丫頭鑽了空子來了表姑娘身邊，表姑娘心善饒過她，老奴也不會饒過她！老奴給表姑娘賠不是了！」

「嬤嬤快快請起！」白卿言伸手虛扶了王嬤嬤一把，「嬤嬤在外祖母身邊伺候了這麼多年，算得上我半個長輩，萬萬沒有讓嬤嬤同我行此大禮的道理！我還不知道嬤嬤的為人嗎？我沒有怪嬤嬤的意思……嬤嬤還是帶回去好生調教，到底是家生子，不比外頭買回來的那些，她出了岔子……旁人都會算在嬤嬤的身上！」

白卿言這話是為了王嬤嬤，王嬤嬤後宅待了這麼多年怎能不清楚其中道理，這一次秋環這小丫頭片子，不就是扯著她的大旗來了表姑娘身邊。

王嬤嬤將秋環帶走，毫不留情面，讓人抽了幾鞭子丟回去反省。

這下秋環心裡可把春桃給恨毒了，猜測定然是春桃趁她不備，在鎮國公主面前說了她的壞話，否則鎮國公主怎麼可能將她趕走。

秋環不知，她今日在董清嶽書房院子外所作所為……春桃可是一點兒都沒有同白卿言說過，她不嫌這些事丟人，春桃還嫌給白卿言心裡添不痛快呢。

第二日天還未亮，王嬤嬤果然帶來了一個老實話不多的來伺候白卿言。

那小姑娘就是有些太老實了，誠惶誠恐跟在春桃身邊，春桃讓做什麼便做什麼，且都做的十分好，可見王嬤嬤是會挑人的。

崔氏從董老太君那裡請了安回來，用完早膳，接過玫瑰香露漱口後，便聽貼身嬤嬤壓低了聲音同她說……昨兒個夜裡，白卿言換了王嬤嬤的侄女，由王嬤嬤親自挑選了一個婢女送到白卿言那裡去。

崔氏用帕子沾了沾唇：「換了？」

「聽說，秋環還挨了幾鞭子。」

崔氏越發的驚訝：「可是秋環伺候的不好？」

人是崔氏安排進去的，自然操的心多一些。

「不清楚，鎮國公主身邊那個春桃口風緊的很，尤其又在老太君的院子裡，不好打探！不過人是王嬤嬤的侄女，真的出了岔子也怪不到夫人的頭上。」崔氏身旁的貼身伺候的嬤嬤道。

「嬤嬤這是什麼話！」崔氏不滿的將帕子遞給婢女，起身，「表姑娘是個什麼性子我再清楚不過了，怎麼會怪到我頭上來，還是去問問……若是那個秋環哪裡伺候的不妥帖，也好警醒府中上下，別再犯了，讓表姑娘住的舒坦些，昨日聽老爺說表姑娘恐怕住不了幾天就要走了。」

那嬤嬤聽崔氏這麼說，笑得臉上褶子都堆了起，忙扶著崔氏往外走：「夫人心胸果然寬廣，哪是老奴能比得上的！」

白卿言正陪著董老太君用早膳，就聽董老太君同她表達了不願意隨她一同去朔陽的想法。

董老太君夾了塊紅棗芸豆山藥糕放在白卿言面前的白玉碟子裡，攥著筷子的手清淺擺了擺，笑著：「外祖母老了，折騰不動了！得好好留在登州養著……等我的小阿寶什麼時候成親了，外祖母再拼一拼，撐著這身子親自去看我們阿寶成親！」

說完，董老太君也夾了塊紅棗芸豆山藥糕咬了一小口，這是王嬤嬤親自下廚做的，白卿言小時候王嬤嬤做過一次，白卿言吃得口齒生香，王嬤嬤就記住了，今兒個專程起了一個大早，趕在早膳前將這道點心擺上桌。

白卿言見外祖母目光和煦，顯然是拿定了主意，她點了點頭低頭吃山藥糕。

看著白卿言今日用了不少，董老太君也高興，用香露漱完口，董老太君一邊用濕帕子擦手，一邊笑道：「你和你母親一個樣子，都愛吃這些味道極淡的東西！倒是能和我吃到一處去！」

在董老太君眼裡，白卿言還是個孩子……可這孩子卻在祖父和父親都去了之後，不得不擔負起重擔來，這讓她怎能不心疼？董老太君看著言行舉動優雅端莊的白卿言，眼眶子又忍不住紅了，忙偏過頭去用帕子沾了沾眼淚。

「今兒個，你二舅母陪嫁莊子上送來些時令果子，那蜜瓜尤其的甜，雖然你不喜歡吃甜食，倒是可以嘗個鮮！」說完，董老太君讓王嬤嬤備了棋盤，又讓婢女去切一盤果子來。

白卿言故作不知董老太君落淚，只覺心裡一酸，垂眸點頭，掩飾通紅的眸子。

難得董老太君興致高，白卿言陪著董老太君下了幾局，王嬤嬤和董老太君房裡的幾個丫頭湊趣，說白卿言棋藝精湛名冠大都，老太君平日裡也是棋藝超群，讓都下個注看看誰會贏呢！

白卿言見外祖母興致高，每次將將好輸一子半子的，哄老人家高興。沒成想，董老太君將棋盤上的白子撿入棋盒中，笑對白卿言道：「到底老了啊，就是不如年輕人腦子活泛，輸了！」

捧著個茶壺立在白卿言身後的春桃，是個直腸子，忙道：「老太君這明明贏了啊！」

王嬤嬤用手掩著唇笑：「你個小呆了！看不出你們家姑娘這是故意讓著老太君呢！」

春桃被爽利和氣的王嬤嬤叫了小呆子，小臉一下就紅透了，又小聲問了句：「那老太君這算輸還是算贏啊！我和外面幾位姐姐壓了我們姑娘贏呢！」

春桃這話一出，倒是讓屋裡笑倒了一片，王嬤嬤直說春桃是個小財迷。

王嬤嬤心裡感歎，老太君這裡許久都沒有這麼熱鬧過了，這還多虧表小姐來了。

在董老太君的房裡鬧了這麼一通，白卿言又伺候董老太君歇午覺，結果這午覺也沒歇成，白卿言反倒被董老太君拉著說私房話。

董老太君靠坐在榻上倚著隱囊，屏退左右緊緊攥著白卿言的手，如炬的眸子望著白卿言，說起今上昏聵之事。

「林氏皇權氣數一旦是從你手中了結，你可想過如何面對你祖母啊？」董老太君見白卿言皺眉不肯言語的模樣，歎氣伸手將白卿言摟在懷裡，跟哄孩子似的拍著她的背，「不是外祖母要專戳你的心窩子，你祖母是林家的大長公主，皇家是她的娘家，她不看顧又怎麼能成？你祖母出身皇室，有傲骨，也有傲氣，亡林氏皇權之事可以有，她不懼做亡國公主，但亡林氏皇權的……絕對不能是她的子孫，尤其你……是自小被她揣在懷裡捂大的。」

董老太君低頭看著自己懷裡的白卿言，柔聲問：「你可明白？」

白卿言抿著唇窩在董老太君懷裡不吭聲，比起親近……白卿言與大長公主當是比董老太君更為親近，她從未想過有一天這樣的話，會是外祖母同她說，可見外祖母是真的疼她。

董老太君之所以將此事拿出來同白卿言說，是因昨夜董清嶽同她說了白卿言的志向。

董老太君怕……以大長公主那個性子，若是真的由白卿言親手亡了林氏皇權，大長公主說不準就一條白綾，去向祖宗謝罪了。

但若真如此，這得在白卿言這孩子的心裡留下多大的傷痛，尤其是這孩子又是個重情重義的，怕會成為這孩子一輩子的心結，會認為是她不孝害死了自己最親的祖母。

與其事後再去開解白卿言，不如早早的和孩子說明白，讓她有個心理準備，也有個防備。

「孫女兒明白！」白卿言在董老太君懷裡悶悶地點了點頭，嘴上說著明白，心裡卻到現在也沒有能拿出一個章程來，若是真的走到那一步，該如何同祖母說，如何勸慰祖母，她都沒有想好。

董老太君輕撫著白卿言的脊背：「外祖母倒是想替你走一趟，去勸勸你祖母，可如此一來，你祖母更會心涼，覺著你這個她自小含在嘴裡長大的孫女兒和她疏遠了，解鈴還需繫鈴人，阿寶啊……你要懂得這個道理。」白卿言不吭聲，只在董老太君懷裡點頭。

祖孫倆說了一會子貼心話，白卿言這才伺候董老太君躺下。

白卿言剛從董老太君房裡出來，就見董葶芸笑盈盈跨入院門，身後婢女還拎著個藤竹食盒。

「表姐！」董葶芸笑著問，「祖母可是歇下了？」

白卿言頷首：「已經歇下了。」

「那我就不進去打擾了，表姐可得空，我這兒有新釀的玫瑰葡萄酒，還有我姨娘做的蓮花酥，表姐要不要嘗嘗？」董葶芸轉身從婢女手中接過食盒，大有要同白卿言坐坐的意思，視線不著痕跡看了眼規規矩矩立在白卿言身後的春桃，有些拘謹笑著道，「還有點子事情和表姐說呢！」

董葶芸沒有去過大都白家更沒有到過朔陽，不知道白家嫡庶相處的關係，可是在她們這種人家，嫡庶尊卑界限分明，她一個庶女……長輩在的時候和嫡女說幾句話，嫡女礙著長輩的面子會應承幾句。可若是私下裡，嫡女一般都是瞧不上庶女的，更遑論她這位表姐是曾經鎮國公府金尊玉貴的嫡長，真正的天之驕女，如今更是公主之尊，董葶芸不知道自己冒然開口相邀，白卿言會不會瞧不起她，會不會找個藉口就走了，心裡忐忑。

白卿言聞言，點了點頭。

董葶芸見白卿言沒有拒絕，也沒有勉強的模樣，笑容越發明麗歡快：「那不如，就去山水亭吧！那裡景緻極好！」

春桃見狀上前接過董葶芸手中的食盒，又退回白卿言身後，跟著一同往山水軒走。

山水亭，顧名思義，依山傍水，坐落在假山之上，一側是碧波粼粼荷花盛開錦鯉追逐的湖水，一側是青綠深翠的高樹林立。

春桃和董葶芸的貼身婢女將荷花酥和一碟子海棠酥，又將裝著董葶芸釀的玫瑰葡萄酒的白玉酒壺拿了出來，擺上細長雕花的銀筷子和酒杯。
擺放妥當，春桃和董葶芸的婢女行禮退下。
涼風習習，紗帳搖曳的山水亭內，董葶芸給白卿言斟了一杯酒，笑道：「表姐來登州之前，可能都不知道有我這麼個妹妹！」
「來之前母親已經同我說了。」白卿言聲音平和，又問，「不知表妹有何事要與我說？」
董葶芸規規矩矩坐下，這才開口：「我姨娘無意間聽到，羅姨娘的兄長同羅姨娘說，表姐身邊那個春桃姑娘……對他有意，似乎想請羅姨娘和爹爹說一聲，求表姐給個恩典，將春桃姑娘賜給羅姨娘的兄長做妾室。」
白卿言眸子一瞇朝董葶芸看去，淡漠深沉的眸子明明平靜似水，卻無端端讓董葶芸感覺到了極為強烈的壓迫感。
她有些拘謹揪了揪帕子：「我姨娘的意思，其實是想讓我來給表姐提個醒，那羅姨娘的兄長不是個好人，沉溺煙花柳巷且還好賭！我姨娘是偷偷聽到的，因為不受寵所以也不敢聲張，又怕到時候害了春桃姑娘，惹得表姐和爹爹生了嫌隙，這才讓我多事走一趟。」
「舅舅不會糊塗至此，你多慮了。」
垂著眸子的董葶芸聽到白卿言這話，似乎怕白卿言不信，抬頭認真朝著白卿言望去：「表姐，今日我來同表姐說這麼多，並非是想要挑撥離間，利用表姐做什麼！我知道父親或許不會同意，可萬一要是羅姨娘用了什麼齷齪手段呢？表姐不得不防！」
她咬了咬唇：「我是個庶女，庶女不比嫡女，不是從夫人肚子裡爬出來的，即便是同一個爹爹生的，旁人也不會將庶女當回事兒，庶女……將來要麼是給旁人為妾，要麼是為家中嫡子嫡女鋪路的，是主母眼裡可有可無的擺件兒，除了不能發賣之外，可以隨意打罵發落！我有幸生在董家……母親寬厚，祖母又憐惜我姨娘是個懦弱的將我養在身邊！所以我打從心底裡感激祖母和母親，我不想祖母、父親和母親……因為羅姨娘那個不知天高地厚的傷心，所以今日才斗膽和表姐說了這麼多，還望表姐不要怪我多事才好！」

董葶芸時時刻刻都沒有忘記過自己的身分，即便是被董老太君養在身邊，她看著好像比妹妹董葶枝更活泛一些，可骨子裡的自卑沒有辦法改。

尤其是曾祖父那一輩兒，曾經有同一位姨娘生出的兩個庶女鬧出過大事，險些害得懷有身孕的祖母一屍三命，當時祖母已懷有六個月身孕，生下兩個死胎，也傷了身子無法再孕。

祖父還在時，大伯父家的庶姐董葶芳降生時，祖父連喜都不讓報，說等出了月子……讓送到清庵養著，後來還是祖母一力壓了下來，說……到底是自家血脈。

後來，董家庶子庶女降生不報喜，便成了不成文的規矩，這也就是為什麼當初崔氏的母家費盡心力的將小崔氏嫁進來的因由之一。

她記得小時候每年看到姑母董氏派人送年禮回來，總是沒有他們庶子女的，她還為此難過了很久，後來才聽姨娘說……姑母多年未回登州，並不知曉有她這個侄女。

「你的孝心我不懷疑，有你在外祖母身邊伺候，逗樂她老人家，她老人家才能快活些，這些我都聽王嬤嬤說了。」白卿言語聲平和，「今日之事，你告知於我，情我承，一定記在心裡。」

董葶芸忙擺了擺手：「我這也是為了我們自家和睦，怎麼敢讓表姐承情，表姐這麼說就是折煞我了！只要表姐信我不是為了挑撥離間就好！」

白卿言朝著守在假山之下的春桃看了眼，同董葶芸開口：「我自是信你的，即便是不信你……

我也信外祖母的眼光，外祖母睿智，斷不會將一個精於算計狼心狗肺之人養在身邊。」

董葶芸聽到這話，眼眶子都紅了。董葶芸之所以沒有敢去找父親說這件事，而是來找表姐，就是因為她說了……父親或許都不會信，反倒會懷疑她是不是學會了庶女那套上不了檯面的齷齪手段，意圖栽贓陷害，沒成想……表姐竟然信她。

她忙點了點頭：「表姐說的對，我若真的是那種上不了檯面的小人，祖母定然不會養我在身邊！我承認我心思深了些，可都是這些年防著羅姨娘暗害我姨娘練就的，從無害人之心！父親他……成日裡忙著公務，對後宅之事一無所知，母親因為擔心後宅生亂會被父親訓斥，一味的壓著不許報到父親那裡惹父親心煩，那羅姨娘又慣會討好母親，我……」

董葶芸像是開了閘一般，一口氣說了好多，聲音又突然戛然而止，用帕子沾去眼淚朝白卿言行禮：「對不住表姐，我平日裡就話多，一開口就忍不住了。」

「無妨。」白卿言對於能在董老太君面前盡孝的董葶芸，有著多一分的寬容，一來心疼董家庶女艱難，二來也是謝她能讓董老太君開懷。

從山水亭出來，白卿言扶著春桃的手往回走，問了春桃一句：「昨日在舅舅書房院門口，你可是見著外男了？」

春桃沒有瞞著白卿言：「昨日好像是董府上的一位姨娘，帶著兄長要去拜見董大人。」

白卿言側頭望著春桃問：「你看到那人什麼模樣了嗎？」

春桃一想到羅富貴看她時那輕佻放浪的眼神，心頭就莫名噁心，皺著眉道：「又瘦又黑的，個頭也不高，但看人的眼神，怎麼瞧著都不像是個好人。」

白卿言點了點頭：「以後你離那個羅姨娘的人遠一點，記住你是鎮國公主的貼身侍婢，這個府上……除了外祖母、舅舅、舅母和長瀾、容姐兒，還有她們身邊你見過的貼身嬤嬤和貼身侍婢，旁人你可以一概不搭理！拿出你鎮國公主貼身侍婢的款兒來！可明白了？」

春桃不懂白卿言為什麼突然說這個，但一想到自己是大姑娘的貼身侍婢，怎麼樣都不能短了她們大姑娘的氣勢，便挺直脊背表示自己聽明白了：「大姑娘放心！奴婢記住了！」

白卿言被春桃挺胸的動作逗得一樂。

申時剛過，崔氏、小崔氏和白卿言，還有董長瀾，正陪著董老太君說話，門外婆子突然匆匆進門說董清嶽請大公子和表姑娘去書房。

第九章　搶救公主

白卿言同董長瀾對視一眼，不知是出了什麼事。

「阿寶後日就要走了，老爺應當讓阿寶多陪陪母親才是啊！怎得又著急著把阿寶往書房叫！」崔氏皺眉道。

崔氏話音剛落，就聽吃完一塊點心的董老太君道：「你們去吧！」董老太君接過王嬤嬤遞來的熱帕子擦了擦手，端過熱茶笑道：「有你舅母和弟媳陪著我說話就是了。去吧！別耽擱正事！」

白卿言起身朝著董老太君行禮後，才隨董長瀾一同出門前往董清嶽的書房。

董清嶽之所以這麼著急叫白卿言和董長瀾過來，是因有探子來報，大燕送親的隊伍在中途遭南戎伏擊，大燕送親隊伍派求援兵前來登州軍營和安平大營求援，人此刻正在董府。

白卿言看了眼董清嶽掛在書房內的輿圖，輕輕點了點探子來報大燕送親隊伍遇襲的地點，眉頭緊皺：「大燕已經向晉國借道送親，為何不走晉國與大樑邊界靠近之地，穿春暮山直達戎狄，反而要繞這麼大個圈子，從晉國和南戎相接之地再到北戎，這不是……專程給南戎機會嗎？」

白卿言百思不得其解，不明白燕帝……或者是蕭容衍為何和親選了這麼一條路，難不成是為了摸清楚晉國邊界兵力，為來日吞下晉國做準備？

可按照道理來說，如今大燕最應該探的並非晉國的兵力，大燕厚積薄發為一統天下做準備，按照地理位置，最應該先滅的當是魏國和西涼，再然後才是晉國，最後為大樑……斷不會先滅晉國，讓大燕處於四面夾擊的狀態。

那就是想探南戎兵力，難不成……大燕是想要連南戎都吞下嗎？

白卿言突然抬眸，難不成，大燕這是為了……腳踏實地繪製確切的地形圖！

董清嶽手中端著茶杯，抬眸看著立在輿前的白卿言和董長瀾，道：「依你們的意思……救是不救？」

「兒子覺得應該救，如今大燕質燕帝嫡子於晉，此次借道晉國亦是送上厚禮，也大有求晉國庇護的意思，若是此次父親不救……兩國邦交若是出了差錯，怕是皇帝會將此事怪罪在父親頭上！」董長瀾轉過頭望著董清嶽道，「父親若放心，就讓兒子帶兵前去吧！」

坐在董清嶽書房內的謀士也都頷首：「可以先將大燕的公主救回，再派人快馬加鞭送摺子去大都詢問陛下應當如何處置，這也能讓大燕和北戎欠我們晉國一個人情。」

「阿寶的意思呢？」董清嶽看著白卿言纖瘦挺拔的背影，問道。

「救！」白卿言轉過身，幽沉的目光看向董清嶽，「不救……怎麼知道大燕的目的何在，我帶著白家護衛軍和長瀾一同去。」

兵貴神速，董清嶽下令出城救，董長瀾立刻前往軍營點兵。

白卿言吩咐人去通知白家護衛軍換甲到董府門外等候，又回了董老太君院裡讓春桃去準備戰甲，她簡單同董老太君和崔氏小崔氏說了一聲要出城救人，便回了房中，解開纏繞在身上的鐵沙袋，讓春桃換甲。

董老太君一聽說白卿言要出城從戎狄人手中救人，整個人都坐不住了。

雖說白卿言南征北戰都大勝而歸，可是董老太君還是不放心，忙拄著拐杖被崔氏和小崔氏扶起身匆匆往外走。

王嬤嬤忙打簾，董老太君剛從內室跨出來，就見一身銀甲，正在繫腕甲的白卿言跨出房門。已西沉的橘色夕陽，映著白卿言那一身寒氣森然的戰甲，每一步都是殺氣凜凜，那是只有身經百戰，浴血沙場無數次之人才有的凌厲殺氣，明明內斂卻鋒芒畢露，讓人驚心動魄。

白卿言這樣的氣魄，董老太君真真兒是頭一次見，被震得半晌說不出話來。

她繫好腕甲，正身朝董老太君的方向一拜，轉身朝院外走去。

小崔氏望著白卿言的背影，下意識攥緊了董老太君的胳膊：「表姐……上戰場原來，竟是這樣的氣魄。」

董老太君回神，忙朝外追了兩步，對著白卿言步伐帶風的背影喊道：「阿寶！要小心啊！」

盧平身著戰甲，帶著護衛軍就在董府門外，立於馬側，見一身銀甲手握射日弓的白卿言帶著前來求援的大燕士兵跨出董府大門，盧平立即上前：「大姑娘，白家護衛軍皆在此處！」

「上馬！城外同登州軍匯合！」白卿言疾步走下高階，一躍上馬，扯住轠繩一夾馬肚飛奔了出去。

「白家護衛軍！上馬！出城！」盧平高呼一聲，翻身上馬，緊追白卿言而去。

登州城門外，董長瀾已清點一千人馬，幾乎與白卿言一同出城，求援燕兵在前疾馳帶路，一千登州軍將士加白家護衛軍快馬相隨。

西方山巒只剩下天際那一抹暮色，草原的天空星辰閃爍，靜謐又神秘，而此時，靠近晉國和南戎邊界上，蕭容衍所帶護衛與燕國送衛隊，正在拼死同南戎精銳廝殺。

大燕明誠公主披紅掛彩的婚車已被點燃，火苗高低亂竄，榆木被熏得焦黑，劈啪作響。

黑暗如同吞人的野獸，以極快的速度占據多半天空。箭矢呼嘯，金戈碰撞，殺聲震天。

南戎近三千銳士，對上大燕的送親隊伍，三百大燕親兵已經死傷過半，月拾帶著蕭容衍帶來的暗衛拼死搏殺。

月拾全身都是血，粘稠的血液沾粘在他的衣衫之上，沉重的連舉劍都費勁，可他全憑強大的意志力堅持，妄圖殺出一條血路來。

戎狄三千銳士圍困，包圍圈不斷在縮小，帶火的箭矢從重盾之外飛來，直直插入明誠公主的車駕簾幔之上，極為細微的幽藍火光從箭矢跌落下來，那圓圓一點帶火的油，像是年邁但沉穩的老人，一點一點啃食著木質車板。

被箭矢穿透的簾幔沉寂片刻，猛然竄起火苗，驚得車廂內嬤嬤婢子尖叫聲不斷。

草原上帶著涼意的風從南向北刮過，掀開帶火的馬車幔帳……火光映著蕭容衍棱角鮮明的五官，他鼻尖帶汗，幽沉湛黑的眸子映著暖黃的火光，越發顯得眸色冷冽肅然。

蕭容衍目光落在戎狄重盾營之後騎著通體黝黑駿馬之上，戴著青面獠牙的鬼面具，一身戎狄裝束的將軍。若是蕭容衍記得沒有錯，那位便是南戎新冒出來的鬼面將軍。

那位鬼面將軍並非是貴族出身，是南戎王一次圍獵之中，被這位還是奴隸的鬼面將軍救了性命，便一躍成為南戎王親衛，再後來便是將軍。

蕭容衍一手握著長劍，一手扯著明誠公主的手臂，將其護在身後眼看燕軍和自己帶來的暗衛不敵，蕭容衍咬了咬牙道：「下車！跟緊我！」

明誠公主點頭，死死攥著手中繡著並蒂蓮的荷包，彷佛那荷包就是她所有氣力的來源。

他拉著明誠公主從被火箭射中的馬車上剛冒頭，就見那鬼面將軍，舉箭搭弓，箭矢指向蕭容衍的方向，瞄準放箭。

帶著寒光的箭矢破空而至，蕭容衍推了一把明誠公主，箭矢擦著蕭容衍的面頰帶血而過，直直插入木板之中，羽箭嗡鳴。

「公主！」車廂內婢女尖叫一聲。

蕭容衍來不及多想，一手按住明誠公主的腦袋，護著她一躍下馬車。

兩人剛跳下馬車，被蕭容衍護在懷裡的明誠公主便突然倒地……

蕭容衍回頭，見明誠公主的頸脖不斷有鮮血冒出，原來那鬼面將軍的羽箭……擦過蕭容衍的面頰之後，又從明誠公主的頸脖處劃過，箭矢銳利，劃斷了明誠公主的頸脖脈絡，剛才婢女的尖叫聲，便是看到明誠公主頸脖處湧出的鮮血。

「明誠公主！」蕭容衍蹲跪下身，撕開衣襟，用衣裳緊緊按住明誠公主的頸脖傷口。

明誠公主身穿著火紅的衣衫，鮮血沒入衣衫之內，讓人分辨不出她流了多少猩紅的血。公主手中緊緊攥著一個荷包，高高舉起給蕭容衍看，另一隻全是鮮血的手攥住蕭容衍的手腕，張嘴想要同蕭容衍說什麼，鮮血卻不斷從嘴裡往外冒。

蕭容衍一雙眸子充血通紅，雙手摁住明誠公主直冒血的側頸不敢撒手，顧不上隱瞞身分，他咬著牙道：「他還在等著你，你千萬堅持住！」

僥倖從馬車上逃下來，跪在一旁的婢女已經哭得上氣不接下氣，一聲一聲喚著「公主殿下」。

全身帶血的月拾帶人已經退回蕭容衍身旁，他看了眼約莫已經救不過來的明誠公主，緊捂著心口，用長劍撐住身體，道：「主子！撐不住了！南戎人多勢眾，再拖下去……就走不了了！我和兄弟們拚死替主子殺出一條血路！」

月拾話音剛落，南戎兵士就已經衝破防守，朝著馬車的方向衝來。

那位鬼面將軍已經下馬，持劍朝著這個方向殺來，似乎打定主意要活捉和親的明誠公主，其劍術乾淨俐落，劍勢狠戾，寒光劍影撲朔間，必取人性命，那劍法路子全然不屬於戎狄。

戎狄和西涼人習慣用刀或者彎刀，而晉人和燕人才擅長用劍。

何止用劍，就連行軍打仗的方式都不同於戎狄人以往的習慣，軍隊行動十分有章法，且竟然還用上了重盾，這可是以前戎狄軍隊絕不會用的。

眼看著那鬼面將軍即將帶人殺過來，月拾急得額頭青筋暴起：「主子！不能耽擱了！」

可蕭容衍不願就這樣丟下明誠公主。

蕭容衍看著那哭喊著「公主殿下」的婢女，道：「過來按住公主的頸脖！」

那婢女手腳並用，連忙跪爬到蕭容衍面前，用力按住明誠公主的頸脖。

蕭容衍抱著明誠公主起來，那婢女也忙跟著起來。「走！」蕭容衍高聲道。

月拾護著蕭容衍撤退，只覺背後似乎有帶著寒氣急速破空的飛矢撲來，他轉身妄圖用手中長劍抵擋，卻被一箭貫穿右肩，力道之大險些帶得月拾踉蹌跌倒。

月拾抬眸，充滿紅血絲的眸子望向那舉著弓箭的鬼面將軍，撕開衣裳下擺咬在嘴裡，拔出箭，他緊咬著牙不讓自己喊出聲來，臉上卻憋得一片通紅，迅速用衣裳纏好傷口，月拾高呼道：「護主子離開！」喊完，月拾抱著必死的決心衝上去，憑藉蠻力同南戎前赴後繼的兵士廝殺。

就在南戎悍兵將月拾團團圍住，舉刀欲取月拾頭顱之時，忽而從月拾後方衝出一帶哨箭矢，直直洞穿那南戎悍兵喉頭，力道之大，竟將那悍兵帶倒在地。

隨後如蝗蟲般密密麻麻鋪天蓋地而來的箭矢，遮天蔽月，朝著南戎軍隊的方向撲去。

那鬼面將軍見狀，睜大了眼，用嘶啞如同被火熏燒的難聽嗓音高呼道：「重盾！」

只見戎狄大軍立刻集合，重盾凌空舉起將南戎兵卒護於盾下，抵擋箭雨。

「弓弩手準備！」鬼面將軍身邊的副將高呼道。

蹲跪隱藏於重盾之下的弓弩手，立刻準備，只等這一陣箭雨過去重盾落下，便朝著箭雨來的方向射殺。

白卿言馳馬衝在最前，從身後箭筒抽出三根羽箭搭弓射出，隨即又抽出兩根，速度之快，只能看到顛簸馬背上白卿言素手殘影。

月拾看著身邊倒地的南戎兵卒，回頭……

那一望無際的草原之上，不知從哪裡殺出輕騎兵隊伍，那為首的一身銀甲，騎在飛馳白馬之上，搭弓射箭的，正是大都城白家嫡長女……白卿言！

「白大姑娘！」月拾睜大了眼，耐不住興奮高呼！

蕭容衍聞言抬眸朝箭雨來的方向看去，瞳仁一顫，白卿言怎麼會在這裡?!曾經蜀國皇宮，一身銀甲，披風獵獵的女子，彷彿與眼前馳馬在一望無際草原之中狂奔在最前的女子重疊。

她穩坐於疾馳駿馬之上，搭弓拉箭，英姿勃發，紅色披風翻飛，銳氣逼人，人未至，殺氣已臨。

身後跟隨一千輕騎，策馬縱橫，更是氣勢如虹。

董長瀾緊隨白卿言身後，在第一輪羽箭射出之後，再次抬手高呼：「弓弩手準備！放！」

一千輕騎弓弩對天，無數羽箭呼嘯竄出似要衝破九霄，又在翻滾的黑色雲海之下飛速而下，紮向南戎重盾之上，其力道之大險些將扛著重盾護頂的重盾手擊倒。

登州軍最出名的，便是輕騎弓弩手。輕騎弓弩手，不需要準頭，要的是速度，和數千支羽箭齊發，逼迫敵軍不敢上前，甚至逼退敵軍的氣勢和力量。

白卿言和董長瀾此行都清楚，他們是來救人的並非是來打仗的，只要將大燕的明誠公主救回登州城中便是，所以只帶了精銳輕騎，為的就是搶到人就走。

蕭容衍抱著明誠公主，在護衛環繞拼殺之下往包圍圈外衝，趁著後方箭雨鋪天蓋地襲來，戎狄軍隊回撤重盾之下，蕭容衍的護衛看到希望，打起十二萬分精神更加賣力拼殺，企圖為蕭容衍殺出一條血路。

刀劍碰撞，火花四濺，那婢女抖成一團，面色慘白，汗出如漿，她死死咬著唇，忍住想和身旁嬤嬤調換位置的衝動，眼淚如同斷線卻不敢哭出聲，只緊緊按住明誠公主頸脖處的傷口，又緊緊貼在蕭容衍身邊，低頭不敢去看，箭矢從她耳邊刮過，她更不敢發出尖叫，生怕要是露了怯……蕭容衍這一行人會丟下她。

南戎軍見增援輕騎已到，無心戀戰，紛紛朝著自家主帥鬼面將軍的方向跑去，蕭容衍的護衛和大燕送親親衛軍見狀，拼盡全身之力護著蕭容衍殺出重圍。

白卿言單人快馬而來，與朝她狂奔而來的蕭容衍四目相對，眼見渾身是血的蕭容衍懷裡抱著一身火紅嫁衣的大燕公主，頗為意外，蕭容衍怎麼會在這裡?!

蕭容衍冒然前來救大燕和親公主，竟不怕暴露身分?

不待白卿言多想，就聽護在蕭容衍身後的月拾興奮高呼：「白大姑娘!」

白卿言回頭看了眼董長瀾，董長瀾會意一夾馬肚衝了出去，率輕騎直奔前方，用弓弩壓制南戎人，白卿言帶白家護衛軍快馬行至蕭容衍一行人身邊，一躍而下。

看到蕭容衍懷裡還剩下一口氣的大燕公主，白卿言視線又落在渾身是血，臉上帶傷的蕭容衍身上。她還是頭一次見到蕭容衍如此狼狽。

蕭容衍喉頭翻滾，聲線沙啞：「你怎麼在這裡？」

白卿言看了眼在前領隊的董長瀾，不想讓蕭容衍因為大燕公主暴露了身分，伸手要從蕭容衍懷裡接過明誠公主：「大燕公主給我，帶著你的人快走！」

蕭容衍倒沒有拒絕白卿言接過明誠公主的動作，只是搖了搖頭：「我還不能走，得看著明誠平安！」

白卿言去接明誠公主的手一頓，又收了回去，沉靜幽邃的眸子望著蕭容衍開口：「若你不怕難以對晉國太子和魏國交代隨你，但明誠公主我定然是要接到登州城去的！你我有言在先……即便你是我白家恩人，家國面前，也不容私情！」

說完，白卿言回頭吩咐白家護衛：「護送他們回登州，速速讓大夫給大燕公主看診！快！」

這種出血較多的傷，越快治療越好！

白卿言話音一落，拉住韁繩一躍上馬：「蕭先生不妨在去登州的路上，也好好想想如何解釋蕭先生會出現在這裡，當然……蕭先生也不要想著逃走！燕國向我晉國求援，我晉國絕不能讓魏人將大燕公主帶走！又或是蕭先生有信心靠這些殘兵敗將……能帶走大燕公主。」

白卿言說完，一夾馬肚朝著前方衝去。

「主子?!」月拾喘著粗氣，回頭看了眼策馬闖入殺局之中的白卿言，又看向自家主子，「主子，我們是走是留！」

蕭容衍緩緩將明誠公主放下，看著明誠公主極為難受的表情道：「明誠你可還撐得住？」

明誠公主眨了眨眼睛，她意識已經出現一陣陣模糊，可她知道……晉國來援，絕不會讓蕭容衍將她帶走，與其讓蕭容衍剩下的人拼命不如隨晉軍回登州，或許還有一線生機。

意識發懵之中，明誠公主想到剛才那個一身銀甲，手持弓箭的女將軍，想來……那便是鎮國王白威霆的嫡長孫女白卿言，白家軍小白帥吧！

明誠公主掙扎著朝著那個模模糊糊的背影望去，她很是豔羨鎮國公主這樣的女兒家，金戈鐵馬，巾幗不讓鬚眉，成為以女子之身震懾列國的悍將，不像她……只能以和親來替母國解難。

她也是想……和謝荀並肩而戰的。明誠公主想到謝荀，眼淚順著眼角滑落，手中緊緊攥著那只荷包，眼前全都是謝荀含笑望著她的模樣，明誠公主唇角也露出了一絲笑意。

若是這一次活不下來了，她希望……謝荀如她出嫁前祈禱的那般，將她忘了！

「人找到了！撤！」白卿言對董長瀾高呼。

董長瀾應聲，帶著輕騎繞了半圈調轉馬頭，一邊朝南戎軍隊放弩箭，一邊往來時的方向回奔。

蕭容衍已抱著明誠公主上了白家護衛軍的馬，一手扯住韁繩，一手將明誠公主頸脖死死按住。

董長瀾一馬當先，衝到蕭容衍身邊，看到抱著明誠公主的人是蕭容衍一怔，又見明誠公主傷到了頸脖，沒敢耽擱多問，忙道：「快回城！」

蕭容衍頷首，加快速度。登州輕騎和白家護衛軍一個接一個將蕭容衍的人，還有送親隊伍的親兵拽上馬背，朝登州城方向疾馳而去。

「將軍！」董長瀾的副將喚了一聲董長瀾，董長瀾轉身朝副將做出撤退的手勢，並轉頭看向還在斷後的白卿言，高呼道：「表姐！撤！」

如今沒有了登州輕騎弩箭掩護，又怕戎狄軍用箭射殺，白卿言要為登州軍拖延出時間來。

南戎鬼面將軍從重盾之中冒頭，拔劍正準備讓南戎軍弓弩手放箭，卻看到了那騎在高馬之上，奪過南戎軍手中長槍所向披靡，挑起一南戎兵士甩出去……撞倒一片南戎將士的銀甲女子。

她胯下白馬驚嘶，揚蹄飛踏，一躍飛出南戎兵士包圍，率兵撤退。

鬼面將軍面具之下，雙眸睜圓，面具之下露出的頸脖皮膚隱約可見燒傷痕跡，他餘光見身邊副將朝白卿言舉箭，他一把按住副將胳膊……箭矢飛出，直直射入護在鬼面將軍面前的重盾之中。

「將軍?!」副將轉頭不解看向鬼面將軍。

鬼面將軍喉頭翻滾著，半晌那凌厲漆黑的眸子才看向副將，一本正經道：「收兵！暫時還不能和晉國對上，若是將晉國和大燕都逼到北戎那邊去，於我們南戎無利，且那個大燕和親公主中我一箭，定然是活不了了！撤吧！」

「將軍所言甚是！」副將頷首，高聲喊道，「收兵！」

白卿言聽到南戎軍隊鳴金收兵之聲，轉頭朝南戎軍隊看去，只看到一戴著鬼面具，身著戰甲的男子坐在黑色高馬之上，身姿挺拔，整個人冷寂而內斂，莫名的讓白卿言感覺熟悉，可說熟悉……卻又十分陌生。

白卿言還想再看個究竟，可那戴著鬼面具的將軍已經調轉馬頭，帶南戎兵士撤退。

回過頭後，白卿言眉頭緊皺，想回去後定然要打探打探南戎這個鬼面將軍的來歷。

董長瀾帶著蕭容衍一行人回到登州城，此時明誠公主已經暈了過去，蕭容衍一路抱著明誠公主，董長瀾按住明誠公主的頸脖，一路疾步往府內走，高聲呼喊著讓府醫和將登州城的大夫都叫過來。醫治明誠公主。

而蕭容衍身邊跟來的護衛，以及明誠公主送親燕兵，身邊的一個嬤嬤和一個婢女全都被看管了起來。蕭容衍明白，這是理所應當的，晉國將大燕和親公主救了回來，第一件事除了救大燕公主之外，再有就是將送親燕兵和婢女嬤嬤扣在一起審訊，弄清楚事情因由。

月拾和蕭容衍的護衛並不是沒有經歷過，自然知道應該如何應答。

蕭容衍在明誠公主之後，朝著董長瀾長揖一禮：「多謝長瀾兄救命之恩！」

董長瀾命人給蕭容衍準備一身乾淨衣衫，親自帶他去客房換衣裳，路上問：「蕭兄怎麼會在大燕送親隊伍裡？」雖然董長瀾對蕭容衍也心存疑惑，可到底蕭容衍是白家的恩人，董長瀾對待蕭容衍自然是要客氣些。

「蕭某此次在戎狄生意了結之後，想起長瀾兄相邀來登州之事，原本是想要順路過來看看能否在長瀾兄所提互市之事上，出一分力將來多分一分利，誰想遇到了南戎軍和送親隊伍糾纏在一起。也是我太貪心了，想著出手相助救出大燕公主，也好讓北戎皇廷欠蕭某人一個人情，以後往來生意更方便些。誰成想差點兒將自己也折在那裡，多虧長瀾兄和白大姑娘來得及時！」蕭容衍說著又朝董長瀾一拜，「衍多謝長瀾兄，和白大姑娘救命之恩！」

「蕭兄不可如此！」董長瀾虛扶起蕭容衍，「蕭兄先去沐浴更衣，父親若是知道蕭先生到了，定然會高興。」

蕭容衍笑著頷首，再次行禮之後隨董府僕從踏入客房去洗漱更衣。

白卿言人一到，讓白家護衛軍回董府去處理身上的傷口，自己連一身鎧甲都來不及換便帶著盧平直奔扣押大燕和親隊伍，和大燕和親公主貼身嬤嬤和女婢的地方。

趁著他們分開關押，什麼都還沒有想明白，這個時候是最容易問出東西的時候。

顯然董清嶽與白卿言想到了一起，兩人同在登州大營門口遇到。

「舅舅，我去審明誠公主身邊的婢子和嬤嬤，舅舅來審其他人！」白卿言道。

董清嶽頷首。

退。

盧平跟在白卿言身邊，剛推開被重兵把守的營房門，就見那嬤嬤和婢女抱成一團，不住向後

見來的是那位女將軍，那嬤嬤反應過來……晉國有一位殺神，乃是鎮國王的嫡長孫女，她一看白卿言年紀，便猜到白卿言身分，連忙跪地叩首：「多謝鎮國公主救命之恩，不知道我們公主怎麼樣了，求鎮國公主開恩，讓老奴和喜鵲去照顧我們公主啊！」

老嬤嬤說著頓時老淚縱橫，一把扯住身邊都快嚇傻的宮婢喜鵲跪下。

白卿言看得出，這老嬤嬤是真的焦心大燕公主的情況，便道：「你放心，大夫已經去給大燕公主看診了，讓你去伺候大燕公主之前，我有幾件事想要請教嬤嬤和這位宮婢，還請兩位如實回答，否則我也不敢放你們去大燕公主身邊伺候。」

「鎮國公主請問，老奴一定知無不言言無不盡。」

那婢子見嬤嬤叩首連忙也跟著叩首：「奴婢也一定知……知無不言言無不盡！」

盧平見狀給白卿言端了把椅子過來。

「大燕送公主前往戎狄和親，既然已經遣使入晉借道，為何不從晉國境內直達北戎，反而要繞行南戎地界兒，多此一舉？」白卿言在椅子上坐下，平靜問道。

「回鎮國公主，我們只是奴婢……對路線一無所知，因著為公主安全著想，除了帶隊送親的彭大人之外，就連護送公主的親兵都不知道！且路線是出發前我們陛下定下的，若是公主不信，可遣使入燕，我們陛下定然會給晉國答覆！」那嬤嬤忙道。

大燕明誠公主身邊的嬤嬤說的話，倒是十分在理。

白卿言又問：「說說你們又是如何遭遇南戎大軍的？」

「老奴正陪著公主在車內看記錄北戎風土人情的地方誌，前來送親的彭將軍突然傳令，讓掉頭回撤，誰知道還沒來得及撤，那戎狄人就四面八方舉著旗子，騎馬衝來，將我們團團圍住，後來就是混戰。老奴還有喜鵲一直護著公主躲在馬車內，然後就突然衝進來那個白衣男子，自稱姓蕭，名喚容衍，說與我們九王爺是故交，來救明誠公主的！後來眼見著馬車受不住，那位蕭先生便要帶著公主逃，下馬車時，公主的脖子被箭射中了……」老嬤嬤說著說著，就哭了起來。

若是這位老嬤嬤所言屬實，那便是說南戎人早早就在那裡等著埋伏，只等大燕送親隊伍一到，跟包餃子似的便將其團團圍住。

「大燕送親的那位彭大人，在大燕任何官職？」白卿言問。

「回鎮國公主的話，彭大人乃是曾救過我們陛下性命，被陛下封為中軍司馬，此次由彭大人帶親兵送親，乃是給了我們公主極大的榮耀。」那嬤嬤又道。

白卿言手指摩挲著座椅扶手，知道這位嬤嬤知道的東西恐怕有限，想從這位嬤嬤口中得知燕國為何要繞行送嫁，白卿言倒覺得不如去問蕭容衍。

蕭容衍既然剛剛好出現在南戎地界兒，想來是得到了什麼消息才趕來的。

她抬眸看了眼跪在地上瑟瑟發抖面色慘白的嬤嬤和宮婢，倒不覺得這二人有說謊的必要，只是知道的太少，起身欲走。

「鎮國公主！」那嬤嬤大著膽子膝行上前，哭著朝白卿言叩首，「鎮國公主，求您讓我和喜鵲去伺候我們公主殿下吧！」

「等著吧，等都問清楚了，自然會讓你們去伺候你們主子。」白卿言說完，又同盧平踏出營房，對營房內的哭求聲充耳不聞。

明月皎皎，清輝遍地，映著白卿言沾血的白淨五官。

白卿言從臺階上走下，眸色比這月色更冷。

她眼前不由浮現出，那個騎於黑馬之上的鬼面將軍……

「大姑娘，與其在這裡審這些人，盧平倒以為……大姑娘不妨審一審蕭先生！」盧平眸色冷肅，「那蕭先生出現在南戎和晉國邊界，實在是頗為可疑！雖說這位蕭先生是咱們白家恩人，可到底是魏國人……不得不防啊！」

白卿言轉過頭看向盧平：「今日，南戎那個戴著鬼面具的將軍，平叔你可看到了？」

盧平一怔，握住腰間佩劍劍柄皺眉想了想，搖頭：「盧平未曾留意，可是有什麼不妥？」

白卿言搖了搖頭：「不知道為何，我總覺……那戴著鬼面具的將軍，十分熟悉，卻又……十分陌生。」

盧平抱拳道：「盧平定會替大姑娘查清楚，南戎那位將軍的來歷，大姑娘放心！」

白卿言頷首，她估摸著等舅舅審完，怕還需要幾個時辰，與其在這等舅舅浪費時間，不如問一問蕭容衍，南戎到底為什麼要劫大燕和親公主，屆時與舅舅審問出來的證詞一對，便知虛實。

「走吧，回去問問蕭容衍！」白卿言說完，從兵營裡出來，一躍上馬帶著盧平直奔董府。

董府高高懸在門前的兩個大燈籠，隨風四下搖曳，黃澄澄的光被籠罩在羊皮之中，將董府的朱漆紅柱映的一清二楚。

董老太君帶著一家子，立在門口朝城門的方向張望，張望之餘忍不住回頭訓斥孫子：「你怎麼能讓你表姐斷後，你表姐要是受了一點傷，你就去祠堂給我跪著，什麼時候阿寶傷好了，你什麼時候出來！」

董長瀾知道祖母生氣，忙陪著笑臉道：「祖母，孫兒知錯了！一定沒有下次！祖母您就別生氣了，表姐已經平安歸來，正和父親審問燕國的送親隊伍，一會兒就回來了！」

「是啊祖母！表姐武藝高強，身邊又有白家護衛相護，不會有事的！您老人家不如先回去坐著等，母親帶著我和長瀾在這裡候著，等表姐一回來，立刻通知您老人家還不成嗎？」小崔氏低聲勸著董老太君。

可董老太君放心不下，繃著個臉，又瞪了孫子一眼，伸長脖子往長街一頭看。

聽到馬蹄聲，董長瀾朝臺階下走了兩步，笑著道：「是表姐和盧護衛回來了！」

董老太君忙走下高階，見白卿言下馬，三步並作兩步走上去，那銀甲上的鮮血看得董老太君膽戰心驚：「哪兒受傷了？」

「表姐可回來了，若是表姐再不回來，我可要被祖母罰跪祠堂了！」董長瀾笑盈盈道。

「外祖母這是旁人的血，我不曾受傷！」白卿言說完又問董長瀾，「那位燕國公主如何了？」

提到這位大燕公主，董長瀾抿了抿唇道：「已經派人將登州城內有名的大夫都喚來了，血已經止住，可大燕公主能否醒來，全看天意！之前來向登州求援的燕兵已經快馬直奔燕國報信。」

這位大燕的和親公主，若是能活下來，那燕國和北戎便是欠了晉國的人情，若是活不下來了，那便不好說了。

董長瀾心中還在百轉千回，白卿言便已被董老太君拽著上下打量，確認了白卿言身上無傷，董老太君這才拽著白卿言回去沐浴更衣。

白卿言進門前叮囑董長瀾：「長瀾，舅舅回來了你便遣了人來告訴我。」

「表姐放心！」董長瀾道。

白卿言沐浴完剛絞乾頭髮，還沒來得及去找蕭容衍，便有婆子來稟告白卿言董清嶽回來了。

董老太君就在白卿言房裡，硬是壓著白卿言喝完了一碗燕窩粥，這才放白卿言去尋董清嶽。

目送白卿言疾步出了院門，董老太君拄著烏木拐杖歎氣，只覺自己這外孫女兒也太辛苦了些，若是外孫阿瑜還在……何須外孫女兒如此辛苦。想到阿瑜，董老太君心口絞痛，眼眶一下就濕了。

人年紀大了，不能想白髮人送黑髮人之事，想起來便是鈍刀磨心之痛，讓人夜不能眠。

白卿言到董清嶽書房時，董長瀾和董清嶽的謀士俱在。

白卿言簡單說了從明誠公主貼身嬤嬤和貼身婢子那裡審出來的，和董清嶽對了對。

幾乎差不多。唯一可惜的便是那位彭將軍，為護明誠公主死於南戎鬼面將軍的劍下。

白卿言手心緊了緊：「舅舅對南戎這位鬼面將軍可有瞭解？」

董清嶽搖了搖頭，手指有一下沒一下敲著案桌：「只聽說過，這位鬼面將軍用兵如神，畢竟我們晉國沒有正面與南戎交鋒，不太瞭解！但聽說和大燕悍將謝荀交過幾次手，且謝荀並未從這位鬼面將軍手中討到過什麼便宜。」

「但或許是因為他們幾次交戰都是在戎狄地盤上，大燕的悍將往往不如戎狄的將軍對地形那麼瞭解。」董長瀾說。

白卿言點了點頭，心頭還是有一股子說不出的熟悉感。

既然是和大燕交過手，想來去問蕭容衍，應當比問舅舅得到的消息更多。

「那位蕭先生怎麼會捲入其中，你可問過？」董清嶽問董長瀾。

董長瀾頷首：「那位蕭先生說，北戎生意了結……原本是想應兒子邀請來登州，看看互市之事能否幫上忙，他也好分一分利，結果遇到了南戎截殺大燕送親隊伍，他原是想救出大燕和親公主，往後在北戎生意上方便些，誰知道差點兒身死其中。」

白卿言端起茶杯，垂眸不語。

董長瀾話說完，手指摩挲道：「可兒子覺得這話裡有漏洞，他是商人……商人最易分辨利害關係，既然看到南戎鬼面將軍帶大軍截殺，他身邊的護衛哪裡能敵得過三千兵甲，逃都來不及……還趕著去救人？逐蠅頭小利而危自身性命，這不是大謬嗎？」

董清嶽雖然欣賞蕭容衍，可這種關乎家國之事上，他可不會含糊，考慮到蕭容衍曾對白家有恩，董清嶽道：「就先……讓蕭先生住在府上，回頭再細細盤問！是狐狸……總會露出尾巴！」

「兒子也是這個意思！」董長瀾道。

「既如此，這裡的事情就照實報上朝廷，等皇帝定奪！」董清嶽拍板。

蕭容衍坐臥不寧，不知明誠公主情況如何，卻也不好冒然打聽。

月拾等人定然是被扣住了，約莫等到審問清楚，便能送回自己身邊……

蕭容衍從懷裡拿出沾了明誠公主鮮血的並蒂蓮荷包，他知道這是明誠公主託付他給謝荀的。

以前，蕭容衍從不懂這些情情愛愛之事，自從遇到了白卿言，方知情為何物。

他也懂，家國當前，好兒女皆需為國捨情。可原本他是有辦法解決的，何須大燕和親，可他知道……兄長知道，明誠公主不知道，這才有了明誠公主大殿之上自請和親之事。

說到底，還是因為燕國太弱，弱到……明誠公主不相信燕國能自保，否則何以捨己為國啊。

蕭容衍凝視搖曳燭火，聽到院外傳來腳步聲，忙將香囊藏入袖中，拿起几案前擺放的竹簡，裝作細細閱覽。

不多時，有僕從上前敲門，低聲道：「蕭先生，我家表小姐求見。」

白卿言？蕭容衍忙擱下竹簡起身，親自去開了門。

白卿言已換了一身霜色祥雲繡銀的廣袖羅衫衣裙，負手而立，身旁婢女春桃相伴，立於皎皎夜色之下，五官晶瑩如玉，美得驚心動魄。

蕭容衍對白卿言露出笑意，跨出門檻，朝著白卿言長揖一拜：「衍……見過白大姑娘，許久不見，不曾想今日一見便蒙白大姑娘相救，衍銘感於心。」

蕭容衍臉上的傷是小傷，塗了藥並未包紮，倒是為他輪廓鮮明的五官更添幾分陽剛之氣。

白卿言神色淡然，道：「白卿言前來是有要事問詢先生，還望先生如實相告。」

「白大姑娘救命之恩，衍沒齒難忘，必當知無不言言無不盡……」蕭容衍說完側身做了一個請的姿勢，「大姑娘請！」

白卿言隨蕭容衍進屋，門敞開著，春桃守在外間，好讓白卿言同蕭容衍放心說話。

蕭容衍與白卿言相對而坐，僕從上了茶，便又退下……

屋內栩栩如生的銅雀燈，火光搖曳。白卿言坐於燈下，沉靜如水的眸子望著蕭容衍，問道：「為何大燕捨近道，偏要從南戎繞行，蕭先生可否實言？」

「明誠公主和駐紮在北戎的燕國悍將謝荀，乃是青梅竹馬，兩情相悅。」蕭容衍直視白卿言，「若是從北戎駐軍所管轄之地過去，難免會出什麼亂子！」

白卿言唇角勾起低笑一聲：「蕭先生莫不是想用兒女情長來搪塞於我？因怕悍將生亂……便讓和親公主冒險沿敵國邊境而行，引敵國來截殺，言……百思不得其解，這又是何等策略？」

蕭容衍知道瞞不過白卿言，他道：「此舉……是為了沿途記錄詳細山脈地形，找出從大燕通往南戎最快捷徑。」

蕭容衍沒有告訴白卿言，那位送親的中軍司馬彭大人，是個繪製輿圖的高手。

遣使入晉，以送嫁之名，明目張膽勘察晉國地形，繪製詳盡輿圖，果然是好手段……

白卿言抬眼看向目光沉著的蕭容衍，又問：「蕭先生又為何出現在南戎晉國交界？」

「此乃巧合，衍本意是來登州，不巧前方探路的探子回稟，看到了燕國送嫁隊伍，便去看了眼，不曾想竟然遇到南戎設伏。」蕭容衍此乃實話。

說到南戎，白卿言又想起那個鬼面將軍來，她皺著眉抬頭看向蕭容衍：「大燕與南戎交戰數次，可對南戎那位戴著鬼面具的將軍有什麼瞭解嗎？」

蕭容衍沒想到白卿言會問這個，他今日算是頭一次和這位鬼面將軍打交道，但謝荀的確是已經有過數次交戰，幾次三番在這位鬼面將軍的手中吃了虧。

按理說，南戎兵力不如北戎，卻將北戎打得四處求援，大燕派謝荀率主力前往戎狄之後，幾次同這位鬼面將軍交手，多是吃虧，即便是贏了……也是慘勝，付出代價極大，鬼面將軍即便是敗……也敗的得利而歸，這讓謝荀好一陣惱火，誓要同這位鬼面將軍一較高下。

「這位戎狄的鬼面將軍，聽說是南戎王打獵時遇到的，並非戎狄顯貴出身，此人極擅長行軍打仗，多與戎狄拼勇鬥狠之戰法不同，頗具謀略，攻守極為有章法，又變幻多端，如今南戎朝廷極為倚重！」

蕭容衍說完傳聞之後，想了想又道：「今日我有幸一見那位鬼面將軍，只覺這位將軍倒像是學過燕國和晉國的兵法，且西涼和戎狄人多用彎刀，而這位鬼面將軍……在衍看來，用劍當屬一絕，在燕國和晉國都難有人能望其項背。」

搖曳銅燈之下，蕭容衍垂眸回憶那鬼面將軍的劍法，暗讚不已。

他抬眸望著白卿言道：「其劍勢狠戾，劍法乾淨俐落，寒光撲朔間便能取人性命，這若非是極具天賦者數十年訓練，絕不可達此用劍成就，且其人箭法也相當厲害，應當與你不相上下。」

白卿言手心陡然一緊，眼前再次閃現那鬼面將軍騎馬而立的身影，那身影與一身銀甲騎高馬之上英姿颯颯的阿瑜重合。

白卿言臉上血色盡褪，半個身子都麻了。

阿瑜……

蕭容衍看著面色煞白的白卿言，驚得挺直脊背：「怎麼了？可是今日受傷了？」

白卿言回神搖了搖頭，穩住心神，若那鬼面將軍真是阿瑜……白卿言當叩謝上蒼，將她的弟弟換了回來。她相信，若是阿瑜看到她來了登州，定會想方設法同她聯繫。

阿瑜若是真的活著，又怎麼能忍心，她和阿娘如此傷心。她人已經來了登州，並非遠在朔陽他無法報信。原本，白卿言是打算儘快回朔陽的，可如今白卿言要多留些日子，若是阿瑜不來同她聯繫，她便要深入敵境去會一會這個鬼面將軍了。

白卿言站起身來，朝著蕭容衍一禮：「蕭先生好生養傷。」

「白大姑娘！」蕭容衍跟著起身，向前追了兩步，但因門敞開著，並未做出什麼逾矩的行為，只壓低了聲音道，「你今日……可曾受傷？」

「多謝蕭先生關心，不曾受傷！告辭！」白卿言略略對蕭容衍頷首，扶住春桃的手跨出門檻眼眶就濕了。

蕭容衍立在廊廡之下，凝視白卿言離去的背影，眉頭緊皺，擔心白卿言是否身上有傷卻沒有同她明說，再想起白卿言問他那位鬼面將軍之事後，突然慘白的臉色。

他還從未見過白卿言如此失態過。蕭容衍緊皺的眉頭突然舒展開來，難不成……白卿言是懷疑那南戎的鬼面將軍是白家哪位少年將軍不成？

白卿言跨出院門，抬頭望著空中那一輪皎皎如玉的明月，不由熱淚盈眶。

她越想越覺得那個鬼面將軍就是阿瑜。

她的弟弟阿瑜……還活著！

那個鬼面將軍，定然是阿瑜！

「大姑娘！」春桃驚詫看著落淚的白卿言，頓時血氣沖上頭頂，「可是那蕭先生無禮了？」

春桃到現在也忘不了那夜蕭容衍夜闖白卿言閨房之事，總覺得這位對白家有恩的蕭先生太……對大姑娘太過放肆輕佻。

「春桃，我是高興的！」白卿言低低笑出了聲。

有什麼比阿瑜還活著這樣的消息，更值得她高興?!

曾經白卿言無數次想過，若能用她的命去換阿瑜的一線生機，她也是甘之如飴的！

哪怕阿瑜此時是敵國悍將，對她來說都無足輕重，只要阿瑜還活著就好！

活著就好……

春桃有些懵，卻見白卿言笑中帶淚的模樣，一時也不知道應當陪著白卿言高興，還是陪著白卿言哭。

白卿言看著春桃木木的表情，喉頭翻滾了下，抬手敲了下春桃的腦袋，道：「你去喚平叔過來，我就在前面湖心亭等他，有事吩咐他！快！」

春桃連忙應聲，一路小跑著去找人喚盧平過來。

白卿言拼命的勸說自己沉住氣，等阿瑜前來尋她，可阿瑜失而復得她又怎麼能沉得住氣?!

萬一阿瑜被困無法送消息出來，無法來見她呢？

白卿言決定，先讓盧平帶人喬裝改扮，深入南戎腹地，去找這個鬼面將軍，用骨哨傳信，探一探他是不是阿瑜，是否被困於南戎無法脫身。

盧平剛清理完傷口，聽說白卿言急著喚她，連忙穿好衣裳，挑著燈隨春桃和董府的婢子一同疾步前往湖邊。老遠看到立在湖心亭燈籠下垂眸靜思的白卿言，盧平將燈遞給春桃疾步走上前行禮：「大姑娘！」

白卿言回神，轉身望著盧平：「平叔，我有一件極為重要的事情要託你去辦！」

「大姑娘請說，盧平萬死不辭！」盧平直起身一臉鄭重望著白卿言。

她手心裡是一層細汗，緊緊攥住，抬腳朝盧平靠近一步，彎腰湊近盧平耳邊低聲道：「平叔勞煩你帶幾個人，喬裝打扮，前往南戎腹地找到那位鬼面將軍，骨哨傳信，告訴他，長姐……在等他平安回家。」白卿言說完，淚水就奪眶而出。

盧平大驚，朝白卿言望去，還未開口，就被白卿言一把攥住了手腕：「此事絕密！」

盧平喉頭翻滾，看白卿言咬著牙關淚流滿面的模樣，便知白卿言此言非虛，他眼眶亦是通紅，激動的全身都繃緊了：「大姑娘放心！盧平這就出發！若真是白家公子……盧平拼死也會將公子帶回來！」對盧平來說，不論此次是哪一位白家公子，都是天大的喜訊！

白卿言點了點頭，盧平鄭重行禮後，不敢耽擱立刻整裝出發。

目送盧平離開，白卿言還立在涼亭之中，湖心亭高懸的燈籠四周，是飛蛾撲閃著翅膀，她望著被燈籠映得粼粼暖色的湖面，抬手擦去淚水，竭力壓制自己翻湧的情緒。

她答應過阿瑜，給他尋一把好劍的，看來從今日起她要開始尋劍了，等阿瑜回來那一日，她便可以親手交到阿瑜手中，圓了多年前對阿瑜的承諾。

白卿言平靜的情緒再次翻騰起來，淚水如同斷線一般。

從白家滿門男兒南疆出事開始，白卿言心裡總有一根弦緊緊的繃著，不敢難過也沒有時間難過，只能咬著牙，想方設法保住白家，又想方設法為來日鋪路。

哪怕是生死一瞬，她都沒有這樣流過淚。

她用手背抹去淚水，不知為何淚水卻越擦越多，明明阿瑜未死這應該是一件高興的事情。

她不知道阿瑜為什麼要戴面具，是因為容貌毀了，還是因為……害怕被人認出來？

白卿言不知……但她知道越是急切想要見到阿瑜，就越是要沉住氣。

如今阿瑜在南戎為將，實則身處險境，稍有不慎，恐有性命之危。一切，當以小心謹慎為上。

春桃見大姑娘一直立在湖心亭，吩咐跟在她身邊的董府婢女回去給白卿言取件披風來，自己邁著小碎步輕輕立在白卿言身後，柔聲提醒：「大姑娘，要不然咱們回去吧！入夜之後這裡飛蟲多，且登州入夜涼氣比較重，對大姑娘身體不利。」

白卿言點了點頭，啞著嗓音道：「回吧！」

春桃上前扶住白卿言的手臂，見白卿言臉上還有淚痕，心裡揪著難受，她不知道大姑娘遇到了什麼事兒，心裡也急，只能開口道：「大姑娘，奴婢笨口拙舌，也不知道該和大姑娘說什麼，可大姑娘要是真遇到了什麼難事，可以和董老太君說說，董老太君是將大姑娘放在心裡疼的！」

白卿言唇角勾起笑了笑：「傻春桃，不是什麼難事，是高興事！將來等一切大定再說與外祖母聽，不過……春桃訥言敏行，很是得我心。」

春桃抬頭見白卿言微紅的眼睛裡帶著極濃的笑意，聽出大姑娘這是誇獎她，小臉一紅。

外祖母也是非常疼愛阿瑜的，若是有一天外祖母看到阿瑜回來，定然會高興！

還有母親……還有嬸嬸和妹妹們，阿玦和阿雲。

他們若是知道阿瑜還活著，不知道得高興成什麼樣子。

想著，白卿言眼眶又紅了，她閉了閉酸脹的眼，克制住情緒，轉移話題問春桃：「今日我不在，那羅姨娘可曾派人來尋過你？」

春桃點了點頭：「那羅姨娘身邊的嬤嬤說，看奴婢身上繡花的花樣子好看，讓奴婢過去給描個花樣子。不過……奴婢都按照大姑娘的吩咐，稱忙脫不開身便沒有去。」

果然啊，這羅姨娘真是動了這個心思。

白卿言頷首：「你做的很好，以後要是旁人來喚，你便這般回她，不要覺得抹不開面子！撕破臉也沒有關係，知道嗎？」

春桃知道自家大姑娘這是護著自己，眉目間露出笑意點頭：「春桃知道了！」

這裡是登州董家，舅舅的妾室……白卿言實在是不好插手，只能讓春桃避著些。不過往日裡，春桃都跟著自己，倒也沒有什麼，只怕萬一她顧不上春桃，讓春桃警醒一些也就是了。

白卿言回院裡陪著董老太君說了一會兒話，伺候董老太君歇下，董老太君不厭其煩叮囑白卿言：「往後不可莽撞，不可自己殿後……你阿娘可就只剩下你這一個女兒了，要是你有個三長兩短，你阿娘也就活不成了，你不在意自己，就是不在意你阿娘，聽到了沒有！」

提起阿娘，白卿言難免又想到阿瑜，眼眶微紅，望著外祖母的一頭銀絲和臉上溝壑紋路，笑著點了點頭道：「阿寶知道了外祖母！外祖母快歇下吧！」

還不是告訴外祖母阿瑜還活著的時候。

白卿言從董老太君房中出來時，春桃迎上前扶住白卿言道：「大姑娘，董府上那位羅姨娘說給大姑娘送來了傷藥，非要親自送給大姑娘，還在院子外候著。」

「你派個人去告訴那位羅姨娘，就說我無傷，好意心領了，我在董府這段日子，彼此相安無事才是最好。」白卿言聲線冷清，「以後這個姨娘不論以何種理由請見，你自作主替我回了。」

白卿言讓春桃替她如此回這位羅姨娘，便是明著給這位羅姨娘一個警告，春桃的主意不是她能打的，讓她歇了這個念頭，在她還在董府這段時間老實本分些。

春桃應聲稱是，卻頗為意外，這位羅姨娘惹大姑娘不高興了？

不過說的也是，她們家大姑娘是鎮國公主，那羅姨娘不過是個姨娘……說到底也是個奴婢，身分雲泥之別，若非她們家大姑娘住在董府，何時能輪到姨娘這樣低賤身分的奴兒前來請見。

那夜回去後，白卿言睡得不大好，夢裡全都是阿瑜，第二日一早竟是腫著雙眼醒來的。

春桃忙去取了兩個雞蛋來給白卿言滾眼睛，白卿言收拾妥當去董老太君房中請安之時，舅母崔氏和小崔氏，還有董葶芸和董葶枝都到了。

白卿言行禮後，被董老太君拉著在身邊坐下，笑盈盈道：「你昨日奔襲救人累了，不是說了讓你好生歇著，今日不必來請安了嗎？」

「阿寶想著外祖母這裡的吃食，就起來了。」白卿言笑著道。

董老太君一聽這話，笑得不行，忙讓人備早膳，讓崔氏和小崔氏和兩個孫女也留在這裡用早膳。

白卿言知道照顧大燕公主的事情，舅舅交給了舅母崔氏，便問道：「舅母，大燕明誠公主今日情況如何了？」

「幾個大夫輪流守著，如今大燕明誠公主高燒不退，那大夫私下裡說……大燕公主似乎有心求死，怕是凶多吉少！」崔氏看到那花骨朵一般的小姑娘，心裡還是有些心疼的。

自古和親公主的命運都不大好，那麼小小的年紀本應該是在父母懷中撒嬌的時候，卻要遠嫁戎狄，自然是覺得痛不欲生，不過崔氏還是希望這大燕的公主能醒來，好歹命在比什麼都重要。

白卿言想起昨夜蕭容衍說起，這明誠公主和大燕戰將謝荀青梅竹馬之事，不知道若是謝荀能來見上明誠公主一面，可否激起明誠公主求生意念。

用過早膳，白卿言聽說舅舅已經將大燕送親之人皆放了出來，那些人就守在安置明誠公主的院落外嚴加防範，生怕旁人害他們公主似的。

救了大燕和親公主的消息，董清嶽命人快馬加鞭送往大都城，白卿言就怕若是這明誠公主萬一救不過來，屆時皇帝怪罪舅舅。

白卿言正陪著董老太君在屋裡修剪花枝，董老太君見白卿言將她好好的盆景都快剪禿了，肉疼不已。還是王嬤嬤見狀，連忙上前攔住白卿言：「哎喲，我的小祖宗喲！這可是老太君最愛的一盆盆景兒了！讓您看看……您都快剪禿了！您看看老太君那臉色……都快肉疼死了！」

白卿言回頭，見到正坐在臨窗檀木羅漢床上的董老太君，握著鎏金銅剪，一臉肉痛的模樣，尷尬笑了笑：「我不太擅長……」一屋子的婢女都忍不住用帕子掩著唇笑。

「老太君，表姑娘……老爺那邊傳信來，讓表姑娘去書房，說大都來信了，是給大姑娘的！」一個眉清目秀的小婢女進門，笑著行禮後道。

應該是錦繡來信，白卿言將手中剪子放下，朝董老太君行禮：「外祖母，我去去就來！」

「去吧去吧！正好饒過我這些花花草草！」董老太君忙對白卿言擺手。

屋內膽子大的婢女已經笑出了聲，春桃也笑道：「我們大姑娘什麼都會，就是這侍弄花草和女紅，是絕對做不來的。」

董老太君接過婢子遞來的熱帕子擦了擦手，笑道：「人哪能什麼都會，侍弄花草和女紅都是閒下來打發時間的玩意兒，我阿寶會的……才是真正利國利民，建千秋功業之事。」

董老太君說起這些話來，聲音裡滿都是自豪之意。

「快去吧！許是錦繡那丫頭的來信！」董老太君說到這裡，擦手的動作一頓，「算日子，下個月……錦繡那丫頭就要生了吧！」

白卿言頷首：「是啊……」

「好！回頭外祖母備一份厚禮，你替外祖母帶給錦繡！」董老太君說完，擺了擺手，「去吧！王嬤嬤快把我那盆景給我端過來讓我修修！」

白卿言應聲行禮告退，帶著春桃從外祖母的院子出來，正巧碰到專程在董老太君院外候著她的羅姨娘。

正在樹蔭之下握著團扇搧風，焦躁不安的羅姨娘一見白卿言出來，忙理了理自己的銅綠色繡白茶花的裙裾，又托了托赤金步搖，邁著碎步上前行禮：「妾……見過鎮國公主。」

白卿言未曾見過羅姨娘，不知道眼前女子是誰，春桃忙好心提醒：「大姑娘，是羅姨娘。」

白卿言眉頭挑了挑，並未讓羅姨娘起身，只道：「羅姨娘是沒有聽明白，昨夜我讓春桃傳給你的話？」

羅姨娘心頭一跳，看著白卿言只是一個容色絕塵，身量纖細的弱女子，怎麼看都像個心軟至極的姑娘，可一開口說話，竟是如此凌厲。

說到底，羅姨娘還是受了自己那不成器兄長的蠱惑，說這幾日羅姨娘見不到董大人可以來求見鎮國公主，當著鎮國公主的面兒替他求親，到底羅姨娘是為董府生了董長茂，鎮國公主定會賣羅姨娘幾分面子，羅姨娘這才鼓起勇氣厚著臉皮來了。沒成想，一見面鎮國公主就如此疾言厲色，倒是讓羅姨娘準備好一肚腸討好的話都說不出口了。

「羅姨娘規矩學得不是很好啊，我這是在外祖家……身邊不曾帶護衛，若是在董府之外，羅姨娘貿貿然這麼闖到我跟前，怕是還未開口人頭已先落地。」

白卿言聲音幽森寒涼，羅姨娘頸脖陡然一涼，忙跪了下來：「鎮國公主饒命！」

「羅姨娘我念在長茂的分兒上，本是十分願意為你留幾分體面，可你要記住……我給了你體面，你自己也要對得起這分體面，只要別算計到我身邊人的跟前來，對於舅舅後宅之事我可以不聞不問，畢竟做外甥女的不好插手處置舅舅妾室，可你若算計到我眼皮子底下，別說我想要一個奴婢消失，便是我身邊的婢女想要一個姨娘消失，這府上……也必會有人前赴後繼上趕著幫忙處置的乾乾淨淨。」

算計到鎮國公主身邊人的跟前……羅姨娘立時抖如篩糠，明明白卿言聲音不大，可一字一句就像是針尖兒紮在她心頭上，她聽明白了，鎮國公主這是在說她此次來意吧！

今日，羅姨娘本意想要借走春桃，安排和自家兄長見面，也問問春桃是否心儀自家哥哥之事。

「做事前，多想想董長茂，庶子在董府本就艱難，可別讓他因為你這個姨娘以後在董府抬不起頭來！」說完，白卿言帶著春桃朝董清嶽書房的方向走去。

直到聽到白卿言的步子走遠，羅姨娘才慘白著一張臉癱坐在地上。

跟著羅姨娘一起跪在地上的婢子連忙跪爬至羅姨娘的身邊：「姨娘，我們快走吧！若是要讓董老太君看到我們在這裡，您怕是又要受罰了！」

昏昏沉沉的羅姨娘原本還存了一分念想，想著鎮國公主身邊的婢女配自家哥哥也不算是低嫁，可如今白卿言一番話就像是給了她一巴掌，將她打醒！

若非董家是鎮國公主的外祖家，她一個董府姨娘在董府算什麼？她的分量怕是都比不過鎮國公主身邊女婢的分量，更別提是鎮國公主的貼身婢女！

是她因著鎮國公主和董府的關係癡妄了，竟然聽信了自己那個不成器哥哥的話，妄想讓鎮國公主的貼身婢女嫁於自家哥哥，簡直是癡人說夢！

此事不成，自己被老爺責怪不要緊，要是連累長茂可如何是好！

長茂是庶子，即便那般優秀在董府也是舉步維艱，她原本是想要搭上鎮國公主好讓長茂以後在董府腰杆子更硬些，可若是事情不成拖累了兒子，羅姨娘也不想活了。

「扶……扶我起來！」羅姨娘忙道。

羅姨娘的婢女扶著羅姨娘回去，就見在院子裡急得團團轉的兄長忙迎上來，伸長了脖子往他身後看：「人呢？」

羅姨娘狠狠瞪著自家兄長：「我警告你，此事你不許再提了！人家是鎮國公主身邊的婢女，那身分……就是嫁到富貴人家去當正房太太也是要得的！你少在這裡癡心妄想了！」

羅姨娘的兄長臉色一僵，頓時怒火上頭，咬牙切齒問：「是那賤蹄子這樣說的？」

「是鎮國公主說的！我告訴你……你把你那心思給我收一收，不許用什麼骯髒手段！否則……你要是連累了我的長茂，我就拉著你一起死！」羅姨娘說著就要哭了，氣呼呼甩了帕子回到房中，撲在一床錦被上就哭了起來。

她恨自己蠢，也恨自己被兄長攛掇的，差點兒害了長茂，幸虧鎮國公主沒有直接下狠手，否則她都沒地兒哭去。

白卿言跨入董清嶽書房院門之時，董清嶽府上幕僚剛從董清嶽書房裡出來，紛紛朝著白卿言行禮。

白卿言淺淺頷首，跨進書房內，就見董清嶽正端起茶杯喝茶。

「舅舅！」白卿言上前行禮。

「來了……」董清嶽攥著茶杯蓋子的手指了指桌角的信，「大都城來的，看看吧！」

剛才董清嶽和幕僚就大燕明誠公主之事商量了許久，話說的太多已然是十分口乾，牛飲了一杯茶又倒了一杯，才道，「明誠公主怕是不成了，至多還有三日。駐紮在北戎的大燕軍同北戎皇廷已經派人來迎，明日應該就能到，屆時……我會將明誠公主交給他們，此事就此了結。」

白卿言正在拆信的手一頓，抬眸看向董清嶽。

白卿言心底明白，此事如此解決是對晉國最有利的……

在明誠公主還活著的時候將人交還給大燕和北戎，大燕和北戎就欠了晉國人情。

那麼，與大燕明誠公主青梅竹馬的那位謝將軍會來嗎？若是他能來……或許明誠公主能挺過來也說不定。

「舅舅，北戎的大夫多是巫醫，到底不如我們晉國的大夫，舅舅不若派大夫跟著一起過去，說不定能夠救明誠公主一命……」白卿言道。

對於明誠公主這位甘願捨棄兒女之情，為國和親的女子，白卿言心中是充滿敬佩的。

若是能救，白卿言很想救一救這位明誠公主。

董清嶽道：「本身我也是這個意思，可……府上幕僚說的對啊！若是派了大夫過去……與北戎巫醫治療之法相左，我們晉國的大夫沒有能妙手回春，這……便會成晉國之罪了！」

理上白卿言同意董清嶽的話，可情上……白卿言還是想要再盡盡力。

「大夫帶上，照常看診，不過……用巫醫的法子，還是用晉國大夫的法子，交給大燕來做決定，大燕和親公主還未與北戎王成親，還是大燕的公主，自當是大燕作主，我們……盡人事就是了！」白卿言鄭重道。

董清嶽手指摩挲手中甜瓷描梅的茶杯邊緣，皺眉細思：「倒也……可行。」

白卿言見董清嶽細思此事可行與否，便垂眸拆開手中信封，展信細讀。

白錦繡在信中告訴白卿言，皇后八月初三被診出有孕，舉國為皇后再孕嫡子歡慶，但皇后孕中思念信王，胎象不是很好，皇后之兄早朝之時懇求皇帝為國母和嫡子安穩，將信王接回大都城，以安國母之心，皇帝准了。

同一日晌午，太子妃被診斷出喜脈，已經三月有餘，皇帝極為高興。

再就是太子獻予皇帝的那頭晉國神獸白鹿，已確定死於中毒，可相關之人皆在皇帝暴怒之時被杖斃，皇帝如今單獨拎出來梁王細查此事。

梁王得皇帝重用，梁王府開始大大方方煉丹，上行下效，大都城勳貴人家煉丹的風氣越發風靡。左相之子李明瑞自打梁王府走水之後，一段時間不去梁王府，如今在皇帝啟用梁王之後，又開始在梁王府走動了起來。

在信的末尾，白錦繡才將她於八月初四早產生下一子，之事寫了上去。

白錦繡說，母子平安，讓白卿言放心，孩子的名字還未起，小名叫望哥兒，因為早產身子稍微有些弱，不過也不打緊，洪大夫說好好養養定能養回來。

白卿言看到信末尾，手心收緊。白錦繡一向是報喜不報憂，她絕不相信白錦繡會無緣無故早產，這其中定然是發生了什麼事情，但白錦繡不想讓她擔心，便輕描淡寫過去。

不過，信是白錦繡親筆所書，應當是平安的！白錦繡小產的因由白卿言回去後還是要查的，若是秦家那兩個姑娘作怪，她們便去廟裡陪她們的母親吧！

見白卿言眉目間顯露殺氣，董清嶽放下手中茶杯：「出事了？」

白卿言克制著情緒道：「錦繡早產生下一子，母子平安！且皇后和太子妃也有孕了！」

董清嶽眉頭一緊：「皇后有孕……信王可是要回大都城了？」

「舅舅料事如神。」白卿言起身立在董清嶽的案桌前，將信紙點燃放進筆洗裡，「看來皇后這身孕……是為了信王懷的！」

大約是如今眼看著太子地位穩固，皇帝又啟用了梁王，皇后坐不住了。

皇帝子嗣算不上多，尤其是嫡子只有信王一個，如今皇后有孕……想來這一胎無論是男是女，皇帝都會視若珍寶。

也是辛苦皇后為了自己那不成器的兒子，先是要同符若兮將軍逼宮謀反讓信王登位，眼見符若兮不從，便又懷孕以子嗣為由頭將信王召回大都城。看起來大都城又要熱鬧了。

「舅舅，符若兮將軍……舅舅還是要多多防備，符將軍同皇后的關係匪淺！」白卿言想起之前盧姑娘送去朔陽的那封信，出言提醒董清嶽。

「關係匪淺？」

白卿言點了點頭也沒有瞞著：「皇后曾經想要請符將軍將信王迎回大都，逼宮謀反，擁立信王登基，不過符將軍並未答允！可皇后居然能將謀反這樣的事情同符將軍說，想來兩人關係應當非比尋常。」

董清嶽一怔，他知道白卿言不會無的放矢，握緊了手中的茶杯皺眉琢磨。

「符家……和皇后似乎並無交集。」董清嶽細細盤算。

「世家背後的水深，不到山窮水盡誰也不知道……世家背後牽連多少人脈。」白卿言只道，「如今符將軍掌控安平大營，舅舅還是要防一防的。」

董清嶽頷首：「我知道了！」

正事說完，董清嶽放下茶杯笑著問：「你派盧平出城了？」

「我讓他喬裝去南戎腹地看看。」白卿言將那鬼面將軍可能是阿瑜的事情瞞了下來。

「既然如此可是能多留些日子，陪陪你外祖母了？」董清嶽眉目間帶著溫潤的笑意。

白卿言含笑點頭：「嗯，多留些日子。」

「住在你祖母那裡有什麼不方便的嗎？要是覺著不方便，我讓你舅母安排人拾掇出一個院子來。」董清嶽聽盧平說白卿言有晨練的習慣，來登州這段時間，白卿言因為是住在董老太君的院子裡，怕一早兒起來練功，影響董老太君休息，白卿言已經幾日不曾用功了。

「沒有……和外祖母住在一處，倒是可以好好替母親盡盡孝，阿寶很高興。」白卿言在董清嶽一旁坐下，看著董清嶽鬢邊的一小撮銀髮，「舅舅！如今長瀾能幫得上忙，舅舅不必事必躬親，也應當好好歇歇才是。」

董清嶽搖了搖頭：「長瀾還稍微嫩些，還得再放在身邊好好歷練幾年才是啊！不說這個了……今日難得得閒，舅舅倒是有一事想要問問你，那位蕭先生……你怎麼看？」

白卿言看向董清嶽，藏在衣袖中的手悄悄收緊：「怎麼看？」

「如同長瀾說的，這位蕭先生出現在南戎伏擊大燕送親隊伍的亂戰之中，太過巧合，若說是為了救出燕國公主，好在北戎和大燕那裡謀利，憑他所帶的那些護衛，難道不算過於牽強？」董清嶽來回細思了蕭容衍對董長瀾的那番說辭。

到如今，蕭容衍明著……說是讓在董府養傷，實則被拘束在那個小院子裡根本出不來，不過蕭容衍恐怕也知道此次出現的突兀，竟也老老實實窩在院子裡，正兒八經養起了傷，也沒有故意攀交情要見董清嶽。

且董清嶽聽下面的人回稟，蕭容衍居住董府倒是進退有度，對下人也從不盛氣凌人，十分儒雅有禮。

「舅舅若是想一探究竟，最好的法子……便是親自會一會這個蕭先生。」白卿言並未一味護著蕭容衍。

「到底是白家恩人，也不好將人關在府中太久……」董清嶽思索之後道，「今兒個晌午吧，設宴會一會這個蕭先生。」

第十章 骨哨傳訊

晌午，董清嶽在風雅廳設宴見了蕭容衍。

蕭容衍還是那不卑不亢的模樣，與董清嶽詳細交代了此次行程。蕭容衍心中腹稿已成，不急不緩徐徐道來，倒是說清楚了自己是全然無意捲入其中，只能硬著頭皮救這位大燕和親公主，蕭容衍還問了大燕和親公主的情況。得知駐紮在戎狄的大燕軍和北戎皇廷已經派人來接，蕭容衍倒是告訴了董清嶽一件事：「此次衍去北戎，聽說駐紮在北戎的大燕軍隊似乎有人得了傷寒，染了不少人！將大燕和親公主送過去妥當嗎？」

「傷寒？」董清嶽頗為意外。

「這也只是聽聞，衍未曾到過燕軍駐地，所以消息真假難辨。」蕭容衍話說得十分真誠。

「到底是大燕的公主，晉國沒有理由強扣燕國公主留在登州，若是這位公主真的不成……死在了晉國，那晉國和大燕、北戎，可就結仇了。」董清嶽抿了抿唇道，「不過，倒是可以派大夫隨行，至於大夫大燕和北戎用不用，那便看他們吧！」

董清嶽覺得其實意義不大，幾乎所有大夫都說，那大燕公主怕是不成了，如今也只是吊著命……只等將這大燕公主活著交給大燕和北戎罷了。

蕭容衍擱在膝上的手收緊，不動聲色笑盈盈道：「董大人仁慈之心，想必大燕和北戎定會領受大人好意。」

如今謝荀身染傷寒，來接明誠公主之人定然並非謝荀，若是明誠公主真的不成了……也不知道能不能見謝荀最後一面。

董清嶽從蕭容衍分開審訊的護衛，和蕭容衍口中得到此次事情的始末，雖然稍有混亂，可無傷大雅大致想同，董清嶽想來應當不會有假。

若真是眾口一詞，董清嶽反倒要懷疑，是否提前將說詞套好。

於是，當天下午董清嶽便將蕭容衍的護衛全都放了出來。

已經處理好傷口的月拾，火急火燎來了董府守在蕭容衍身邊。

八月二十二日晌午剛過，北戎皇廷北戎王的胞姐和姐夫帶著北戎軍，同大燕駐軍在戎狄的裴將軍一同來了登州城。

董長瀾奉命在城外相迎，讓戎狄軍和大燕軍停留在城外，只允准大燕和北戎各帶二十人入城迎接明誠公主。

明誠公主關乎戎狄和大燕盟約穩定，不論是大燕還是戎狄都不想讓明誠公主出事。

蕭容衍聽說北戎王的胞姐和裴將軍一同來了登州城接明誠公主，蕭容衍抿了抿唇，將月拾喚道一旁，低聲吩咐：「你設法派人去向裴將軍傳話，一定要讓明誠公主留在登州城救命！若是挪動……恐有性命之危。」

月拾抱拳道：「主子放心，月拾一定辦好！」

「小心點兒，這是在董府，別露了什麼馬腳被人抓住把柄！」蕭容衍叮囑。

「那……關於主子懷疑彭將軍身邊有南燕細作之事，要不要送回都城讓陛下知道？或者乾脆讓裴將軍就地查一查？」月拾又問。

「暫時不必，我們暗中調查彭將軍身邊那位副手就是了。」

蕭容衍話音剛落，就見月拾抬眸朝著遠處高聲喚道：「白大姑娘！」

蕭容衍回頭，見身著霜色滾金鑲邊的衣衫，艾綠色繡竹下裙的白卿言，立在沿湖種植的綠柳之下，衣裙隨柳輕擺，背後湖光粼粼，明豔芳菲，美不勝收。

「白大姑娘！」蕭容衍朝著白卿言的方向長揖一禮。

自打在南戎和晉國交界，白卿言讓他走……他卻要留下看著明誠公主安全之事後，再見白卿言，她便對他一副公事公辦的模樣，也不曾過來瞧過他的傷勢，更不曾派人來問詢問詢。

一開始蕭容衍以為白卿言是在董府的緣故，後來又猜測白卿言是否是誤會了他與明誠公主，可再一轉念……又覺得白卿言並非普通女子，不能以尋常女子來揣度白卿言，想著會不會是因為晉國借道於燕，可燕國卻暗中在這一路繪製晉國布防圖，惹得她不痛快。

今日偶遇倒是也巧了，蕭容衍想藉機同白卿言說說話，想確定白卿言並非因明誠公主生了誤會之後，請白卿言援手助他留明誠公主於登州醫治。

白卿言是登州刺史董清嶽疼愛的外甥女，她一句話要頂的上旁人一百句。

「蕭先生……」白卿言淺淺頷首。

蕭容衍側頭吩咐月拾：「你先去吧！我同白大姑娘說幾句話。」

春桃見蕭容衍朝著她們家大姑娘的方向走來，忙上前一副隨時要護在她們家大姑娘面前，將蕭容衍那個登徒子攔住的架勢。

白卿言亦是抬腳朝著蕭容衍的方向走去，兩人立在高槐涼陰之中，看那架勢便知道兩人要說說話，董府的婢子都紛紛留在十步以外的位置。

一向有眼力慣兒的春桃，今日卻一反常態緊緊跟著白卿言，滿目都是對蕭容衍的防備。

白卿言側頭看了眼小臉兒繃著的春桃，低聲道：「春桃，你在一旁候著。」

聽自家大姑娘這麼說，春桃這才向後退了幾步，目光緊緊盯著蕭容衍。

清風過隙，垂柳微揚。蕭容衍幽邃炙熱的眸子望著白卿言，問道：「這幾日……我們同在董府，卻不得見，我不好派人尋你，也不好朝長瀾兄詢問，不知……你那日救人是否受傷？」

「倒是不曾受傷，這幾日事忙，且是在董府……總得收斂一二。」白卿言眉目間帶著極淡的笑意。

蕭容衍聽白卿言這麼說，視線朝白卿言身後不遠處低著頭的丫鬟婢子看了眼，抬腳又朝白卿言邁進一步，沙啞醇厚的嗓音壓得極低：「我這幾日與你同在一府，卻是思念的厲害，你也不遣人來問問我的傷……」

這話，似埋怨又似表情義，白卿言負在背後的手一緊，耳朵微微有些發燙：「那日南戎晉國邊界相逢，我顧情怕你難做讓你離開，你不走，我還以為是我錯了，在登州應當公事公辦不容私情。」

「公事公辦也好，不容私情也罷，你心裡也……不想我嗎？」蕭容衍又上前一步問。

春桃豎起耳朵，神色緊繃了起來，彷彿蕭容衍再上前一步，或是讓她聽到蕭容衍同她們大姑娘說什麼放浪輕佻的話，她就要衝上前和蕭容衍拼命了。

白卿言抿著唇，這幾日她腦子裡全都是阿瑜的事，真……沒有空出一分心思來想念蕭容衍。

蕭容衍餘光瞅見門雞一般的春桃，壓低了聲音同白卿言道：「我們沿湖走走？」

白卿言也有事問蕭容衍，便頷首，一本正經道：「蕭先生請。」

「此次前來接明誠公主的為何不是謝將軍？燕國公主晉國邊界遇襲這麼大的事情，謝將軍也不知道嗎？」白卿言問。

蕭容衍倒也不瞞著白卿言：「大燕軍中突發傷寒，謝荀……也倒下了，此時無法前來。」

白卿言手心一緊：「你們或是連明誠公主遇襲之事，都不曾告訴謝將軍吧！」

蕭容衍點了點頭，下意識想要撫一撫玉蟬，才想起他的玉蟬已經贈予白卿言了，他輕輕抖了抖直裰上下擺，道：「謝荀眼下還不能倒，若是讓謝荀知道了，怕是要出大亂子。」

「可若是能讓謝荀來見上明誠公主一面，或許能救下明誠公主的命！」白卿言腳下步子緩慢，「大夫說，明誠公主全無求生之意！若是洪大夫在或許還能一搏，可眼下派人送信再將洪大夫請過來，怕是來不及了。」

白卿言說的，蕭容衍如何能不知，他抿著唇，沉默著。

「我和舅舅審過明誠公主身邊伺候的嬤嬤婢子，還有送親的親兵，那些南戎兵好似是提前知道了你們的送親路線，早早就埋伏在了那裡，若果真如此……和親隊伍裡，怕是出了細作，這個你應該已經想到了。」

「能提前一天知道走何處的只有三個人，一個是已經戰死的彭將軍，還有一個便是彭將軍派出去探路的探子，再有便是彭將軍的副手。」蕭容衍也沒有避忌直言道，「探子如今下落不明，若他是細作，如今已無大用，就怕彭將軍的副手是南燕的暗樁。」

白卿言搖了搖頭：「我以為……可能性不大，大燕同戎狄並無直接土地相接，且戎狄人並不擅長謀略之術，能做到大燕中軍司馬副手這樣的位置，除非是大燕的世家子弟，否則沒有五六年的功夫怕是不成的。」

「南戎以前是不善謀略之術，可自從南戎有了這個鬼面將軍之後，可就大有不同了。」蕭容衍想起那夜白卿言詢問他關於鬼面將軍之事，側頭看著白卿言問，「這鬼面將軍，可是白家之人？」

蕭容衍算了算那鬼面將軍出現在南戎的時間，還有其劍法弓法都不一般，那夜白卿言來問詢之後一走，蕭容衍便已經能隱約猜到一些。

蕭容衍坦然直言，白卿言也沒有藏著掖著，眸底盡是笑意：「或許是吧！我已派人前去南戎查探。」

「衍，先恭喜白大姑娘了。」蕭容衍由衷道。

白家子嗣各個都是出類拔萃的將才，一同紮在晉國時看不出來，如今一個撐著晉國，一個去了南疆……這才顯示出來，白家人能征善戰的本事。

蕭容衍不免在心中感歎，若這樣的人家生於大燕……該多好。

「如今南戎北戎對立，燕助北戎，難免同鬼面將軍對上，尤其是若此次明誠公主真的沒了，謝荀怕是要同鬼面將軍勢不兩立，誓取鬼面將軍性命。」蕭容衍腳下步子一頓，朝著白卿言長揖一禮，「所以，衍有一求，請白大姑娘……從中斡旋，能讓明誠公主留在登州養傷，救明誠公主一命。」

蕭容衍說的極為誠懇，明誠公主乃是為了燕國才決定下嫁和親，不論如何蕭容衍都想護住明誠公主。可這是在登州，蕭容衍還未曾將自己的人提前鋪設到這裡，行事難免力不從心。

但白卿言是在外祖家，要比他行動起來方便的多。

白卿言立在蕭容衍對面，看著誠懇相求的蕭容衍道：「明誠公主雖然是大燕人，可我很是欽佩明誠公主主動下嫁和親的勇氣，和對母國那分忠心！可若是留下明誠公主醫治，一旦明誠公主人留不住，將來皇帝必會怪罪我舅舅！我不怕擔罪責……但我不能讓舅舅擔罪責，這一點……你可明白？」

蕭容衍直起身望著眉目清朗的白卿言，也明白，白卿言此話不假。

「但，要將明誠公主留下並非全然不成，此事成與不成全在大燕……並不需要我出面在舅舅跟前替大燕斡旋。」白卿言語聲平靜，「明誠公主還未同北戎王成親行禮，還是你們大燕的公主，大燕質嫡子於晉，兩國交好，你們只要肯放下姿態請求讓明誠公主留下治傷，給晉國皇帝一些好處，這個好處要大到舅舅無法替皇帝作主拒絕才可！」

蕭容衍皺眉細細思量。

「若燕國能如此，舅舅自然也就不會難做，大燕給了舅舅無法作主拒絕的好處……舅舅總要上奏請示一下，即便皇帝不許，奏摺一來一回，近一個月便也過去了，只是不知道燕國捨不捨得為明誠公主這個和親公主割肉。」

蕭容衍不是沒有想割城池給晉國，求讓明誠公主好生留下治傷，畢竟城沒了……可以再打回來，可人要是沒了，那便是真的沒了。

但蕭容衍不是白卿言，對董清嶽也並非全然瞭解，就怕即便燕國主動割城求留明誠公主登州治傷，反倒弄巧成拙，讓董清嶽會懷疑燕國目的不純，意圖窺探登州布防，而不留人。

畢竟，能為一和親公主安危割讓城池的，史無前例，若蕭容衍是董清嶽也自是要懷疑一二的。

可若是白卿言願意出面，那事情鐵定能辦下來。

蕭容衍對白卿言又是長揖一拜：「多謝白大姑娘出手相助，此次不論明誠公主是否能活下來，大恩大德……衍都記在心裡了，衍會示意大燕裴將軍割讓城池，求董大人留明誠公主登州醫治，絕不會讓董大人難做。」

「蕭先生客氣！」白卿言頷首，「能為和親公主割讓城池，燕國氣度白卿言佩服。」

蕭容衍直起身，定定望著白卿言道：「這世上，忠勇之心不可辜負。」

忠勇之心不可辜負……白卿言輕輕念著這句話，眉目間染上了幾分極淡的笑意。

是啊，這世上忠勇之心不可辜負，可惜大晉皇室不懂這個道理，負了白家滿門忠骨，寒了朝中多少忠臣之心。所以現在的晉國朝廷上下，盡是奴顏折節的逢迎之輩。

曾經鼎立一方的超級強國，也要開始沒落了。而大燕這樣，君臣一心，甘為忠義女子……捨城之國，必將聚攏舉國上下之心，重回姬后主政之輝煌鼎盛。

當日，大燕裴將軍除了向董清嶽獻上珍寶之外，果然向董清嶽提出，大燕願向晉國割讓扈邑一帶大小四座城池，以此來求讓明誠公主留在登州養傷。董清嶽實是沒有料到燕國會來這一招，一時沒敢一口拒絕，想了想將幕僚和董長瀾、白卿言喚來書房議事。

大燕出手如此大方，割讓扈邑一帶較為富庶的城池，以求讓明誠公主留登州養傷，反倒讓董清嶽懷疑大燕以重利迷惑晉國，是想要留於登州窺探登州布防。

「若是讓大燕和北戎的人退出城外，明誠公主有個三長兩短那我們晉國便說不清楚了！」

「但是，燕國捨四座城池，若是大人冒然拒絕，恐怕皇帝會因此心生不滿，即便是皇帝不能直接訓斥將軍未曾替晉國收下城池，也會訓斥大人破壞晉國和燕國兩國邦交關係！」

兩位謀士眉頭緊皺，董長瀾也是心中惱火不已，這大燕可是突然給他們扔了個燙手山芋，接也不是……不接也不是：「最難的便是如何平衡，不讓燕國和北戎窺探到我們登州兵力和布防，又能替皇帝拿下這城池。」

「不是說，明誠公主撐不住了嗎？」其中一謀士道，「那便用拖字，拖到明誠公主不成了，此事也便了了。」

白卿言垂眸望著甜瓷茶杯中清亮的茶湯，輕輕合了杯蓋，將茶杯擱在一旁開口道：「舅舅，此事……倒也不難解，大燕給了如此厚禮，舅舅請示皇帝便是了！寫一封奏摺，呈明利害關係，告訴皇帝，舅舅不敢替皇帝作主是否收下城池，又怕大燕以城池換一個和親公主平安，是意在窺我晉國邊界兵力布防！所以……舅舅只能暫時請北戎和大燕人暫居登州，將兩國的人先看管起來，再派人快馬加鞭將奏摺送回大都，請皇帝明示。」

董清嶽看向白卿言：「將大燕和戎狄人留在登州，我可不敢啊！不能小看燕人和戎狄人……尤其是燕國，這些年暗自圖強，能人輩出，且敢質嫡子於晉，絕非等閒之輩。」

董清嶽看得清楚，燕國已非昨日的燕國，如今燕國家底不露，可但凡國難皆都平安渡過，若說單純是因為燕國運氣不錯，董清嶽可不信。

「清出一家客棧，請戎狄人出城回去，留下燕國人住進去，在明誠公主治傷期間，出入需有登州軍陪同，不可隨意走動，此也可以作為暫時留下明誠公主治傷的條件之一。告訴他們若是答應條件，舅舅便遞奏摺請示皇帝，若是不答應，燕國和戎狄人即刻帶明誠公主出城！燕國人和戎狄人若是真為了救明誠公主，定然會同意！若是不同意，舅舅上表皇帝，也就說得清楚了。」

「是啊！他們不同意我們的條件，便是意圖窺我晉國，父親不留明誠公主情理之中！」董長瀾眸色沉沉，「父親，如今皇帝昏聵……為避免波及自身，只能如此了！」

能坐在書房的，都是絕對信得過之人，皇帝昏聵四個字……已經不是他們頭一次在書房說了。兩個幕僚也頷首贊同，事情緊急，眼下已經找不到比白卿言所言更合適的辦法。畢竟，若是用拖字，讓明誠公主在這個節骨眼兒上死在了登州，難免皇帝還是會怪罪董清嶽。略微思索，董清嶽拍板。隨後，戎狄人出城，大燕裴將軍所帶兵士解甲卸劍，入住董長瀾安排的客棧之中，言行皆受登州軍監管。

董清嶽見大燕眼睛都不眨便答應此事，心中憾然，不曾想……大燕對一個和親公主，竟然真的如此捨得。大燕如此配合，董清嶽也派人搜羅全城大夫和鄰縣名醫前來，力求救下明誠公主。

蕭容衍得到消息鬆了一口氣，心中對白卿言感激不盡。

與此同時，盧平帶人也順利進入南戎腹地。南戎皇城，設立在之前戎狄王的行宮，行宮周圍都是南戎將帥樣式統一的帳篷，南戎普通百姓的帳篷在最周邊。

盧平一行人身著戎狄人服飾，受蕭容衍啟發扮作商隊，帶著貨物來同南戎百姓交換皮貨，他們簡單被戎狄人盤問，戎狄人聽說盧平帶糧前來，是想要用糧食交換皮貨，便被放行了。

盧平所帶之人中有會戎狄語的，在交換糧食之時，稍作探聽便知道南戎鬼面將軍的帳篷，便是最靠近行宮最大的那頂。可別說這裡有兵士巡邏，他們無法靠近鬼面將軍的帳篷，就是南戎普通將帥的帳篷處，都有重兵巡邏把守。

白日吵雜骨哨聲或許傳不過去，盧平用糧食和當地百姓交換了一個靠近南戎將帥帳篷的住處，只等天黑之後骨哨傳信，探一探那個南戎的鬼面將軍……是否是他們家公子。

天逐漸黑了下來，南戎人太陽一落山便都回到自己的帳篷內不再出來，不比盧平曾經見過的戎狄。那個時候……即便是天黑了下來，戎狄人也是在草原上點上篝火，圍著篝火跳舞、喝酒、大口吃肉，男男女女圍在篝火旁，遇到心儀的便上前請其跳舞，看對了眼……說不準當晚就成了夫妻，作風相當豪放。

盧平聽租借給他們蒙古包的南戎人說，入夜宵禁，是南戎王新下的令，讓南戎百姓早早休息，隔日早起養足精神為明日收集過冬糧食做準備。

盧平頗為詫異，不曾想戎狄人也知道做準備了，以前……戎狄人是今朝有酒今朝醉，沒有了便騎上馬去晉國邊界，或者大樑邊界劫掠一番，什麼時候竟也懂得未雨綢繆了。

入夜宵禁，便是不能出帳篷了，盧平坐在帳篷內，望著眼前正燒著水的通紅火盆，垂眸細思，想了想之後道：「你們就在帳篷裡等著，我悄悄出去溜一圈，一會兒就回來。」

那六人頷首：「大人小心！」盧平小心翼翼從帳篷內出來，避開巡邏的戎狄兵，躲在一頂帳篷之後，看向鬼面將軍被重兵把守的帳篷。

他剛從脖子裡拿出骨哨，就見巡邏佩刀的南戎兵舉著火把過來，又忙貓著腰，半蹲著身子繞了帳篷一圈，看到巡邏兵手中搖曳火把映照的火光走遠，他才拿出骨哨吹了起來。

鬼面將軍正坐於几案前，他未曾佩戴面具，合衣跪坐，手握毛筆，露出半張被火燒毀的猙獰面容，火燒的痕跡一路蜿蜒至頸脖之中。

搖曳燭火，勾勒著鬼面將軍另一側輪廓完好的五官，深目長睫，挺鼻薄唇，可看得出曾經這位鬼面將軍是怎麼樣一位清雋驚豔的人物。

正用羊皮繪製輿圖的鬼面將軍聽到骨哨聲，猛地抬頭。

「白家護衛軍，請見公子。」

鬼面將軍身邊那個瘸了腿的侍從聽到骨哨聲，差點兒灑了給鬼面將軍的茶，他好不容易穩住，睜大了眼跪在鬼面將軍一側，看向鬼面將軍：「將軍……」

鬼面將軍想起那日晉國邊界，匆匆和阿姐一見之事，眼眶頓時濕紅。

即便他成為這副鬼樣子，阿姐還是認出他了吧！

那是他的阿姐啊，怎麼可能認不出他。所以阿姐才派人前來。

他握著筆的手輕微顫抖著，濕紅堅韌的眸子朝帳外望去，可他這副鬼樣子……如何敢讓阿姐知道，阿姐知道了……不知道會傷心成什麼樣子！

知道他的死訊時，阿姐和阿娘應當已經傷心欲絕過一次，要是讓她們知道他現在的模樣……

白卿瑜顫抖的手，輕輕覆在他被燒毀的半張臉上，眼眶燙得厲害。

「公子！」白卿瑜身邊瘸腿的侍從神色緊張望著他，「公子，要不要屬下出去……」

「不！」白卿瑜打斷了侍從的話，握著筆專心繪製輿圖，嘶啞難聽的聲音響起，「不用！明日一早你派人去查一查，是不是有外來人，若有全部抓起來，就說我晚上聽到了哨聲，要審問人。」

骨哨聲他能聽到，旁人也能聽到……

如若在聽到骨哨聲便冒然出去見面，反倒是不妥當，容易被人抓到把柄。

哨聲在不同方位響了好幾遍，終於消失在南戎的黑夜之中。

第二日一早，天還未亮，盧平一行人正在帳篷裡休息，正抱劍熟睡的盧平耳朵動了動，猛然驚醒。盧平隨行的白家護衛軍也都猛然睜開眼，一躍而起，手按在不離身的佩刀之上正欲拔刀，全神戒備。盧平擺了擺手，示意眾人躺下，來者腳步齊整，想來應當是南戎軍。

盧平一行人裝睡躺下。很快南戎軍闖入帳中，盧平一行會說戎狄語的護衛做出一副被驚醒的模樣，喊道：「你們是什麼人！怎能私闖他人帳子！」

「全都帶走！」盧平一行人未曾反抗，被卸了佩刀佩劍押走。

這一行人被關在專門扣押審問犯人的大帳之內，一天水米未進，直至太陽西沉，那戴著鬼面具身著鎧甲之人，才帶著親兵來了大帳之中。

被捆著手腳，關在籠子中的盧平等人盤腿坐於草堆之中，一見有人來，那會戎狄語的護衛忙衝到護欄旁邊，高呼道：「將軍，我們只是想用儘量少的糧食換些成色上佳的皮貨，沒有太坑戎狄人啊！您要是覺得我們給戎狄人的糧食少了我們再加啊！犯不著將我們這樣關起來！我們這也是……用你們急需的，換你們不需要的不是！」

盧平凝視那戴著鬼面具，手握佩刀的南戎將軍，只見那位將軍解下佩劍遞給身邊親衛，又在親衛端來的椅子上坐下，姿態頗有幾分戎狄人的颯爽。

「昨夜……你們可有人吹哨？」鬼面將軍極為嘶啞難聽的嗓音響起。

會戎狄語的白家護衛軍連忙轉頭說道：「這位將軍問，昨晚咱們是不是吹哨子了！」

盧平拳頭一緊起身道：「怎麼，撒尿還不能吹哨了？」

會戎狄語的白家護衛軍忙向鬼面將軍解釋：「這位是我們東家！我們東家自來了戎狄就水土不服，撒尿十分不爽利，每一次都要許久，還是一個戎狄老伯教的方法，給了我們東家一個骨哨，撒尿時吹哨還能稍微緩解一些。」

鬼面將軍又盤問了一些事情，那會戎狄語的白家軍答的都十分合理。

鬼面將軍瞇著眼，抬手指了指盧平：「把他弄出來，讓他表演一下，是怎麼吹哨撒尿的……」

南戎軍一聽這話，紛紛哈哈大笑。

會戎狄語的白家護衛軍，十分難為對盧平說：「東家，他們讓你演示一下，你是怎麼吹哨尿尿的。」

盧平臉色一變，面色難看：「士可殺不可辱！」

似乎是見盧平不願意，南戎軍紛紛拔刀。

那會戎狄語的白家護衛軍做出一副慫到骨子裡的模樣，跪行至盧平身邊：「東家，您就從了吧！不然的話我們都要死在這裡，小的上有老母，下有幼子，來南戎只是想同東家發個財，不想死在這裡啊！」

「東家，求您給我們一條活路吧！」

「東家，您放心，這事兒回去後我們絕不外傳。」

白家護衛軍心知，這是盧平傳信的最好時機，各個都似沒有骨氣的軟骨頭跪下求盧平。

盧平一副被迫無奈的模樣，勉強從籠子裡出來，背對著眾人對著帳篷邊緣，咬著骨哨吹……卻遲遲不能尿出來，蒼白的臉上都是汗，耳朵卻燒得通紅。

「大姑娘傳信，長姐……等你平安回家！」

鬼面將軍手心微微收緊，表情被遮掩在那張面具之下，心中酸澀滔天的情緒翻湧。

折騰了許久，盧平終於尿了出來，還斷斷續續的，戎狄兵士笑成一團，鬼面將軍亦是笑著上前，繞至盧平面前，發出嘶啞難聽的笑聲，用拳頭頂了頂盧平的胸膛，頂得褲子都沒提好的盧平跌坐在地上，這才命人看著他們用糧食換了皮毛後儘快離開。

從大帳中出來，白卿瑜緊緊握住腰間佩劍，他沒想到阿姐派來的居然是盧平，沒想到阿姐竟然真的在……等他平安回家。

可他現在無法回去，他好不容易才逐漸掌控南戎，形成如今和大燕對峙的局面，若是此時撤手離開，大燕盡占戎狄，將來便會對晉國形成夾裹之勢。

如今他消息也算靈通，知道長姐已經開始在朔陽練兵剿匪，長姐手中需有可用之兵，登州有舅舅在……和南戎連成一線，再加上南疆的白家軍，他相信覆滅林氏皇權並非登天之事。

他是白氏子孫，從來不曾忘記過先祖之志。他白卿瑜要反了林家！要平定這天下！

林氏皇家既然只貪圖眼前富貴，胸無王霸天下之志，那他也不必再對林氏俯首稱臣，將一腔忠勇獻於狼心狗肺之輩。

白卿瑜回到大帳之中，擺手讓其他人全都出去，摘下面具，跪坐在几案之前久久未動。

半晌，他睜開通紅的雙眼，起身入皇城……想要借用今日之事，同南戎王說一說同晉國互市，讓戎狄百姓安定下來，也不必去明搶晉國，和晉國交好，也好同北戎大燕抗衡。

如此也能將他放走晉國商人之事，給南戎王交代清楚。

盧平褲子裡揣著剛剛白卿瑜塞進他懷裡的羊皮，在南戎兵的監管之下將糧食盡數換成皮毛，便同白家護衛軍快馬離開。

盧平一路都不敢將褲子裡的羊皮圖拿出來看，直到已經跑出南戎腹地，這才將羊皮從褲子裡拿出來，翻開。他睜大了眼，上面是詳細的南戎輿圖，上面還標注了如何安全繞行山路。

果真！那個鬼面將軍果真是他們白家公子！

盧平堂堂七尺漢子，頓時熱淚盈眶，他用衣袖擦去眼淚，辨別不出上面的字跡是哪位白家公子，猶豫著要不要殺一個回馬槍回去將公子救出來。

可轉念一想，如今公子在南戎位居要職，且可以看得出在南戎兵士中威望亦高，或許……公子留在南戎還有大事要辦，他先將羊皮圖送到大姑娘手中要緊！

想到此處，盧平不敢耽擱，揚鞭快馬飛馳，直奔登州城。

登州城內。明誠公主被安頓在董府，登州四周縣城的名醫大夫齊聚，想方設法想留住明誠公主的性命。

董清嶽約莫也是欽佩明誠公主為國和親的忠義之心，吩咐了下去不拘什麼藥材，只要大夫能用得上董家絕不吝惜，董府沒有的就全城搜羅也會給明誠公主弄來。

蕭容衍心中對董清嶽感激不盡，明誠公主的事情他插不上手，倒是和董清嶽談起互市之事，稱願意去一趟南戎，探一探是否能安排兩國互市，避免戎狄再來劫掠晉國。

可董清嶽心中早已經有了其他打算，正等著戎狄來劫掠，便笑著拒絕了蕭容衍，稱晉國剛剛從南戎手中救回大燕明誠公主，壞了南戎的事情，此時讓蕭容衍前去南戎談互市之事，怕蕭容衍被無端連累，且此事還需要請示皇帝，還是等來年安穩之後再談。

董清嶽不贊同，蕭容衍也不曾勉強，這幾日倒是在董家護衛軍的陪同下在登州城裡看鋪子。

蕭容衍倒也沒有瞞著董清嶽和董長瀾，說準備盤個鋪子做接應點，屆時從戎狄換來上好的皮貨，可以在登州處理製成風氅衣裳，分別送往晉國和燕國還有魏國謀利。

按照蕭容衍的一貫作風，和董長瀾說起此事時，表示願意分利給董長瀾，董長瀾卻說只要蕭容衍只是為了做生意，董家不私下取半分利，怎麼說蕭容衍也是白家的恩人。

但蕭容衍卻將董長瀾的話聽明白了，若是蕭容衍規規矩矩做生意，董家人便不干涉，若是要將鋪子做其他用途，董家可不輕縱。

蕭容衍笑著應下，囑託董長瀾等鋪子定下之後多多照顧自家鋪子。

董長瀾陪著蕭容衍看了幾家鋪子，又陪著蕭容衍在登州買了一座與董府相隔不遠的雅緻院落，那院落明明新修葺不久，可蕭容衍除了滿意那院落布局之外，處處挑剔，一會兒要在這裡挖個湖，一會兒要在那裡挪個假山，又要建觀景亭，又是讓人找來花商，要滿院子的種奇花異草，富貴公子一擲千金的做派十足十。

蕭容衍院子開始修葺，按照蕭容衍要求改造，怕是需要幾個月的時間，蕭容衍原本不好意思再叨擾董家，想搬出董府住客棧，董清嶽卻笑咪咪將蕭容衍留住了。私心裡，董清嶽覺著蕭容衍這個人不簡單，與其放出府去，不如留在眼皮子底下看管，來得放心。

蕭容衍看破不說破，便笑著在董府叨擾。

白卿言回到房中，在臨窗軟榻上剛剛坐下，拿起書籍，還未翻開，就見春桃匆匆進來，朝白卿言福身行禮後道：「大姑娘，盧平帶人回來了，請見大姑娘！」

她猛地站起身朝外走，盧平回來了就表示帶著消息或者是帶著阿瑜回來了。

「大姑娘您慢一點兒！」春桃忙追在白卿言身後，小跑跟上。

白卿言一路疾行到董府垂花門，就見一身風塵僕僕的盧平立在那裡，盧平一看到白卿言，眼眶濕紅，疾步上前便跪在了白卿言面前，雙手抱拳，哽咽到說不出一個字來，可表情已然讓白卿言知道……那鬼面將軍，一定是阿瑜！

白卿言頓時熱淚盈眶，她強忍住情緒，立在垂花門的位置定了定心神，這才拎起裙擺跨了出來，手心裡一層細汗全都沾在了衣裙上，弄皺了衣裙。

她望著跪在面前的盧平，努力睜圓眼睛不讓自己淚水掉下來，可張了張嘴，便是未語淚先流。

「大姑娘！是公子……」盧平聲音沙啞，堂堂男兒這一路已不知淚流過多少次，可是見到大姑娘卻還是忍不住哽咽落淚。

白卿言咬緊了牙關，眼淚如同斷了線，她沒有吭聲，緩緩彎腰扶起盧平，攥著盧平手腕的手不住抖著，聲音沙啞的不成樣子：「他沒回來？」

盧平這才忙從胸前拿出白卿瑜塞給他的羊皮輿圖，垂首恭敬遞給白卿言：「這是短暫一面，公子交給屬下的！」

盧平已經將羊皮輿圖清理乾淨，白卿言手裡緊緊攥著輿圖，點頭卻沒有著急看，只問盧平：「他可還好？你們都說了什麼？」

「與公子見面，戎狄軍都看著，並無時機說話，公子戴著面具，只藉機給了這張南戎輿圖！公子還好……屬下隱約看到公子身上有燒傷，還有那雙與大姑娘如出一轍的眼睛，屬下斗膽猜測……那應當是，五公子！」盧平說到此處，鼻翼煽動，忙抬手拭去掉下的眼淚。

她知道啊，她知道那是阿瑜……那一定是阿瑜！

白卿言喉頭酸脹的厲害，她點了點頭：「他……康健嗎？」

盧平點頭，笑中帶淚，拍了拍自己的心口：「實實在在一拳，砸的屬下心口都疼，應當是……康健的！」

白卿言也低笑一聲，用力攥緊了羊皮圖，點頭。

一定是祖父和父親保佑阿瑜！讓阿瑜活了下來！

「平叔辛苦，先回去休息吧！」白卿言對盧平道。

盧平點了點頭抱拳離去，白卿言找了個僻靜的涼亭，將羊皮圖攤開，細細查看。

完全是白家軍記錄輿圖的方式，哪裡是近路，哪裡有水源，哪裡又是險地，標註的一清二楚。

上面極為細小的字跡標註，那是白卿瑜的字跡。

白卿瑜的字是白卿言陪著練的，又怎麼會不認得?!

白卿言輕撫著那些字跡，眼淚如同斷線，阿娘要是知道阿瑜還活著……得高興成什麼樣子！

半晌，她突然拿那羊皮輿圖，對著強光看了眼，心中隱隱有了些猜測，不敢耽擱立刻命人去告訴董清嶽和董長瀾，她手上有了南戎最精細的輿圖。

董清嶽讓人請白卿言來了書房。

白卿言將輿圖拿出來，對董清嶽道：「舅舅，讓人將輿圖謄抄下來，這圖我還有旁的用處。」

「我來吧！」董長瀾坐在書桌前，親自提筆謄抄輿圖。

「這是盧平帶回來的?」董清嶽立在董長瀾身後，仔細看著那羊皮輿圖，「你讓盧平去南戎腹地，就是為了此事?」

書房內，只有董清嶽、董長瀾和白卿言三人，白卿言直言不諱道：「這圖，是阿瑜……交給盧平的！舅舅……阿瑜還活著。」

董清嶽一怔，直起身來，滿臉不可思議看向眼眶又紅了一圈的白卿言。

董長瀾亦是睜大了眼：「阿瑜……還活著?!爹！阿瑜表弟還活著！」

白卿言表情不知要哭還是想笑，她喉頭翻滾，點了點頭：「是活著！這圖便是阿瑜交給盧平的！」

董清嶽一把拿過輿圖，仔細辨別那寫得極小的字跡，白卿瑜的字跡董清嶽也認得，他望著那輿圖，眼睛通紅，點了點頭：「真的是阿瑜！」

「阿瑜現在人呢？可還安全，有沒有受傷？」董長瀾著急詢問。

「阿瑜，便是南戎的鬼面將軍。」

白卿言沒有藏掖，畢竟登州靠近南戎，將來戰場之上，舅舅和長瀾難免會遇到阿瑜……若是他們不知情，他日狹路相逢以死相拼，反倒會讓阿瑜陷入兩難之中，不如如實相告，雖然有風險，可白卿言信得過舅舅和長瀾。

「此事，除舅舅和長瀾之外，絕不能再有旁人知道！」

「我明白！多一個人知道，阿瑜就多一分危險！」董長瀾用力點頭，「表姐放心，為了阿瑜的安全，我和父親必定三緘其口，除我父子二人之外，就連祖母也不告訴！」

白卿言紅著眼點頭。

「阿寶，你要謄抄輿圖，是否懷疑……阿瑜會在輿圖裡傳信？」董清嶽在白家軍裡待過，自是知道白家軍一向有自家的傳信方式。

白卿言頷首：「等表弟謄抄之後，我姑且試一試，可又擔心毀了上面所畫地形，畢竟此次盧平見到阿瑜，兩人身邊有人沒有能好好說說話，若是有信傳回自是最好，若是沒有……」

「沒有也不打緊，定然是時間太緊，阿瑜來不及傳信回來，如今我們知道鬼面將軍便是阿瑜，知道他還活著，這就夠了！」董清嶽輕輕拍了拍白卿言的肩膀，示意白卿言先坐。

董長瀾抓緊時間謄抄輿圖。

「阿瑜活著，實在是意料之外，已然是大幸！」董清嶽長長呼出一口氣，想起小時候阿瑜騎在他的肩頭，放風箏的稚嫩模樣，眼眶不由濕潤，「阿瑜留在南戎，想來……是同你想到了一起，意在把控南戎，不讓大燕對晉國形成夾裹之勢吧！」

「我想……應當是！」白卿言眉目含笑，白家兒女不論何時何地，都不會忘記白家薪火相傳的志向，阿玦如此……阿雲如此，阿瑜身為白家傳承，更是如此！

董清嶽知道白家皆是心志高遠，而他的外甥、外甥女，更是白家嫡支傳承。

董長瀾抄完白卿瑜讓盧平帶回來的詳細圖紙，和董清嶽、白卿言仔細比對，確認無誤之後，董長瀾端起茶杯用手指輕輕撒水在整張羊皮輿圖上。

很快，隨著羊皮濕透，上面也顯露出藍色字跡。董清嶽、董長瀾和白卿言都湊在几案前。

【八月三十，劫掠登州，早作準備。】

簡單的一句話，便沒有再作別的交代，但實實在在是阿瑜的字跡。

白卿言將羊皮圖攥在手中，克制不住翻湧傷懷的情緒。

只見董長瀾垂眸想了想，問白卿言：「表姐，既然知道這鬼面將軍便是阿瑜，那對南戎的方略需不需要變一變？」

白卿言細思之後，搖了搖頭：「不變，百姓該撤還是要撤……城池要丟還是要丟，否則往後要從皇帝那裡為登州軍拿銀餉……還是會遇磕磕絆絆，要讓他們知道南戎也是強敵在側，要想大晉邊疆安穩，不但不能剋扣登州軍，還要好好的把銀子送過來。」

董清嶽也贊同白卿言所言：「我們還是依計行事，畢竟阿瑜在南戎也不一定全然安全，全然被信任！否則……阿瑜在見盧平之時，也不會連說話的空檔都沒有！」

董清嶽屈起的手指在案桌上敲了敲，語聲堅定：「為防止阿瑜在南戎遇險……我們才更應該將兵力部署至南戎，倘若有萬一，也好接應阿瑜！」

白卿言看向舅舅，心中感恩，朝著董清嶽和董長瀾一拜：「此事，便拜託舅舅和長瀾了！」

「表姐這話便外道了！咱們是一家人，何須如此！」董長瀾說完之後，又對董清嶽道，「今日已經二十四了，三十南戎攻城……倒是與表姐預計的差不多，不過我們當時是打算三十撤離登州百姓，如今是否應該提前做準備？」

「明日一早，敲鼓集合百姓，我帶著你祖母勸說百姓撤離登州……」董清嶽對董長瀾道，「你讓長茂回軍營安排，明日下午登州軍幫助百姓悄悄撤離！」

白卿言將羊皮輿圖攤開放在案桌上，想讓羊皮儘快晾乾。

聽到董清嶽這麼說，她抬頭朝董清嶽望去：「舅舅，還是暫且不要集合百姓勸說為宜，阿寶明白舅舅是不忍心百姓受苦，想要百姓提前將細軟和財務糧食帶出城去，以減少百姓的損失！可舅舅……畢竟登州城內也有皇帝的人，您如此大張旗鼓，回頭皇帝追究起來，怕是舅舅還是要擔上罪責。」

「表姐有何辦法？」董長瀾問。

「今日舅舅便可以先派長茂帶人出城探一探戎狄動靜，三日之後不論戎狄動不動，都讓長茂回城稱戎狄意圖攻城。」白卿言看向董清嶽，「舅舅也可即刻派人先放出風聲，就說董府已經開始收拾行裝，連續三日……夜裡安排車馬往城外運送帳篷，派兵出城先行準備接收出城避難百姓，等駐紮營地安排好，便先送董府女眷出城！」

董清嶽眉頭緊皺，如此一來……登州城內人心惶惶不說，百姓還不知道要將董家罵成什麼樣子，丟了民心的董家又如何在登州立足。

「三日後長茂回城稱南戎傾巢出動朝登州而來，舅舅先讓官員攜家眷出城，讓流言在城內猛烈發酵起來後，舅舅再召集百姓說起出城之事，只要城外有軍隊接應，百姓也必會願意。」

「雖然如此會讓登州人心惶惶，在百姓知道舅舅早已安排登州軍在城外安營等候他們之前，可能會怨罵舅舅，可這卻也是最大程度避免皇帝對舅舅疑心……且能救民之法。」

董長瀾內斂的眸色幽沉，聲音壓得極低：「而屆時諸位官員家眷都被轉移城外，長瀾倒是可以官員安危為名，將官員全部監管起來。便……讓那幾個朝廷派來的官員在與南戎之戰中戰死，也算是能為其家眷留一分體面。」

董長瀾這是動了肅清登州的心思。

以前，董清嶽並未將登州圍的鐵桶一般，不讓皇帝安插人進來，不過是因為不想給皇帝留下什麼口實。

既然如今，他們要為來日做準備，那些人便留不得了……

「或許皇帝還在登州留有暗樁，留心看看，還有誰派人往外送消息……」董清嶽叮囑董長瀾。

董長瀾抱拳稱是：「父親放心，兒子省得！」

董清嶽拳頭攥緊，輕輕抵在桌案上，望著白卿言和董長瀾：「阿寶……即日起，董家上下便如白家一般，為平定這天下，結束這天下戰亂，而戰！上至你外祖母……下至你表弟，與白家刀山火海，生死相托！」

白卿言眼眶之中熱意沸騰，堅定道：「同謀大業，禍福與共，不必向負！」

「董長瀾此生，以表姐……馬首是瞻！」董長瀾朝著白卿言抱拳，「長瀾深信，表姐定能帶著長瀾看到海晏河清，天下無戰那一日！為此……長瀾不懼生死！」

董家人的血還是熱的，生在這亂世……誰不想結束這戰亂，誰不想再看到天下一統之日？誰不想在那青史留名，因這一統的不世功業流芳千古。

董家在登州按照原計劃依計行事，除了心底知道那南戎的鬼面將軍是阿瑜之外，其餘的一切不變，是為了以防萬一白卿瑜無法全然控制南戎，也是以防白卿瑜遇到不測方便接應。

STORY 076

女帝 卷五

作者　千樺盡落
主編　汪婷婷
編輯協力　謝翠鈺
企劃　鄭家謙
美術設計　卷里工作室　季曉彤

董事長　趙政岷
出版者　時報文化出版企業股份有限公司
108019台北市和平西路三段二四〇號七樓
發行專線——（〇二）二三〇六六八四二
讀者服務專線——〇八〇〇二三一七〇五
（〇二）二三〇四七一〇三
讀者服務傳真——（〇二）二三〇四六八五八
郵撥——一九三四四七二四時報文化出版公司
信箱——一〇八九九台北華江橋郵局第九九信箱
時報悅讀網　http://www.readingtimes.com.tw
法律顧問　理律法律事務所　陳長文律師、李念祖律師
印刷　勁達印刷有限公司
一版一刷　二〇二四年五月二十四日
定價　新台幣三五〇元
缺頁或破損的書，請寄回更換

時報文化出版公司成立於一九七五年，
並於一九九九年股票上櫃公開發行，於二〇〇八年脫離中時集團非屬旺中，
以「尊重智慧與創意的文化事業」為信念。

女帝 / 千樺盡落作 . -- 一版 . -- 臺北市 : 時報文化出版企業股份有限公司 , 2024.05-
冊 ;　14.8×21 公分 -- (Story ; 76-)
ISBN 978-626-396-279-8(卷 5 : 平裝). --

857.7　　113004813

ISBN 978-626-396-279-8
Printed in Taiwan